# 盗墓者说

商成勇　许志龙　岳南◎著

北方联合出版传媒（集团）股份有限公司
万卷出版公司 VOLUMES PUBLISHING COMPANY

ⓒ 商成勇 许志龙 岳南 2014

**图书在版编目（CIP）数据**

盗墓者说 / 商成勇，许志龙，岳南著. —沈阳：
万卷出版公司，2014. 10
ISBN 978-7-5470-2312-9

Ⅰ. ①盗… Ⅱ. ①商… ②许… ③岳… Ⅲ. ①纪实文
学—中国—当代 Ⅳ. ①I25

中国版本图书馆CIP数据核字（2014）第035923号

出版发行：北方联合出版传媒（集团）股份有限公司
　　　　　万卷出版公司
　　　　　（地址：沈阳市和平区十一纬路29号　邮编：110003）
印　刷　者：北京盛源印刷有限公司
经　销　者：全国新华书店
幅面尺寸：170mm×240mm
字　　数：320千字
印　　张：19.25
出版时间：2014年10月第1版
印刷时间：2014年10月第1次印刷
策　　划：王亦言
责任编辑：李文天
装帧设计：张　莹
责任校对：高　辉
ISBN　978-7-5470-2312-9
定　　价：39.80元

联系电话：024-23284090
邮购热线：024-23284050
传　　真：024-23244448
腾讯微博：http://t.qq.com/wjcbgs
E-mail：vpc_tougao@163.com
网　　址：http://www.chinavpc.com

编者说

这是一部盗墓者触目惊心的盗墓传奇。

一批批身怀绝技，胆大包天，神龙见首不见尾的超级盗墓狂人，集中外古今盗墓贼所谓的智慧之大成，犯下骇人听闻的累累罪行……盗墓的背后，是令人乍舌的凶险和财富……如你欲探求未知的地下世界、欲撩开盗墓故事神秘的面纱及诸多盗墓元素，那么，请听盗墓者说吧！

正所谓十年磨一剑，作者历经数年，几易其稿，才使这部《盗墓传奇》的全新升级版《盗墓者说》全新面世。请相信，它呈现给众多喜欢浪漫、探险，以及盗墓传奇读者们的将是一场口味极其丰富的饕餮盛宴！

现在，请您跟随我听盗墓者说……

# 目　录

# 僵尸复活

西晋泰始二年（266年）春，原魏国一个叫吴纲的南蛮校尉，在安徽寿春地方突然遇到一个东吴的老汉。二人一见面，老汉惊奇地打量着吴纲说："你的身材相貌很像长沙王吴芮呀！只是个头稍矮了点。"吴纲听后大惊，说："吴芮乃是我16世先祖，已经死了400多年了，你怎么看得出我的相貌像他呢？"老汉说："实不相瞒，40年前，东吴在临湘（今长沙）欲修孙坚庙，因缺乏木材，就挖了长沙王吴芮的墓，取出棺椁作为建庙的材料。当时我参加了掘墓之事，当棺椁打开后，曾亲眼看见吴王的尸体面目如生，衣帛完好呢！"

吴纲听罢，甚是惊奇，对老汉道："尸体衣服既完好，有没有改换个地方埋葬啊？"老汉答："换地方埋葬了。"

以上这个故事的来源散见于多处，正史、野史、地方志、族谱等典籍多有记载。北魏著名地理学家郦道元在《水经·湘水注》中，引郭颁《世语》说过此事，原文曰：

魏黄初末，吴人发芮冢取木，于县立孙坚庙，见芮尸容貌衣服并如故。吴平后，与发冢人于寿春见南蛮校尉吴纲曰："君形貌何类长沙王吴芮乎？君微短耳。"纲瞿然曰："是先祖也。"自芮卒至冢发四百年，至见纲又四十余年矣。

据传，长沙王吴芮墓初开，群盗兴奋，当夜而抵其椁，有一头目引火向前探查，四五壮汉挥臂弄锹揭掀盖板。忽椁内气出，吱吱做毒蛇昂头吐芯示威状。烟过之处，有臭

<< 新疆巴音郭楞蒙古自治州且末扎滚鲁克墓出土的男尸保存完整，面目如生

味散开。少倾，墓穴深处轰然一声，其气与烟火相触而燃，火球突起，蹿出丈余，墓穴如同白昼，并伴有轰轰之声如响雷。群盗趋避不及，棉衣被火，势同燃球，仆地不起，号嗥悲呼。墓穴之外众贼惊骇，急用泥沙泼砸着火之身，又急呼于墓中泥水处打滚儿。刹那间，穴内哀号连连，被火盗贼跳跃腾挪，势同群魔乱舞，夜鬼飘荡。火势渐小，被火者周身黢黑，面部胸前几无完肤，呼号声中双臂抠地，蜷缩蠕动，气脉衰竭，奄奄一息。

待内棺开启，只见吴芮锦被覆身，面色如生，须发皆整，如同睡眠，隐隐有打鼾之声，众盗大骇。为首者率三五壮士向前探视，见死者仪态容颜完好如世人，不由称奇，以为有神相助，遂命人将外部大片椁板拆除，以取木材立庙。内棺原封不动，告知其亲近后人复葬其棺。

吴芮后世亲近者见告，相约族中三五名望之辈急趋前来，时群盗已遁，墓穴狼藉不堪，椁木、珍物已空，只有一无盖彩棺孤立于中央。众人立于棺前验看尸身，商讨埋葬办法。寻思间，一阵阴风吹过，棺前立者顿感脸色发麻，如同扬沙掷于面部，身前的木棺如河中小船开始摇晃，众人骇怪，疑有鬼怪作祟。怔愣间，猛听棺身咣的一声响动，一块五彩锦衣丝锻腾空而起，缥缈冲天。继而，死者从棺中奋起，扬臂摇身，瞪眼张目，高声呼曰："这一觉睡得好长呵，此处不可久留，快送我回瑶里老家去也！"言毕，尸身如僵木，向后一仰，啪的一声摔于棺中没了动静。众人望之，呆若木鸡，如在梦境。待回过神儿来，知是吴王鬼神附体，特留遗言，为自己安排后路。眼望墓穴之惨状，遥想当年吴氏家族之荣光，如今凄凉之景况，悲不自制，众皆伏地而泣。

为了却吴王心愿，吴芮灵柩被后世亲近者从墓穴内取出，由长沙迁葬至其出生之地——浮梁瑶里，秘密葬于五股尖仰天台下一个岩洞深处。为防贼人再次盗掘破坏，分别在休宁、婺源、浮梁、高岭等四处修建了衣冠冢（今安徽休宁、江西景德镇一带），吴氏宗族族谱画有仰天台地貌图，标注了"吴王墓在五股尖山脉"等语。现遗迹尚存。

一代名王吴芮之冢被盗掘，连同后世子孙吴纲与东吴老汉巧遇之事，被称为中国盗墓史上第一奇事而为世人津津乐道，同时也为现代考古学家研究楚地汉代陵墓制度，以及古尸防腐术提供了一个具有重要历史价值的参照系谱。

关于长沙王吴芮的经历，史料多有记载。此人据说是吴王夫差的后代，生于瑶里，在秦朝时为番阳县令，号为番君，颇为当地百姓及江湖志士敬慕。当陈胜、吴广等一帮农民兄弟扛着用木头杆子和被单褥罩做成的黄龙大旗，高喊着"帝王将相宁有种乎"的口号造反起事时，吴芮审时度势，亦率一帮生死弟兄开始与秦王朝划清界线，面南称孤，自立为王。未久，与最有实力的造反英雄项羽结成联盟，被项羽正式封为衡山王。随着战争局势的发展演变，吴芮见风转舵，转降刘邦，并在楚汉战争中立下了卓越战功。汉高祖己亥五年（公元前202年），天下已定，吴芮被刘邦封为长沙国王。

  此时的长沙国是汉初分封的诸侯国中最为特殊的一个。西汉以前的长沙国只是秦时的一个郡，秦之前则属于楚国的地盘。虽然此次由郡改国，在汉中央朝廷的诏令中明确规定长沙、豫章、象郡、桂林、南海等五地都归长沙国管辖，并将湘县（今长沙）改名临湘县，以作为长沙国国都。但当时的豫章实属以英布为国王的淮南国，而象郡、桂林、南海等三地则被独霸一方的南越王赵佗所占，吴芮实际掌管的范围仅长沙一郡，约为湘江河谷平原的十三县之地。据做过长沙王太傅的贾谊于公元前174年上书说，

&lt;&lt; 吴芮家乡瑶里（现区划属江西景德镇），如今是一处旅游佳地，古色古香。

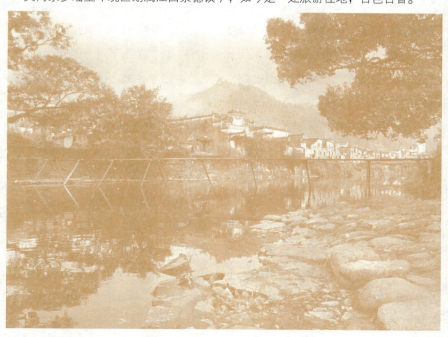

汉初的长沙国民户只有二万五千，按《汉书·地理志》上的长沙国户口比例推算，那时的人口数约为十一二万左右。由此看来这是个较小的王国。

虽然长沙国国小人少，却夹在汉朝廷所属领地与南越诸国之间，是阻挡百越诸侯进攻汉中央的门户，地理位置极为重要。当年吴芮如何带兵打仗，并以开国功臣之声威被封为第一代长沙王，史料中很少记载，但其军事实力有史可鉴。刘邦和吕后对功高盖主的异姓王并不放心，做梦都想清除掉，萧何曾对刘邦说过，要灭吴芮，倾全汉之兵再战一纪（六十年）尚难。对此，狡诈多谋的刘邦于无可奈何中，又委派了一位楚地出生，名叫利苍的亲信出任长沙国丞相，以监视和控制长沙国王吴芮，同时监视百越之地诸侯国的异常动静，特别是军事方面的行动。

意想不到的是，吴芮于封长沙王的当年即一命呜呼了。一个无病无灾的显赫王公莫名其妙地撒手归天，留下了一大堆历史谜团。坊间说法有二：一为行军死于营中说。因当时边陲未定，吴芮为长沙王后，刘邦诏令其率兵去安定福建，行至金精山一带（今江西宁都县西北15里石鼓山），不堪劳累，身染沉疴，中途病逝，死后谥文王。另一种说法是刘邦密诏长沙国丞相利苍将其用毒药害死。两种说法皆无过硬的证据支撑，到底谁是谁非，或者二者皆非，不好妄下论断。班固在《汉书·韩彭英卢吴传》中，对吴芮之死只是一笔带过，并未提及死因，文中说："项籍死，上以有功，从入武关，故德芮，徙为长沙王，都临湘，一年薨，谥曰文王，子成王臣嗣。"汉初刘邦共封8位异姓王，后来7王皆反，旋被剿灭，唯吴氏长沙国忠于汉室，共历5代，以无嗣而国除。因而班固赞称吴氏"不失正道，故能传号五世"。

吴芮在位时，为政以德，颇得民心，死后臣民为他

<< 长沙国南部地形图
（谭其骧绘制）

<< 刘邦像

<< 吴芮墓想象图

封土

墓壁夯土

椁室　　生土

棺材　　墓坑夯土

举行了隆重的葬礼。据光绪《旧府志》载：吴芮墓遗址"在北门外祀汉长沙王吴芮。今此门外大道旁菜园内有极小之庙即其地"。传说吴芮墓高22米，墓旁立一祀庙，叫吴王庙。吴王墓遗址流传到今，大概是人们追念其功德所致。北魏郦道元的《水经注》称："临湘县北有吴芮墓，广逾六十八丈，登临写目，为廛郭及佳憩也。"郦道元所见之景象，离吴芮墓被掘已过去了约250年，遗留的当是一个空土堆而已。

至于郦道元引《世语》故事中提到的那位吴纲，历史上确有其人，并一度任诸葛诞长史，著名的《三国志》两次提到过他的名字、身份和在群雄争霸中所扮演的角色。《魏书·诸葛诞》中，作者陈寿在论及魏国大将、琅琊阳都人诸葛诞谋反时，曾云："甘露元年冬，吴贼欲向徐堨，计诞所督兵马足以待之，而复请十万众守寿春，又求临淮筑城以备寇，内欲保有淮南。朝廷微知诞有疑心，以诞旧臣，欲入度之。二年五月，征为司空。诞被诏书，愈恐，遂反。召会诸将，自出攻扬州刺史乐琳，杀之。敛淮南及淮北郡县屯田口十余万官兵，扬州新附胜兵者四五万人，聚谷足一年食，闭城自守。遣长史吴纲将小子靓至吴请救。吴人大喜，遣将全怿、全端、唐咨、王祚等，率三万众，密与文钦俱来应诞。以诞为左都护、假节、大司徒、骠骑将军、青州牧、寿春侯。"

《三国志·吴书·孙亮》篇也有记载："（太平二年）五月，魏征东大将军诸葛诞以淮南之众保寿春城，遣将军朱成称臣上疏，又遣子靓、长史吴纲诸牙门子弟为质。三年春正月，诸葛诞杀文钦。三月，司马文王克寿春，诞及左右战死，将吏已下皆降。"这一记载道出了魏国叛将诸葛诞与部下吴纲等人的命运。

陈寿作《三国志》约130余年后，刘宋文帝命裴松之作《三国志注》，裴氏本着"鸠集传记，增广异闻"

的精神，于诸葛诞传中吴纲姓名后，专门征引郭颁的《世语》作为"异闻"趣事增补其中。引文曰：

> 吴人发长沙王吴芮冢，以其砖于临湘为孙坚立庙。芮容貌如生，衣服不朽。后豫发者见吴纲，曰："君何类长沙王吴芮？但微短耳。"纲瞿然曰："是先祖也。君何由见之？"见者言所由。纲曰："更葬否？"答曰："即更葬矣。"自芮之卒年至冢发，四百余年。纲，芮之十六世孙矣。

裴氏与郦道元所引皆为同一作者所说的同一件事，但稍有出入。就年代先后而言，裴氏与郭颁几乎同处一个时代，著成《三国志注》的时间比郦道元的《水经注》早几十年，所引当更接近《世语》本意。但有一关键之处恐怕不及郦道元准确，这就是发冢之目的是为"取木"还是"以其砖"的问题。现代考古发掘证明，凡长沙一带的西汉贵族墓葬，皆为竖穴木椁墓，即挖一个大土坑，在坑底用上等方木搭成椁室，然后放入木棺，棺的层数以墓主生前的身份而定。坑内几乎无一砖一石，与后来明清券洞式墓葬大为不同。此点当是裴氏之误。

既然长沙王吴芮与长史吴纲在史上确有其人，关于墓冢被掘以及寿春奇遇是否属实，真实的成分又有多少，自《世语》披露之后，遂成为后世好事者长期探究的一个谜团。

<< 马王堆一号汉墓发掘现场

长沙王吴芮死于公元前 202 年并葬于长沙城北，此点并无疑问。史载，长沙之地被东吴占领后，孙权确实曾仿照过曹操的做法，令人在此盗掘过王侯贵族的墓葬，获取奇珍异宝和大量木材。同时派出亲信爱将率五千精兵翻越九嶷山，前往南越故国掘冢盗墓，追索南越王赵佗之穴。

从《世语》记载看，长沙王吴芮墓被掘应在黄初六年或七年，即公元 225 年或 226 年，也就是曹操的儿子曹丕当上皇帝后即将死亡的最后一二年（丕在位七年崩，年号遂绝）。上距高祖五年，相距 420 多年。那个曾参与掘墓的东吴老汉，在相隔了 40 多年，也就是到了司马氏家族篡权，司马炎登基称帝的第二年，还能看出吴芮的第十六代孙跟死者面貌身材相同与差异之处，则未免有些夸张和编造之嫌。是否老汉早已闻知吴纲乃长沙王之后而故意有此说，后人不得而知。所知者，作为吴芮的尸身及衣物被埋葬于"广逾六十八丈"的墓穴内，棺椁开启时，"容貌衣服并如故"或"容貌如生，衣服不朽"，并非空穴来风，当是极有可能的。就在那位东吴老汉与南蛮校尉吴纲寿春对话的 1700 年之后，湖南长沙又发生了一件震惊世界的大事，马王堆西汉墓葬中一具"面目如生"的女尸横空出世。极富历史趣味和巧合的是，这位叫辛追的墓主人生前与长沙王吴芮相识，或者亲自给吴芮敬过酒、送过肉也极其可能，因为墓主的丈夫就是汉高祖刘邦派往长沙国秘密监视吴芮的第一任丞相利苍。

1972 年初夏，解放军 366 医院在长沙东郊五里牌外一个叫马王堆的土包下挖掘防空洞，意外发现了一个喷气、冒火的洞穴。湖南省博物馆得到报告后，派人勘察，断定是一座古墓，遂上报发掘。从 1972 年夏季开始，至 1974 年元月，野外发掘工作全部结束。在发掘过程中，由于墓葬宏大与出土文物之多之精，先后得到国务院总理周恩来、湖南省委第一书记华国锋，以及文化文物考古界郭沫若、王冶秋、夏鼐等负责人的密切关注，周恩来对墓葬的发掘与文物保护曾先后做过五次批示。通过考古发掘得知，此处是由三座古墓组成的家庭墓葬，墓主分别是西汉初年的长沙丞相、轪

<< 马王堆一号墓清理木棺情形

侯利苍与他的夫人辛追、儿子利豨。三座汉墓分别出土了表明墓主身份的印章与大批漆木器、丝织品与帛书、帛画和部分铜器。特别是在最早发掘的一号墓中，軑侯夫人辛追的尸体保存完整，身体肌肉有弹性，关节可以弯动，皮肤摸上去手里有油腻感。经国家专门组织各方面的医学专家进行解剖、检测，发现葬入地下2000多年的軑侯夫人，内脏保存异常完整，动脉粥样斑块病变清清楚楚，体内绝大部分细胞、细胞膜、细胞核，包括一部分神经组织，如人体最容易消失、医学上称为迷走神经丛的一种神经组织，皆历历可见。这位贵夫人死前吃下的138粒半形态饱满的甜瓜籽尚未消化，皆完好无损地保存于胃囊中（博物馆人员曾将几粒瓜籽种植于院内，遂生长发芽，只因管理不善，未结果即枯萎）。这种情况与常见的木乃伊和干尸有本质区别，被认为是人类有史以来防腐技术的奇迹，考古界和医学界称之为马王堆湿尸，自此，世界学术领域又增加了一种崭新的尸体类别。

<< 马王堆一号汉墓出土女尸辛追

　　马王堆西汉女尸的面世，被作为一种不可思议的传奇故事于社会上广为流传，人们在为这神奇的防腐技术惊叹之时，也为古代中国人民的智慧击节叫好。一时间，全国升起了一股马王堆热，并引发了长沙一日数万人涌入博物馆观看女尸的狂潮。随着报刊与广播的公开报道，以及由北京科影拍摄的《考古新发现》、《西汉古尸研究》等影片公映，国内外迅速掀起了一股形势浩大的"马王堆热"。当时寓居长沙的毛泽东也被这神奇的考古发现所吸引，特地观看了马王堆三号墓出土的帛书印刷品，并作为特别礼物，专门赠送前来中国访问的日本首相田中角荣。在一浪高过一浪的马王堆考古发现与参观热潮中，出于各方面因素的考虑，由国家拨款，在

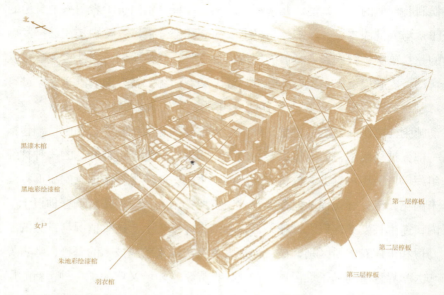

北

黑漆木棺

黑地彩绘漆棺

女尸

朱地彩绘漆棺

羽衣棺

第一层椁板

第二层椁板

第三层椁板

<< 马王堆一号汉墓棺椁。木椁长 6.76 米，宽 4.88 米，打开椁室盖板之后，中间是
四层套棺，四边是四个边箱，放置大量的陪葬品，木椁室坐北朝南，结构呈井字形。

湖南省博物馆专门建造一座豪华的分馆和陈列室，以保存、展出马王堆汉
墓出土女尸与文物。马王堆汉墓的发掘以及女尸的出土，作为 20 世纪中
国最伟大的考古发现之一被载入史册。

遥想当年，长沙王吴芮与丞相利苍同朝听命，或同庭共事，一个为王，
一个为侯，尽管暗中各怀主意或不可告人的心思，但表面上应当是和谐共
处的，因而作为丞相夫人见过吴芮，或有更进一步的交往也属正常。当时，
追求长生不老和死后尸体不朽之术，已成为王侯将相和达官贵人生活的目
标和梦寐以求的最高境界。于是防腐技术兴盛，有的用玉，有的用药草，
有的用所谓的仙丹神药之类，可谓招数迭出，五花八门。《后汉书·刘盆
子传》叙述西汉末诸陵墓被盗掘后的情形时说："有玉匣殓者率皆生。"
也就是说，凡用玉衣包裹尸体的皆不朽。但现代考古发现证明，所有用玉
衣裹身的尸体，全部腐烂，无一幸存。相反倒是用衣物包裹尸体、并配以
草药等物防腐者，若棺椁封闭得当，大部分尸体会保留下来，且保存得相
当完好，马王堆一号汉墓出土的女尸即为典型范例。

长沙王吴芮死于汉高祖己亥五年（公元前 202 年），据考古发现所知，
长沙国丞相利苍死于吕后二年（公元前 186 年）；利苍之子死于汉文帝

十二年（公元前168年）；利苍夫人辛追死于汉文帝十二年以后数年之间的某年。吴芮与利苍之死相差16年，与利苍夫人之死相差30余年。既然当时的上流社会皆推崇长生不老和尸体防腐之术，想来作为长沙王的吴芮也不例外，一定是殚精竭虑，想方设法令人搜寻和研制。当他撒手归天后，家人便用楚地一带早已流行、时在长沙附近逐渐成熟的草药混合技术作为防腐之术，为其尸体沐浴、喷洒、穿戴包裹、降温、入殓、封棺、闭椁、覆土等等。当这一切完美无缺地一步步做完后，一具尸体便在幽深封闭的墓穴之内长期保存下来，并出现了下葬400多年后，墓葬被掘，棺椁打开，墓主吴芮仍"容貌如生，衣服不朽"的奇特景观。若对比1700年后的利苍夫人尸体出土时的状况，此点当属真实，且没有什么可以大惊小怪的了。

<< 马王堆一号汉墓主辛追青年时代塑像

同为长沙豪门出身，何以吴芮与利苍夫人辛追的尸体在后人发现时完好无损，面目如生，而葬于同一块墓地、相隔仅几米远的利苍本人与儿子的尸体却早已腐烂，只剩下残骨碎渣？考古人员得出的结论并不复杂，利苍之子是由于墓葬和棺椁本身封闭不严，封闭墓穴的白膏泥有明显缺口，棺椁有裂缝所致。至于长沙丞相利苍本人尸骨无存，则与墓葬被盗有关，若没有盗墓贼的毁坏，尸体极有可能也同他的夫人一样，会完好无损地保留下来。

湖南省考古队员侯良等人在发掘长沙丞相利苍墓时，发现了两个盗洞。其中一个为四方形的洞穴，大小正好可容一人；一个为圆洞，里面塞满了杂土，若不仔细察看，一时还不大容易认出。这两个盗洞出现于哪朝哪代，一时无法判断。后来，发掘人员在盗洞土层中发现了一个瓷碗，经鉴定，这只瓷碗属于唐代的产品，因而，盗墓者被断定是唐以后、宋之前的人，而唐代的可

<< 马王堆二号汉墓发掘现场

能性最大。这样认为的理由是，这只碗仅是一个极普通的生活用具，很难保存到宋代。何况唐代瓷碗保存到宋，已经算是有价值的文物了，深知文物之利的盗墓贼怎会轻易将其扔掉呢？所以，唯一的可能是唐代的盗墓贼，拿了这只平时在家中常用的瓷碗，作为打洞盗宝时喝水、进食之用，而用完之后随意地扔之于旁侧，走时也未带走。至于墓葬系何人所盗，至今仍难有定论。当考古人员发掘到墓穴底部时，见棺椁早已散乱不堪，内中器物几乎全被盗走，只剩一点残骨和器物碎片，最大的收获就是于散乱的棺材缝隙中，发现了利苍为相封侯的三颗印章，从而揭开了马王堆家族墓葬之中的墓主与时代之谜，这算是不幸之中的万幸。

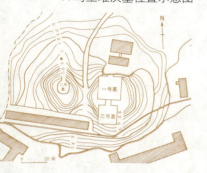

《《马王堆汉墓位置示意图

对于这座长沙国丞相墓的发掘，周恩来总理给予了特别关注和重视，当得知墓中除了三颗印章，其他器物全部被盗墓贼劫掠一空时，周恩来专门向国家文物局局长王冶秋问及此事，说："现在还有没有盗墓的人，全国墓葬破坏情况是否严重？"王冶秋回答说："旧社会那些专门靠盗墓吃饭的人，长沙一带称'土夫子'，凡有点真本事的，基本都被各地博物馆和考古部门收编了，成了现代国家工作人员，所以基本上没有专门盗墓的人了。除了被收编外，还有一个重要原因，文物的流通渠道被截断了。董老出任华北军政委员会主席时，第一个命令是征集革命文物令，第二个命令就是禁止珍贵文物出口。现在办的文物商店都是国营单位，盗墓贼从墓中盗出的器物不敢拿来销售。因为社会上已经没有自由的流通渠道，中国的文物出不去，境外的文物贩子又进不来，所以自新中国成立后，盗墓这个行业算是基本消亡了。"

令周恩来和王冶秋都没有想到的是，仅仅是几年之后，随着中国经济改革的兴起，消亡了几十年的盗墓业再度还阳复苏，盗墓者借尸还魂，于华夏大地山野草泽中活跃起来，大显身手，所向披靡。"要想富，去盗墓，一夜一个万元户"的诱惑，使越来越多的山野村夫，城市混混，地痞流氓，甚至道貌岸然的政府官员，纷纷加入到盗墓者的行列之中，企图借挖掘地下古物一夜暴富。从关中大地到中原腹地，从燕山南北到长江上下，从作为古蜀王国的川境，到楚地的长沙、荆州，皆有盗墓者活跃其间。短短几年间，大江南北、长城内外已是千疮百孔，骸骨遍野，其盗掘规模之大，持续时间之长，被盗古墓之多，为二千年历史进程中所罕见。盗墓者结成团伙，各有分工，有的挖土，有的望风，有的负责现代化设备的运用，有的则专门负责销赃。其盗掘方法、技术、工具越来越先进和专业，如探寻汉墓由原来的洛阳铲演变成重铲，进入墓室捣土时用滚叉和撇刀，挖掘唐墓时用类似鲁智深的月牙铲的工具——扁铲。再后来，盗墓者甚嚣尘上，更趋现代化、智能化、集团化，探测墓葬动用军用罗盘、探地雷达、金属探测仪、气体分析仪等等，大大缩短了以前靠经验找墓、断代等前期的工作时间。盗掘时则使用雷管、挤压式炸弹。此种炸弹作为最先进的武器，本来是装备到各集团军陆军部队，从而避免了士兵在野外作战时挖战壕之苦。在野外作战时，只要在前方几米掷下一弹，就会出现一个几米深的圆洞。洞内的土不是被炸飞，而是通过爆炸力，向四周挤压，因而当炸弹爆炸后，洞外见不到一点土。一连几个炸弹下去，就是一个深井。盗墓团伙认为此法用来盗墓，既省心又省力，于是开始普遍使用这一新式武器。若发现墓葬，只需几个炸弹，即可穿透墓室，盗墓贼可轻而易举地进入满藏金银财宝的墓穴开棺取宝。开棺时的工具也渐渐鸟枪换炮，由旧时的刀劈斧砍，换为大型电锯；运输通信也一跃而变为摩托车、汽车、手机。整个中国每年有千百座墓葬被以这样的现代化方式盗掘一空。如位于浙江的鸦片战争抗英名将葛云飞、《申报》主编史量才等名人的墓葬已被盗掘，清代"辫帅"张勋之墓在江西被掘，位于湖南长沙的晚清名臣曾国藩墓先后两次被盗，盗墓者劈棺抛尸，墓内文物被劫掠、毁坏殆尽。

<< 应用于反盗墓中的长杆铁枪

据长沙和荆州市文物部门统计，截至 2005 年，仅长沙郊区、江陵八岭山、荆门市纪山等省级和国家级文物保护单位中的大中型古墓，就有 1300 多座被盗掘，其中近 1000 座被彻底盗毁，大批文物流失或遭到破坏，损失极其惨重。最令人惋惜的是，1994 年春，荆门市郭家岗 1 号战国墓被盗掘，劈棺抛尸。墓主人为一楚国贵族夫人，时间比长沙马王堆汉墓出土的女尸还要早，虽长眠于地下

2300多年，但与马王堆汉墓女尸一样，保存完好，堪称"稀世之宝"。然而，盗墓者为了从墓主的七窍中抠摸金器和玉器，竟对女尸百般作践，女尸衣服被扒光，头发被撕掉，嘴被撬开，牙被敲碎，最后被拖埋到另一穴洞达一个半月之久。待案发时，整具尸体已腐烂不堪，文物价值丧失殆尽。

面对中国大地上涌起的盗墓狂潮，每一个有良知的中国人和世界进步人士，都感到莫大的耻辱和痛心。无论是古墓葬还是古文化遗址，都是不可再生的人类文明成果和人类遗产。当历史进入21世纪之时，中国华北地区的盗墓贼，已从挖掘墓穴转向劫掠地面文明遗址、遗物，这是地下文物告罄的一个不祥之兆。对此，有观察家预言，等到21世纪结束之时，便是考古学家失业和考古学科消亡之日。这个预言看上去有些危言耸听，但却道出了一种无可奈何的现实和内心的忧虑。但愿今天的人们能从历代盗墓和劫掠、毁灭人类自身文明成果的罪恶中得到教训，并能从中思考些什么，从而以群体觉醒的力量来共同扼制这一人类毒素的发展蔓延，使中华文明与世界文明残存的硕果得以长久保存，文化的香火得以延续，这便是我们撰写此书的本意。

# 第一章

# 悲剧的诞生

# 坟包突起人世间

在以土葬为主流的古代中国，坟墓便是人生的最终归宿，所以古人云：入土为安。对于大多数人而言，无论其生前是享受着荣华富贵，还是过着屋无片瓦、地无三分的贫苦生活，喧闹都是一生的主题。正是基于在世时的浮华，在地下世界得到安息和宁静，便成为人类的一个梦想。那些生前享有特权的贵族阶层，除了梦想在地下世界安息，还想继续过那种骄奢淫逸、钟鸣鼎食的人间生活，建造气派的陵墓与豪华宽敞的地宫，就成为其追求的目标。但事实上，生前美好的心愿和布置的如意算盘，死后并不总能如愿，有时恰恰相反。"自古及今，未有不亡之国者，是无不掘之墓"，为这一梦想和行为做了历史性注脚。

当然，人不是在猴子时代就开始建造坟墓的，也不是从猴子变成人那一天突发奇想，要打造个豪华地宫，以便死后安葬，继续享受人世间的舒畅与快乐的。有史可查的是，坟墓的建造，距今也不过是三千多年的时间。

在远古时代，人们还没有安葬死者的习惯。原始人类对于同伴死亡的处理，要么是在快饿死之时，不得已将其吃掉，这可称之为"腹葬"；要么将尸体随便丢弃于野外，这可称之为"野葬"。正如《孟子·滕文公上》说的那样："盖上世尝有不葬其亲者矣，其亲死，则举而委之于壑。"实际上"腹葬"和"野葬"都算不上丧葬。随着生产力的发展和生活的安定，出现了埋葬死者的现象，但当时墓而不坟，且无任何标记，"古之葬者，厚之以薪，葬之于野，不封不树。"

真正意义上的墓葬制度的出现是灵魂不死观念产生之后的事情。这一观念的产生彻底改变了人们对于死亡的态度。这种观念认为，人死了，只是迁居，要过另一种新的生活，因而，要按照死者生前的生活方式来安葬，所谓"事死如事生"。正如古人所说，"丧礼者，以生者饰死者也。"正是在这一观念支配下，经历漫长的岁月，才逐渐形成了一套隆重而复杂的丧葬制度。

　　所谓中国奴隶社会的代表——商，是至今唯一可以证明中国开始进入"文明时代"的朝代。就是在这样一个大时代里，兴起了历史上第一个厚葬高峰。这个时期统治者的墓葬十分奢侈，并有大量的奴隶殉葬。现代考古发掘证明，安阳的商王陵墓，墓室面积约330平方米，加上墓道面积共达1800平方米；高级贵族的墓，墓室面积加墓道面积共300多平方米，其形式有"亚字形墓"，即墓室南北各留一条墓道；有"甲字形墓"，即南面留一条墓道。中等贵族的墓，无墓道，面积约20平方米；一般小贵族的墓，面积不足10平方米；平民墓室面积仅2～4平方米。统治者的墓葬，随葬有大量青铜器、玉器，并殉葬大量的人、畜。当时流行在墓坑中部挖一"腰坑"，以殉葬人、畜和随葬器物；在墓上建房屋，以供祭祀，称为"享堂"。《礼记·檀弓上》所记载：有虞氏瓦棺，夏后氏堲围，殷

<< 商代殷墟王陵发掘现场

人棺、椁。殷代的大墓中，多有棺、椁。棺上一般涂红、黄漆一至数层，少数棺上还有彩绘。

中国的丧葬史在西周时拐了一个弯。这一时期，由于农业民族比游牧、经商民族更讲礼制，更重伦理，故有薄葬之趋势。而尤为重要的是，西周时期，丧葬礼仪开始走向制度化、法律化。据《周礼》载，当时专门设有"冢人"，专司王室贵族的"公墓"。他根据贵族的班辈、级别来确定墓室大小、享堂（墓上房屋）的标准和植树数目；又设"墓大夫"，掌管平民的墓葬。随着时间的发展，人们对于墓葬越来越重视，灵魂不灭的观念也在人们的思想意识中越来越强烈。由于当时生产力水平非常低下，人类的活动经常随着自然环境的变化而不断迁徙。在这诸多情况的限制下，人们还没有把墓葬作为永远祭祀的打算，所以当死者被埋葬之后，地面上并没有留下什么特殊的标志。正如《礼记·檀弓》所言："古也，墓而不坟。"并解释说："凡墓而不坟，不封不树者，谓之墓。"说明早期的墓葬是既无封土的坟头，也无树木或标志的。这一点已被考古发掘所证实。

大约从周代起，在墓上开始出现封土。《礼记》中有一段孔子寻找父母之墓的故事，为后人研究墓葬的变革提供了一个极其重要的信息。这个故事说，当孔子三岁的时候，父亲叔梁纥就死了。当孔子长大成人后，想祭祀一下他的父亲，却找不到墓葬的处所。后来经过许多老人的回忆，经过很长时间才找到。孔子是个重"礼"之人，他认为子孙祭祀祖宗是必要的礼节，为了便于以后经常前来祭祀而不致迷失方位，他想了一个办法，即在父亲的墓葬处所上培土垒坟，作为下次寻找的标志。关于在墓葬处所培土垒坟的做法，可能在孔子之前就有人做过尝试，但后人大多还是以这个故事发生的年代作为封土的起源。据《礼记·檀弓上》载，孔子在合葬其

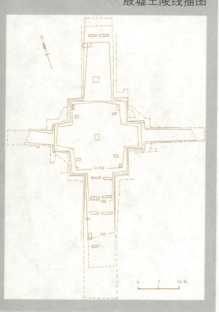

《殷墟王陵线描图

北

10.5M

6M

3M

0    5    10米

父母时说："吾闻之，古也墓也不坟，今丘也，东西南北之人也，不可以弗识也，于是封之，崇四尺。"

战国中晚期，出现了以国君为中心的陵墓制度。在商周时，帝王的墓仍称为墓，春秋时有的称丘。从文献记载看，春秋战国以后，坟头的封土逐渐高大起来，大者形状好似山丘，因此有人把这类的墓葬处所称之为邱。如当时赵武灵王、燕昭王的墓葬处所，分别称为赵邱、昭邱等等。后来，便出现了帝王将相等封建贵族的陵。从战国秦惠王开始专称陵，这也是帝王丧葬史上的一个分水岭。

秦汉时期，逐渐进入第二个厚葬高潮。这个时期，统治者的墓葬自然是穷奢极欲，一般庶民百姓也大有讲究，新型墓葬不断涌现。秦始皇陵堪称"超级天子大墓"。它的地宫设施与地面设施一样，墓内地低见水，用铜加固，上置棺椁，陵区现发现的陪葬坑多达300余个，重要文物3万多件，特别是兵马俑的发掘，被称为"世界第八大奇迹"。

从西汉开始，墓葬习俗有了重大变化。在墓室内外，描绘、模印有各种图像，题材十分广泛，从神话传说、历史故事，到墓主经历、家庭生活、劳动生产等都有涉及。长期以来杀人殉葬、以人祭祀的习俗，至汉代基本被废止。在随葬品中，过去杀殉奴婢的习俗被木俑、陶俑取代；真车马被木陶模型代之；青铜器为主改为陶、漆器为主；出现了大量的陶质物器，如仓、灶、井、猪圈、田地、楼阁等。汉代的皇帝，即位一年后便开始营建自己的陵墓。其耗费之巨，难以想象。西汉的帝陵较为集中，11个帝陵，9个在今咸阳塬上，另外的霸陵在西安市东郊的霸陵塬上，杜陵在今西安市南郊的杜陵塬上。除汉文帝的霸陵因薄葬而"因山为藏"外，其余皆有高大的土堆。帝后合葬，同茔而不同陵。帝陵在西，后陵在东。当时的陵园之旁，建有寝殿。寝殿内建有东、西阶厢、神座等，陈列着主人的衣冠几杖等日常用品；宫人必须像主人生前那样，每天准时整理被枕，准备用水，摆设梳妆具等。西汉诸陵还有一个特点，即都有高级官吏、宠臣的陪葬墓地，一般在帝陵之东。众多陪葬者，每人一

<< 从打虎亭汉墓内出土的壁画：相扑图

个大坟丘，整个陵区星罗棋布。晋代张载《七哀诗》中写道："北邙何垒垒，高陵有四五，借问谁人坟，皆云汉代主。"这首诗形象地反映了当时陵区的分布情况。

<< 殷墟王陵区大墓出土的鹿鼎与牛鼎

东汉墓中，开始流行"买地券"，象征死者对墓地的所有权。一些地区，随葬品中还出现了"摇钱树"，反映了货币经济的冲击。在墓形上，出现了记载死者姓氏、埋葬年月、埋葬者、易于识别的墓碑；出现了表明死者身份、等级并使冢墓更像官府的墓阙；出现了列于墓前，用于昭示祥瑞的石兽。墓中常见一种镇墓文字，或写于陶瓶、铅券之上，或石刻、砖刻于墓内。其内容包括纪年月日，以天帝使者的名义告死者之家或丘丞墓伯，给活人除殃免祸，为死者解迫谢罪。值得注意的是，墓中还多随葬铅人，据说是为了代替死者在阴间服役。

<< 殷墟王陵中被杀殉后陪葬的奴隶头骨

东汉至魏晋南北朝，厚葬再一次演变为薄葬。东汉后期，道教兴起，佛教传入。道教主张薄葬，佛教崇尚火葬，亦是薄葬，其影响相当之大。魏晋南北朝时，少数民族势力进入中原，其主张薄葬也有不小的影响。多种原因，促成了薄葬风气的流行。三国时期，有识之士率先带头施行。魏文帝曹丕，依山为陵，无寝殿、园邑、神道。魏晋时的豪族世家，生前奢靡极欲，但死后也实行相对的薄葬。

南北朝时，为了让墓室更像现实的府第院落，普遍加长墓道，顶部开天井，一个天井象征一重院落，又在室内砌棺床、台桌等。还出现了放在墓内，主要用于记载死者生平的墓志和用于避邪的陶质"镇墓兽"。这一时期，陵制多聚族而葬，家庭墓进一步取代了氏族墓地。此后，帝陵的基本类型都是承接前代而建。

唐陵有"积土为陵"和"依山为陵"两种形式，陵园的平面布局仿长安城，墓室则仿皇帝内宫。帝陵的陪陵制度在唐代有了进一步的发展，如昭陵，其陪陵墓已确定的有 167 座。

在唐以后的法律中，多有丧葬坟墓的规定。这些规定使得人们一看坟墓的大小高低，便可知埋葬者的官位品级。

唐陵平面布局既不同于秦汉以来的坐西向东，也不同于南北朝的"潜葬"之制，而是仿唐长安的建制设计。陵寝高居于陵园最北部，相当于长安的宫城，可以拟皇宫苑。其地下是玄宫，在地面上围绕山顶或封土堆建方型小城，城周有四垣，四面各一门，门外有双阙、双狮，南面为正门。唐皇帝死后，选择陵地只考虑风水龙脉，不统一规划。唐陵前均有大型石刻。如唐高祖献陵有石虎、石犀和华表，昭陵有"昭陵六骏"石刻和石翁仲等。

北宋、南宋时代，由于政治孱弱，其皇陵规模较小，亦无突出之处，而且多遭浩劫。陆游《南宋杂事诗》云："回首东都老泪垂，水晶遗注忍重窥。南朝还有伤心处，九庙春风尽一犁。"读罢，不禁令人唏嘘。

明陵的布局风格，标志着中国帝王陵寝制度步入了成熟阶段。在形状上，由方形变为圆形，采取宝城宝顶，方城明楼的形式，不仅显示了帝王陵寝的庄严与威仪，也具有很高的建筑艺术水平；更加注重棺椁的密封与防腐；朝拜祭祀仪式更为隆重和完整，而且出现了规模宏

<< 陶制镇墓兽

<< 明十三陵长陵大殿

大、豪华奢侈的陵园建筑群：陵园正门有巍峨壮观的牌楼，过了牌楼，由南向北沿神道中轴线形成了三大砖木结构建筑群。第一部分为碑亭、神厨、神库等；第二部分为祭殿和配殿；第三部分为宝城、明楼等。其中，明神宗定陵玄宫，总面积达1195平方米，其气象之宏丽，世所罕见，被誉为"地下宫殿"。清陵分为清东陵和清西陵。清东陵位于北京市东北120公里处，河北遵化的马兰峪附近；清西陵分布在北京市西南120公里处，河北易县梁各庄。清陵继承了明陵宏伟壮丽的特点，而且其建筑艺术达到了一个更高的境界。

## 令人惊叹的地下宝库

对生命的眷恋和对死亡的恐惧，使人类造就并接受了灵魂不灭的美丽神话。这个美丽神话的直接结果就是导致了视死如视生现象的产生。于是，在寻找到了自己的最终归宿——坟墓之后，人们便将其视为"新家"而大加装饰，厚葬之风愈演愈烈。秦始皇陵未得开掘，其中珍宝自不得知，但据《史记》载："天下徒送诣七十余万人，穿三泉，下铜而致椁，宫观百官奇器珍怪徒藏满之。"

汉代皇帝将天下税收总数的三分之一用来建陵，故汉陵中藏品十分丰盈。汉武帝茂陵中除无数金银珠玉外，还有鸟兽鱼鳖、牛马虎豹等"凡百九十物，尽瘞藏之"。西汉赤眉军挖掘茂陵，数以万计的义军搬运数日，

<< 金缕玉衣

但"陵中物不能减半"。武帝所穿的"金缕玉衣"（即用几千块玉片以金丝缀合而成的衣服），与别的皇帝不同，别出心裁地在玉片上又雕刻出蛟龙、凤凰、乌龟、麒麟等祥物，是一件精美绝伦的艺术品。其诸侯也穿"银缕玉衣"。大贵人、长公主死时用"铜缕玉衣"。1968年，在河北满城发掘出中山靖王之墓，中山靖王刘胜夫妻都身着"金缕玉衣"。其中刘胜的玉衣长1.88米，用1100克金线连缀2498块大小不等的玉片制成。目前发现的汉代"金缕玉衣"就有20多套。

唐高宗李治和武则天合葬的乾陵，其珍宝因未开掘尚未得知。仅就其陪葬墓来说，虽早年被盗，但出土的各类文物仍达4000多件。如章怀太子墓出土的三彩镇墓兽、官宦俑、武士俑、鞍马、骆驼等，身材高大，釉色亮丽，属唐俑精品。永泰公主、懿德太子墓中的金、铜鎏金、玉饰品，形状多式多样，雕刻非常精细。墓内还有许多壁画，内容丰富，是研究唐王室贵族生活和古代绘画艺术的珍贵材料。

明神宗朱翊钧的定陵，其宝物数不胜数。在他的头旁，放着一顶翼善冠，是用纯金细线织成，重800余克。上有两条纍丝金龙盘绕，为世所罕见的无价之宝。在皇后的4件凤冠上，缀满了金龙、翠凤、花鸟连理。其中的一顶，上有金龙12条，翠凤9只，博鬓（凤冠后面的翼，由珍珠串饰而成）3对。在龙凤之间，缀满了珠玉宝石；其中的一顶缀珍珠2300多粒，各色宝石150多颗，可谓稀世之宝。在出土文物中，还有一种叫作"宝花"的珍品（衣带上的饰物），上面镶嵌着"猫儿眼"、

<< 明定陵出土的凤冠

"祖母绿"等极贵重的宝石。"猫儿眼"俗称"夜明珠"，对光线的反应十分奇异，可在中央形成一条晶莹的明蓝色的光柱，像猫的眼睛一样，故又称"猫眼石"。这种宝石，在自然界罕有，只产于今斯里兰卡的个别地方。据说在明代，豆粒大的一颗，就价值千金。更令人叹为观止的是，这些宝花，有的竟嵌着拇指般大的猫眼石，其价值难以计算。另外，像金银玉瓷、

木俑漆雕、成匹的绫罗绸缎还有数千件，件件巧夺天工，价值连城。

在清代，乾隆皇帝死后穿戴的都是宝物。统治中国达半个世纪的慈禧太后，生前享尽了人间的荣华，死后仍然极尽奢侈，在她的陵墓里更有令人无法想象的富贵。据说慈禧死后，口内含着一颗荧光闪闪、百步之内可映照清楚丝丝头发的"夜明珠"，头部上首放置一个翠荷叶，脚下安放一朵粉红色的碧玺大莲花，身着金丝串珠彩绣袍褂，头戴珍珠串成的凤冠；盖的衾被上有珍珠堆成的大朵牡丹花，手镯是用钻石镶成的 1 大朵菊花和 6 朵小梅花连缀而成。身旁放有金、红宝石、玉翠雕佛像各 27 尊。脚下左右两边各放翡翠西瓜一个，甜瓜两个，白菜两棵，还有宝石制成的桃、李、杏、枣 200 多个。尸身左旁，放着一枝玉石制成的莲花，右侧放着一枝玉雕红珊瑚树。另外还有玉石骏马 8 尊，玉石十八罗汉等 700 多件宝物。当宝物殓葬完毕后，棺内空隙又倒进 4 升珍珠和红、蓝宝石 2200 块。这满满的一棺奇珍异宝，据当时人估计，不算皇亲国戚、王公大臣的私人奉献，仅皇家随葬品入账者，即价值白银五千万两，其靡费之大，令世人惊叹。

诸如此类为死者陪葬的光怪陆离的地下宝藏，点燃了胆大妄为者贪婪的欲火，导致本已存在的盗墓风愈演愈烈，一场场盗墓与反盗墓的"阴阳之战"，便在活人与死人、地上与地下之间拉锯般展开，以至几千年起伏绵延，不绝于世。那山环水绕灵境天开的巍巍帝王之陵，那帝王之陵中闪烁不断的磷火蓝光，以及无以数计被盗的陵墓珍宝，令世人百感交集，痛心疾首。

纵观历史，厚葬之风愈烈，则盗墓之风日炽。当历代帝王将相苦心孤诣地经营着自己未来的"极乐世界"之时，一个破坏这一世界的活动相伴而生，而且，这种

<< 明定陵出土的心字形镶金猫眼石饰物

破坏是如此地猖獗，以至于它不但令死者尸横于野，也令生者不寒而栗。

## 盗贼如狐

其实，对于厚葬的危害，古人已早有所认识。

早在西汉中期，著名学者杨王孙就曾指出："厚葬诚亡益于死者……或乃今日入而明日发，此真于暴骸于中野何异！"

另一位大学者刘向也说："丘陇弥高，宫庙甚丽，发掘必速！"

东汉时的一道诏令写道："今百姓葬送之制，竟为奢靡，生者无担石，而财力尽于坟土，伏腊无糟糠，而牲牢兼于一奠，靡破积代之业，以供朝夕之费，岂孝之意哉？有司具申明科禁，宣下郡国。"

晋代大文学家张载在《七哀诗》中描述了汉代皇陵被盗后的惨状："借问谁家坟，皆云汉代主……季叶丧乱起，盗贼如豺狼，毁坏过一杯，便房启幽户，珠匣离玉体，珍宝见剽虏。"

但可惜的是，这些理智的声音在当时的世俗社会里是那么的微弱。在"事死如事生"思想的支配下，厚葬之风虽在历史的某个阶段有所回落，但其愈演愈烈之势浩浩荡荡，难以阻挡，于是出现"自古及今，未有不亡之国也，是无不掘之墓"的现象，也就不足为怪了。

历史上有记载的盗掘事件最早出现在 2700 多年前的西周晚期，最早被盗的著名墓葬是商朝第一代王——商汤之冢，距今约 3600 年。后来汤王冢又数次被盗，穴内几欲成空。据《垄上记》载，北魏天赐年间，河东人张恩又盗掘汤王墓，仅得到了些古钟磬，深觉无用，于是全部投入河中。

商末名臣比干墓，北宋时被陕西转运使李朝孺所盗，据说从中盗出直径 2 尺多的铜盘，长 3 寸多的玉片等物。

《《管仲墓

周朝天子周幽王墓被西汉时的广川王刘去疾盗掘。据《西京杂记》载，冢"甚高壮，羡门既开，皆是石垩，拨除丈余深，乃得云母，深尺余，见百余尸，纵横相枕藉，皆不朽，惟一男子，余皆女子，或坐或卧，亦犹有立者，衣服形色，不异生人"。这个记载与长沙王吴芮墓被盗情形颇为相似，只是真假无法考证罢了。

春秋战国时期，出现了中国历史上第一个盗墓高潮。《吕氏春秋·安死》说："今有人于此，为石铭置之垄上，曰：'此其中之物，具珠宝玉玩好财物甚多，不可不扣，扣之必大富，世世乘车食肉。'人必相与笑之，以为大惑。世之厚葬也有似于此，自古及今，未有不亡之国也，无不亡之国者，是无不扣之墓也。以耳目所闻见，齐、荆、燕尝亡矣，宋、中山已亡矣，赵、魏、韩皆亡矣，其皆故国矣。自此以上者，亡国不可胜数，是故大墓无不扣也。"当时盗墓之猖獗由此可见一斑。有关史书上有记载的被盗名墓就有晋灵公墓、齐景公墓、管仲墓、吴王阖闾墓、魏襄王墓、魏安釐王墓、魏哀王墓、赵简子墓等。

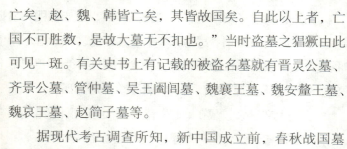

‹‹ 管仲墓碑文

据现代考古调查所知，新中国成立前，春秋战国墓葬非正式发掘或被盗掘的有三处：

一是1923年河南新郑农民打井时发现的郑公墓，出土了一批重要青铜器，因非科学发掘，文物与资料自然无法全面收集保存，导致墓主与年代难以确定，研究者根据一些文物推断，此墓可能是郑国一个君王墓。所幸的是这批青铜器大多数还存于国内。

二是洛阳金村周王墓，1928年夏天，天降大雨，墓坑下陷。时有一盗墓贼借住在一个瓜棚内观风避雨，正值夜半，忽闻野外有坍塌挤压声，知是鬼神出没，特地报喜来了。于是披上蓑衣，冒雨前往察看，未多久，即借着雷电的闪亮看清了眼前塌陷的大墓，盗墓贼复回瓜棚睡觉。待次日东方欲晓，风住雨停时，盗墓贼便找了铁锹等物对着墓坑挖掘起来，不到一个时辰便轻而易举地进入墓室，内藏的精美文物被洗劫一空。更为不幸的是，这批文物于民国战乱中几乎全部流散到海外，中国本土学者很难一窥真颜，只能到海外特别是美国各大博物馆一睹风采。有研究者如大陆青铜器专家李学勤等，根据一些器物铭文推断，这些文物显然属于周王室之器，这座墓葬很可能就是周王之墓。因整个墓的资料大多分散和损毁，到底是周王朝哪一个王尚不清楚。

三是著名的楚幽王墓连续三次被盗掘。1933年安徽寿县爆发大饥荒，一时间，人相食，死者相望，饿殍遍地，尸骨成壕。该县朱家集附近的地主、豪绅眼看社会秩序已失，天下大乱，便乘机纠集一批流氓地痞，在光天化日之下盗掘了当地叫作李三孤堆的一座古墓，斩获了一大批价值连城的青铜器和上千件珍贵文物。正在盗徒们挥汗如雨地大肆盗掘之时，有恪守社会正义者，瞪着被饿得发绿的眼睛，两腿打晃，一步三摇地来到县衙报案，并通电全国报馆。事发后，报纸竞相披载，全国震动，舆论沸腾，纷纷表示要严查案情，对罪犯处以极刑。国民党地方政府迫于各方面的压力，立即出动警力进行侦办，所涉罪犯多数被抓获，盗掘文物大部分被缴获，送至省文物部门收藏（现藏安徽省博物馆），只有一些便于匿藏的小件器物未能追回。由于盗掘者胆大包天，自以为风平浪静，在盗掘中进展缓慢，加上报案及时，警方出动还算迅速，尚未将墓盗空即被迫停止，这为墓葬再次被盗埋下了伏笔。

1935年，当地一些不法之徒，趁新一轮兵荒马乱之机，于月黑风高之夜，再次对这座劫后残存的墓葬进行盗掘，掘出文物数百件，全部被歹徒瓜分，未久即失散，大多数被外国人弄出境外。

1938年，桂系军阀、国民党第十一集团军总司令李品仙驻守寿县之时，偶闻李三孤堆古墓未被全部盗空，大量珍宝尚在墓穴深处，贼心顿起。经过一番密谋，仿照十年前国民革命军第十二军军长孙殿英率部盗掘清东陵的诡计，以军事演习和剿匪为名，由交际科长邓峙率领三个运输连的兵力，浩浩荡荡地开赴朱家集古墓现场，明火执仗地公开进行盗掘，据说整整挖了3个月，直到把墓内劫

<< 战国楚王鼎。通高53厘米，口径45.5厘米，腹围148厘米，盖上有环和三个变形的鸟形纽。附耳，直腹，兽蹄形足。器口刻铭文46字，记载楚幽王为庆贺胜利，用缴获的兵器铸成此鼎的经过。传此鼎于1933年安徽寿县朱家集李三孤堆出土（同出土的楚铜器数量甚多，流至天津的有鼎、豆、勺等共10件），此鼎造型雄浑敦厚，是出土楚铜器的重要代表。

余的青铜礼器、乐器、兵器、玉器、石器（磬）等数百件珍贵文物洗劫一空。盗掘的官兵深感几个月来费力劳神，流血流汗，所获珍宝并没有想象中之多，愤懑之下，索性把墓中棺椁一并带走。至此，整座大墓的随葬器物算是被彻底洗劫一空，只留下一个黑糊糊的土洞向世人昭示着世事沧桑。

李品仙所劫得的墓中文物，大部分通过上海码头秘密运往香港销赃，后来这批文物全部失散，下落不明。当时只有一件青铜大鼎（高 1.13 米，口径 0.87 米，重 400 多公斤），因重量超群，当地的盗墓贼无力弄出坑外，因而两次盗掘均未损毫发。李品仙部虽凭着人多势众，把这件大鼎弄出了墓坑，用汽车拉到了寿县营区，但总因躯体过于庞大，无法掩人耳目偷运至香港销赃，若锯成一块块废铜又实在可惜（著名的安阳司母戊大鼎在被挖出时就被锯掉一耳），在两难中，李品仙迟迟未能想出处理的办法。随着抗日战争越演越烈，国军步步退却，李品仙部移防他处，这件大鼎被扔在营区成了无主之物。后来安徽省博物馆将其收藏，并陈列展出。1958 年9 月 17 日，毛泽东视察安徽省博物馆时，曾专门参观了这件大鼎，并说过"这么大一件鼎，能煮一头牛"的话，专门在大鼎前留影。由此可见此墓和出土文物的重要。然而因多次盗掘，究竟墓中有多少文物，墓坑的具体情况如何，都无法探根溯源，弄清原状和内情了。有研究者仅根据墓中出

<<1950年10月，中科院考古所派遣的首次发掘团一行12人在辉县琉璃阁考古工地。此次行动标志着新中国成立之后，大规模考古发掘的开始。立排左起，魏善臣，徐智铭，郭宝钧（左 4）苏秉琦，夏鼐，安志敏，马得志（右三），王伯洪，石兴邦。坐排：王仲殊（右 3），赵铨（右），白万玉（左 3）。

土的一些器物铭文考证，认为此墓为楚幽王墓，或幽王妃子墓。

新中国成立后，科学发掘的王侯墓不多，其中属春秋阶段的墓主要有安徽寿县的蔡侯墓和吴君夫人墓。蔡侯墓封土有盗洞，但未盗至墓室即停止，什么原因导致未能继续盗下去，不得而知。发掘得知，棺椁、漆木器等均无腐烂，出土青铜礼器、乐器、兵器、玉器等重要文物 480 多件，究竟属于哪一个侯，各路学者仁者见仁，智者见智，长说、短说甚至胡说地激烈争吵，终于有一种判断突出重围，暂时占据了上风，即墓主为死于公元前 491 年的蔡昭侯申。

<< 河北平山战国晚期中山国王墓出土的《兆域图》，镶刻在铜板上。

与蔡侯墓齐名的吴君夫人墓，即固始侯古堆 1 号墓，墓上有 7 米高的封土，发掘后有大型墓道，棺椁俱全，墓主是一女性，死时约 30 岁左右，椁内外有 17 具陪葬人棺。墓内被盗墓贼几次光顾，从留下的痕迹判断，多数珍贵器物被盗走，令人遗憾。在其中一个器物坑内出土有礼器、乐器、漆木器、车马器及肩舆等大量文物，考古人员通过对一件器物铭文的释读，知是宋景公为其妹（勾郚夫人）所作的媵器（陪嫁品），于是有学者认为此墓为吴君夫人墓。但亦有学者认为仅凭这件铭文不能断其为吴君夫人，也不是吴墓，应是一座楚墓，墓主为一个楚国的贵族夫人。到底谁是谁非，未见分晓。

属于战国阶段的大型墓葬主要有三处。一处是河南辉县固围村的魏君墓。固围村大墓共有三座，一字排开，旁边还有两座陪葬墓，墓地约于1929 年被盗墓贼侵扰。1937 年，国民政府中央研究院进行过发掘，因抗战爆发未能完成。1951 年中国科学院考古研究所考古人员再度进入墓区进行勘察，发现墓葬封土之上有建筑遗迹，台基、柱础、散水及筒瓦、板瓦、瓦当等皆可辨识。经发掘得知，每座墓均为两条墓道的"中"字形，墓室遭盗墓贼劫掠，棺椁已腐，人骨尚存，只残存一点零星的铜器和陶器。研究者根据九件一组的陶鼎，推断墓主为诸侯一级的人物，应是魏王的陵墓。此种论断遭到了一些学者的反对，认为此地距魏国都城大梁较远，魏王不会远离都城葬到这里。此墓墓主问题遂成为一桩悬案。

第二处是河北平山的中山王墓，从已发掘的两座墓葬看，亦为两条墓道的"中"字形，墓上的建筑和固围村大墓相仿，墓室全部被盗墓贼洗劫，只留下一块名为"兆域图"的陵墓设计图，可能是盗掘时认为无用吧。另外，墓中发现盗墓贼使用的工具、兵器和生活用具，其中铁镢7件，铁锄2件，均出自盗洞中。在墓主人的棺椁旁则发现铁斧5件。考古人员发现，凡出于盗洞中的盗墓工具大都完好，有的因击砸建筑壁柱石而遭毁坏，遂被遗弃于柱石之下。从遗弃的工具推断，当为一个较大盗墓团伙所为，或许是兵匪所盗也未可知。所幸的是，还有一间椁室旁侧的两个单独的器物坑没有被盗，从中出土了一批精美的随葬器物。

中山国是古代北方狄族所建之国，其疆域大致是现在的保定和满城县南部到石家庄市的南部。公元前314年，中山国曾乘燕国之危，对其讨伐，夺地"方数百里，城邑数十"，战利品无数。公元前296年，赵国、齐国、燕国联合灭掉了中山国。在欢庆胜利的同时，三国军队按照惯例对失败国"毁其宗庙，迁其重器"，盗掘了中山国的王陵。

第三处是河南淮阳的楚顷襄王墓，公元前278年秦将白起拔郢，占领楚都，楚顷襄王率残兵败将逃往安徽寿县。这一番血与火交织的惊心动魄的周折，成为著名的历史事件。顷襄王死后，葬于今河南淮阳。经发掘得知，墓为"中"字形，北去40多米还有一座一边有墓道的"甲"字形大墓，其墓规模更加宏大，据推测可能是顷襄王之母怀王夫人墓。两座墓葬皆为夯土板筑的台阶一级一级内收，两墓的两边均有大型车马坑。发掘时考古人员发现有不止一个盗洞从封土深入地下，直至穿透墓室。待发掘到底部时，方知墓内铜礼器等珍贵物器被盗一空，只出土一些陶器等残物。好在顷襄王墓的车马坑尚未被盗掘，发掘所得随葬车23辆，泥马20多匹。而怀王夫人墓的车马坑，则出土了随葬车8辆，泥马24匹，狗2只，另外还有一些精制的车马饰。

春秋战国之后的秦汉时期，随着封建王朝的大一统和不断强盛，陵墓的规模空前庞大，厚葬之风又烈。但这些陵墓最终也难逃被盗掘的命运。秦始皇陵面积之大令人咋舌，而据文献记载，其先后几次遭到盗掘，并留下了众多传说。西汉诸皇陵在赤眉军攻入长安后，悉数被掘，无一幸免，而其后，汉文帝的霸陵，汉武帝的茂陵以及汉宣帝的杜陵也曾多次被盗掘。

东汉皇帝的陵墓，在东汉末曾被董卓及吕布指挥的军队大规模盗掘，破坏殆尽。除皇陵外，众诸侯王及一些名人冢墓也多被盗掘，如长沙王吴芮冢、梁孝王墓、刘表墓等，甚至汉代大儒董仲舒之母的衣冠墓也未能幸免。

当世人在为马王堆汉墓出土女尸的防腐术感到惊叹，为古代中国人民的智慧再一次击节叫好之时，有谁会想到，这座墓葬也曾遭到过盗掘。

1972年，当考古人员在发掘马王堆一号墓，即出土女尸之墓时，曾连续发现了三个盗洞。这三个盗洞，两个呈方形，一个呈圆形。三个盗洞的发现，令当时的发掘人员心灰意冷，凭以往的经验，只要盗墓贼"光顾"过，墓几乎空空如也，就连考古大师夏鼐也萌生了退却的念头。

1951年，夏鼐大师曾率湖南考古调查发掘团，在长沙调查、发掘了几百座墓葬，但结果证明，多数古墓均遭盗掘，完整者实在是凤毛麟角。为此，夏鼐大师曾在其发表的《长沙近郊古墓发掘记略》一文中，以抑郁的调子和淡淡的感伤写道："我们所发掘的最大的一墓，长5米，宽4.2米，大多是木椁墓，椁木保存的程度不一样，有些只剩下放置棺木的漕沟的痕迹，木质已完全腐朽不见，有些椁木保存得非常完整，盗掘者须用锯或斧把椁盖的木板切一缺口才能进去。"又说："这次我们所发掘的西汉墓葬，仅有两座大墓内木椁保存比较良好，但也只有平铺墓底的地板及其下的枕木保存较佳。墓道向北，墓穴深度距地面8.8米，后半是主室，室中是一个长10.8米、宽6.8米的木椁，放置木棺和重要的殉葬品。前半分为两室，贮藏陶器等，可惜这墓已被盗过好几次了。另一木椁大墓是在伍家岭，这墓的主室也曾被盗过了。"当年夏鼐大师曾亲自到马王堆勘察过，并有发掘的念头，但鉴于已被盗掘的事实，最终还是选择了放弃。直到20年后由于

<< 1951年夏鼐率部于长沙近郊发掘古墓群图示

<< 马王堆一号墓内棺

挖防空洞才又迎来了发掘的机缘。

因为墓葬遭到破坏，马王堆一号墓属于抢救性发掘性质，不管遇到什么情况都必须发掘到墓底，并弄清墓内的一切情况。所以，盗洞出现后，考古人员在大骂了一通盗墓贼后，又挥动工具发掘下去。当他们挖到一米多深时，在一个方形的盗洞中，发现了一只胶鞋底，显然这是盗墓贼的遗留之物。为了弄清盗洞出现的年代，考古人员将这只鞋底拿到一家科研单位做了鉴定。结果被认定为1948年左右上海的产品。由此可见，盗墓的年代不远，但盗墓者究竟是谁，至今也未搞清楚。

后来的发掘证实，一号墓虽遭盗掘，但值得庆幸的是，盗墓贼并没有成功。否则，马王堆女尸——这个举世皆惊的考古发现，特别是那具神秘的女尸都将会成为泡影。这是墓主人的幸运，更是当今人类和后世子孙的大幸。

继秦汉之后，三国、两晋、南北朝时战乱不断，不少名人陵墓在当时即被盗掘，还有一些在后世遭到不测。由于史料的缺乏，许多情况未能尽知，单就有记载的被盗掘的名人墓就有刘备墓、孙策墓、东吴大将吕蒙墓、诸葛亮之兄诸葛瑾墓、东晋大臣桓温墓、南朝陈武帝陈霸先墓等。

唐朝的皇陵集中于关中。十八陵除唐高宗的乾陵之外，其余的如高祖献陵、太宗昭陵、中宗定陵、睿宗桥陵、玄宗泰陵、肃宗建陵、代宗元陵、德宗崇陵、顺宗丰陵、宪宗景陵、穆宗光陵、敬宗庄陵、文宗章陵、武宗端陵、宣宗贞陵、懿宗简陵、僖宗靖陵等全部被五代后梁的静胜军节度使温韬盗发。

<< 马王堆一号墓内棺打开后，女尸身着多重丝织物躺在棺中

五代时期的帝王陵墓被人盗掘的也为数不少，后人有记载的就有晋王李克用墓、南汉王刘铱墓等。

北宋九帝，除宋徽宗和宋钦宗被金国所掳，囚死于漠北外，其余宋太祖永昌陵、宋太宗永熙陵、宋真宗永定陵、宋仁宗永昭陵、宋英宗永厚陵、宋神宗永裕陵、宋哲宗永泰陵七座皇陵都集中于河南巩县（现河南省巩义市）。巩县东依虎牢关，南屏嵩岳少室山、太室山，北靠九曲黄河，伊洛河横贯全境，"山水风脉"俱佳。但这并不能使皇陵摆脱厄运。北宋灭亡后，诸皇陵先是被伪齐皇帝刘豫派兵大肆盗掘。金朝末年，宋太祖赵匡胤的山陵又遭盗贼发掘，从中盗走玉带、宝器等物。金朝灭亡后，蒙古人的铁蹄又踏进了巩县宋陵，将陵园"尽犁为墟"，只留下几尊巨石雕刻。比之北宋，南宋六陵（宋高宗永思陵、宋孝宗永阜陵、宋光宗永崇陵、宋宁宗永茂陵、宋理宗永穆陵、宋度宗永绍陵）的情形更为悲惨。

明十三陵与清东、西陵，或遭火烧，或遭盗掘，特别是清东陵，除顺治皇帝的陵墓未遭盗掘外，其他的全部为兵匪盗掘洗劫一空，酿成了中国文明史上的大悲剧。

先秦：盗墓史的发端

# 伍子胥掘墓鞭尸

公元前 506 年，楚国都城郢。

刚刚成为楚国新的主人吴王阖闾，正在被占领国的王宫里举行一场盛大的宴会。"成功了，终于成功了！"吴王不禁长出了一口气。吴楚之争 80 年，其间三十年河东、三十年河西，胜负难分，而今终成定论，这岂非天命？想到这里，吴王慢捻稀疏的胡须，志得意满地笑了。他不由得抬眼打量四周，这座王宫还算豪华，至少比吴国的王宫要显得宽敞。而左右两边，依次坐着他钟爱的文武大臣。这真是一个惬意的良宵啊！

"吾王万岁，万岁，万万岁！来，让我们为大王干杯，为吴国的强盛干杯，为我们的胜利干杯！"不知是哪位大臣率先起身，众大臣纷纷向吴王敬酒。吴王来者不拒，每次都是一饮而尽。在微微的醉意中，吴王宣布，今日免除君臣大礼，大家不要拘束，尽兴享乐。

众大臣听罢，更为高兴，一时间觥筹交错，好不热闹。正当大家酒酣耳热之时，一群妙龄少女飘然而至，各自轻扭细腰，跳起了楚地舞蹈。在异国他乡，酒足饭饱之余，欣赏战败国的舞曲，就如同押解着敌国的俘虏，其中的滋味自然是妙不可言。有了歌舞助兴，众人劲头更足，场面更加热闹。

吴王阖闾同众大臣一样，完全陶醉于巨大胜利所带来的喜悦之中。正在这时，一阵不和谐的音调钻进了他的耳朵。这声音由弱到强，终于演变成了号啕大哭，完全盖过了歌舞之声。

"何人如此大胆，敢败本王之兴！"吴王不由得心头火起。"停！"随着吴王的手势，所有的声音都停了下来，所有的目光都集中到那个正伏案大哭的人身上。

只见那人起身来到堂前，面对吴王，匍匐在地，但仍痛哭不已。吴王虽然喝了

<< 荆州古城，楚国的都城遗址

不少酒，但受这一意外冲击，头脑已完全清醒，他已经知道这哭者不是别人，正是十几年来为吴国的强盛立下汗马功劳的爱将伍子胥。

"今楚国已平，万众皆欢，你为何啼哭？"吴王的怒气已消了大半，心平气和地问。

伍子胥止住哭泣，磕头答道："吾王有所不知，吴虽破楚，但亲手加害我父兄的楚平王已经死去，而即位的昭王又潜逃在外，不知其下落何方。我父兄之仇，现在还没报万分之一，这怎不使我辛酸落泪？"

"是呵，既然那楚平王人都死了，你怎么还在这里悲悲戚戚，一副不依不饶的样子？人死不能复生，你说该咋办？"尽管阖闾心中有些憋气，但为照顾面子，只能顺便搪塞一句。

子胥重新抹把泪，又吸了一下鼻子，然后上前拱手施礼，咬着牙关，恨恨地道："请大王批准我率兵将挖掘楚平王之墓，然后开棺斩首，方可泄我心头之恨！"

阖闾瞪大了眼睛望着子胥，似是突然顿悟又有些不太理解地笑着说："我以为你要弄个什么惊天动地的大事，不就是掘个死人坟吗？这抛坟掘墓的事可是你过去的拿手好戏呀，今天对你来说还不是轻车熟路、小菜一碟？你想一想，整个楚国都是咱的一亩三分地了，甭说把死了的人再掘出来，就是把没死的人埋进去，那还不全看你乐意不乐意，喜欢不喜欢，答应不答应？这事就随你的便，爱咋弄就咋弄去吧。"

<<伍子胥像

阖闾一席话，使子胥大为感动，当场垂泪谢过，退到席旁继续饮酒。待熬到宴席散罢，子胥迫不及待地冲出宫来，找到手下一帮情报人员兼恐怖分子，四处探访楚平王墓葬的所在位置。经过一天一夜的努力，总算访得此墓匿藏在东门外寥台湖之中。子胥率人根据线索来到湖边寻觅，但见烟波浩渺，湖水茫茫，没有人能确切地说清墓的具体位置。子胥挑选了几名受过特种训练的一流恐怖分子，在湖内湖外又连续寻觅了三天三夜，仍然没有发现一点可疑线索。子胥徘徊湖边，两眼渗着血丝，不禁捶胸顿足、仰天长叹道："看来是老天故意跟我作对，不让我报

这个血海深仇呵！"

正在他绝望之时，忽有一苍老声音在耳边响起："伍将军可是为寻找平王之墓而叹息乎？"子胥大吃一惊，转身望去，只见一白发老翁立于面前，随即答道："是呵，你这老不死的怎么知道此事？"老翁微微一笑道："你小伍子这点心事，在楚国可说是路人皆知，况老朽乎？只是我还想知道你为什么非要掘平王墓不可。"

子胥听罢此言，再细看眼前的老翁，觉得非同寻常百姓，像是有点道道，遂立即转变态度，躬身施礼道："老人家，刚才多有冒犯，实在是因寻平王之冢不得而口出妄言，还请您老多多包涵。至于说到为什么非要掘平王之冢，那是因为这平王禽兽一般弃子夺媳，杀忠任佞，灭我宗族。他与我，杀父害兄之仇不共戴天。在他活着的时候，我没能将他的狗头砍下来，而他死之后，我也要枭其头，戮其尸。只有如此，才消我恨，并报父兄于地下……"子胥说着，涕泪俱下。

老翁望着子胥那悲痛之状，脸上露出同情之色，随之说道："我今天就成全你这个宿愿吧。这平王到了晚年，自感一生所作所为罪孽深重，天怒人怨，因担心死了之后有仇人发掘其墓，便将墓葬之所秘密选建在这一大湖之中。如要掘墓，非得想个排水办法不可，否则很难成功。"老翁说着，携子胥一同登上寮台，遥指东边远处一地方道："平王之冢就在其下，具体就看你怎么操作了。"子胥听罢，立即命几个善水的特工人员潜入湖中，于老翁所指的位置实施打捞。经过一番上下左右、来来往往的折腾，终于发现了埋在水下的石椁。子胥看罢神情大振，再命一个营的兵士用麻袋装满泥沙，用船运往石椁之处，投入湖中，在墓坑四周垒成围墙。在将墙内之水设法舀干之后，命有经验者凿开石椁，只见椁内包有一棺，几十名军士将棺抬出来打开，却发现棺内只有衣服帽子及铁块数百斤，别无一点皮毛显现。正当大家疑惑不解之时，老翁走来说："这是一件疑棺，专为迷惑盗墓者而设，真正的棺材在它的下面。"在老翁的具体指挥下，军士们掀开厚重的石板，果然看到有一棺伏卧于空旷的墓穴中。子胥立即命特工人员将棺劈开，将里边盛放的尸体拖出，并运到岸边。因此尸入殓前用水银专门做了防腐处理，故虽埋入地下几年，但整个身子从上到下，仍同刚死去一样鲜亮而富有弹性。子胥一看，正是楚平王之身，立刻怒气冲天，从一军士手中夺过九节铜鞭，蹦着高儿，嘴里喊着："狗日的，看鞭！"开始鞭打其身，直到整具尸体骨断筋折，方才住手。子胥一边收鞭，一边围着楚平王的尸体转了两圈，仍觉不解其恨，便抬起左脚踩住尸腹，右手两个手指插入眼窝，愤然呼道："楚平王，你活着时枉长了一对狗眼珠，不辨忠佞，听信谗言，残害忠良，杀我父兄，真是死有余辜。现在我代表世人正式判处你的死刑，并给予碎尸万断的补充处分。"言毕，两个手指用力插入平王的眼窝，一扭一钩一挑一拽，将二目唰地抠了出来。紧接着，又弯腰弓背，双手抱住平王已经有些脱发的头颅，两臂一用力，咔嚓一声扭了下来，西瓜一样摔在地上，随后连踢三脚，直至踢入波涛滚滚的湖水中。最后，子胥下令随行军士将楚平王的棺椁、衣帽、尸身等，全部捣毁、砸烂，弃之于荒野。当这一切做完之后，子胥长嘘了一口气，心想这下总算彻底解除了这些年来郁积在心中的深仇大恨。正待转身让手下弟兄撤出现场回府，心中怦然一动，突然觉得此事有些蹊跷，便上前问道："你老汉怎么知道平王之冢的具体方位，又何以知其有诈，莫非你是什么神仙或妖魔鬼怪不成？"

对方笑笑道："我老汉今天不瞒你小伍子说，本人既不是神仙也不是白发老怪，而是一石匠尔。昔日平王曾令我们石工五十余人为其建造疑冢于此，待冢成之后，恐我等泄露其机，乃设计将诸工杀之冢内，独老汉命大私逃得免。这些年来我只有暗地里望冢而怀恨，不敢稍有造次。今听说你专门请示吴王并获特批欲掘冢报仇雪恨，我也就趁机给予指点。一来我也有恨要雪，二来我想今日事成，你小伍子再吝啬，但身居高位，资财丰厚，说什么也得给几个大钱，我也好买刀纸祭奠一下含冤去世的工友们那在天之灵吧。"老汉说到这里，满脸悲伤地望着子胥补充道，"不知可施舍否？"

子胥用惊奇、复杂的目光上下打量了老汉一遍，心中不悦。但转念一想，既然今天事成与这位投机钻营的神秘老汉指点有关，破点财也是自然，正所谓天下熙熙，皆为利来；天下攘攘，皆为利往。便让手下弟兄领老汉到军中后勤部门领了几个大钱作为酬劳。

伍子胥掘墓鞭尸的故事，其复仇的手段可谓登峰造极，后人对此事多有评论，认为这手段未免过于残忍，连一向主持公道的良史司马迁也发出了"怨毒之于人甚哉"的感叹。

# 先秦被盗名墓备忘

伍子胥掘墓鞭尸的故事颇具传奇色彩，在伍子胥之后，春秋战国时期的王侯陵墓因各种原因被盗被掘者还有许多。让我们拉开历史的长镜头，做一全景式的扫瞄。

春秋时期的晋灵公夷皋冢，曾被西汉时期的广川王刘去疾盗掘。据《西京杂记》记载，冢的规模很大，在四个角，各有一个石犬捧烛照明，有40余尊石男石女像侍立四周。而晋灵公的尸体历经300余年，竟然完好如初，他的嘴、鼻子等"孔窍"中都放有金玉。墓里面还有许多器物，因时间久远或烂或朽不可识别，只是还有一个玉蟾蜍，大约有一个拳头般大小，腹中空空，光润如新。

春秋"五霸"之一的齐桓公，死后葬于今山东淄博市临淄区齐陵镇郑家沟村南的鼎足山。齐国，是西周开国元勋姜子牙的封地。它东临大海，西至黄河，地广物丰，有得天独厚的优势。姜子牙受封诸侯后，尊重当地民俗，发展交通、工商、渔盐，国势日渐强盛。齐桓公名小白，公元前685年至公元前643年在位。他即位后，重用管仲为相，在齐国成功地进行了经济、内政、军事等方面的改革。齐国大力发展农业、手工业和商业，革新赋税制度；延募人才，以替代传统的世卿制度；实行"寓兵于农"的政策，兵民合一，军政合一，使军队成为直接掌握在国君手中的武装力量，从而加强了中央集权，经济实力大为增强。

<< 齐威王像后面既是位于今淄博市郊的齐桓公墓

依仗雄厚的实力，齐桓公打起"尊王攘夷"的旗帜，开始对外扩张。他曾三次以武力平定诸侯国内的战乱，镇压敢于反抗的诸侯；九次与诸侯会盟，平定王室之乱，抵御周边少数民族的袭扰。由于这一系列成功的军事行动，齐桓公受到了各诸侯国的拥戴，成为春秋初年最先成就霸

业的国君，史称"九合诸侯，一匡天下"。

公元前 643 年，73 岁的齐桓公走到了生命的尽头。而此时，他的五个儿子为争夺王位，各树党羽，大动干戈，竟无人过问他的后事。据历史记载，齐桓公的尸体在床上搁置了 67 天，尸体上的寄生虫多得竟然爬出了门窗。一代霸主死时竟如此凄凉，令人扼腕。屈原在《天问》中曾有"天命反侧，何罚何佑？齐恒九会，卒然身杀"之句，以示对这位春秋霸主命运的哀叹。

更加不幸的是，就是这具曾爬满臭虫的尸骨，在"九泉之下"也不得安宁。据《晋书》记载，齐桓公及其重臣管仲之墓，到晋愍帝建兴年间，被一位名为曹嶷之人盗掘，据说里面的"缯帛可服"，而珍宝尚有"巨万"。

前面伍子胥故事中涉及的吴王阖闾，也算是一位在历史上有所作为的君主，其墓冢也曾遭人盗掘。

相传公元前 496 年，阖闾死，其子夫差为父建墓于当时吴国都城——阖闾大城西北的虎丘。这虎丘，初名海涌山，古代的《越绝书》载，"吴王阖闾葬山下，经三月，白虎踞其上，故名虎丘。"

虎丘山被古人称为"吴中第一名胜"，它气势雄奇，景色幽绝，而且还有着众多的神话传说。

虎丘山最出名的为"剑池"。"虎丘剑池"四个笔力遒劲的大字，为唐代大书法家颜真卿所书，题刻于"别有洞天"的圆洞旁边。进入洞门，顿觉"池暗生寒气，空山剑气深"，气象为之一变。两壁陡峭的石崖，拔地而起，锁住一池绿水。右崖左壁有篆文"剑池"二字，相传乃东晋书圣王羲之所书。池形狭长，南稍宽而北微窄，颇似一把平放着的宝剑。有人认为这就是"剑池"得名的原因，但更多人

<< 齐桓杀身。屈原《天问》插图。明·萧云从作

原文：天命反侧，何罚何佑？齐桓九会，卒然身杀。

注释：反侧，反复无常。佑，保佑。九会，九次召集诸侯会盟。卒然，终于。身杀，指齐桓公后期任用奸臣，造成内乱，最后被群小围困在宫中，饥渴而死。

萧云从自注："齐桓九合，卒至身杀，知假之不可久也。取尸虫出户、五子争位，以为还远之戒。"

认为其得名来源于一个传说。这个传说说，阖闾生前爱剑，下葬时以"扁褚"、"鱼肠"等三把宝剑陪葬，故称"剑池"。这与《艺文类聚》中"阖闾葬于国之西北，穿土为山，积壤为丘，发王郡之士十万人，共治十里。使象捷土凿池，四周水深丈余。桐椁三重，濒为池。池广六十步，黄金珠玉为凫雁，扁褚之剑，鱼肠三千在焉，葬三日，金精上扬，化为白虎踞坟"的记载是相符的。

<< 虎丘剑池

有学者认为，剑池是为了掩护吴王墓而设计开凿的。墓的后门很可能存在某种秘密。

还有人认为，吴王夫差建墓时，为了防止千余工匠泄露其中的秘密机关，以邀请饮酒观赏鹤舞为名，将他们全部杀死在剑池外侧一块平坦的大盘石上。工匠们的鲜血流在盘石上，浸渍渗透，与岩石融合，年久不褪。这就是今日名为"千人石"上带暗紫色斑驳影痕的缘由。

传说还不止这些。有人曾云，当年秦始皇东巡，及三国时的吴主孙权，都曾派人到此，凿石求剑；明代苏州县令吾翁和唐寅、王鏊曾刻石题记两方，说的是 1512 年剑池水干，发现了吴王墓门，未敢深探之语。

以上均系传说，其真实性不敢妄下断语。但是可以肯定的是，尽管吴王墓处于风景名胜的掩映之下，而且"机关算尽"，但仍曾被盗掘。据汉朝刘向《论起昌陵疏》记载："吴王阖闾违礼厚葬，十有余年，越人发之。"至于发掘时的情景及吴王墓的状况，因无记载，不得而知。

此外，战国时期被盗的名墓还有魏襄王冢、魏安釐王冢、魏哀王冢及赵简子墓等。

魏襄王冢被西汉广川王刘去疾所盗，其冢"皆以文石为椁，高八尺许，广狭容四十人。以手扪椁，滑液如新。中有石床、石屏风，婉然周正。不见棺柩明器踪迹，但床上有玉唾壶一枚，铜剑二枚，金玉杂具，皆如新物，王取服之"。

在中国古代史上，有一部研究先秦历史的重要文献，叫作《竹书纪年》。这部重要文献的另外两个名称——《汲冢书》或《汲冢古文》，表明它曾与一个盗墓故事联系在一起。据荀勖《穆天子传·序》载："太康二年，汲县民不準盗发古冢……"另据《晋书·束皙传》记载，晋武帝太康二年（公元281年），"汲郡人盗发魏襄王之墓，或言安釐王冢，得竹书数十车。"

从各种典籍来看，《竹书纪年》确为盗墓者不準首次发现，据当代历史学家李学勤考证，盗掘地点为河南汲县以西，"依地志，在抗战前发掘的山彪镇大墓一带，由竹简内容和伴出器物可定为一座战国墓葬"。据说，不準打开墓穴后，发现竹简遍地，为了寻找墓中的金银财宝，不準不惜以竹简做火把，对墓中财物进行了大肆劫掠。后来此墓被盗情形被官方闻知，开始清理墓内残余遗物。其中竹简除烧毁的一部分外，尚有颇多的收获。当时所得竹简经荀勖、束皙等鸿学大儒整理，编辑成《纪年》、《周书》、《穆天子传》等佚书共七十五卷（篇），其中《竹书纪年》占十二卷，或说十三篇，主要叙述夏、商、西周、春秋时晋国和战国时魏国的史事，可谓是一部魏国的编年史。对于《竹书纪年》到底是从魏襄王墓中发掘，还是从安釐王冢中盗出，却给世人留下了一个疑问。如果从《西京杂记》记载来看，魏襄王冢为广川王刘去疾所盗，不準所盗的应为魏安釐王冢。但从《竹书纪年》的记载来看，书中纪年止于魏襄王二十年（公元前299年），因而魏襄王卒于何时，便成为解除疑团的关键。但关于魏襄王的卒期历史上又有两种说法，一说死于公元前295年；一说死于公元前302年。若持前说，则此墓显然为魏襄王冢，而持后一种说法，则恐怕为魏安釐王之墓了。另据现代史家陈梦家考证，魏国自惠王至亡国，帝王陵不在汲郡，《竹书纪年》当出土于魏国某个大臣之墓，其成书年代当在公元前298—公元前297年之间，写本则在公元前3世纪初年。

不论不準所盗为何人之墓，《竹书纪年》为中国先秦史上最为重要和最具学术价值的古文献之一，确是一

<< 虎丘剑池洞门

<< 今本《竹书纪年》天一阁本

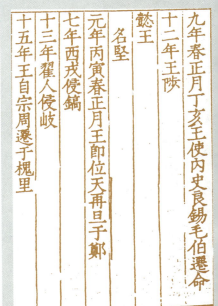

九年春正月丁亥王使内史良錫毛伯遷命
十二年王陟
懿王
名堅
元年丙寅春正月王即位天再旦于鄭
七年西戎侵鎬
十三年翟人侵岐
十五年王自宗周遷于槐里

个不争的事实。特别是书中所载明确的天象资料，如"（帝辛）三十二年，五星聚于房"、"四十八年，二日并见"（今本）、"懿王元年，天再旦于郑"（古本）等，对年代学的研究有极其重要的价值。据历代学者们的共识，《竹书纪年》原简为战国中叶写本，比司马迁的《史记》早了200年左右，司马迁书写《史记》时并没有看到这部竹书，因而由战国时期的人来叙述战国事，尤其是与魏有关的事迹，自然比200年后的人来叙述早已消逝的历史要翔实可靠得多。但遗憾的是，据说原书至少在宋代已散失，后来仍有版本流传，学者们也未怀疑，清儒顾炎武、王念孙、王引之等经常引用流传本的相关内容。自从《四库全书总目提要》面世之后，有人开始怀疑《竹书纪年》是伪本，后据乾嘉学者崔述考论，得出如下结论："不知何人浅陋诈妄，不自量度，采摘《水经》、《索隐》所引之文，而取战国邪说、汉人谬解、晋代伪书以附益之，作《纪年》书二卷，以行于世。"崔述曾列举了十条证据多方位揭示了流行于世的《竹书纪年》的伪迹，以证其为假冒伪劣产品。

自崔述之后，流行于世的《竹书纪年》在学术界的地位一落千丈，学者们大都相信这是一部伪书，不足以作为历史资料，从此打入另册，被称为今本《竹书纪年》。当然，这个"今本"是相对后来的"古本"而言的。

<< 王国维（左）与甲骨学家罗振玉1919年于日本京都合影

既然流行的《竹书纪年》是伪书，不可相信，原本又早已散失，所以近代以来，国学大师王国维等重新开始从唐宋以前的文献中一条条摘录所引用的《竹书纪年》内容，并辑校成书，学术界将其称为古本《竹书纪年》。由于王国维等人忠实地按古代文献中的《竹书纪年》引文摘录，其间没有掺杂自己的观点或塞进其他内容，所以学术界对这部古本《竹书纪年》相当看重，并用它来校订《史记》记述战国史事年代上的错误，并为此取得了相当大的成果。

近年来，又有学者开始肯定今本《竹书纪年》的价值，并在今本可信性的研究上取得了突破。如美国汉学家夏含夷认为，今本《竹书纪年》至少有一段40字的文字与出土竹简是一样的，其余可推知。另有学者认为，清代学者否定今本的证据有相当一部分不能成立。这些新的观点和看法，为进一步研究这部被学术界打入另册的古文献提供了良好的基础。当今天的学者为这部史书的重要价值所惊异感叹之时，不知能否将其重现人间之功归于盗墓者的头上？

魏襄王墓被盗一事，若安在广川王刘去疾头上，是否符合历史真实尚可讨论，但刘氏盗掘魏哀王墓，则没有人怀疑。而这次，刘去疾是费了九牛二虎之力才盗掘成功的。

<< 古本《竹书纪年》

据说刘去疾盗发此墓时，挖了三天三夜方才挖开。只见墓中有一股像雾一样的黄色气体扑面而来，气味辛辣刺鼻，令人无法进入穴内。后来，广川王派兵驻守于墓口，一直等了七天七夜，气味才逐渐消退。对于进入墓中后的情景，《西京杂记》这样写道："初至一户，天扉钥。石床方四尺，床上有石几，左右各三人立侍，皆武冠带剑。复入一户，石扉有关钥，叩开，见棺椁，黑光照人。刀斫不入，烧锯截之，乃漆凡革为棺，厚数寸，累积十余重，力不能开，乃止。复入一户，亦石扉，开钥，得石床，方七尺。石屏风、铜帐钩一具，或在床上，或在地下，似是帐糜朽，而铜钩坠落床上。石枕一枚，尘埃础础，甚高，似是衣服。床左右石妇人各二十，悉皆立侍，或有执巾栉镜镊之像，或有执盘奉食之形。余无异物，但有铁镜数百枚。"

从以上记载可知，刘去疾此次掘墓，所得甚少。无非是些石人、石床、石枕、铜钩、铁镜及腐烂的衣服而已。这可能会令这个贪婪成性的家伙大失所望吧！

春秋战国时期的大多数墓葬，虽处于中国墓葬制度的初始阶段，但有些墓室设计也有独到之处，令盗墓者束手无策。

《晋书·石季龙载记》记载：邯郸城西石子岗上有座赵简子墓。后赵皇帝石虎即位后，曾命令下属盗发此墓。但开掘的结果，"初得炭深丈余，次得木板厚一尺，积板厚八尺，乃及泉，其水清冷非常。作绞车以牛皮囊汲之，月余而水不尽，不可发而止。"

# 盗洞中发现人头骨

1978 年，考古工作者在湖北随县发掘了擂鼓墩曾侯乙墓，引起了轰动。该墓墓主是战国时期江汉地区曾国的君侯，名乙。墓中出土的文物世所罕见，其中最出名的是青铜编钟，共有 65 件。令人惊奇的是，编钟至今仍能发音，而且同一件钟可发出两个不同的乐音，互不干扰，音声纯正，音色优美，能演奏中外多种乐曲，真可谓世界奇迹。

然而，这座古墓在发掘时却发现了盗墓者"作案"的痕迹。据考古队长谭维四说，在墓中室的东北角，有一个 90 厘米的圆形盗洞，能够容一个人携带盗墓工具通过，此洞已深入墓底，当时在场的考古人员都感到凶多吉少。

就在擂鼓墩曾侯乙墓正式发掘两个月前的 3 月 6 日至 10 日，湖北省博物馆考古队员郭德维曾参加了江陵天星观楚墓揭取椁盖板工作。根据郭德维在现场看到的情况，其墓被盗掘之惨状，可谓目不忍睹。整个墓坑共有七室，除足厢一个小室未被盗掘外，其余各室全被盗扰，稍大一点的青铜器均被盗劫一空，有一个大铜鼎可能由于盗墓贼无法搬出盗洞，索性砸碎带走，只遗下两只蹄形铜足不知何故未被带走。两只铜足分别高 35.5 厘米，直径 10 ~ 12 厘米，如此粗大的铜足，据估计当在 50 公斤以上。室内四重棺椁全被盗墓者劈开，尸体被拖出棺外抛入一角，一些未被盗走的漆木器，也遭到不同程度的扰乱和破坏，大批竹简被踩断碾碎，损失惨重。从直径 3 米多的盗洞留下的痕迹与遗物分析，盗墓者是采用六层圆木垒砌成四方形井架而进入墓室的，如此巨大的盗洞和繁杂精致的盗掘设备，显然属于明目张胆的官盗。据郭德维分析，这座战国中期的墓葬，大概是楚国的郢都被秦国军队攻陷以后，秦军除了对郢都进行了彻底的摧毁洗劫之外，也对郢都附近的楚国贵族墓葬进行了大规模的破坏与盗劫。后来项羽攻破秦都咸阳，所进行的火烧阿房宫、洗劫始皇陵的恶行，不过是"以其人之道还治其人之身"。这些都是跟着秦人学来的，只是远没有秦人厉害罢了。郭氏的这一推断是否符合历史事实，尚可讨论，但天星观一号楚墓为官家兵匪所盗基本是可以肯定的。

发掘擂鼓墩曾侯乙墓时，郭德维正在现场，并且负责中室，也就是盗洞所深入的那个椁室。当时墓坑内的积水近3米深，考古人员先用潜水泵抽水，然后清除淤泥。在清理中，发现盗洞四周的淤泥松软而稀，盗洞底部稍坚硬一些。最后，考古人员在距椁盖板2.7米深处的泥水中，发现了盗墓贼凿断的木梢，木梢长约10厘米，宽约7厘米，厚约3厘米。清理至3米深处时，又发现了盗墓贼凿下之碎木梢，比上次细小，长、宽在3～4厘米之间，总量一铁锹左右。伴随木梢出土的还有一块被凿下的长约80厘米的椁盖板一段，椁板斜插于泥中，有明显的凿痕，痕宽约5厘米，与稍后在盗洞东南角发现的一件木柄铁刃工具宽度一致。经前来参加发掘的武汉大学教授方酉生测量并记录，这件铁刃物长50厘米，刃宽5厘米，厚3.5厘米，与现代木工使用的铁凿相似，圆柄长30厘米，柄端经使用已被敲成圆疤状。

当淤泥清理完毕，坑内积水也基本抽干之时，整个墓坑内的情况全部暴露出来。考古人员发现，整个中室的东北角为盗洞所扰乱，范围在0.7×1.38米左右。扰乱的范围内，出土的器物与墓室中的随葬器物迥然有别，显然属于盗墓贼掉入椁室的。此类器物为：

铁镤2件，均为双面刃，上面有方銎，可以装柄，出土时一件木柄尚存，连柄长89.6厘米，上部为圆木柄，靠近铁镤处做

<< 曾侯乙墓中出土的编磬复原全貌

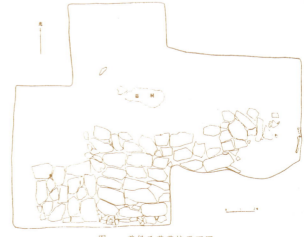

<< 曾侯乙墓墓坑平面图。墓口上部已遭破坏，石板层大部分已被挖掉，填土中有一个盗洞

图一　曾侯乙墓墓坑平面图

铲状，铲的上方有肩，可脚踩。

铁锄一件，刃部做圆弧状，宽 8.8 厘米，残高 8.4 厘米。

麻绳一截，为双股扭成，呈黑褐色，径 1.1 厘米，残长 6.2 厘米。

另外，还有双耳罐一件和残豆盘数件。双耳罐下部施绳纹，圜底内凹。

黑色竹竿一根，长 1.7 米，径 2 厘米，出土时已断成 10 截。

<< 考古人员在发掘现场

稍加修整的树枝或木杆五根，树皮尚存，均残断，其中一根略加修整，断成 8 截，局部留有树皮，一端较粗，并凿成凹字形的叉口，另一端较细。残长 142 厘米，中部径 4.5 至 6 厘米。

这些制作粗糙的木杆与陶器之类，不论从出土位置还是从制作风格来看，无疑应属盗墓者的遗物。从这些盗墓工具与遗物分析，盗墓时间可能为战国晚期至秦汉之间。在湖北襄阳等地秦汉墓中，曾出土类似陶罐。也就是说，盗墓贼下手的时间就在战国晚期至秦汉之间的 300 年之内。从盗洞中出土的遗物推断，显然并非官盗，而是民盗。

像天星观那样的官盗，等同于公开劫掠，靠的是强大的政治军事势力支撑，其特点是声势浩大，除了墓内宝物被洗劫，陵墓地下地上建筑物也往往火炎昆岗，玉石俱焚，遭到灭顶之灾。民盗则不同，其特点是缄默无声，如同老鼠之打洞，借月黑风高之夜，神不知鬼不觉地悄然钻入墓穴劫取宝物。只要地下珍宝取出，便掩埋行迹，一走了之，绝不会无事找事地朝陵园建筑物抡上几锤，踢上几脚，或放一把大火将陵园烧个精光——除非盗墓者患有精神病。

据 1949 年后被收编到各地博物馆和考古单位的老盗墓者透露，凡民间盗墓，其人员的构成有行内的规矩，一般是两人合伙，超过五人结成团伙者相对较少，一个人单独行动者则更少。究其原因，若一人行动，则诸多不便，一旦打开墓穴，则首尾难顾。除非是小型墓穴，或事先做过勘查和做过手脚，对如何进出心中有数，否则非两人以上不可；而两个人行动，可以分工合作，大中型墓葬皆可适用。动手时，一个人专管挖洞，另一人负责向外清土，同时望风。当洞挖至墓室后，一人进入室内或取土或摸取宝物，另一人则在上面接取坑土和随葬品。按照不成文的行规，合伙者多有血缘亲戚关系，或是要好的铁哥们儿，但父子关系者较少。这是因为盗墓毕竟是地下工作者干的事，不能轻易示人，一来官府不允许，二来也是一件不道德的事，老子即便干上这个不光彩的勾当，也要在儿子面前维持做父亲的一点形象和尊严，不好意思拉上儿子一块干。做儿子的当然会慢慢知道其中的奥秘，心知肚明，但也只好充聋作哑，故作糊涂。因而有两人合伙者，一般为舅甥关系，即由舅舅与外甥合作，这是为了防止在洞口接活的人图财害命。就是说，洞下的人把活干完将财物都传递上去后，按照事先约定的信号，他会拍拍巴掌或拉拉绳子，示意洞口的人把他拉上去。如果洞口的人见财起意，当洞下之人快上来时猛一松绳子，洞下的人冷不防从四五米或十几米以上的距离跌下去，骨折、受伤动弹不得，洞口的人又赶紧把提上来的坑土向洞下灌埋，或找一块大石板封住洞口，下面的人必死无疑。此情形仅是指两人以上、五人以下的小范围。倘若人数过多，如达到五人以上，除了容易暴露目标之外，更重要的是人多嘴杂，各有见解和私心杂念，掘墓打洞时的分工极其困难。就一般人的心理，谁都想让别人进洞中挖土，自己做个传递者。若洞口深入墓穴，谁都想自己蹲在外面做指挥官，别人进入漆黑的墓坑内做"摸金校尉"，一旦事发，自己拔腿而逃，溜之乎也，而墓中的"摸金校尉"是死是活，是被官家捉去蹲老虎凳还是灌辣椒汤，是抽筋还是剥皮，那就只好听天由命，顾不得了。若"摸金校尉"把墓坑内的奇珍异宝递上来之后，很可能面临的就是人尚在墓中正做着发财大梦，而一块大石板已封住了洞口，墓坑内的摸金者见状，于惊恐绝望中来一番呼天抢地，以头撞壁，直至伏地泣血，痛悔人心难测等，最后，只能与墓主人的骨骸相依为伴，等待来生再做盗墓贼时加以小心防范了。若墓坑的摸金者侥幸活着出来，

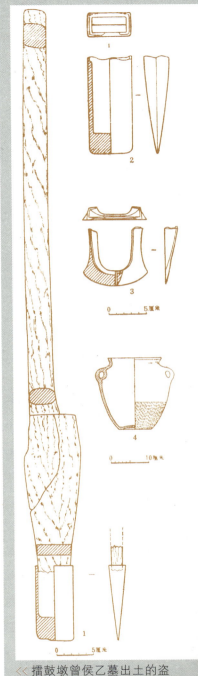

<< 擂鼓墩曾侯乙墓出土的盗墓工具: 1.和2.铁镢; 3.铁锄; 4.陶罐

则又往往因分赃不均而引起相互之间的仇恨，从而引发向官家告发或火并的恶果。

据旧社会长期盗墓的长沙"土夫子"们说，盗墓这个行当，合伙人最为紧要，也是最让人放心不下的头等大事。合伙做这种生意，主要靠的是一个"义"字，一旦合伙人见利忘义，起了邪念，进入墓室中的人就很难活着出来。财宝的诱惑力实在太大了，不但所谓的铁哥们靠不住，就是舅舅外甥也不见得可靠，甚至有父子也为了争占财宝而发生自相残杀的悲剧。所谓人为财死，鸟为食亡，在盗墓行业中尤见分明。现代考古发掘证明，这位"土夫子"所说的凶险之事是屡见不鲜的。如著名的天星观一号楚墓中，在盗洞深约 14 米处，发现人头骨一个和零散肢骨。据推断，这个人骨架当为盗墓者所留。若真如此，唯一合理的解释就是此人在取出宝物后被同行所害。至于是未出地宫就封锁了洞口，还是将要爬出洞口时被上面的同伙一脚踹回洞内，或者被一棒子敲昏于地下，那就不得而知了。20 世纪 60 年代发掘的陕西乾陵陪葬墓之一永泰公主墓（永泰公主即武则天孙女，唐中宗李显七女儿李仙蕙），考古人员在墓道第七天井（最后一个天井）接近墓室头道门的东边，发现有一个盗洞，盗洞下靠墙立着一个死人骨架，周围地面散落着零碎的金、银和玉石、玛瑙等饰品。经勘查，发现有打破石门，从右上角钻进石墓室，移动棺椁，入墓室行窃的现场遗痕，后部墓室的白墙上还留下了一个很显眼的黑手印。据推断，盗墓者至少在两人以上，很可能是一同进墓室盗取财物后，先出墓道者产生了独吞之念，对未出者下了毒手，致使后者一命呜呼，千余年来立于阴暗的地宫与美丽的公主相偎相伴了。

据曾侯乙墓发掘队员刘柄发掘记录显示，在 5 月 25 日这天，曾侯乙古墓盗洞处清理时发现一个破碎的

<< 盗墓图

<< 乾陵陪葬陵之一
　　永泰公主墓

人头骨，但未见其他骨架和人骨，"有可能盗墓人已死于洞中，何原因死，还不清楚"。由此可见，盗墓死人的事是经常发生的。

##  擂鼓墩盗墓现场还原

擂鼓墩曾侯乙墓盗墓工具与盗洞中人头骨的发现，为推断盗墓贼进入墓室的过程提供了难得的线索和依据，沿着历史留下的蛛丝马迹，整个盗掘场景可复原如下：

秦末汉初，当八千江东子弟兵在一代人杰项羽的统率下，走出楚地，与农民造反集团合兵一处，攻城略地，越过函谷关，浩浩荡荡地杀奔咸阳之时，天下陷入了大动荡、大失控、大混乱的格局。在硝烟弥漫、战火连天、殍尸遍野，人头乱滚，天崩地裂的历史转折时刻，两个黑影在一个初秋的茫茫夜色中，悄悄潜入杂树丛生、荒无人烟的擂鼓墩山岗。沉寂了一袋烟的工夫，见四周没有动静，黑影压低了嗓音道："我说老弟，动手吧。"

"要得。"只见二人提着一堆黑糊糊的东西，猫一样迅捷快速地来到不远处一个大土冢之下，听听四周真的没有异常动静，便施展腾挪跳跃的本领，嗖嗖蹿上土冢顶部。待稳住阵脚，二人来到圆顶偏西北的方位，年长的道："就照这里挖下去。"

"准不准？"年轻人小声嘀咕了一句。

"你就挖吧，保证见到棺椁，说不定正对着地下那个死鬼的头呢！"老者颇有些自负地道。年轻人不再言语，拨开四散飘荡的草丛，挥动手中的铁镬，弯腰弓背挖掘起来。沉寂的山岗立即发出扑扑的响动，草丛中不时冒出金属工具与岩石擦撞后的点点火花。一阵大风掠过山岗，树木发出沙沙之声，躲在丛林中的猫头鹰发出一阵凄厉的悲鸣，给夜色下的山岗平添了几分恐怖色彩。天空的乌云渐渐向东南方飘去，月亮悄悄地钻出云缝，一缕微光洒向山岗的树木草丛，斑斑点点的月色映照着草木繁盛的大土冢和正在挖掘的两条汉子。二人一高一矮，皆身穿黑色老鼠衣，全身裹得严丝合缝，只有七窍留着门户，以便于听、闻、交谈和观察动静。从谈话的声调中可知，矮者约五十岁左右，高者年约三十。随着铁镶的掘动，大土冢上部很快现出了一个仅能容身的圆形洞口，年轻者在洞中不断掘进，老者将掘出的泥土悄然无声地用竹筐移于丘下一个低洼处。当洞已没过人身时，老者从一个口袋里摸出一根双股扭成的麻质绳索，一头拴在身边的树上，一头伸进洞中，像当地农民打井一样，把挖出的泥土利用竹筐和绳索提取出来。

约四更天的光景，山岗下乡村传来了阵阵鸡鸣声，此时圆洞已深入地下一丈多深。年长者对洞中小声喝道："鸡叫二遍了，收摊吧，明晚再接上。"洞中传出隐约的应答之声。不多时，洞口之人顺着绳子爬了上来。

二人并不说话，只是找些树枝乱草将洞口遮掩，然后又来到低洼处，以同样的方法将挖出的泥巴做了伪装，疲惫中带着几分希望与憧憬，像夜行的老鼠，吱吱溜溜钻入树丛草莽之中不见了踪影。

第二天夜晚，两个黑影再次神不知鬼不觉地潜入昨日挖掘的土冢之上，继续从事未竟的事业。约三更时分，洞中之人顺绳索爬了上来，一边用手抹着满脸的汗水，一边气喘吁吁地说道："好像遇到了封顶石，难弄得很，得换别的家伙。"

长者一听，兴奋地道："石头下面就是墓穴，只要想办法凿穿石板，后面的事省心得很。"言毕，从一只口袋里摸出了锤子、凿子之类的工具，最后拿出一个牛皮灯盏，用火镰引出火种，慢慢点燃，递与年轻者道："在旁边挖个小洞，把灯盏放上，找准石板的缝，看能不能撬得起。"

年轻者缓过劲儿来，将新的工具扔入洞中，口含牛皮灯把，沿绳索复入洞中。

将近五更时分，洞中人爬了出来，两眼放光地对年长者道："总算弄开了，下面还是土。""弄开就好，赶快离开，山下的鸡都叫过三遍了。"老者说着，急忙收拾随身携带的东西，对洞口和挖出的泥土又做了些伪装，悄然溜下山岗。

又经过一个夜晚的挖掘，盗洞自上而下由西往东斜插墓室椁顶。根据年长者的指点，年轻人在洞中用铁锤和凿子在洞的两侧分别砍凿木板。凡盗墓者皆清楚明白，只要挖到椁盖板，离最后的成功就只有一步之遥了。

而大多数椁盖板在地下埋葬成百上千年，早已腐朽成粉状，一触即溃，映入眼帘的则是遍地奇珍异宝，只待盗墓者像搂草一样哗哗往筐中收拾即可。只是，此次的情形却有些不同，椁盖板既宽又厚，且基本保持完好状态。要在十几米之下且仅容一人之身的空间内用原始的铁凿或铁斧，切断半米多厚质地坚硬的梓木板（木椁的用材，经中国林业科学研究院木材工业研究所鉴定，全部为梓木），其难度和耗费时间可想而知。对盗墓者而言，非常不幸的是，借着欲望之火，费了几个夜晚的力气，于惊恐、烦躁、疲惫中，终于将一块椁盖板在相距 80 厘米的位置分别截断，断后的椁板掉入洞底，而这个时候，与此相关联的椁板东端因失去平衡，无力承受上部的巨大压力，哗的一声斜插入洞底。如此一着，盗墓贼一定如闻炸雷突响，银瓶迸裂，惊出了一身冷汗。尚未回过神儿来，扑的一声随着倾斜的椁板跌入洞底，上面的泥土劈头盖脸地砸压了下来，牛皮囊灯盏随之熄灭，洞内一片漆黑。

此时出现了两种可能：一种是盗墓贼跌入洞底后，椁板下是 2 米多深的积水，上面的散土和石块一并塌下，立即将洞口封住，此贼尚未来得及叫喊一声，便没于水中绝命而亡。这便是盗洞底部淤泥中所发现的那个人头的由来。至于人的骨架没有被发现，很可能在抽水时被潜水泵的吸力吸于墓坑之外而无法查寻了。另一种可能是，盗墓贼落水的瞬间，本能地抓到了盗洞周边尚未断裂的椁盖板，经过一翻周折，终于从泥水中钻出，重返人间。两种推测，最关键的是要准确判断大石板落下的时间。从考古发掘的情形看，至少有三块大石板落入洞底的椁室之中，而墓葬所铺石板层的高度距椁顶为 2.8 米。若截断的木椁落水之时，三块大石板和上面的散土随之落下，则蹲在椁盖板上的盗墓者必死无疑。若石板与散土是盗墓贼走后，经长年累月的雨水冲刷与浸泡陆续落到洞底，则盗墓者尚有存活的可能。遗憾的是，考古人员对此无法做出明确的有说服力的推断。

从盗洞中出土的铁镬、铁锄，特别是黑色竹竿和稍加修整的五根树枝与凿成凹字形带叉口的木杆推断，在椁盖板被截断并落入水中之后，仍有人持竹竿、木棍等物对洞下的情况进行过探索搜寻，并在椁室底部留下了方圆近一平方米的明显扰痕。那么这个手持木棍向水下探索者是谁呢？此处又产生了两种可能：一种是截断木椁后随之落水的那位年轻者，侥幸爬出洞口后向老者报告了洞中的情形，在椁室底部情况不明又不敢贸然下水的两难中，只好找来几根木棍竹竿之类的长柄物进行试探。一种是守在洞口负责用绳索提土和望风的老者，当他听到洞下突然传出哗哗啦啦加扑扑棱棱的声音时，一定感到情形不妙，他的心咯噔一下，头皮发炸，汗毛根根竖起，眼睛瞪得形同鸡蛋般大，但却不见洞中的灯光传出。慌恐之中，趴在洞口向下叫喊，洞底却一片死寂。此时老者应当明白，下面那位年轻的兄弟或许是遇到了墓中的飞刀，或许是身中毒箭，或者遭到了什么暗算，总之是不幸与世长辞了。想到年轻人家中那80岁瘫痪在床的老母和一家没吃没喝的老婆孩子，此时正在望眼欲穿地盼着亲人安全归来，弄几块破铜烂铁换些钱财，全家吃顿饱饭。想不到年轻人出师未捷，突遭罹难，命丧古墓，这要叫他的家人知道，将如何是好？这样想着，老者鼻头一酸，泪水像断线的珠子唰唰地流淌出来。他直起腰，脱去老鼠衣，抬手抹了一把那刀刻斧凿一样历尽沧桑的脸，以悲壮的心境重新借助腰中的火镰点燃火种，以娴熟老练的动作，顺着拴在洞口边树上的绳子滑入洞底。他小心地踩住洞口周边的椁盖板，将火种吹起燃烧开来，轻轻呼唤着同伴的名字开始伸手打捞。当他的胳膊全部伸入冰凉刺骨的水中而仍摸不到椁底时，尚残存一点希望的心随之哗的一声掉进了冰窖，他知道，这就是南方古墓中的水洞子，不但同伴的性命无可挽回，就是地下的奇珍异宝也与自己绝缘了，遂长叹一声，顺绳爬出洞口。

<< 擂鼓墩曾侯乙墓青铜联禁对壶

翌日，天空小雨纷飞，整个擂鼓墩笼罩在一片茫茫的雨雾中。老者承受不住人财两空的心灵煎熬和折磨，索性不再前怕狼后怕虎，来个一不做二不休，弄来几根竹竿与木棍稍加修理，揣了火种和灯具，头戴一顶草帽，提着一捆绳索，挟带长柄竹木器具，快步朝擂鼓墩山岗奔去。

来到洞口前，老者将竹竿、木棍

——扔进洞中，然后腰系绳索，一头拴在树上，顺洞壁而下，带来的雨具平放于洞口，以掩挡淅淅沥沥的小雨。待来到洞底的椁顶部位，老者稳住脚步，用火种引燃灯盏，从腰里掏出一根细长的木椎用力按进洞壁，将灯盏挂上。十几米的洞下灯光昏暗，一团幽深黑绿色的水泛着点点瘆人的寒光。老者毕竟是久经沙场的盗墓高手，他闭上眼睛默诵了一会儿在楚地盗墓者之间流传的定针神法，处于惊恐、纷乱状态中的心慢慢平静下来。老者蹲在残存的椁顶上，拿竹竿向水下捅了起来，这一捅令他大吃一惊，所带一人多高的竹竿压根就没有够到底，复换一根长度接近两人高的细木棍，始戳到底部，但向四周探却无边无沿，既没有探到奇珍异宝，也没有触到同伴的尸体。老者望着手中的木棍，惊得有些发呆，这是一个水库的深度，也很可能是一个水库的容量。在山岗的顶部有如此浩大深邃的一潭深水已属罕见，而这个水库又暗伏在一座古墓的底部，更属奇特，若非墓主生前精妙安排，怎能出现这般奇观异景？既然如此，地下是否布有暗道机关、飞刀毒箭，或水轮转盘式拐钉铁锥，专以射杀盗墓者？老者心中无数。此前几十年盗墓生涯，类似墓坑积水的现象亦常遇到，在行内通称为"水洞子"。但这类"水洞子"的水并不深，主要是地下渗漏和雨水从坍塌的墓顶灌入而成，水位一般都在膝盖以下。若墓坑较浅，盗墓者便采取竭泽而渔的取宝方法，先用皮囊将水排出，然后盗取宝物。若墓坑较深，向外吸水极其困难，则干脆采取大坝中的摸鱼法，弯腰弓背在泥水中乱摸一气，根据手的感觉和长期练就的经验将器物在泥水中掏出。这样做的好处是，既不太费力地得到了宝物，又达到了速战速决，免遭官府捉拿而进局子蹲大狱的目的。

## 盗墓者溺毙洞中

很显然，擂鼓墩古墓地下情形已大大超越了盗墓者的经验所及和想象之境界。可以说，战国、秦汉时期的盗墓贼，能遇到此种情况者，其概率或许是千分之一或万分之一。无论是古代的盗墓贼还是现代的盗墓者，都是官府打压抓捕的对象，在百姓间也属于拿不上台面的鸡鸣狗盗之辈，因而一个盗墓贼的眼力再高，能量再大，覆盖面再广，一生所盗之墓也有限得很，仅就数量而言，与现代考古学家无法比拟。据谭维四和谭的弟子辈人物杨定爱等人，在擂鼓墩古墓发掘许多年后说，他们一生主持和参与发掘的大小古墓都在 3000 座以上，有的达到 5000 多座。在荆州纪南城一带，一个工地一开工，就是几十座几百座墓葬成片成行地同时发掘，并动用了先进的现代化机械，场面壮观得很。而盗墓贼就远没有这个条件，他们只能利用晚上的时间，偷偷摸摸地像老鼠一样提心吊胆地干，所以一生盗掘的墓葬与现代考古工作者相比，真可谓是小巫见大巫了。但像谭维四、杨定爱等人，即便发掘了如此多的墓葬，所遇到的地下水库式的古墓也仅此一座而已，由此可见相遇之难。那么，这么大的积水是怎么来的呢？这个问题曾令发掘的考古学家困惑了很长时间而不得其解，直到 20 年之后的1998 年，湖北省博物馆联合几家科研单位的人员，对这座古墓墓坑内遗留木椁进行脱水保护。借此机会，对坑内积水问题进行了科学测验，从而解开了一系列历史之谜。勘探与检测表明，这座古墓墓坑处于风化岩石中，岩石具有一定的透水性。墓坑四周岩石本身和地下都含有大量水分，且地下水又埋藏较浅，最浅处埋深小于 0.5 米。据推算，墓坑的高度应在山岗地表以下 13 米左右，椁底板是直接建在坑底岩石上的，没有像椁顶和椁墙四周那样填埋木炭或膏泥，说明入葬时坑底岩石干燥无水，而坑壁四周则有渗水现象。通过对墓坑进行抽水试验，即抽干墓坑中的积水，观察墓坑水位的涨落变化，从而得出墓坑周围补充进墓坑的水量是每昼夜 2 ~ 3立方米，而墓坑的容积大约是 475 立方米，按每昼夜 2 立方米的流量计算，将整个墓坑注满水，只需 237.5 昼夜便可完成（参见谭白明《曾侯乙墓墓坑木椁脱水工程解开历史谜团》）。

因地下水位高于墓坑，在重力作用下，坑壁四周的地下水就会不断渗流于墓坑，直至与地下水持平。从当年残留在椁墙的水锈痕迹看，水深约2.2 米即可达到饱和与持平状态。当墓坑被盗掘后，因上部雨水灌入坑内，使坑内的水再度上涨，直至升到椁盖板为止。

当然，作为一个破解之谜，仅限于汉代之前的竖穴土坑木椁墓，若是

唐代以山为陵式墓葬，或明代之后开启的券式石砌洞式
墓形制，墓内积水形同水库已属常见之现象，不足为奇。
但无论历史上还是近现代，所有的盗墓者甚至考古工作
者，一旦遇到水库型的墓葬，要想得到墓室内的器物，
很难通过摸鱼法实现，最稳妥的办法就是采用吸水法，
即以竭泽而渔的方式取出墓中宝物。此种方式方法在中
国历史上已是屡见不鲜，只是成败不同而已。

很显然，像擂鼓墩古墓的这个古代盗贼，是无法把
一潭清水全部吸出十几米深的洞外的。当时尚未发明潜
水泵，像筒车、牛车、踏车、拔车、桔槔等半机械化吸
水工具也未得发明创造，即使有如潜水泵、筒车、龙骨
水车这样的特殊机械，也不能使用。因为那如同站在擂
鼓墩山岗上高声叫喊："我要盗墓，我要作死！"

既然无力向外吸水，是否可以像后世的跳水能手一
样，一头扎入水中用手打捞椁室中的文物？回答应当是
否定的。盗墓贼胆量再大，技术再高明，但毕竟是一些
社会底层的普通百姓。就如同职业杀手的职责是杀人而
不是被人杀一样，盗墓者的职责是盗取死者的墓葬以便
从中获利，而不是主动寻找死路葬身墓中。在如此狭小
深邃的空间内，除非有现代化的潜水服和相应的潜水设

<< 没水采珠图，引自天工
开物。明，宋应星著

备，否则不能为之。明代宋应星在《天工开物》中，说
到古代职业采珠人乘舟船下水作业时的情形，曾云："舟
中以长绳系没人腰，携篮投水。凡没人以锡造弯环空管，
其本缺处对掩没人口鼻，令舒透呼吸于中，别以熟皮包
络耳项之际。极深者至四五百尺，拾蚌篮中。气逼则撼
绳，其上急提引上，无命者或葬鱼腹。凡没人出水，煮
热毳急覆之，缓则寒慄死。宋朝李招讨设法以铁为钩，
最后木柱扳口，两角坠石，用麻绳做兜如囊状，绳系舶
两旁，乘风扬帆而兜取之。然亦有漂溺之患。"书中所
说的"没人"即下水采珠者，尽管有如此之设备，且在

开阔的水面上作业，仍有性命之忧。

古代的盗墓贼只有老鼠衣而无采珠者那样的潜水服和相关设备，若孤注一掷，冒险钻入水底，其结果必同一只老鼠钻入油锅一样，自是死路一条。在上天入地皆无路的绝境中，盗墓者能做的，只有在洞中下网，或用带钩的长柄工具在洞下打捞。可能是盗墓贼不知何时得罪了哪位神仙或小鬼，无意中触了霉头，此次行动真可谓倒霉透顶。从考古人员发掘的情形看，盗墓贼当是一位职业专家、大内高手，他当年选择的这个方位，恰是整座墓坑中最要害的部位。整个盗洞呈斜形挖下去，直通中室的东北角，这个边角与东室和北室相邻，稍一转身即可进入二室。也就是说，盗墓贼只开一洞即可轻取三室之宝，其经验之丰富，判断力之高超，技术之娴熟，令人叫绝。

非常不幸的是，盗洞下方的器物不是诱人的青铜编钟，而是一架由32件石块组成的编磬，整个磬架用青铜铸就，坐北朝南，呈单面双层结构完好地站立在椁室之中。当盗墓贼将椁盖板截断之后，断板落入水中，上面的填土、石块倾泻而下，巨大的冲击力将下层横梁的中部和上层梁端的龙角，以及东西两头怪兽上之圆柱砸断，磬架倒塌，多数磬块散落受损。跌落的椁盖板与泥土碎石将磬架与石磬盖住，使盗墓者难以打捞。而在编磬的周边，则布满了大大小小的鼎、簋、盒、匜等铜器和多件木卧鹿、瑟等珍贵器物。在中室东壁与编钟西架相对应的部位，由北往南排列着两件方彝、两件铜壶、一件大鼓，大鼓底下还有小鼓等器物。而这些器物则是盗墓贼在直径仅为90厘米的圆洞内，无力捞取的。既然如此，能够获得的东西就极其有限了。天欤，命欤，际遇之不幸欤？

对于这一情形，擂鼓墩曾侯乙墓考古发掘人员方酉生在记录中写道："总的看来，是没有被盗走东西，但是否能肯定一件也没有盗走呢？还不能这样说。原因是北面、东南角现在有空出的地方，这究竟是当时原来的布局呢，还是东西被盗走了呢？这是一个问题。由于盗洞之故，大量淤泥、石板掉入椁室内，加之积满了水，所以除南半部未被淤泥堵塞，北半部的原状已无法深知了。"

考古人员在清理后，发现整个钟架各部位均保存完好，唯东立柱上一龙舌残失。据湖北省博物馆主编的《曾侯乙墓》的解释，"当系下葬前已失落"。这只是一种凭空猜测，没有证据支撑，难以令人信服。下葬前其他的部件都完好无损，何以独把龙的一只舌头割掉或扭掉或失掉？唯一的合理解释恐怕是为盗墓者所捞取。如此看来，盗墓贼并不是一无所获，至少获得了一个青铜龙的舌头。

当时主持中室清理工作的考古人员郭德维，后来在其所著的《礼乐地宫》一书中，对此次盗墓过程也曾做过这样的想象："若一个人站在椁顶上，另一个人潜入椁室，用绳牵引大概还可以照应过来。然而盗洞只有这么大，容不下两个人，只能一个人在墓坑顶上，一个人下墓坑（当时从墓坑顶的洞口至椁顶的深度至少有 10 米），若再下到数米深有水的椁室，上面的人与底下的人无论如何也难以配合好。这样要深入有水的椁室就根本不可能。盗墓者既然将椁盖凿穿了，当然也不会就此罢休，他们只得用一些木棍之类，在盗洞附近捞了捞。盗洞里已发现了不少这样的木棍。至于他们捞走了一些什么，就难以知晓了。"

# 第三章

秦陵迷雾

# 神秘的秦始皇陵

中国陵墓史上最为著名的当数秦始皇陵，无论是规模气势，还是传说中的地宫，都令后人产生无限的遐想。

秦陵坐落于距古城西安36公里的陕西临潼县城东。它南倚骊山，北临渭水，景色秀丽，气势雄伟。修建过程中，先后征发民工72万，耗时达36年之久，其工程之浩大，创历代君王厚葬之最。其布局结构和建筑风格，在集夏、商、周之大成的基础上，有了重大进展。而它作为中国历史上第一座皇帝陵园，对后世帝陵产生了深远的影响。

由于秦陵尚未发掘，其内部的具体情况不得而知。但历代史学家都对其有不少的描绘，使我们得以"窥一斑而见全豹"。在这些记述中，时间最早、最具真实性的当数伟大的史学家司马迁撰著的《史记》。据《史记·秦始皇本纪》载："始皇初即位，穿治郦山。及并天下，天下徒送诣七十余万人，穿三泉，下铜而致椁，宫观百官奇器珍怪徙臧满之。令匠作机弩矢，有所穿近者辄射之……"

从司马迁的记述中得知，秦皇陵地宫设施与地面宫殿一样，墓内地底见水，用铜加固，上置棺椁；文武百官依次排列，宫廷楼阁塞满了奇珍异宝。用东海捕到的"人鱼"炼油，制成蜡烛，用做陵中的"长明灯"。在墓室的地面和顶部，雕凿成天地山河，以水银为百川江河大海，以珍珠宝石镶嵌成天上的日月星辰。为防备盗掘，在墓道入口处，设有自动发射的机弩，若有人接近，触动机关，就会被乱箭射死。地宫中的大量水银易于挥发，产生剧烈的毒雾，令盗墓者闻之胆寒。秦始皇死后，秦二世下令，皇宫内凡未生育的宫女嫔妃，悉数殉葬。为了防止泄密，所有参与墓内修造之工匠，全部被封杀于墓道之中。高大的坟丘上种上草木，像山一样雄伟壮观。

秦陵建成后的第三年，项羽率军入潼关，将陵墓上豪华的地面建筑付之一炬，只剩下了巨大的封土堆。这个封土堆坐南向北，呈覆斗状，基部南北长 350 米，东西长 345 米。建成时的高度约折合现在的 115 米。经过长时间的风雨侵蚀，水土流失，现高 87 米。

1974 年，随着陵园兵马俑的发现，为了探明秦陵全貌，考古工作者进行了长期不懈的努力，现已探明，秦陵墓地面积为 22 万平方米，陵园总面积 218 万平方米，其规模之大，远超过埃及金字塔，是古今中外历史上任何人的墓葬都无法相比的。

陵园地面曾有内外双重城垣，为南北狭长的"回"字形，城垣有门，内外城之间有角楼、寝殿、便殿、寺园吏舍等大量建筑遗址。外城周长 6000 多米。在陵墓以西墓道一配房中，已发掘出两组铜车马。陵区所在地宫部位，有强烈的汞异常反应，初步证实了《史记》所言"以水银为百川江河大海"的说法。在建筑遗址中发现大量文物，其中有直径 61 厘米的大瓦当，为中国瓦当之最。

<< 秦始皇着冕服图

陵区仅发现的陪葬坑就多达 300 余个，重要文物 5 万多件，最大的陪葬坑 1 万多平方米，最小的仅 1 平方米。除已发掘和待发掘的兵马俑 1、2、3 号坑外，还发现了大规模的马厩坑和跽坐俑坑 98 座，珍禽异兽坑 31 座，筑墓民工墓 103 座，被处死的宫廷近臣陪葬墓 18 座，刑徒服役的石料加工场 1 处，窑址多处，以及防洪堤和鱼池遗址。

封土层下的地宫，据考古实测，面积近 25 万平方米，比盖在它上面的封土层面积大 6 万平方米。地宫上方南北长 515 米，东西宽 485 米，四周有一墙体高和厚各约 4 米的宫墙，其顶部距现地表 2.7 ～ 4 米，系用未经焙烧的砖坯砌成。宫墙四周有门，东西北三边有斜坡门道。

地宫在宫墙范围内，又分为外宫和内宫，从内宫再到墓室，如同三个倒置的梯形，一层深过一层，第三个层面约 2 万平方米，即秦皇棺椁之所在，而产生强烈汞异常反应的，也正是在这一中心部位，面积达 1.2 万平方米，比一个足球场还大些。秦陵地宫是一座立体结构的楼阁，推测深度最少在 50 米以上，其墓葬规格远远超过我国已发掘过的任何一座陵墓。

一座亘古未有的超级天子大墓！

而这墓室的主人不是别人，正是名震寰宇的千古一帝——秦始皇嬴政。

# 秦始皇的骄傲与痛苦

赢政 13 岁即位，22 岁加冕亲政，50 岁病死，在位 38 年。关于秦始皇的许多故事，稍有点知识的人，都耳熟能详。但是对于秦始皇的功过评价，史学家向来争论不休。有的认为秦始皇"奋六世之余烈，振长策而御宇内"，横扫六国，一统天下，结束了中国战国时长期割据的局面；统一中国后，又修筑了举世闻名的万里长城，统一了度量衡和文字，功高盖世。有的认为秦始皇乃历史上第一大暴君，如车裂假父嫪毐，迫使生父（也是其恩人、功臣）吕不韦自杀，焚书坑儒，大兴土木修长城、阿房宫、秦陵等，使得民声鼎沸，怨声载道，时人恨不得"食其肉，寝其皮"。

任何一位有成就的历史人物都是复杂的，其功劳和过失的产生都有其深刻的社会和历史背景。所以后世的"仁者见仁，智者见智"也不足为怪。值得注意的是，随着大秦帝国的建立、巩固和繁荣，王国的缔造者赢政日益骄奢却是不争的事实。

秦王一统天下后，内心不禁喷涌出自豪之情。因此，他要做的第一件事便是表功。让子孙万代都要铭记其卓越的功勋。第二件事便是正名。他下令："今名号不更，无以称成功，传后世，其议帝号。"于是，中国历史上的第一个皇帝诞生了。而"皇帝"一词也成为此后历代封建统治者的专用称号。

秦王做了皇帝，但并不因此满足。他认为自己营造的庞大帝国决不能也不会覆灭，他打下的江山将传之万世。于是，他又下了一篇气魄宏大的制。制曰："朕为始皇帝。后世以计数，二世三世至于万世，传之无穷。"但是，铁打的江山仅二世而亡，历史同这位心比天高的皇帝开了一个大玩笑，这是后话。

秦始皇的傲气还有很多表现，如大兴土木，横征暴敛，滥用苦力，焚书坑儒等。事实上，秦始皇的这些表现的确给人们留下了不可一世、盛气凌人的印象。他位及至尊，傲视万物。"普天之下，莫非王臣，率土之滨，莫非王土。"横扫六合，一统天下，他内心疯狂的征服欲暂时得到了满足。他创造的辉煌业绩，将永载史册，足以令后人敬佩，从这一点来说，秦始皇是骄傲和自豪的。

但是作为一个世俗之人，他凡身肉胎，生命有限。他威风八面的凛然之气终究会随着时光的流逝而烟消云散，而他尽平生之力创建的庞大帝国也将随着岁月的流逝而成过眼云烟。从这一点来说，秦始皇感到的又是痛苦和无奈。

物质上的极大满足和精神上的极度空虚，使千古一帝成为一个矛盾的综合体。于是，在绞尽脑汁经营、巩固着他的大秦帝国的同时，秦始皇又走上了追求"长生不老"妙药的艰难之路。

公元前219年，秦始皇离开了京师咸阳，开始了第二次巡游。这次巡游的主要目的，便是到泰山进行封禅大典。典礼结束后，秦始皇并没有返回，而是"行礼祠名山大川及八神"，开始了敬神之旅。

对神灵的崇拜，在秦国源远流长。据说，秦襄公攻戎救国有功，被封为诸侯，率领族人居于西陲，自认为应主少皞之神，于是建西峙，祠祭所谓白帝。后来秦文公即位，夜梦一条黄蛇自天下属地，其蛇口止于麟衍，后史敦为他圆梦道："这是上帝的象征，您应当祠祭之。"于是，秦文公便建了鄜峙，用三牲郊祭白帝。

秦穆公在位时，有一个陈仓人从地下挖出一物，似羊非羊，似猪非猪。他想将之送与穆公。路上碰到两个童子，对他说，这个东西叫媪，经常在地下吃死人的脑子，要想杀之，用柏枝插在它头上。媪这时也说话了，他说，这两童子一雄一雌，名曰陈宝，得雄者王天下，得雌者霸天下。陈仓人听了，放下媪，去捉童子。两童子即化为雉，飞入树林。陈仓人向穆公报告，穆公派人捉住了雌雉，不想它又化成一块石头，只好将其置于汧、渭之间。到文公即位时，特意建了祠庙，以祭陈宝。那只雄雉后飞到了南阳雉县。每当陈仓祠祭陈宝之时，即有一道长十丈的红光，自雉县飞入陈仓祠，发出像雄雉的叫声。据说，这就是"宝鸡"之名的由来。

崇敬鬼神，只是秦始皇长生不死乐曲的一个前奏。他的思绪，早已飞向虚无缥缈的天国。

"藐姑射之山，有神人居焉，肌肤若冰雪，绰约若处子，不食五谷，吸风引露，乘云飞，御飞龙而游乎四海之外。"这段描述见于《庄子·逍遥游》。它对传说中的神仙进行了具体而形象的描述。

中国古人即有崇拜神仙、确信神仙存在之说，而秦始皇对此更是深信不疑。他以征服六国般的意志开始了寻找神仙的历程。

秦始皇三十七年（公元前210年），始皇帝最后一次出巡时，在琅琊见到了徐福。由于"人还求神药，数岁弗得，费多"，害怕受到严厉处罚，徐福便编造了谎言。他说："蓬莱仙山的确有仙药，只是由于被大鲛鱼阻挡，无法进入。请陛下派遣善射者带弓箭一同去，用连弩将其射杀，仙药即可得。"听这话的当晚，秦始皇恰巧做了一个梦，梦见自己同一个人形的海神作战。梦博士圆梦道："水神面目本看不见，大鱼和鲛龙乃水神存在的标志。陛下祷祠神明向来恭谨，应除去此类恶神，即可求得善神。"秦始皇听其述说与徐福所言符合，于是下令派人携带大量渔具入海，而他也亲自持连弩以待大鱼出现。

众多的兵士乘船从琅琊直到荣成山，也未见到一条大鱼的踪影，直到芝罘，才见到一条大鱼，而秦始皇非常"英勇"地将其射杀了。

射杀大鱼后，障碍已除，于是秦始皇又派徐福出海。这个徐福又一次欺骗了秦始皇。说自己梦中见到了海神，海神说，仙药有，只是秦王礼物太薄了，只能看，不能拿走，要拿走，必须送给我童男童女以及从事各行业的工匠。

秦始皇听信了徐福之言，于是令其携童男童女3000人、各类工匠再次入海。但是徐福率领的庞大船

<< 焚书坑儒图，引自明代张居正帝鉴图说

队永远消失于天海相接处，直到秦始皇死也未回来。

数次寻仙不得，反得到了一帮儒生无情的戏弄和嘲讽，秦始皇怒气难消，诏令 460 名儒生至骊山一个所谓的温谷中，召开"西瓜宴"。趁儒生们对温谷之瓜评说不已时，命令兵士自上而下填土于山谷，将儒生们活埋。儒生被坑，秦始皇不再积极寻求仙丹灵药，而是逐渐将注意力转移于对其死后的安排上，骊山陵墓修建速度随之加快，一座亘古未有的超级天子大墓在他死前基本完工。从另一方面看，由于寻仙求药的失败，更加剧了秦始皇残暴的统治，从而在他死后，又围绕其陵墓发生了一系列争论不休的是非恩怨。

 ## 始皇陵是否真的被盗

公元前 210 年 10 月，华丽的天子车驾离开咸阳，秦始皇开始了第五次——也是最后一次巡游。11 月，来到了云梦、九嶷山，然后浮江而下，经过丹阳，到达钱塘。由于钱塘江水势滔天，波涛汹涌，车队遂向西走了百余里，由狭中渡江。

渡江之时，庞大的车队引来许多人观看。这时，人群中一个高大威武的少年突然说了一句："彼可取而代也。"

这句话秦始皇当然不会听到，他也不会想到，在这样一个穷乡僻壤，竟然隐藏着一个秦国的死敌。

——这个少年，就是历史上著名的西楚霸王项羽。

项羽一生的使命，用两个字就可以概括，那就是"亡秦"。他从秦二世元年会稽起兵开始，每遇秦兵，战无不胜，秦军望之披靡，闻风而逃。所以在很短的时间内，秦王朝就土崩瓦解。

但在其后的楚汉之争中，项羽却失败了。历史学家常常为项羽鸣不平，把其失败之因简单归结于项羽主观决策上的失误。而众多的文人墨客则将其描绘成一个顶天立地的英雄。"生当作人杰，死亦为鬼雄。至今思项羽，不肯过江东。"但大多论者都忽略了其失败的必然性。

之所以说项羽的使命是亡秦，是因为他与大秦天生有家仇国恨。项羽的祖父、楚国大将项燕就为秦军射杀，而项羽所在的楚国，多年来就与秦战争不断，并最终为秦所灭。所以，当项羽兵进咸阳时，疯狂的复仇行为便势所难免。

据说，项羽率大军进入咸阳后，竟在一天之内就将秦国皇亲 800 余人连同 4000 名文武官员全部杀死。秦王子婴就是被项羽本人用方天画戟扎入胸腹扔到街心而毙命。随后，八千江东子弟潮水般涌入秦宫，将财宝、美女抢劫一空后，又放一把大火，将阿房宫内的宫殿、楼阁烧成一片废墟，大火烧三月不绝。

做完这一切后，项羽的私愤并没有发泄完毕。他又带兵闯入秦始皇陵，杀害了所有守陵人和部分还在修建陵园的工匠，放火烧掉陵园内所有的地面建筑，又下令挖掘秦始皇陵。

关于项羽的几把大火，历史上的记载已有不少，且大多相似，并无争议。只是项羽是否盗掘过秦始皇陵，目前尚有争论。

关于项羽掘秦始皇墓，历史上也有不少记载：

司马迁的《史记》中借刘邦之口，骂项羽："掘始皇冢，私收其财物。"

汉代史学家班固在《汉书·刘向传》中写道：

秦始皇葬于骊山之阿，下锢三泉，上崇三坟，其高五十余丈，周回五里有余。石椁为游馆，人膏为灯烛，水银为江海，黄金为凫雁……项羽燔其宫室营宇，往者咸见发掘。其后牧儿亡羊，羊入其凿，牧者持火照求羊，失火烧其棺椁。

北魏的地理学家郦道元在其所著的《水经·渭水注》中这样描绘：

秦始皇大兴厚葬，营造冢圹于骊戎之山，一名蓝田，其阴多金，其阳多玉。始皇贪其美名，因而葬焉。斩山凿石，下锢三泉，以铜为椁。旁行周回三十余里，上画天文星宿之象，下以水银为四渎百川。五狱九州县地理之势，宫观百室，奇器珍宝，充满其中。坟高五丈，项羽入关发之，以三十万人，三十日运物不能穷。关东盗贼销椁取铜。牧人寻羊烧之，火延九十日不能灭。

另外，在民间，还流传着关于项羽掘秦始皇墓的传奇故事：

公元前206年，项羽入关后，命英布去盗秦始皇墓。当地下皇城大门打开时，里面突然射出无数箭矢，乱箭如雨发，当场射死许多士兵。随后从墓中又飞出无数怪鸟，啄伤不少士兵。惊魂未定的士兵四散逃去，又被墓中冲出的怪兽追击，咬伤无数。英布不敢进门，急忙报告项羽。项羽一听大怒，亲自率士兵冲入墓门。至墓内后，项羽定睛一看，立刻被眼前的景象所震惊。只见里面星光灿烂，山峦起伏，草木青翠，这不是函谷关吗？项羽带兵往前冲击，但这时又是一阵乱箭射击，项羽无奈之下，只好率兵退出。

另一个故事说，项羽灭秦后，派十万兵士挖掘秦始皇墓。士兵在陵墓南面和西北寻挖墓穴道，挖了半月有余，踪迹全无。项羽听说后，赶到了现场，亲自督促开挖，仍没有结果，正在犹豫之时，忽然从西北方向走来一个鹤发童颜的老人。老人对项羽说："你不该动用如此众多的劳役来挖墓，秦始皇是怎么灭亡的，你应该心知肚明，万不可重蹈秦王朝的覆辙啊。"项羽听了老人之言，思索良久，终有所悟。于是马上命令士兵停止挖掘，返回楚地。但是士兵们毕竟在此地挖出了两条沟，这两条沟后在历史上被称为"霸王沟"。

还有一个更为离奇的故事。说是项羽挖掘秦始皇陵时，从墓中飞出一些金雁，消失于南方。到三国时，有一个名叫张善的人在日南这个地方当太守，有人向他行贿，送他一只金雁，张善一看，金雁身上还刻有字，字的意思是说此雁乃秦始皇陵中之物。

依据诸如此类的记载和传说，好像项羽掘秦始皇陵已是不争的事实。但实际上，这些说法并不能作为项羽掘始皇陵的真正证据。民间传说故事自不必说，就是历史上的记载也令人心生疑窦。

司马迁在《史记》中的记载，只是引用刘邦在两军阵前责骂项羽的话，并没有直接去写项羽如何掘墓。如果这件事是事实的话，那也应该是一桩重大的历史事件了。但这样重大的事件却并没有载入《秦始皇本纪》和《项羽本纪》，这是司马迁的遗漏，还是有不便言说之处？两种疑问似乎都难成立。因为司马迁是公认的秉笔直书的史学家，极少趋炎附势之作。同时，在《项羽本纪》中，他对项羽"烧秦宫室，火三月不灭，收其妇女宝货而东"的行为有明确记述，还有什么必要对掘秦始皇冢加以掩饰呢？不可否认，项羽"掘冢"的动机是存在的。这是雪国仇、报家恨的最好手段。但是，以秦始皇陵的地宫之深邃、构筑之坚固、警戒之严密，项羽即便有开掘之心，恐也难得如愿。所以更为可能的是，用一把大火烧掉秦始皇陵园的地面建筑，及把"浅层"的宝藏拿走。这一行动，使人们误认为项羽盗掘了秦始皇陵。

那么，后来的班固、郦道元又为何要编造故事，栽赃项羽呢？这也许是历史上的一个悬案。虽然我们无从琢磨班固、郦道元的心理，但有一点是可以肯定的，这就是他们关于"汉武帝中期以前的史实"的记载，基本上都是从《史记》中抄袭而来的。而作为兰台令史的班固也不可能比早他400多年、身为太史令的司马迁获得更多的史料。再说，按照班固的记述，可以设想，项羽凭借为数几十万人的挖掘能力，不管他采取大揭顶还是多道并进的办法，都将是愚蠢至极的。若在短期内，集中一处挖掘，不但难于下手，而且对秦陵这样一个庞然大物，也是难于奏效的。即使地宫被打开，那陵墓内的珍宝再多也有个定数，以30万之人力，"三十日运物不能穷"，也难以成立。同时按照班固等人的记述，只要项羽打开地宫，必然会有暗弩的射出，即使进入墓内，也会受到水银毒气的伤害。而关于这些引人入胜的细节，善于渲染的他们为何不见记述？退一步讲，如果秦始皇陵内已被项羽洗劫一空，历代朝廷又何需下令派人保护呢？历史上，刘邦平定天下后，即派20户为始皇守冢，这本身就说明，这位新登龙位的皇帝知道并没有人毁坏寝宫，否则，还有什么守冢的必要？至于刘邦之后，历代王朝对始皇陵都倍加守护，起码也是对班固、郦道元等人讹传的否定。

从20世纪50年代起，陕西的文物工作者就开始对秦始皇陵进行地面勘察。1974年以后，考古人员便围绕陵冢、陵园进行大规模的钻探，留下了十余万个钻孔。

<< 秦俑坑发现时地貌

长期负责秦陵钻探的考古工作者程学华认为，钻探资料表明秦陵地宫上的封土没有发现局部下沉的迹象，夯土层也没有较大的变动。目前在整个封土上仅发现两个直径不足 1 米、深不过 9 米的小盗洞，而这两个盗洞又远离地宫。假如当年项羽真的以 30 万人对始皇陵地宫进行发掘，今天怎会是这般模样？所以他说："班固近似道听途说，郦道元则是信口开河，致使我们的考古研究误入迷途。"

　　现秦陵考古队的张占民先生经过多年的潜心研究，也得出了与程学华一致的结论，认为班固和郦道元的记载是相互矛盾和难圆其说的：既然项羽烧地宫在先，那么地宫内的建筑、包括棺椁在内绝对不会幸免，那为什么没有对秦始皇尸骨作何处理的半句记载？是一同烧毁了还是捣碎了？以项羽的性格和复仇心理，若见到秦始皇尸骨绝对不会放一把火了之的。

　　从现已发掘、钻探的地宫周围的一些随葬品看，西墓道耳室仍保存着完整的铜车马队，而装置铜车马的木椁也没有遭到火烧，属于自然腐朽。北墓的耳室也同样地保存着一些重要的随葬品。试想，如果秦陵地宫真的被项羽的 30 万大军所盗，在墓两旁的随葬品又怎能完好无损？既然这些随葬品能完好无损地保存下来，深藏在地宫内的随葬品也应该不会被洗劫一空，甚至可能同样完整地保存下来。假如项羽当年真的一把火焚烧了地宫，那么地宫内的水银也早已挥发四散，但今天的科学试验证明，陵内的水银依然存在。所以，种种迹象和资料都表明：秦陵地下宫殿不但未遭大规模的洗劫，也同样没有被焚烧的可能。

　　既然班固、郦道元等人的错误已遭反驳，那么项羽等人在陵园内究竟破坏了什么？

　　也许用不着想象就可以知道，秦始皇陵园的地面建筑，首先就成为项羽大军洗劫和破坏的对象。那博大恢宏的寝殿、食宫、门阙、角楼等在兵燹中都无一幸免。几千年后，人们站在这片遗址上，仍然能看到红烧土和木炭混杂，残砖碎瓦与草屑相伴的凄凉景象。同时，埋葬于地下的兵马俑也在这次洗劫中深受其害。

　　在考古勘探中，经过部分清理的陵园建筑遗址，很少有金钱和青铜器物的发现。已发现的"乐府"铜编钟、两诏铜权、"骊山园"铜锤及戈、矛等兵器，都散见于陵园的堆积土中。秦俑坑内的青铜兵器，按理应当与兵俑的数量相等，有近百件之多，这个数量无异于一个大型的兵器库，一旦得到这些兵器，便可立即装备士兵，投入战斗。但现在看来，俑坑中的兵器所剩无几，若结合兵马俑被破坏的情形来看，坑中的兵器显然是被掳去了。当年刘邦指责项羽"掘始皇冢，私收其财物"，无疑是指他捣毁从葬设施，并掠走陵园财物的暴戾行径。

关于项羽是否盗掘过秦始皇陵的争论，似乎暂时可以告一段落。但是，历史上企图盗掘秦陵的仍大有人在。

据史料载，后赵时的石勒和石虎，在盗窃战国时的赵简子墓失败之后，来到了秦始皇陵。经过一番周密的钻探之后，他们在封土以外的不远处开始了挖掘。这次，他们的苦心没有白费，鬼使神差，他们打开了通往秦陵地宫的墓道，取走了墓道门旁安装的铜柱数根。正当他们进一步向地宫深入凿挖时，被守陵人发现。两人不得不含恨忍痛放弃了秦陵，背着铜柱落荒而逃。

据当地村民说，清朝道光年间，秦始皇陵封土遭到了暴雨流水的冲击，陵墓北面的半山腰间，也在暴雨冲击中塌陷出一个很深的洞窟。这个洞窟被附近的岳家村一个老头发现后，立即传播开来。消息传到了一个外号叫"白狼"的土匪头子耳中，他立即率人以探测陵园为由进入洞窟，令所有入洞者大吃一惊的是，这个洞窟竟通入陵墓地宫。"白狼"对此大为兴奋，命人取了大批的珍宝出洞后，溜之大吉。守陵人得知此事后，马上报告官府，官府派人堵死了洞窟，随之加紧了对陵园的看管，洞窟再未被掘。

清朝灭亡之后，随之而起的是军阀混战，陕西军阀又一次派兵挖掘了秦陵，取走了地宫大批珍宝。

以上记载和民间传言，虽有证可据，但大多漏洞百出。依石勒、石虎两人的力量，怎么能轻易就打通了地宫隧道？项羽当年率领千军万马，也对秦陵无计可施，二石难道是神仙不成？退一步讲，即使是打开了隧道，依秦陵的坚固，作为支柱的铜柱两个人怎么能将其取下？别说"数根"，就是一根，恐怕费尽九牛二虎之力也是"蚍蜉撼大树"。再说，他们二人在表层又是钻探，又是挖掘，守陵人竟浑然不觉，而待其进入隧道后，却被守陵人发觉，这于情于理实难讲通，莫非守陵人有"天眼"不成？·所以，这一说法实难服人。

"洞窟"的说法也显荒唐。秦始皇几十年处心积虑建成的坚固陵墓，怎会如此地不堪一击？一阵雨水冲击，就能冲出个大窟窿，让人难以置信。更致命的是，这个洞窟居然能直接通入地宫。如果真是这样，从秦至清，中间老天不知下过多少次暴雨，洞窟也不知出现过多少回，哪轮得上清朝的"白狼"搜取珍宝？恐怕陵墓内早已是空空如也。

至于陕西军阀的盗陵，既无时间，又无姓名，更无盗掘经过，自然只能理解为讹传。

<< 某盗墓现场

可以肯定的是，秦陵作为一座超级天子大墓，自它建成之日起，历代盗墓贼就对其虎视眈眈，也曾做过种种努力，但也只是留下几个小小盗洞，在庞大的陵墓面前，显得是那么地微不足道，也并未对地宫构成真正的破坏。至于秦陵地宫门口是否有刀枪暗箭弩矢之类的射杀性武器，以防盗墓贼的入侵，达到"有所穿近者辄射之"的奇效，在地宫尚未打开之前，没有人能说得清楚，但据秦陵钻探人员透露，这种可能性是存在的。

DaoMuZheShuo

# 第四章

# 汉代陵墓之劫

# 西汉武帝茂陵概况

金人赵秉文有诗云："渭水桥边不见人，摩挲高冢卧麒麟。千秋万古功名骨，化作咸阳原上尘。"其诗道出了咸阳塬上的历史场景。穿越时空距离，透过这些陈列着的苍凉陵冢，人们似乎看到咸阳塬的荣辱兴衰，听到古陵主人战马的嘶鸣声，读到咸阳古陵文化的精彩篇章。

秦岭北麓的关中平原，西起宝鸡，东至潼关，南北夹于秦岭山地和北山山脉之间，是古代文明发祥地之一。自西而东的渭河，流贯条形的关中平原，故亦称渭河平原。古代这一带属秦国，长约七八百里，所以又有"八百里秦川"之称。西周、秦、汉时代，关中是全国最富饶之地，其财富占全国十分之六。古都西安即坐落于这片平原中部的渭河南岸。沣河、沪河、灞河等八条河流，从秦岭北麓蜿蜒而来，形成"八水绕长安"的景象。属于秦岭山脉的华山、骊山、终南山等巍峨高峻的山峰，罗列市区之南，重峦叠嶂，云蒸霞蔚，构成了美丽的山水风光。

位于关中腹地、泾（河）渭（河）之交的咸阳，是西汉皇陵的主要集结地。西汉王朝，凡214年，历经11位皇帝，建陵园11座，有9座位于咸阳塬上，其中最为显贵的有五陵，即高祖长陵、惠帝安陵、景帝阳陵、武帝茂陵和昭帝平陵。这五陵当时均建有陵邑管理，故将其称为"五陵原"。古诗中"五陵年少争缠头"，"五陵裘马自轻肥"的记述，即指当年居住在这些陵邑（县）中的纨绔子弟斗鸡走马、为非作歹的事情。

在西汉的11座帝陵中，最大的当数汉武帝茂陵，在中国历史上，如此规模浩大的皇帝陵，只有秦始皇的骊山墓方能与之相比。

茂陵位于今陕西省兴平县东北塬上，南位乡的东南部，西距兴平县12公里，东距咸阳市15公里。其北面远依九骏山，南面遥屏终南山。东西为横亘百里的"五陵原"。此地原属汉时槐里县之茂乡，故称"茂陵"。它高46.5米，顶端东西长39.25米，南北宽40.60米。据《关中记》载："汉诸陵皆高 12 丈，方 120 丈，惟茂陵高 14 丈，方 140 丈。"上述与今测量数字基本相符。总占地面积计为 56878.25 平方米，封土体积 848592.92 立方米。陵园四周呈方形，平顶，上小下大，形如覆斗，显得庄严稳重。

公元前 139 年，茂陵开始营建，至公元前 87 年竣工，历时 53 年。《晋书·索绋传》云："汉天子即位一年而为陵，天下贡赋三分之一，一供山庙，一供宾客，一充山陵。"也就是说，汉武帝动用全国赋税总额的三分之一，作为建陵和征集随葬物品的费用。建陵时曾从各地征调建筑工匠、艺术大师 3000 余人，工程规模之浩大，令人瞠目结舌。

汉武帝的梓宫，是五棺二椁。五层棺木，置于墓室后部椁室正中的棺床上。墓室的后半部是一椁室，它有两层，内层以扁平立木叠成"门"形。南面是缺口，外层是黄肠题凑。五棺所用木料，是楸、梓和楠木，三种木料，质地坚细，均耐潮湿，防腐性强。梓宫的四周，设有四道羡门，并设有便房和黄肠题凑的建筑，便房的作用和目的，是"藏中便坐也"。《汉书·霍光传》曰："便坐，谓非正寝，在于旁侧可以延宾者也。"简单地说，便房是模仿活人居住和宴飨之所，将其生前认为最珍贵的物品与死者一起殉葬于墓中，以便在幽冥中享用。"黄肠题凑"是"以柏木黄心，致累棺外，故曰黄肠。木料皆内向，故曰题凑"。汉武帝死后，所作的黄肠题凑，表面打磨十分光滑，颇费人工，要由长 90 厘米，高宽各 10 厘米的黄肠木 15880 根，堆叠而成。

公元前 87 年，汉武帝死后，入殡未央宫前殿。据《西京杂记》记载，"汉帝送死皆珠襦玉匣，匣形如铠甲，连以金缕。"梓宫内，武帝口含蝉玉，身着金缕玉匣。"匣上皆镂为蛟龙弯凤鱼麟之像，世谓为蛟龙玉匣。"汉武帝身高体胖，其所穿玉衣形体很大，全长 1.88 米，以大小玉片约 2498 片组成，共用金丝重约 1100 克。

茂陵的地宫内充满了大量的稀世珍宝。《汉书·贡禹传》云："武帝弃天下，

<< 汉武帝茂陵

霍光专事，妄多藏金钱财物，鸟兽钱鳖牛马虎豹生禽，凡为九十物，尽瘗藏之。"《新唐书·虞世南传》也载道："武帝历年长久，比葬，陵中不复容物。"从以上记载可以看出，因为汉武帝在位年久，又处在经济繁荣的鼎盛时期，所以随葬品很多，除190多种随葬品外，连活的牛马、虎豹、鱼鳖、飞禽等，也一并从葬。另据记载，康渠国国王赠送汉武帝的玉箱、玉杖以及汉武帝生前阅读的30卷杂经，盛在一个金箱内，也一并埋入陵墓之中。

# 多次被盗的茂陵

西汉诸帝除个别皇帝外，都修建了大规模的皇陵，并采取措施加以保护。但令人遗憾的是，这些皇陵几乎无一逃脱被盗掘的命运。民间小规模的盗掘自不必说，单是大规模的被盗，就有不少。如西汉末年，赤眉军进入长安，西汉诸帝陵悉被发掘；东汉末年，军阀董卓也曾派吕布盗掘西汉诸皇陵。

茂陵是西汉诸陵中最为突出的，所以被盗掘的次数和规模也远远多于其他皇陵。仅有历史记载的被盗事件即有五次。

公元前84年，汉武帝葬后刚刚四年，可谓尸骨未寒，但其陵已被人盗掘，陵中的东西已经"上市"。汉武帝梓宫中有一玉箱和玉杖，这是西胡康渠国国王所献，汉武帝生前十分喜爱。但刚过四年，一个扶风人在市场上看到一个商人正在出卖玉箱和玉杖，要价为青布30匹，钱9万。扶风人见这两件东西十分精致，绝非寻常之物，于是未加讨价就买下了。买来之后，扶风人爱不释手，常与宾客共赏。恰巧有一天，家里来了一个不速之客，此人看到这两件东西后，转身就走。原来，此人乃汉武帝生前的一个小奴，认识玉箱、玉杖，所以他急忙将此事报告当地的官吏——有司。有司一听此事，这还了得，赶忙派人去拿扶风人，询问玉箱、玉杖的来历。扶风人得知此乃先帝之物，十分惊恐，不敢隐瞒，将整个经过和盘托出。

只说自己买时不知此乃茂陵之物，更不知卖主姓甚名谁。有司派人缉拿商人，那商人却早已不知去向。有司无奈之下，只好将玉箱、玉杖入官，不了了之。但茂陵被盗一事却是确凿的事情。

公元前64年，发生了一件十分荒诞的事情。山西有个采药人，名叫李友。此人常于山中采集药物。一次，他来到上党的抱犊山采药。当他爬到半山时，已是精疲力竭。此时，他看见了一个山洞，便走了进去想休息一下。坐于山洞口的平坦岩石上，李友俯视抱犊山，只见满目青翠，山中的小溪淙淙流淌，不觉心旷神怡，疲劳在不知不觉中消失。休息片刻，李友起身欲走。就在起身的同时，他不自觉地看了山洞一眼。这一看，看出了问题，他发现黑暗的山洞里有个东西闪着金光。强烈的好奇心驱使他向洞里走去。走了大约200米，他看到了那个闪光的东西，原来是个金箱。他试着抱了抱，箱子很沉。在费了九牛二虎之力后，他终于将箱子搬到了洞口。他小心翼翼地打开金箱，发现里面盛满了书籍。书籍码放整齐，计有杂书40余卷，包括：《老子》2卷、《太上紫文》13卷、《灵跻经》6卷、《太素中脂经》6卷、《天柱经》9卷、《六龙步元文》7卷、《马皇受真术》4卷。李友打开了其中的一卷，只见上面赫然写着"御书"二字。再一看，乃是汉武帝读过之书。皇帝之书为何会藏于此处？李友不由得大吃一惊。他赶忙把书放回，关上金箱，并将其藏好。吃了这一惊，药是采不下去了。思索再三，他决定报告官府。河东太守张纯闻听此事，不敢怠慢，马上派兵丁随李友上山取回金箱。在确证金箱乃汉武帝之物后，他马上报告了当时的皇帝汉宣帝。汉宣帝见到此物，询问众大臣。当时有一典书郎冉登，系汉武帝时侍臣。看了金箱和经书后，他痛哭流涕，上奏道："这是孝武皇帝（汉武帝）随葬之物，当时我亲手将其放进陵墓，怎么会出现在这儿呢？"汉宣帝听了，十分惊愕。在查不到是谁将书箱盗出的情况下，他令人将书箱送回汉武帝陵中。但是当皇帝的手下进入茂陵时，却惊奇地发现茂陵内竟然完好如故，没有任何证据可以证明曾有人进入过陵内。但这金箱，连同之前的玉杖、玉箱是怎么出去的呢？这至今仍是一个难解的谜。

西汉末年，琅琊人樊崇率百余人入泰山，揭竿起义。22年，新朝皇帝王莽派大军10万人击樊崇军。樊崇军准备大战，起义军用赤色涂眉，作为起义军记号，史称"赤眉军"。结果大败王莽军。25年，赤眉军30营（一营为一万人）攻入长安。这些来自四面八方的农民，入城后做的第一件事就是大肆掳掠，在将长安城抢劫一空后，赤眉军又来到咸阳塬上，发掘汉帝后坟墓，收取宝货。西京长安二百年的文物，几乎被破坏殆尽。而武帝的茂陵，当然也在劫难逃。

据史书记载，赤眉军掘开茂陵后，成千上万的士卒搬取陵中宝物。搬了几十天，但"陵中物仍不能减半"。茂陵附近的帝后陵，也遭到了同样的命运。令人发指的是，个别人竟然干起了奸尸的可耻勾当。据《后汉书·刘宣子传》记载：赤眉起义军进入关中，攻占长安后，焚烧了皇宫，又发兵西征，"逢大雪，坑谷皆满，上多冻死，乃复还，发掘诸陵，取其宝货，遂污辱吕后尸。凡贼所发，有玉匣殓者率皆如生，故赤眉得多行淫秽。"

26 年，赤眉军再一次"光顾"了茂陵。当时，他们正被刘秀领导的起义军打败，走上了穷途末路，兵退咸阳。许多士兵都开了小差，军心更为不稳，樊崇为此一筹莫展。此时，起义军的军师，名叫徐宣，他给樊崇出主意说："眼下我们东有刘秀攻打，西有隗嚣追击，两面受敌，想退是不可能了。只有设法再次打进长安，方有一线生机。只是现在雪下得这么大，军心不稳。我看主要是士兵闲来生事。这一带陵墓不少，不如叫大家去掘坟盗宝，士兵们有了财物，士气自然高昂，攻进长安就有希望了。"樊崇一听，茅塞顿开，立即下令士兵再次去盗茂陵。

徐宣此次出主意去盗茂陵，除了想要提高士气外，更为重要的一个原因是想得到茂陵中的道术秘册。原来徐宣能掐会算，曾当过县里的狱吏，在《易经》上造诣匪浅。他知道汉武帝生前信神敬仙，收集了不少方士的道术，所以猜想其墓中必有秘册。但是后来的事实证明了徐宣的这个想法只是一种猜测：士兵们找遍了茂陵的所有角落，甚至捣毁了著名的茂陵陪葬墓——西汉大将军霍去病墓，然而道术秘册却不见一点蛛丝马迹。

东汉末年，中国出现了一个恶霸——董卓。此人是凉州的一个下层豪强，他的部属都是些地方上的土霸和羌族胡族的豪酋。董卓为首的一群极端凶恶的豺虎盗贼是历史上最野蛮的破坏者。当时人口、文化、财物最集中的洛阳、长安，都被这群野兽毁坏殆尽。

董卓曾下令大将吕布盗掘西汉诸皇陵，至于吕布盗掘诸陵的详细情况史无记载，不得而知，但其盗掘茂陵却留下了一个故事。

据说，吕布盗茂陵时，董卓曾交付其一个秘密任务，那就是要其留心寻找茂陵墓中的秘方妙药。原来，董卓有个孙女，名叫董白。此女长得花容月貌，且生性乖巧，甚得董卓喜爱，被视为掌上明珠。十岁时董卓就封她为渭阳君，并为其举行了盛大的仪式。仪式举行时，董卓特命兵士搭起了宽6米多、高2米的高坛，董白坐着显贵的轩金华青盖车，由大批官员簇拥，登坛受封，好不隆重。但可惜的是，这董白是个哑巴。为此，董卓十分忧虑，曾广延天下名医为之医治，均未见效。后来，董卓听手下大臣说，汉武帝刘彻一生敬神寻仙，熬炼仙药，其陵中也许会有专治哑巴的灵丹妙药。于是，他把这个任务交于吕布。

吕布带领大批士兵进入茂陵，在搬运大批宝物的同时，细心地找起了灵丹妙药。但是，搜遍了整个陵墓，连汉武帝的棺木都翻了个底儿朝天，灵丹妙药还是未能找到。吕布没有完成董卓交予的特殊使命，心中既着急又懊丧。正在这时，只见一个士兵手拿一卷绢纸，大声喊道："找到了，找到了！"小跑过来。吕布听到后心中不由得一阵狂喜，他不等士兵报告，一把从其手中抢过了绢纸，展开一看，只见上面用端端正正的隶书写着十二个大字："千里草，何青青，十日卜，不得生。"吕布乃一介武夫，好不容易认识了这几个字，已属不易，哪里还会理解其中的深意，他认为这也许正是董卓要找的。于是，他兴高采烈地宣布班师回朝。回来后，将绢纸交于董卓。董卓端详了一阵，也不知其意，于是转而问大臣。然而众大臣面面相觑，无一应答。董卓大怒，厉声喝问："连这十二个字的意思都不能理解，我养你们这帮大臣何用！"厉声之下，众大臣无不战栗。董卓更为生气，走下殿来，双目圆睁，逼视站在最前面的大臣。该大臣一看大事不妙，扑通一声跪下："大王，臣非不知，实不敢说。"董卓说："你说，我不怪你，赶忙说。"大臣颤声道："这句话是诅咒您的。""如何见得？"董卓仍是不解。大臣道："您看，这千里草，合起来是一个'董'字，十日卜合起来，是一个'卓'字，这句话是诅咒您不得生啊。"董卓听完，气得都快晕过去了，他伸手将那一卷绢纸拿来，欲将其撕个粉碎，但是，这绢纸非常结实，怎么撕也撕不碎。盛怒之下，他将其掷于地，踩于脚下，并大声斥责吕布："你带来的是什么东西，饭桶！滚下殿去……"

后来，余怒未息的董卓又派人将汉武帝的尸体扔在墓外曝晒。朝中大臣对此无不黯然，于是公推蔡邕前去劝解。董卓这才消了怒气，派人将尸体放回，并草草处之。

就在这件事发生后不久，董卓被吕布所杀。正应验了那句熟语：善有善报，恶有恶报。

——这个故事系民间流传，真伪难辨，但董卓曾派吕布盗掘茂陵却是不争的事实。

唐朝末年，又一支农民起义军开进了汉武帝的茂陵，其首领是一位历史上赫赫有名的人物——黄巢。

黄巢与赤眉起义军的首领樊崇有所不同。他可以说是个文武全才。既长于骑射，又颇爱读书；既贩过私盐，又考过进士；既是失意士人，又是一方豪侠。按说，这样一个能文能武的人，应该具有一定的"文物保护意识"，但是历史却不无遗憾地记载下了其盗掘陵墓的行为。

880年，黄巢的事业达到了顶点。这一年，他率数十万起义军攻入唐都长安，唐朝皇帝唐僖宗带着少数家眷仓皇出逃。黄巢入城时，数百万民众夹道欢迎，所到之处，群众无不山呼万岁。同年，黄巢登上了皇帝宝座，定国号为大齐，年号金统。

当了皇帝的黄巢完全被胜利冲昏了头脑，别说派兵继续追击唐王朝的残兵败将，甚至未来得及对民众颁布治国诏令，他就开始了极度的享乐。"防御"二字早已抛之于九霄云外。

但是，就在黄巢尽情享乐的同时，一支支唐朝地方豪强的武装已悄然集结。881年，唐僖宗委任宰相王铎为诸道行营都统，率军打到了长安城下，战斗一触即发。但这是怎样的战斗啊，黄巢率领的起义军已今非昔比。战斗尚未开始，胜负却已确定。结果是这支起义军还未等唐兵攻城，只是听说唐兵要来，便闻风而逃。

逃到咸阳的起义军，军心涣散，已成强弩之末。在一个寒风瑟瑟的秋日，他们盗掘了茂陵。

关于黄巢起义军盗掘茂陵的细节，史无记载，不便妄加想象。但关于其盗掘茂陵的原因，却有两点可以探讨。第一个可能是因为当时起义军已走向穷途末路，军中粮饷不足，盗掘茂陵，以茂陵之宝补充军需，也属万不得已。另一个原因大概是出于一种仇恨的心理。虽然黄巢起义军一向纪

律还算严明，很少有烧杀抢掠的恶行，但这也只是针对一般的贫民百姓而言。对于恶霸地主及贪官污吏，他们从骨子里十分仇恨，常有处死并没其财物的行径。汉武帝在他们眼里，当然绝非什么善类，所以在一时气愤之下，挖其坟墓也在情理之中。

早知今日，何必当初？茂陵所遭受的种种劫难，是一代英主汉武帝生前绝难想象的。当初他费尽心机营造的宏伟陵墓，成了后世争相抢夺的宝地；伴随他的财宝器物，被盗贼肆意抢掠；就连他口含宝珠，身着"珠襦玉匣"的尸体，也曾被扬之于外，曝之于野。若有在天之灵，不知此时的汉武帝将作何感想？

略令人安慰的是，时隔两千多年的今天，历经沧桑的茂陵被命名为第一批国家重点文物保护单位。各地属于茂陵的鎏金兽头银盘、金饼等 118 件文物"完璧归赵"。1979 年 12 月，又成立了茂陵博物馆，茂陵文物事业得以飞速发展。如今的茂陵，已成为中外人士游览的胜地。

## 董仲舒母冢被盗记

西汉时期，被盗的陵墓难以尽数，但是令后人奇怪的是，经学大师董仲舒的母亲之墓竟然也被人盗掘！

提起董母，恐怕无人知晓，但提起董仲舒，恐怕无人不晓。

董仲舒出生于河北景县的一个大地主家庭。他从小就潜心钻研儒学。据说其学习十分刻苦。他念书的书房外有一个非常精致的园子，然而他在书房学习三年，竟从未踏进过；对于经常骑的骏马，他也分不清雌雄。到

20多岁时，他已成为对《公羊春秋》等经书深有研究的大学者。但是他虽博学，却未因此而步入仕途，而是做了一名教书匠，当时的人们把他称为"汉代的孔子"。他讲学时，在讲堂前挂一幅帷幔，他在里面讲，外面坐满了学生，但诸生"只闻其声，未见其人"。尽管如此，他仍教出了不少有名的学生。他的思想也随着门生的不断传播而成为当时流行的学说。在同时代兴起的众多学者中，他成为最夺目的一个，成为当之无愧的"众儒之首"。

董仲舒的名声越来越大，甚至引起了皇帝的注意。在他39岁那年，汉武帝召见了他。他以历史上著名的"天人三策"的回答征服了汉武帝。汉武帝接受了他的主张，实行了"罢黜百家，独尊儒术"的政策，儒家思想因此成为西汉乃至以后中国封建社会的正统思想。同年，汉武帝封董仲舒为"江都相"，董仲舒开始了坎坷的仕途生涯。

公元前121年，郁郁不得志的董仲舒辞去官职，回到故乡广川，他闭门谢客，埋头著书，既不过问家居杂事，也不置产业。历经十几个春秋，写成了17卷82篇的《春秋繁露》。但是需要指出的是，这部书原名并非《春秋繁露》。据说他成书之前，曾梦见有龙入怀，但这自不足信。事实是，他写了好几十篇文章，如《闻举》、《玉杯》、《清明》、《竹林》等，这些文章都讨论了儒学问题，但董仲舒并没将其编撰成书，是后人辑录而成的，并冠名为《春秋繁露》。

尽管已赋闲在家，但董仲舒仍十分关心朝政大事，甚至在他75岁时，还曾写奏章给汉武帝，坚决反对盐和铁官营的政策，认为其加重了百姓的负担。

公元前104年，董仲舒写完了生命中的最后一篇奏章。死后，被葬于长安西郊。汉武帝曾经过墓地，为了表彰他的功绩，特地下马致意，故董仲舒的墓地，又被称作"下马陵"。

但令人不解的是，"下马陵"未见被盗掘的记载，而董仲舒之母的墓室却相传被盗。

据杜光庭的《灵异记》中记载：

蔡州西北百里平舆县界有仙女墓，即董仲舒为母追葬衣冠之所，传云董永初居玄山，仲舒既长，追思其母，因筑墓焉，秦宗权时，或云仲舒母是天女，人间无墓，恐是仲舒藏神符灵药及阴阳秘诀于此，宗权命裨将领

率百余人往发掘之……

从上文可略知盗墓者的动机，原来是为了盗得"神符灵药及阴阳秘诀"，而这与董仲舒本身有着密切的关系。

董仲舒虽然一生致力于儒学，但他尤爱神学。年轻时，他就十分重视对阴阳学说和神仙方术的研究。他和当时谈神论鬼、宣扬炼丹益寿的著名方士李少君交情极深。两人常在一起谈论神仙方术，甚至装神弄鬼，并形成了自己的唯心主义神学体系。他热衷神学，曾招致杀身大祸。公元前 135 年，辽东郡祭祀汉高祖的高庙和长陵县的高园先后发生了两次大火灾。董仲舒在给皇帝的奏章中，将火灾发生的原因归结于"上天发怒"，上天之所以发怒是为了谴责人间的"骨肉相残"。汉武帝看了，非常生气，把董仲舒交官问罪，并要处死。幸亏其名声很大，又加上其学生等百般求情，皇帝才免他死罪，但贬了其官。

遭此大祸，董仲舒仍执迷不悟。在他所著的《春秋繁露》中，自始至终都贯彻着他的神学观。

另外，关于他能呼风唤雨，而且著有能避祸免灾的书的传闻在民间广为流传。而这终于导致其母之墓被盗的悲剧发生。老百姓认为其子是神，则其母必为仙，而仙人是不会在人间掩埋的。所以认为他筑衣冠墓是假，藏灵药秘诀是真。

<< 董仲舒墓。仲舒墓（下马陵）在西安南城墙东段内侧，有一条小街道，叫"下马陵街"。它东至和平门，西通柏树林街南口的碑林博物馆。在这条街偏东北侧就是董仲舒墓所在。董仲舒墓也叫下马陵，这条街因此而得名。

## 两汉时期的离奇盗墓事件

两汉时期，中国出现了一个厚葬高峰。而这一时期，也是盗墓活动最为猖獗的时期之一。历史上，被盗掘的两汉墓多如牛毛，难以尽数。但是由于史书记载的局限和篇幅的关系，笔者在此就不一一详述了。只能将一些重要的或有意思的盗墓事件辑录如下：

《晋书·愍帝记》中记载："（建兴三年）六月，盗发汉霸、杜二陵及薄太后陵，太后面如生，得金玉采帛不可胜记。时以朝廷草创，服章多阙，敕收其余，以实内府。"

据《史记》载，薄太后死于汉景帝二年，即公元前155年，而其墓于470年后被盗，即315年。另据《古书图成·堪舆卷》可知，盗墓贼为三秦人尹值、解武等。但令人啼笑皆非的是，晋愍帝建朝时，竟连穿衣都成问题，所以不得不收拾盗墓贼留下的"烂摊子"，用来充实内府所需。

在徐州龟山汉墓前，立有一块石碑，碑上用不规则的小篆写着：

第百上石，楚古尸王。通于天述，葬棺椁，不布凡鼎盛器，令群臣已葬，去服母今玉器。后世幸视此书，（目）此也心者，悲之。

这座墓乃西汉时的楚襄王刘注与其妻的"同茔异穴"墓。碑文主要是告诫后世，他虽为一代楚王，但墓中既无华贵的服饰，又无陪葬的宝物，当你看到碑文时，你心中一定会感到悲伤。

尽管如此，后来的发掘证明，其墓仍被盗掘两次。更令人感到可笑的是，在历经两次盗掘之后，墓中依然出土了玉器、陶器、车马器、陶俑、五铢钱、麟趾金、龟纽银印、铜矛、朱雀肖形印等大批文物。而那碑文，让人想起了一句古语：此地无银三百两。

徐州北洞山西汉楚王墓使用数量众多的塞石封堵墓道，塞石重者可达7.8吨，但仍未能阻止盗墓贼的进入。经现代考古发掘可知，盗墓的贼娃子或将塞石击断，或将其拖出，最后成功地进入了墓室，将随葬品洗劫一空。考古人员清理时，发现后甬道一块塞石已被盗墓者拖运到前室，塞石的前端有盗墓者为便于拖拽而凿出的牛鼻扣。据推测，盗墓贼借助凿出的牛鼻扣，拴上绳索，用一头或数头牛向外拉动，一一将石板拖出室外，然后轻而易举地进入墓室，打开棺椁，盗取宝物。在塞石的缝隙中，清理人员发现了玉衣片，这证明墓主曾穿戴金缕或丝缕玉衣，盗墓贼连同玉衣和陪葬器物一并劫走了。

五花八门的离奇的事，史书记载却屡见不鲜。刘表在东汉末年曾任荆州牧，其墓被盗后，不仅尸体不坏，还有香气传出很远。《太平御览》载："刘表冢在高平郡，表子琮捣四方珍香数十石著棺中，苏合消救之香莫不毕备。永嘉中，郡人衡熙发其墓，表貌如生，香闻数十里。"《水经·沔水注》

也记道："城东门外二百步刘表墓，太康中为人所发，见表夫妻，其尸俨然。颜色不异，犹如平生，墓中香气，远闻三四里，经月不歇。今坟冢及祠堂犹高显整顿。"

另据郦道元《水经·沔水注》以及《三国志·刘表传注》、《太平御览》引、《从征记》等亦记载：

襄阳城东门外二百步刘表墓，太康中为人所发。见表夫妻，其尸俨然。颜色不异，犹如平生。墓中香气，远闻三四里，经月不歇。今坟冢及祠堂犹高显整顿。表死后八十余年，至晋太康中，表冢见发。表及妻身形如生。芬香闻数里。

表子琮持四方珍香数十石著棺中，苏合消疫之香毕备。

《 传刘表墓周边坟冢挖出的辟邪兽

从以上记载可以看出，刘表夫妻的尸体不但历八十余年没有腐烂，而且在墓被掘开后，还有香味传出很远，据此可以推断，其尸体不坏的原因，当与这防腐的香味有很大的关系。

虽然说史料记载的各种近似传奇的古代未腐尸体，由于早已淹没于历史的滚滚烟尘之中而无法详考，但现代考古发掘中确也有类似的实例发现。

晋义熙九年，盗发故骠骑将军卞壶墓，剖棺掠之，壶面尸如生，两手悉拳，爪生达背。

史载卞壶被杀于东晋成帝咸和三年，即公元328年。坟墓被掘在东晋安帝义熙九年，即公元413年，其间相距85年。在这样不算太长的时间内，"面尸如生"当是可信的。但后面的记载"爪生达背"，也就是说入葬之后，指甲还在像树根一样不断生长，以至到达于背，就显然有些离奇了。

历史的滚滚车轮早已驶过了两汉王朝，两次的疯狂厚葬以及由之引发的席卷八荒的盗墓之风，令后人发出何等沉重的感慨！但是，"前事不忘"能成为"后事之师"吗？

# 魏晋南北朝盗墓狂潮

# 曹操：中国史上 第一位提出薄葬的帝王

公元 207 年 5 月，已逾"知天命"之年的著名政治家、军事家、文学家曹操，在征战乌桓的归途中，写下了一首流传千古的诗歌《步出夏门行·龟虽寿》。其中有句云："老骥伏枥，志在千里；烈士暮年，壮心不已。"这表明，这位叱咤风云的英雄明确地意识到，自己已经老了。

一方面统一大业路途尚远，另一方面老境渐至岁月如梭，所以，如何延长寿命来完成未竟的事业，就成为曹操不得不思考的问题，而暮年将至、壮志未酬的苦闷也随之而生。

对于长生不老、成神成仙，曹操是十分向往的，这从其诗《气出唱》中可得到明证。在其中的一节，他写道：

驾六龙，乘风而行。行四海外，路下之八邦。历登高山临溪谷，乘云而行。行四海外，东到泰山。仙人玉女，下来翱游。骖驾六龙饮玉浆。河水尽，不东流。解愁腹，饮玉浆。奉持行，东到蓬莱山，上至天之门。玉阙下，引见得入，赤松相对，四面顾望，视正焜煌。开玉心正兴，其气百道至。传告无穷闭其口，但当爱气寿万年。东到海，与天连。神仙之道，出窈入冥，常当专之。心恬澹，无所欲。闭门坐自守，天与期气。愿得神之人，乘驾云车，骖驾白鹿，上到天之门，来赐神之药。跪受之，敬神齐，当如此，道自来。

在这首诗里，曹操以优美的笔调描写了自己历经泰山、蓬莱，得到了不死之药，又同各路仙人饮酒同乐，共度良辰的美好梦境。其成神仙、齐天地的强烈愿望跃然纸上。

愿望是美好的，现实是残酷的，对此，曹操的认识是清醒的，也是痛苦的。这从其 61 岁时所作的《秋胡行》中可得到体现：

愿登泰华山，神人共远游。经历昆仑山，到蓬莱。飘遥八极，与神人俱。思得神药，万岁为期。歌以言志，愿登泰华山。

天地何长久！人道居之短。世言伯阳，殊不知老；赤松王乔，亦云得道。得之未闻，庶以寿考。歌以言志，天地何长久！

明明日月光，何所不光昭！二仪合圣化，贵者独人不？万国率土，莫非王臣。仁义为名，礼乐为荣。歌以言志，明明日月光。

四时更逝去，昼夜以成岁。大人先天而天弗违。不戚年往，忧世不治。存亡有命，虑之为蚩。歌以言志，四时更逝去。

戚戚欲何念！欢笑意所之。壮盛智惠，殊不再来。爱时进趣，将以惠谁？泛泛放逸，亦同何为！歌以言志，戚戚欲何念！

在这里，曹操虽然试图"思得神药，万岁为期"，但"人道居之短"，连老子、赤松、王乔这些传说中的仙人，都不能得道成仙，何况自己！所以，他只能面对现实。但是曹操的可贵之处在于，面对人生的短促，他并没有采取"昼短苦夜长，何不秉烛游"及"不如饮美酒，被服纨与素"的悲观放纵态度，而是表达了"不戚年往，忧世不治"、"爱时进趣，将以惠谁"的忧国忧民，积极进取的不懈精神。

"戚戚欲何念！欢笑意所之。"的达观人生促使曹操采取措施延长寿命。习练气功就是最重要的一个方法。

所谓的气功，在中国历史悠久。到西汉时已相当流行。当时的曹操，集中了国内的各路大师和大仙，向他们学习。据说这些人中有一个叫甘始的气功师"善于行气，老有少容"，封君达知养性法和隐形法，都俭能辟谷不食，据说曹操之子曹植曾亲与其绝谷百日，见其犹能"行步起居自若"。但最著名的当数华佗，此人不仅能妙手回春，治疗疑难杂症，而且在气功保健方面也造诣极深。他发明的"五禽之戏"即模仿虎的前肢扑动、鹿的伸转头颈、熊的卧倒身子、猿的脚尖纵跳、鸟的展翅飞翔编成的健身体操，功效十分显著。其弟子吴普按"五禽之戏"，坚持锻炼，活到90多岁，仍耳聪目明，牙齿不脱。曹操经常向这些气功师学习，也收到了一定的效果。

但是，生老病死乃是自然之规律，实非人力所能抗拒。所以，从218年开始，曹操不得不考虑安排自己的后事。

曹操对后事的安排主要体现在其颁布的《遗令》中。在这份《遗令》中，他说道：

吾夜半觉小不佳，至明日饮粥汗出，服当归汤。

吾在军中持法是也，至于小忿怒，大过失，不当效也。天下尚未安定，未得遵古也。吾有头病，自先著帻，吾死之后，持大服如存时，勿遗。百官当临殿中者，十五举音，葬毕便除服；其将兵屯戍者，皆不得离屯部；有司各率乃职。敛以时服，葬于邺之西冈上，与西门豹祠相近，无藏金玉珍宝。

吾婢妾与伎人皆勤苦，使著铜雀台，善待之。于台堂上安六尺床，施帐，朝晡上脯糒之属。月旦十五日，自朝至午，辄向帐中作伎乐。汝等时时登铜雀台，望吾西陵墓田。余香可分与诸夫人，不命祭。诸舍中无所为，可学作组履卖也。吾历官所得绶，皆著藏中，吾余衣裘，可分为一藏，不能者，兄弟可共分之。

在这篇《遗令》中，曹操对自己一生的功过做了简略的结论。认为自己以法治军是一贯的，至于发小脾气，犯大过失，则不值得仿效。从这一点看，曹操还是实事求是的。

令文对自己的婢妾和歌伎做了安排。要求将她们安置于铜雀台好好对待。在铜雀台正堂上安放一张六尺长的床，挂上灵幔，早晚供上干肉、干粮之类的祭品，每月初一及十五，要向着灵帐歌舞，还要常登铜雀台，遥望自己的墓田。对于余下的薰香，可分于诸夫人，不要用来祭祀。各房之人如无事，可学着编织有饰物的鞋子卖。

<< 铜雀台遗址。曹操曾让后人登此台望其陵，今仅存台址

自己一生做官得到的绶带，都放于柜中，遗留的衣服等，放于另一柜中，放不下的话，可由曹丕等兄弟们分掉。

曹操《遗令》中的细琐安排，特别是对妻妾的安排，遭到了历代文人的非议。如杜牧《杜秋娘传》云："咸池升日庆，铜雀分香悲。"吴伟业《清凉山赞佛》写道："纵酒苍梧泪，莫卖西陵履。"蒲松龄在《聊斋志异·祝翁》中也评论道："缱绻恩私悲永诀，由来伉俪最情深。从今白首同归去，痴绝分香卖履心。"这些纠缠于细枝末节小事的诗歌，其用意大抵是一种讥讽。不过这种讥讽对于曹操来说，是不公平的。鲁迅先生的诗《答客请》："无情未必真豪杰，怜子如何不丈夫。知否兴风狂啸者，回眸时看小於菟。"即是对这一观点的有力回击。

220 年正月，曹操西征关羽后回到洛阳，突然病倒。其发病的原因与一个奇怪的事情有关。一天下午，曹操感到头有点晕，继而感到口苦。于是他命令一个叫苏越的臣子到果园去摘梨。苏越伸手摘了一盘梨，只见每只梨的根部都渗出了殷红的液体，像人的血液一样。曹操见此景状，十分恶心，呕吐不止，从此一病不起。

20 日后，66 岁的曹操走完了生命的历程，病逝洛阳宫。

# 曹操七十二疑冢之谜

曹操，是中国历史上第一位提出"薄葬"的帝王。

218 年，曹操颁布了一道《终令》，其中说：

"古之葬者，必居瘠薄之地。其规西门祠西原上为寿陵，因高为基，不封不树。《周礼》冢人掌公墓之地，凡诸侯居左右以前，卿大夫居后，汉制亦谓之陪陵。其公卿大臣列将有功者，宜陪寿陵，其广为兆域，使足相容。"

《终令》明确提出，死后不要厚葬，要将自己埋葬在瘠薄的土地上，依照原有的高度作为圹墓，陵上不堆土，也不植树。

一年后，曹操为自己准备了送终的四季衣服，分别盛放在四个箱子中，上面写明春夏秋冬，并留下一个遗嘱："有不讳，随时以殓，金珥珠宝之物，一不得送。"意思是说，我如死了，请按当时季节所穿的衣服入殓。金玉珠宝铜器等物，一概不要随葬。在上一节引述的《遗令》中，曹操又一次重申了死后"薄葬"的要求，即"吾死之后，持大服如存者，勿遗"及"敛以时服，葬之于邺之西冈上"。

历代帝王都把陵寝作为社稷江山的象征，他们大多从登基日起，便下令建造陵墓，而且这些陵墓大多耗费惊人。为什么曹操却反其道而行之，力主"薄葬"呢？若稍加考证，不外乎出于以下几方面考虑。

摆在最前面和分量最重的一部分，当是与其一生崇尚节俭分不开的。

217年岁末，天气寒冷。一天，曹操登上铜雀台，环顾四周。突然，一个青年女子出现于他的视线。该妇女头戴饰物，身着绫罗，十分华丽。曹操看后，勃然大怒，立即派士兵前去盘问。士兵报告说，此女乃曹操之子曹植的妻子。曹操听后没有言语。第二日，一道诏令送到曹植府上，内容是说其妻违反家规，不事节俭，专好华丽，请其自裁。曹植之妻无奈，只好自缢身亡。原来，一生节俭的曹操曾制定了家规，规定后宫的妃嫔衣服上不得织锦饰绣，侍女的衣裙不准超过鞋帮。宫廷里的帷帐和屏风，破旧之后缝补一下继续使用，所有人员所盖的棉被和垫褥，一律不准织有花纹。

曹操不仅对家人和官吏要求极严，自己的生活也十分俭朴。据《曹瞒传》记载："太祖为人佻易天威重，好音乐，倡优在侧，常以日达夕。被服轻绡，身自佩小鞶囊，以盛手中细物，时或冠恰帽以见宾客。每与人谈论，戏弄言诵，尽无所隐，及欢悦大笑，至以头没杯案中，肴膳皆治汙巾帻，其轻易如此。"当时，天下闹灾荒，中原常发生人吃人的事情。军中无粮，靠采桑葚、摸河蚌充饥。曹操颁发了《屯田令》，动员士兵种田，解决了粮食问题。由于资财匮乏，曹操带头不穿皮革制作的衣服。曹操患头风病，官员们劝他做一顶皮帽，以御风寒。但他戴了一顶绢帛做的帽子，不破先例。在他的影响下，官员们都不戴皮帽子了。

当然，曹操毕竟是曹操，不是李操、王操、朱操、毛操和什么乱七八糟不靠谱的操。曹氏力主薄葬，还有一个重要原因是为了防盗。虽说中国历史上盗墓之盛始于春秋，但无论是先行一步的秦人，还是怀着复仇心理后发制人的项羽，都没有明目张胆地设置刨坟掘墓的官吏，只是趁兵荒马乱之机劫掠一番。但自董卓之乱后，却大不一样了，蜂起争雄的各路军队经费严重不足，纷纷干起了盗墓的勾当。曹操也不例外。鲁迅在《清明时节》一文中提到的曹操设置"摸金校尉"，专门做盗墓勾当之事，最早见于《讨曹檄文》。200年，袁绍发兵进攻许昌，讨伐曹操，"建安七子"之一的陈琳代袁绍所作讨伐曹操的《檄文》，其中有一段指责这位老奸巨猾的曹阿瞒，除设立"摸金校尉"之类的官职外，还创立了同一类型的"发丘中郎将"官职。

顾名思义,发丘就是盗墓,只是这种行当是以官家的身份出面而已,这种公开的盗掘,当是不折不扣的官盗。为了对这一行业表示重视,曹操于日理万机中,曾亲自指挥发掘古代帝王陵墓,用出土金宝换取世俗的钱财,以养活自己日渐庞大的军队。《檄文》曾言及:"梁孝王,先帝母弟,坟陵尊显,松柏桑梓,犹宜恭肃。操率将吏士,亲临发掘,破棺裸尸,掠取金宝,至今圣朝流涕,士民伤怀。又署发丘中郎将,摸金校尉,所过毁突,无骸不露。"(《后汉书·袁绍传》)尽管此事是曹操的敌人以叫骂的形式出现,自有夸大的成分,但曹氏所设立的盗墓官职当不是空穴来风。据说曹操见到此《檄文》惊出一身冷汗,头痛病已顿有好转,遂大笑道:"陈琳文事虽佳,其如袁绍武略之不足何?"曹操虽未把儒生陈琳与匹夫袁绍放在眼里,但对说他设官盗墓之事没有辩解,这在看客眼里,似乎不值一晒,又似乎是默认了。

不过,既然是《讨曹檄文》,就不能像表扬信一样尽拣好听的说,主要的功能还是要历数曹操的罪状。所以后世有研究者认为,这段话很可能有夸大的成分。但是从各种史料记载来看,曹操确实干过盗墓的勾当。曹操在历史上不失为千代枭雄,但这一行为却为后人所不齿,有人于此评论道:"曹操无道,置发丘中郎、摸金校尉数十员,天下冢墓,无问新旧,发掘时骸骨横暴草野,人皆悲伤。其凶酷残忍如此!"

正是亲眼目睹了许多坟墓被盗后尸骨纵横、什物狼藉的场面,不愿重蹈覆辙,所以曹操一再要求薄葬。

曹操的这一想法甚至遗传给了他的儿子曹丕。222年,曹丕在《终制》中要求他的寿陵"因山为体,无为封树,无立寝殿,造园邑,通神道","无施苇炭,无藏金银铜铁,一以瓦器。""棺但漆际会三过,饭含无以珠玉,无施珠襦玉匣。"为什么要这样做呢?曹丕认为,"自古及今,未有不亡之国,亦无不掘之墓也。丧乱以来,汉氏诸陵无不发掘,乃至侥取玉匣金缕,骸骨并尽,是焚如之刑,岂不重痛哉!祸由乎厚葬封树。"

在力主和实践"薄葬"的同时,据说,曹操还采取了非常措施,即设置疑冢。

据好事者考证,中国最早的疑冢出现于殷商时期,当时,一些奴隶主贵族死后制造几座假墓，虚虚实实，使后人难分真伪。春秋时期，随着盗墓风的盛行，疑冢术得到了进一步的发展。而到曹操所处的三国，则达到了一个高峰。

曹操设置疑冢的主要目的，当然是为了防止盗墓。但也可能与其生前一贯奸诈多疑的性格有关。

《太平广记》曾记载了这样一个故事：曹操年少时曾与后来的敌人袁绍一起搞了一个恶作剧。有一户人家结婚，晚上夫妻合拜入洞房。曹操叫袁绍"站岗放哨"，自己潜入主人家园子，偷看新郎新娘的床上之事。不料看得正起劲，被主人发现，大喊："有偷儿至！"于是主人家的家丁把园子团团围住，曹操被包围了。但曹操对此一点也不惊慌，只见他从袖内抽出一把利刀，一手拽住新娘，主人见状瑟瑟发抖，不敢动弹，反而求他放人。曹操此时却指着躲在树后的袁绍说："偷儿在这里，你们为何不去追？"袁绍一听，转身就逃。主人也急忙带众家丁去追赶。这时的曹操，放开新娘，旁若无人地走了。

曹操性格上的多疑，不止是《三国演义》多有演义成分，有许多史料可以证实：曹操有一个同乡叫恒邵，过去与他有私仇。曹操得志后，恒邵向他请罪，跪在庭前。曹操说了一句："跪而解死耶？"结果还是把他杀了。《魏书·张绣传》记载，曹操的一个侄子曾为张绣所杀，后来曹操为了打败袁绍，以摆脱军事上的劣势和被动地位，不得不释怨招徕张绣，封他为侯，食二千户。但一俟消灭袁绍，地盘巩固，曹操的儿子曹丕就出言逼迫张绣自杀。曹操在临死之前，又把张绣的儿子张泉杀死，以绝后患。凡是有宿怨的，曹操都猜忌，不放心，至死也不放过，所以《曹瞒传》中说，"故人旧怨"大都被曹操报复杀死。

曹操生性多疑的性格，在其死后也得到了体现。传说在曹操安葬的那一天，邺城的所有城门全部打开，72具棺材，从东西南北四个方向，同时从城门抬出。从此，一个千古之谜也随之悬设：七十二疑冢哪座为真？

宋代诗人俞应符对曹操的这种行径甚为不齿，他在《七十二座疑冢》一诗中，以厌恶的口气写道：

生前欺天绝汉统，死后欺人设疑冢。

人生用智死即休，何有余机到丘垄。

人言疑冢我不疑，我有一法告君知。

直须发尽冢七二，必有一冢藏君尸。

这位自作聪明的俞诗人，对曹操的性格和谋略还是不甚了解，如何知道曹操之尸就埋在了这七十二疑冢之内？焉知其不会埋入七十二冢之外乎？对此，鲁迅在《花边文学·清明时节》中曾这样说道："相传曹操怕死后被人掘坟，造了七十二疑冢，令人无从下手。于是后之诗人曰：'遍掘七十二疑冢，必有一冢葬君尸。'"于是后人论者又曰："阿瞒老奸巨滑，安知其尸实不在此七十二之内乎。真是没有法子想。"又说："阿瞒虽是老奸巨滑，我想，疑冢之流倒未必安排的，不过古来的冢墓，却大抵被发掘者居多，冢中人的主名，的确者很少，洛阳邙山，清末掘墓者极多，虽在名公巨卿的墓中，所得也大抵是一块志石和凌乱的陶器，大约并非原没有贵重的殉葬品，乃是早已经有人掘过，拿走了，什么时候呢？无从知道。总之是葬后至清末的偷掘那一天之间罢。"

曹操入葬后，盗墓者并没有被其"薄葬"的标榜所迷惑，也没有因为疑冢之多而望而却步。但是，尽管他们费尽了心机，付出了大量的劳动，却连曹操的一根毫毛也未见到。那么，曹操的尸骨到底埋于何处？

<< 曹操画像

按照曹操留下的《终令》来看，曹操墓应在古邺城西门豹祠以西的地方，相当于今天河北临漳县三台村以西直到磁县境内的漳河沿岸。这里为古墓地，其中丘垄星罗棋布，森然弥望，高者如山列列，低者如丘累累，这就是历史上传说的曹操七十二疑冢所在之处。正如一首诗所写的那样："漳河累累漳水头，如山七十二高丘。正平只有坟三尺，千古安眠鹦鹉洲。"

七十二疑冢的传说，使后人无所适从。史载，南宋诗人范成大于1170年曾在此下马，拜谒曹操陵。但是由于搞不清哪座是真正的曹操陵，只好在当地老百姓的指点下，对讲武城西侧的第一个疑冢进行了拜扫，但对于是否拜了真陵，他心里也没底。面对星罗棋布的坟堆，他只能感叹道："一棺何冢如林，诸复如公负此心。"

后人不断追寻，但总是毫无结果，给七十二疑冢蒙上了一层神秘的色彩。而当地老百姓有关疑冢的种种传说，更使疑冢越发显得神秘莫测。据当地的老百姓说，讲武城一带的疑冢，在雷雨天常常会冒紫光。还有的说，近代的军阀混战年代，曾有东印度公司一个名叫胡赛米的古董商人，从郑州雇了一批民工，把临漳河的疑冢一座座掘开，企图找到曹操真墓，掘取财宝。结果，民工挖了十几座墓，发现里面除了土陶、瓦罐之类的东西外，一无所获。当他们试图继续发掘时，关于洋人盗墓的消息传开了。愤怒的当地群众手持刀斧，将胡赛米及其雇用的民工赶出了漳河。

还有一个传说，十分离奇。

清朝同治年间，当地有个自幼失去双亲的孤儿，名叫朱佾儿。由于无依无靠，他只好以给地主家牧羊为生。有一天，朱佾儿在讲武城东南的彭村打柴。这彭村，也叫彭城村，古时曾是一个人工湖泊，三国时曹操将其命名为玄武池，专门在此操练水兵。后来由于长年不疏浚，加上中原一带连年干旱，池水涸竭，玄武池便渐渐淤塞，长满芦苇，变为陆地。朱佾儿在这里打柴，突然在高高的蒿草丛中发现了一座大墓，墓前侧卧一块石碑。朱佾儿不识字，又觉好奇，所以就请了一位私塾先生来辨认。私塾先生一读碑文，原来这是魏武帝曹操陵墓。于是，他们便告知磁州县衙门。县令得知后，马上坐轿赶到彭村，但是奇怪的是，当他带人拨开杂草时，那座大冢已是无影无踪。县令十分生气，认为私塾先生欺骗了他，命士卒将他打了三百杖，而那个少年佾子，却从此再也未有下落。

前面已经讲过，宋代诗人俞应符针对曹操七十二疑冢，曾设想了一种办法："直须发尽冢七二，必有一冢藏君尸。"可惜的是，这种方法被实践证明是无效的。自元明之后，这些陵墓相继被盗，但曹操尸体仍未找着。这就应了鲁迅所说的话："安知其尸实不在此七十二之内乎。真是没有法子想。"

1988年3月8日，《人民日报》第一版发表了一篇文章，题目为《"曹操七十二疑冢"之谜揭开》，该文说，"七十二疑冢"实际是北朝的大型古墓群，而墓的确切数量非72座，而是134座。这篇文章的全文如下：

闻名中外的河北省磁县古墓群最近被国务院列为第三批全国重点文物保护单位。过去在民间传说中被认为是"曹操七十二疑冢"的这片古墓，现已查明实际上是北朝的大型古墓群，确切数字也不是72，而是134。

磁县地处冀南，周围方圆30多公里的大地上分布着众多墓冢。《三国演义》第四回记载，曹操"遗命于彰德府讲武城外，设立疑冢七十二，勿令后人知其葬处，恐为人所发掘故也"。近年来，考古工作者对这些"曹操疑冢"进行了多次调查，根据多处墓志铭和墓形建造结构以及壁画、陶俑、古币等器物考证表明，从424年到578年，先后有东魏、北齐在磁县、临漳邺镇一带建都，其间历代皇亲国戚、天子朝臣葬于此地，逐渐形成了大型古墓群。

另据磁县出土的墓志看，墓的主人也均为北魏、东魏、北齐时人，所以《磁县志》这样记道："民国以来，经人盗掘者多有墓志，都是北朝时的王公要人……疑冢之说不攻自破。"

至此，关于曹操设置七十二疑冢的故事可以画上一个句号了。但是关于曹操尸骨到底埋于何处的故事并没有结束。

随着七十二疑冢的神秘色彩的日益消退，另一个围绕漳河的神秘故事又将展开。在疑冢之说破灭的同时，就有人提出，曹操的真正陵寝不是建造于地上，而是造于漳河河底。

持这种观点的人的证据是，曹操之子曹丕废汉称帝后，曾写过一份题为《止临淄侯植术祭先王诏》的诏书，其中写道："欲祭先王与河上，览省上下，悲伤感切。"

后人多有赞同此说的。如清人刘廷琦曾作过一首《铜雀妓》诗，诗云："铜雀宫观委灰尘，魏主园陵漳水滨。即令西望犹堪思，况复当年歌无人！"

清人沈松在其《金健笔录》一书中，引《坚瓠续集》，叙述了一段发生于漳河河底的逸闻，来证明此说。这段故事是这样的：

清朝顺治年间，漳河发生干旱，河水枯竭，沙床裸露。一天，一个捕鱼人在河床的水洼内捕鱼。突然，他发现河床上露出了一块大石板，石板的旁边有一条裂缝，勉强可进一个人，捕鱼人向洞里一看，洞道很长，深不可测。他想，说不定这里面有鱼。于是，他先将两脚伸入洞隙，再紧缩身子，钻了下去。进去后，约走了数十步，他被面前的一个大石门挡住了去路。他用力推门，但门纹丝不动，无奈之下，他返回了地面。这件蹊跷的事令渔夫很激动，他回去后就告诉了左邻右舍。大伙儿听了，认定这是个发财的机会，于是约定第二天一块去看看。

第二天，他们依次来到大石门前。在费了九牛二虎之力后，大石门终被推开。大家拥到门口一看，立刻被眼前的景象惊呆了：只见石屋内尽是美女，一个个姿色绝伦，倾国倾城。她们有的坐着，有的互相倚着，还有的躺卧着，分列两行，一个个栩栩如生。但是这种美景并没有持续太久。转瞬间，这些女尸都化为灰尘，委顿于地。石屋很大。走到里间，只见中间放有一张石床，床上躺着一个老年男子，头上戴着官帽，身上穿着朝服，像是一个王侯。在王侯的石床前面，立着一个石碑。渔人中有识字者上前一看，原来这个戴着官帽、穿着朝服的死尸就是魏武帝曹操。在他们看来，曹操是个白脸奸臣。于是捕鱼人拿起鱼叉、棍棒对着尸体乱打乱戳，以发泄心中之愤。

在叙述的最后，沈松对这种现象进行了分析。他认为，漳河河底的墓室之中，那些美女是被活生生憋死以殉葬的。由于墓室内地气凝结，所以一打开石门后，她们看上去像刚断气的人一样，但是渔人进室，泄漏了地气，所以一进去就化为灰尘了。只有曹操是用水银殓尸的，所以其肌肤并没有腐烂。

就在人们对沈松的叙述的真实性还未来得及验证之时，另一位清人蒲松龄又在其《聊斋志异》一书中，写到了河底发现曹操陵寝的故事，但这次不同的是，他写的地点是许昌，而非临漳。文章写道：

许昌城外有水汹涌，近崖深黯。盛夏时有人入浴，忽然若被刀斧尸断，浮出后，一人亦如之，转相惊怪。邑宰闻之，遣人闸其上流，竭其水，见崖下有山洞，中置转轮，轮上排利刃如霜。去轮攻入，有碑，字皆汉隶，细视则曹孟德也。破棺散骨，所殉金宝尽取之。

沈松所述之事，虽传得有鼻子有眼，但却经不起推敲，所以只能是一种传说；而蒲松龄向以虚构见长，加之地点又多有不符，所以其故事的真实性无疑要大打折扣。基于以上原因，曹操的陵寝是否一定在漳河附近尚难定论。

# 曹操墓与儿媳墓相连之谜

关于曹操安葬的地点，后人也提出了不同的见解。一种说法认为，曹操陵位于铜雀台正南5公里的灵芝村。乾隆五十二年（1787年）写成的《彰德府志》上就明确标着，魏武帝陵在灵芝村，而在其南，紧邻着甄后的朝阳陵。

甄后，即曹丕之妻甄文昭。她原为袁绍二儿子袁熙之妻。曹操打败袁绍进入邺城后，曹丕捷足先登，入袁府，见其美貌绝伦，遂纳之为妻。后甄氏失宠，被曹丕赐死，葬于邺城。

曹操之墓为何与其儿媳墓连在一起呢？这中间还有些故事呢。原来，曹操在攻打袁绍之前，早已听说了甄氏的美貌，但其子曹丕捷足先登，作为父亲，怎能夺儿子之美呢？再说，曹操和袁绍同辈，若娶其儿媳为妻，岂不贻笑于天下！

虽然甄氏被儿子娶走，但做父亲的还是念念不忘。曹操与甄氏的关系还真有些微妙，至于二人是否有私情，不敢妄加断语，但从一些现象分析，似乎能找出点线索来。

《后汉书·孔融传》中写道：孔融系名门出身，为孔子二十世孙，自少誉满清流，为人恃才傲物，最后被曹操所杀。这其中最重要的原因是因为孔融给曹操写了一封信。在信中，他嘲笑曹丕纳甄氏乃是"武王伐纣，以妲己赐周公"。曹操未解其意，询问之。孔融答曰："以今度之，想当然耳。"这"侮漫之辞"，揭了曹操家丑，因为曹操一向以周文公自诩。曹操听了这话，认为孔融是在讲自己，所以盛怒之下，孔融人头落地。

还有一个根据，即是曹丕的表现。曹丕娶甄氏时，是十分喜爱的，但曹操一死，马上就冷落了她。据《魏书》

<< 孔融像

记载，甄氏对曹丕的新宠说了一些不满的话，曹丕知道了甚为震怒，对其百般虐待，最后又下诏书，赐之以毒酒，令她自杀。甄氏不喝毒酒，曹丕的新宠妃子郭氏就用糠塞于其口，趁其喘息之时，强行灌下毒酒，将其害死。另外，曹操死后，曹丕将其父的妃嫔全部召来，供自己玩乐。一次曹丕生病了，其母卞太后前去看望。她掀起门帘一看，见曹丕床侧坐着的女子都是曹操生前的贴心宫妃。太后惊奇地问："这些人何时被召到你房中来的？"曹丕回答："父亲刚死，我就召她们来了。"说话时脸上毫无羞愧之色。卞太后见此情形，气愤地说："你这样做，死了连狗鼠都不吃你！"

从这两点看，曹操似乎与甄氏有暧昧之情，所以才导致了孔融之死和曹丕的报复。也许，正是因为曹操的这段丑事，清朝的学究们才故意将两个人的坟墓绘制在了一起。当然，这仅仅是一种大胆的假设，并无事实根据。

另一种说法认为，曹操陵在其故里谯县的"曹家孤堆"。

1991年第5期《风景名胜》杂志上刊载了一篇题为《魏武故里话曹操》的文章。文章认为，曹家孤堆即是曹操陵，其理由有三：

其一，《魏书·文帝纪》载："甲午（220年），军治于谯，大飨六军及谯父老百姓于邑东。"《亳州志》载："父帝幸谯，大飨父老，立坛于故宅前，树碑曰大飨之碑。"曹操死于该年正月，二日入葬，如果是葬于邺城的话，那曹丕（魏文帝）为何不去邺而返故里？说明曹丕此行目的是为了纪念其父曹操。

其二，《魏书》还说："丙申，亲祠谯陵。"谯陵就是曹氏孤堆，位于城东20公里处。曹操31岁时曾返乡在此建筑了精舍，而曹丕也于187年生于此处。所以曹丕祠谯陵，其意有二，一不忘所生之地，二祭先王之陵。

其三，亳州有庞大的曹操宗族墓群，其中包括曹操祖父曹腾墓，其父曹嵩墓等，曹操长女曹宪墓也在此处发现，综上可知，曹操之陵亦当在此。

但是这种说法纰漏甚多。其中一个明显的错误是，把曹丕的几次祭祀作为证明曹操之陵在亳州的证据。其实，历代皇帝的祭祀，并不见得只是祭父，更多的是祭祖，如明太祖朱元璋做了皇帝后，派懂得风水的大官到其出生地泗州选址，为其高祖、曾祖、祖父造陵，所以曹丕之于祠谯，只是一种祭拜祖先的活动，并不能证明曹操墓即在此处。至于曹家祖坟在此，曹操之墓也必在此的说法就更显得苍白无力了。

面对"曹墓不知何处去"的尴尬局面，后人不由得发出了"生前欺天，死后欺人"的感叹，而对曹操为人之奸诈也有了更为深入的认识。其实，这只是问题的一个方面。从另一角度看，曹操一生节俭，力主并亲身实践"薄葬"，这在历史上无疑是具有积极意义的。曹操所处的时代，战乱频仍，社会动荡，其采用隐秘的办法处置后事，也是迫不得已。而且这种办法，不仅保护了自己，也使诸多的盗墓贼无从下手，一次次徒劳无功，从这个意义上讲，曹操又是十分明智的。

从曹操入葬至今，时光已流逝了一千多年，曹操的真正陵寝还没有找到踪迹，也许人们是永远找不着了。

# 诸葛亮墓地之谜

三国两晋南北朝，是我国历史上社会动荡历时最久的时期。由于诸侯并起，群雄逐鹿，战乱频繁，这一时期的墓葬具有以下特点：墓葬形式多种多样，盗墓活动异常猖獗，各种传说不胫而走。

疑冢和秘葬，就是这一时期出现最多的丧葬形式。不少名人采取了这种形式。东晋十六国时的后赵皇帝石勒、石虎死后设置了疑冢，后来有人曾盗掘石氏二陵，结果里面空空如也。关于其设疑冢之事，《邺中记》中记道：

石勒陵在襄国城西南三十里，名高陵，不筑墙，不种树，立堂皇五间，安攒图勒大臣像。又于堂皇东立重陵，虎陵在邺西北角，既葬邺中便即其封城，故未有名。或云寻被掘，凡此二陵皆为伪葬。石勒、虎自别葬于深山。

而石勒母亲王氏死后，因惧怕政敌来盗毁坟冢，也采取了秘葬的方法。

南燕皇帝慕容德死后，其出葬方式为"乃夜为十余棺，分出四门，潜葬山谷"，使后人"竟不知其尸之所在"。

关于秘葬，最神秘的故事莫过于三国时杰出的政治家诸葛孔明了。

相传诸葛亮因为魏延夜闯，延寿之法被破坏后，一病不起。弥留之际，他遗书后主刘禅，嘱其在他死后，将尸体入棺，由四名士兵抬着向南走，杠断绳烂之处便是他的葬身之所。

对于这位为蜀汉立下汗马功劳的丞相的最后遗言，刘禅岂能不遵？于是他命四个关西壮汉，抬着他的棺一直往南走。这四个汉子抬了一天一夜后，终于体力不支，但是此时杠未断，绳也未烂。四个人商议后，将诸葛亮的棺就地掩埋。回去后，他们报告刘禅，说将丞相棺掩埋于杠断绳烂之处。刘禅听了报告后觉得不对劲，怎么这么快就会杠断绳烂呢？于是将四个人抓起来严加审问。四壮汉经不起皮肉之苦，只好招认。刘禅大怒，以欺君之罪将四人杀死。但是，四壮汉被杀后，世人就再也不知道诸葛亮的葬地了。

这个故事至此就该结束了。但是后人为了渲染诸葛亮之机智，认为这一切都在诸葛亮预料之中，因为孔明早已料到，自己死后蜀国必为司马氏所灭，而蜀国灭亡后司马氏必来挖他的坟墓，所以他在死后"导演"了这出戏剧，以保自己死后的安宁。

曹操与孔明，都采取了隐秘的办法处理后事，但前者被认为是一种"奸诈"，后者则被理解为"机智"，其中的微妙之处，颇值得后人细细玩味。

这一时期，陵墓被盗者难以计数，单是名人陵墓就有不少被盗掘。在成都南郊的武侯祠内，有一座藏在茂林修竹之中的古冢，这就是三国时蜀汉皇帝刘备之墓，名为惠陵。刘备乃中山靖王刘胜的后代，出身孤贫，白手创业。但他百折不挠，屡败屡起，终从一贩履织席之士，成为雄踞一方之主，世人皆称英雄。所以，唐代大诗人刘禹锡在《蜀先主庙》一诗中不由得感叹："天下英雄气，千秋尚凛然。"这股英雄气甚至镇住了盗墓贼。据《酉阳杂俎》记载：

近有盗发蜀先主墓，见两人张灯对棋，侍卫十余。盗惊惧拜谢。一人顾曰："尔饮乎？"乃各饮以一杯，兼乞以玉腰带数条，命速出。盗至外，口已漆矣。带乃巨蛇气。视其穴，已如旧矣。

这个故事显然有点荒诞不经，但刘备墓被盗，却是不争的事实。

三国东吴大帝孙权的哥哥孙策之墓曾遭盗掘。孙策年轻时，好生了得，人称"小霸王"。其死后葬于苏州城附近。据宋人著《孙王墓记》载，盗墓贼曾挖开孙策墓，得到了很多的金玉奇器，如银盂杯、金搔头等。后盗墓贼被抓获，这些宝物全部被一个叫朱励的人据为己有。不久，孙策的墓

地被废，变成了官窑。

诸葛亮之兄，东吴大臣诸葛瑾墓也在明朝时被盗。这一事实见于《三冈识略》一书。书中写道：吴郡的东关外有封土堆，当地人都传其为皇坟。明朝时有一猎户到关外打猎，见到土堆旁有一个孔穴。于是当夜便潜了进去。进去后，他发现里面有石床石几，上面堆满了金银器物。最奇的是里面有一宝炉，形状古朴，色彩鲜艳。这只宝炉后来几经转手，被当地一富豪购得。富豪将其置于案上，只见炉内香烟自发，结成五色云，更奇的是，在云中还能隐隐约约看到一只白鹤在其间飞翔。墓中有一短碑，其上刻的文字表明墓的主人是诸葛瑾。后来吴郡的官府抓获猎户，将宝物全部没收。但那只宝炉却散失于民间，下落不明。

东晋大臣桓温之墓，在南朝时被掘。据《南史·周山图传》记载："山图迁淮南太守。时盗发桓温冢，大获宝物。客窃取小遗山图，山图不受，簿以为官。"其后，桓温之女的墓葬也被盗发，盗墓贼"得金中箱织金篾为严器，又有金蚕银玺等物甚多"。

南北朝时陈朝的开国皇帝陈武帝陈霸先之墓曾被盗掘。

陈霸先，吴兴郡长城县（今浙江长兴县）人，他家世寒贱，不列在士族。早年当里司、油库吏、传令吏等微职。后来得小军职，因镇压一起小股农民起义，官位渐显。梁朝末年，朝内大乱，陈霸先与梁朝另一大将王僧辩在消除内乱、拥立梁元帝方面立下了大功。梁元帝死后，两人又拥元帝之子萧方智为主。此时，强大的北齐国派兵护送梁武帝萧道成之侄萧渊明回国，要与萧方智争当梁国国君。陈霸先坚持维护原主，而王僧辩则畏惧北齐的强大，要迎萧渊明为主。两人为此争执不下。于是，在再三劝说无效的情况下，陈霸先突然发兵，袭击王僧辩，并将其杀死。557年，陈霸先又灭掉梁朝，自立为王，建立陈朝，自称陈武帝。

陈霸先即位未及三年，便病逝宫中，被葬于建康万安陵。王僧辩之子王颁得知

<< 诸葛亮衣冠冢

陈霸先的死讯后，召集其父的旧部千余人，连夜赶到万安陵，掘墓剖棺，焚尸成灰，并且取骨灰投水而饮之，以报杀父之仇。

陈霸先的万安陵遗址，位于今天的南京市郊江宁县上坊乡石马冲。陵的原貌早已荡然无存，只有陵前的一对石兽经历风雨沧桑，昂然屹立。

# 王公贵族为首的盗墓集团军

由于魏晋南北朝时期战争连绵，纷争不断，盗墓之风再度掀起狂潮，且盗墓者多以"集团军"的形式出现，而为首的多为王公贵族。

西晋十六国时的前赵国国君刘曜，本是汉王刘渊的同族，后来在一系列战斗中，势力日渐强大，319年，他建都长安，建立赵国。称帝后，他大兴土木，发600万民工为其父及其妻修建陵墓，《魏书》、《晋书》记载其"下洞三泉，上崇百尺，积石为基，周回二里，发掘古冢以千百数"，结果是"气塞大地，暴骇原野，器声盈衢"。由于其大量地挖掘古坟，并将尸骸遗弃荒野，造成了太原一带瘟疫流行，老百姓死者无数。这一暴行，自然引起了老百姓的愤恨，仅仅过了十年，刘曜即在一次战斗中被后赵国国君石勒俘获，并被杀死。

石勒杀死刘曜后不久，便得病而死。他的侄子石虎乘机杀死了石勒的儿子，自己做了皇帝。这个石虎前文已有提及，此人性同野兽，十分残暴，他即位后，大造宫室，昼夜荒淫，穷奢极侈，人民的脂膏被其搜刮得干干净净，老百姓被饿死的就达到十之六七。除此之外，他又是一个盗墓狂。《晋书·石季龙载记》中说其"曩代帝王及先贤陵墓靡不发掘，而取其宝货焉"。这一点也不夸张。

此外，十六国时的前秦君主姚苌、后燕君主慕容垂等，都是盗墓能手，每到一处，即"毁发丘墓"，掠取宝物。经过这些人的大肆盗掘，前代陵墓大多遭到了毁灭性的破坏。

更令人发指的还有一个人——始兴王陈叔陵。此人是后陈皇帝陈宣帝

的儿子。表面上看来，他文质彬彬，入朝时在车马中总是执卷读书，还高声朗诵，一副书生模样，但背地里却十分残暴荒淫。他不仅草菅人命，滥杀无辜，而且好色成性，"微有色貌者，并即逼纳"。又私下里将其随从的妻子、女儿招来，与之奸合。不仅如此，这个淫荡之徒还有个嗜好，专好在坟墓中游荡，并将死者的尸骨当作收藏品来欣赏把玩。《南史·陈宗室诸王传》记载"好游冢墓间，遇有茔表主名可知者，辄令左右发掘，取其石志石器并骸骨肘胫，持为玩弄，藏之府库"。更令人不可思议的是，陈叔陵为了安葬其母，竟然派人"发故太傅谢安旧墓，弃去安柩以葬其母"！真是荒唐透顶！

三国时大书法家钟繇也曾当过"盗墓贼"。两汉时期，蔡邕的书法达到了最高水平。他能画、工书，八分尤为精工。176年，他以八分体写《尚书》、《周易》、《公羊春秋传》、《礼记》、《论语》五部经书，使刻工刻成石碑46块，立在太学讲堂前，这就是历史上有名的熹平五经。熹平五经成为两汉时期书法的典范。对于蔡邕的成就，钟繇十分仰慕。一次，他到朋友韦诞家做客，发现其家藏有蔡邕的遗墨，欣喜若狂，不惜千金要买，但韦诞视其为心之最爱，决不相让。钟繇求之不得，耿耿于怀。后来，他得知韦诞死后将遗墨带进了坟墓，不禁起了歹心。他重金收买盗墓贼于黑夜偷偷挖掘了韦诞墓，将蔡邕遗墨盗出，自此据为己有。

这一时期，由于社会的极度动荡，还出现了地方官自盗本地名人坟墓的怪事。

晋时，刺史温放之盗掘属地王士燮墓，并得到了报应。《异苑》一书记载："苍梧王士燮，汉末死于交趾，遂葬南境。而墓常蒙雾，灵异不恒，屡经变乱，不复发掘，晋兴宁中，太原温放之为刺史，躬骑往开之。还，即坠马而卒。"

南朝时宋国的下邳太守王玄象也干起了这种勾当。据《南史·王玄谟》载："玄谟从弟玄象，位下邳太守，好发冢，地无完椁。人间垣内有小冢，坟上始平。每朝日初升，见一女子立冢上，近视则亡。或以告，玄象便命发

<< 蔡邕书法

之。有一棺尚全，有金蚕铜人以百数。剖棺见一女子，年可二十，姿质若生，卧而言曰：'我东满王家女，应生，资财相奉，幸勿见害。'女臂有玉钏，破冢者斩臂取之，于是女复死。玄谟时为徐州刺史，以事上闻，玄象坐负郡。"小小的下邳已被这位太守挖得地无完椁。连一个小冢也不放过。又只因女臂上有玉钏，便命斩臂以取，全然不给死尸一个"生还之机"，真是太过分了！

这一时期，关于盗墓，也留下了种种神秘的传说。

《茸乡赘笔》中记载了这样一个传说：吴县华亭南桥北二里有一个村子，村子里有一个庄稼汉名刘叟，此人务农为业。一天早晨，他下田干活去，在路上隐隐约约地看见了一个穿红衣服的女子。这刘叟十分惊奇，也忘记了干活，一直往前，去追红衣女子。当追到一块丘垄地时，红衣女子忽然消失了。刘叟本来就是个不务正业、好管闲事的人，遇到了这样的怪事，自然不会轻易罢休。他想：为什么到这儿就消失了呢？肯定这块地底下有东西。于是，他取下扛在肩上的镢头，挖了起来。大约挖了半个时辰，他发现土中出现了巨墩。这一发现令他十分惊喜，挖起来也更有力气了。终于，经过一番努力，他发现地下有一个土屋。他大胆地走了进去。定睛一看，原来是个坟墓！刘叟当下出了一身冷汗。但是很快就恢复了平静，他感到，也许发财的机会就在眼前。于是他小心翼翼地往前深入。但是很快，他就感到失望了：坟内除了一块石板，石板上卧着一具骷髅外，就剩下几个破石凳子和一个小石碑了。石碑上的字刘叟认得，他数了一下，共有十一个，写着"陆公逊第三女王夫人之墓"。"什么鸟夫人！"刘叟由于没有得到想象中的金银财宝，骂了一句，准备离身而去。就在他向坟墓看最后一眼时，他突然发现石几下面有个东西。他急忙走上前，拂去浮土，原来这是一个瓦盆，颜色十分鲜艳，像是玉做的。刘叟十分高兴，抱着瓦盆就往外走，这时，他又仿佛看到了那个穿红衣裳的女子，用手指着他说："这是我的东西，你不能拿走！"突然之间，他感到天旋地转，哇的一声，吐出一口鲜血，倒于地上……

刘叟家人久等其不归，于是派人到处去找。一个月后，才在墓地发现了他的死尸。而那个瓦盆后来被一个好事之人拿回家去了，据说，这个瓦盆并没有其他奇异之处，只是倒满水后，一年四季怎么用也用不完。

据陈寿的《三国志》记载，陆逊是孙策的女婿，善用兵，官至丞相，其确实是吴县华亭人，但是他只有两个儿子，并没有女儿，更别说有什么"第三女"了。所以，这个故事纯属杜撰。也许，是借真人之名，编造故事，宣扬神秘的因果报应，以告诫后人吧。

众说纷纭话隋陵

# 陵定扶凤塬

历史的大河奔流向前。

当三国两晋南北朝的星月沉入远山，盗墓者不愿见到的黎明，已托举出大隋王朝的天日。

如东方田鼠一样昼伏夜出的盗墓者们，在大隋的白昼里，静静地或是藏身于密林高冈，或是匿躯于野壑沟坎，半睁双眼看时局变迁的潮起潮落，波息波生。

这是 604 年春，统一全国，恢复并发展生产，使得经济空前繁荣的高祖杨坚，按捺不住一腔的喜悦与激动，频率极高地屡召他亲手立的皇太子杨广前来，开导、训诫。看着皇儿仪表俊美的容貌，以及机敏聪慧地应对自己的谈吐，每每龙颜绽悦，抚须夸赞。仿佛眼前的皇儿在自己百年之后，定会是一位青出于蓝而胜于蓝的贤君。

<< 隋文帝杨坚像

其实，用心良苦的杨坚哪里知道，天生逆天虐民、荒淫昏暴的皇儿杨广，早已把聪慧敏捷用在了对付他杨坚身上。当初，杨坚秘密考察审视各个王子，不惜安排深谙相术之人来定夺皇位继承人的时候，杨广便已背地里收买相术之人，把"晋王眉毛上端一对骨头高高突起，富贵之极，无法用语言表述"的信息，传给了杨坚。

加上平素里杨广表面上摆出一副爱学习，善于写文章，性格深沉隐晦，严肃庄重的样子，故意引得朝野关注的目光，使得高祖杨坚心意已偏。而且，也该事遇奇巧，杨坚在那位相术学家说出那些话不久，"突袭"杨广的府宅察看，眼前的一切让他叹一声舒心的长气：杨广的几个书房休息室，乐器的丝弦大多都断绝了，尘灰沾得满满的，似已多时不用而彻底弃置了。这一下，他便误以为皇儿不喜好歌舞伎乐，定能成大器。他甚至再次想起了那次皇儿随他狩猎遇雨，士兵湿衣而皇儿也不愿穿左右递上的桐油雨衣，那一幕使作为皇上的他足足感动了许久。这日的巡视，再次坚定了他对皇儿杨广的信心。

杨广是为了皇位而屡显出他狡诈的一面的。在种种手段尽使，博得父皇信任以后，他真正的品行便露出了原形。本来要名正言顺即位的兄长——太子杨勇，被他用狡黠打垮了。

高祖杨坚终于将信任的砝码，全压在了新立的皇太子杨广身上。

时间一晃便是三个多月。夏天到来的时候，高祖去山上的仁寿宫避暑，他照例令杨广留守皇宫，代行处理国政。

这一日，杨坚突感身体不适，唤来随行太医，诊为顾国惜民，心力俱亏，痼疾攻心，已回天乏术，登时进入弥留阶段。

杨广被急召来见，高祖匆匆传位，溘然长逝。死前，遗嘱：国运刚开，薄葬俭行……

604年八月，新登帝位的杨广，悲痛不已地护送着高祖杨坚的灵柩，并不铺张地回到了京城。

先前为了争宠而贿赂过的相术学家郭来和被杨广召见，领命寻探皇陵而去。

贯于行伪的相术学家郭来和，这一次不得不拿出看家本领，使出浑身解数，带着满贯的盘缠踏遍川原，四处跋涉找寻适于安葬皇帝灵寝的陵址。

关中自古帝王都，五陵原上埋皇上。出隋都长安，北望秦都咸阳北面的五陵原，相术学家郭来和产生了无名的困惑，汉高祖的长陵、汉惠帝的安陵、景帝的阳陵、昭帝的平陵和武帝的茂陵，这五座大陵一字排开，把一代汉室江山浓缩于一体，真叫人叹服。再看东面，秦始皇陵更是铺排开一派巍巍大气。聪明的郭来和此时忽觉眼前一亮，西行，到古周原的高位，到西岐的所在地去，定会有所得。马不停蹄、边走边瞧，相术学家郭来和急匆匆地向西而来。

古周原，诞生过刀枪戈矛，也诞生了历朝历代的星相学家崇仰的易经和玄学。星相学宗师周文王所看中的属地，一定有十足的王气，统领天下的霸气。不两日，郭来和便到了西岐腹地。在岐山渭水边，郭来和倒地跪膝，长拜不起，他要使自己的平生所学，沾足宗师周文王的灵气，好借来神力。

然而，在周原的土地和山间，连续奔波整整五天，却仍无一丝扣解开。郭来和陷入了痛苦的深渊。大山苍莽，河流如练，尤其夜晚的一天星瀚，野风哀嚎，他倍感孤寂。人在天涯，生死关乎一念之间，他绝望地倒地，似睡非睡地背依一土坎埂垄之上，闭目思索，真想一走了之，逃至一山中所在，不回去复命也罢，可一刹那，他又想起功成后的大把金钱，还有令人仰目的官位，信心不知又从何而生，接着，复又陷入胡乱思索之中。不知过了多少时辰，郭来和进入梦境之中。悠忽间，一位白眉白首的长者向他招手，他随长者身后，来到一处风水绝佳的宝地，长者言说是太公姜尚修习之所。郭来和一惊，似有暖暖的火从长者手中飘来，一睁眼，原来天早已大亮，太阳已升起一竹竿半高了，刚刚分明是在梦里。他揉了揉干涩的眼，使劲想梦中的那处地方，试图勾勒出它的轮廓。

末了，重鼓勇气的郭来和，收拾一下行装，踏上了寻找梦境之途。当他疲惫不堪地来到扶风东南方向的时候，豁然开朗，眼前出现了与梦境酷似的地方。地势成龙脉列脊，高低得当，起伏自然，水似一面大镜……迫不及待的郭来和，赶忙匍匐于地，泪从被风吹日晒得枯干的脸颊上滚滚而下，他庆幸天不灭已，他感激梦中神人相助，口中念念有词，颂赞神明。

之后，他做好记号，快速驰奔长安，向尚沉在哀痛中的隋炀帝杨广复命。

## 杨坚的“薄葬”遗嘱

一代励精图治的开国之君隋文帝杨坚的灵柩，实现了最后的归葬。陵名：泰陵。高五丈，周数百步。

泰陵一如秦汉封土为陵（坟）的建制，然而，也许是隋文帝遗有前嘱，这座开国君王的陵墓，远远不如秦汉皇陵的规模。而据西汉墓葬制度规定，皇帝即位的第二年，就开始每年从全国税收中抽取三分之一营造皇帝陵墓，即寿陵。帝王陵园占地七顷，陵穴占地一顷，陵高十二丈，深十三丈，墓室高一丈七尺。有四个墓道，都能通过六匹马驾的车子。四门埋设暗剑、伏弩机关以防盗墓。死者身穿金缕玉衣、口含玉蝉……

那么，隋文帝的陵墓中是否也如汉时墓葬制度规定的，皇帝陵墓必有大批金银珠宝、稀奇古玩呢？笔者经过遍阅籍典以及遍访泰陵周围民间乡里，发现籍典没有记载有关泰陵随葬的例证，而现扶风乡里百姓据传说泰陵无宝可盗，言说历代军阀、土匪，均至此徘徊，未有收获。尤其民国时军阀樊老二、张白英等盗掘法门寺地宫珍宝未成，转而来到泰陵掘洞以盗，在终无所得之后，只好悻悻离去。

<< 隋文帝泰陵

杨坚的"薄葬"遗嘱，给了多少盗掘辈以失望和徒劳的嗟叹。

而当岁月的年轮刻到 20 世纪 90 年代末，一项举世瞩目的考古发现，再次证明了隋文帝杨坚力倡"薄葬"的伟大开创。这便是位于陕西关中的周至县仙游寺法王塔地宫的开启。

1998 年 10 月 17 日中午，中国中央电视台现场直播法王塔地宫开启全过程，使好奇自负的现代人对隋朝的帝王陵寝、寺塔庙宇的建构供奉，有了更深一层的了解。

法王塔位于白居易当县尉写《长恨歌》的地方，因为古长安（今西安）发展到当代闹水荒，几百万人的城市，那么多的生命，没有水，很难说不会成为锁阳城、楼兰城、高昌城之类的结局，所以，要引水到西安去。

法王塔边上恰有一河大水，名曰黑河，这黑河原是没什么名气的，即便明末创 13 家 72 营的义军首领闯王高迎祥被反军追杀，血流于此、身死于此，也仍无多大声名。但到了 20 世纪 80 年代以后，黑河的名气大了起来，引黑河水济西安缺水之急酝酿、讨论、证明、计算了 10 多年，终于有了真进展。

炸山筑坝、蓄水成库，黑河正好便处于水库的水里了。

搬迁，成了燃眉之事。

但，作为文物古迹，搬迁或是重建，无疑意味着原有的文物价值的损失。于是乎，不同的观点四处蔓延。政府要拆迁法王塔，文物、文化界意想能保则保。甚至为了保住塔，使文物的原本价值得以留住，一些人也在报刊上著文呼吁保护文物为第一要义。

但，炸山开炮的隆隆声响，还是震落了法王塔顶部的隋砖。

搬迁已无法阻挡。

1998年10月，法王塔开始了它的搬迁岁月。

这是一座舍利塔，为隋仁寿元年隋文帝杨坚诏令建造的。时文帝令全国31州建塔供奉舍利，周至法王塔正是其中之一。

10月17日，有《北京晚报》的一篇报道，原文为——

本报西安专电今天中午，电视直播引起无数人关注，陕西仙游寺法王塔地宫，终于撩开了神秘面纱，幽闭千余年的石函、石碑伴随着诸多神秘面世。

仙游寺位于陕西省西安市西的周至县，法王塔地宫的发现实为偶然。当时在法王塔拆迁中清理塔基，并未发现有地宫，但继续往下清理才发现迹象。循迹下挖，终于发现塔基下1.65米处的地宫门洞。

今天中午12时许，记者看到塔基地面中心已经挖出一个3米见方的坑，深约1.5米，地下宫殿石室的顶部已完全露出。地宫顶部周围露出排列神秘的五块卵石，无人知晓它们代表着什么。1米多宽、2米多高、1.5米长的通道上原来堵满的卵石已被搬出，卵石中夹杂着古代的残石构件和地下宫殿石门的残件。

迎着幽闭千古一经开起（应为启，作者注）漫于四周的神秘气氛，记者小心翼翼地向前移挪，接近宫门，恍然感觉有古人当面而来，那是高0.7米，宽0.4米的宫门两旁的线刻人物画像，线条流畅，雕刻精美传神。凑近地下宫殿往里看，宫中放有石函一具，约60厘米见方，高40厘米，外部雕有精美花纹，盖上放着一只造型优美的陶熏炉。石函左侧放着一块约50厘米见方、厚约10厘米的青石碑，碑两面刻有铭文，一面是隋《舍利塔下铭》，约100多字，另一面为唐《仙游寺舍利塔下铭》，约200多字。据文物专家介绍，按记载分析，法王塔和法王塔地宫大约在隋仁寿元年（601年）建造，距今已1300多年。

中午时分，考古工作者正小心翼翼地将石函、石碑等出土，函内所藏，有待专家进一步探究。

至本报截稿时止，地宫的发掘和清理仍在进行中。

毕竟，黑河水已改道东流去西安了，法王塔简朴地搬迁了。隋文帝给后人留下了葬奉简朴的榜样，却没有给后人留下可以奠定考古地位的机会！

尽管后来，即法王塔地宫发掘完三个多月里，一些人仍对此喋喋不休，各种观点偏据一词，有的说是塔下地宫的真正珍宝如金银器皿，被盗墓贼盗过了；有的说地宫曾被人打开过，不过决非盗墓贼的个体行为，而是政府行为，对地宫珍宝"收拾保存"，对装舍利的器物神秘地进行了"调包"；还有的说，石函应内套铜函，出土的却是铜棺，玻璃瓶应内套金瓶，出土时却不见踪影，瓶内应只有 1 枚舍利，却意外地发现了 10 枚……疑团满天，不一而足。

<< 法王塔地宫外景

而我们认为，正如佛语有云：一切的因便有自身的果。真正的答案，恐怕只有种因的隋文帝杨坚知晓。因为他信佛而下令全国 31 州建塔供奉舍利是真，也因为他提倡俭葬习俗是真，才有今日的没有让千万人看到大批珍宝自塔下滚滚而来的壮观场面。其实，敬佛崇佛、奉佛事佛的高境界是捧一颗真心就是了，捧金捧银地大肆铺张，不是正处于广积国财、励精图治阶段的隋文帝杨坚的作为。盗墓贼没有机会，"可以息心矣"！发掘者没有一举成名惊天下的造化，也可以去了虚张声势、劳神费力之心。

## 杨广之墓被盗后的疑案

生性骄奢淫逸的隋炀帝杨广，在草草地"薄葬"了自己的父皇——隋文帝杨坚之后，登上大隋天子的宝座，登基还没有几日，便着手进行迁都洛阳的浩繁工程。

天生花柳性格，唯抱"今朝有酒今朝醉"、"及时行乐莫蹉跎"思想的隋炀帝杨广，大概没有想什么自己的身后之事，没有任何要为自己修筑一处豪华皇陵阴宅以供升天之后享用的动机。大隋的史书上，毫无一星半点儿记录。也许，聪明的他已参透人生生死来去无牵挂的道理了。尽管自隋伊始，也就是说，从他父亲杨坚开始，就恢复了秦汉的封土为坟的陵寝制度，而他隋炀帝所做的，恰恰是对这一制度的反叛。即位之初，他没有为自己择陵封土，圈地建陵，而是大胆地实施只顾眼前的令人匪夷所思的举措。

604 年 11 月，隋炀帝亲自驾临洛阳，对洛河、伊河、瀍水三河流域进行全面考察，并开始征调数十万成年男子挖掘沟通上洛的"护城河"，用以设置关卡加强对未来都城的防卫。"护城河"实为一道长无边际的壕沟，从龙门始，向东连接长平、汲郡，抵达临清关，渡过黄河以后，再延至浚仪、襄城，最后通向上洛。

为了使自己的行为名正言顺，隋炀帝特意下诏以说明自己这一不同寻常举措的理由。诏令说：

天道演变化成，阴阳因而有消有长；治国有因袭旧制与创立新法的不同，人民因而顺从和谐。假若上天的旨意一成不变，推演变化怎么能形成一年四季？人世间各种事情如果丝毫不变，处理政务怎么能管好千家万户？《周易》不是说过吗："事情不断变化，使人民不懈怠"；"变化就能通畅，通畅就能持久"。"有道德就能长久，有功业就能壮大。"朕又听说过，安置得舒适然后能迁移，人民生活因此而发生大的变化。因此，姬氏建立了周朝的两个国都，是依循了新王的旨意，殷人五次迁都，完成了汤王开创的事业。如果不依靠人力，顺遂天意，使功业显现在变革中，那么，爱民治国的人能不说话吗？

洛阳是自古以来的都城，王城周围千里之内，是天地会合的中心，阴阳调和。控制着洛河、伊河、瀍水三河流域，凭借四面险要而坚固无比，水陆路通畅，四方贡赋同样能送到。所以汉祖说："我走过天下很多地方，唯独看中了洛阳。"自古帝王，何曾不留意此地，所以不在这里建都大概是有缘由的。或者认为九州尚未统一，或者因为府库困乏，建造洛京的规划因而无暇顾及。我隋朝立国之始，就想创建这怀、洛二邑，日子一天又一天过去了，事情拖到了今天，朕念念不忘这件事，提起来就感叹气结！

......

多么多么充足的理由和宏大的构想啊！由此，历史注定了要在杨广手里跟大隋开个悲剧式的大玩笑，加速自己的覆灭。宛若昙花，一现便衰。而炀帝却始终不渝地认为只有迁都才可以带给国运万代昌盛，他不顾一切地把自己推向已经点燃的欲火之坑。

605年3月，阳春柳翠的时候，杨广命令尚书令杨素、纳言杨达、将作大匠宇文恺营建东京，强行迁徙豫州城下的百姓来洛阳，扩充都城。

在宇文恺手下服役的营建洛宫的民工，每月多达200万人。

为了迎合杨广的贪欲花柳之心，宇文恺运用自己熟练驾驭军队的手段，开始了极尽豪侈的营建施工。他亲自指挥皇宫修筑工程，在规模上力求宏伟大气，富丽无比。在京都西部，建造西苑，周二百余里，苑内造海，海中造山，山上建殿阁台观。海北修渠为水之源，沿渠建宫院16座，院内多养美女。西苑内，殿堂穷极华丽，奇树仙花，四季不凋。而秋冬之季，湖海水面则缀满用彩绫鲜缎剪成的荷花和菱角。仅显仁宫，就征发大江以南、五岭以北的奇石异材无以数计。加上嘉木异卉、奇兽珍禽源源不断地通过专道运输线供送，不长时间，名宫园苑，便已塞满。

与此同时，得力大将监督的浚通南北水路工程，也在日夜不歇地修挖。通济渠被打开了，从西苑引谷水、洛水通向黄河，从板渚引黄河水通向淮河，直至江都，一路水天，畅顺无碍。水路浚通之后，大将军们又揣测皇帝的心思，以竞赛施工的速度，沿着水路，在西岸选址建造离宫40余所，全国各地能工巧匠和无数抓来做苦力的百姓的血汗，顺着浩荡水路，付诸东流。

为了给下江南游玩做更充分的准备，炀帝一方面派得力心腹在江都建造大规模的华丽行宫，又一方面第二次派出黄门侍郎王弘等往江南采伐名贵树木，建造龙舟、凤榻、黄龙、赤舰、楼船等各类大船数万艘。

全民都被动员起来了。

605年8月，虽然规模浩大的东京尚未建成，炀帝就已迫不及待地乘上了驾临江都的龙舟。左武卫大将军郭衍、右武卫大将军李景，被炀帝钦点任命为前后军统领。随行的文武官员，五品以上的供给楼船，九品以上的供给黄篾大船。这些楼船，与炀帝的龙舟队伍相接，共处于前后军船队之间，船只首尾相连，迤逦二百余里，一眼望不到头地铺展在水面上，一路瑟箫笙笛，轻歌环绕着向江南而来。

摇船的壮丁多达 10 万人。坐在高达四层的高大龙舟上，美女如云般前后左右相拥，炀帝心中漾起一股极乐的美妙感觉。水中龙舟船队载着 10 多万人的庞大人马，一望无际，岸上彩旗遮天蔽日，仿佛辉煌绚丽的皇宫在向前移动。而沿江两岸拉纤的纤夫们，虽人人身穿彩衣，但满脸的汗水晶莹透亮，和着纤绳勒进脊背而"锯"出的鲜血，一同滚落脚下……

这是隋炀帝首次下江南的情景。

606 年春，当东京在大肆铺张中建成的时候，已经搂着江南佳丽脖子度过暖冬的隋炀帝，决定起驾北归，亲自享用这刚竣工的北国京都的皇宫的荣华。

浩大的船队因江河水汛期未到，而不得不滞留江南。炀帝不得不乘车回京。为了短时间内修整装饰仪仗队伍，太府少卿向稠、太府函云定兴大力督办，下书督促各地州县交送羽毛。百姓们为应付上命，四出野外，昼夜在水陆各处遍布网罗，捕捉鸟兽，凡是羽毛、皮毛能做装饰之用的鸟兽，无一幸存，全遭屠戮。这一活动虽然持续了仅三个月，但这不到百天的空前捕杀掠劫，使与人类已和谐相处，组成链条格局的可怜动物们的鲜血成了为炀帝仪仗出发前的祭旗之物。

三月初，炀帝的车队从江都出发，北上京都。途中，炀帝对自己所作所为的侈奢华贵，生出一番怀旧的感慨来。这一日，梦中突遇自己的父亲杨坚，面对穿着简朴一脸愠怒的父亲，做儿子的不由得低下了自己的头颅。等他抬起头，见父亲已化做一股青烟射入一座土丘，他高喊"父亲……"没有回应，惊醒方发现是南柯一梦。

长途跋涉，千车万马，浩浩荡荡地回到东京，深居皇宫的炀帝，复又想起路上的那个梦境，终日挥之不去。他开始考虑为父辈安魂。于是下诏：

表彰古代贤人，保存对他们的祭祀，是要借此优待礼遇贤能的人，使他们遗留及于后世的爱得以传扬。朕永远借鉴前贤，尊崇怀念德高望重的人，何尝不面对九州大地感叹，归心于千百年来的圣哲，那些自古以来的贤人君子，凡是能树立名声、建立贤德、佐治世务、匡救时弊、广利他人、创建殊勋、有益于人民的人，都应为他们修建祠堂庙宇，按时祭祀。他们的陵墓所在地，不许扰犯践踏。有关官员应据此商酌订出具体条规，就符合朕的心意了。

这封诏书透露出对古来前贤的尊敬，其中自然满含着炀帝对生身父亲文帝的一片怀念之情。这是他即位以来面对宗祠的首次良心发现后的忏悔。

没过多少时日，炀帝再次下诏：

前代的帝王，依凭时机创立帝业，统治人民，建立国家，南面执政，备受礼尊。然而经历历史世运的变迁，年代长久，前代帝王的坟墓已残破毁坏，成了樵夫、牧童前去打柴放牧的地方。墓地荒芜，坟头标记也分辨不清了。提起这种沉沦破灭的情景，朕内心无比凄怆。对从古以来的帝王陵墓，可供给附近十户人家，免除他们的杂役，让他们看守陵墓。

这段诏书，是他即位以来对宗祠陵墓的再次良心发现后的忏悔。尽管不乏凄怆之情，也随口讲说了"对从古以来的帝王陵墓（当然包括他父亲），可供给附近十户人家，免除他们的杂役，让他们看守陵墓"，但是，这比起秦汉时规定皇陵周围迁居人口，固定设置守护陵园的护卫来说，无论从规模和制度上来说，都显得太小家子气了。

尽管此后仅有的几年当政期间，他偶尔也曾去扶风拜祭父亲皇陵和父皇始建的法门寺，又去长安父亲临朝时的宫殿凭吊并亲拨专款加以修缮，但是，一当他走进女人堆中，当他钻进女人的暖床，他一切都不管了，所有的事都抛到了脑后。

天地终于出现不祥的预兆。先是彗星连续出现于奎宿位置，掠过文昌星，经大陵、五车、北河诸星，进入太微星，又掠过帝坐星，前前后后百余天；再是蜀郡捕获三足乌鸦，张掖捕获黑狐……

疆土境域之内，盗贼蜂起，各路草莽英雄遍地揭竿举事的时候，他却仍视若不见地照样东游西玩，所到之处，不见百官，不闻奏事，只是与后宫妃妾在一起，沉迷酒色，依恋不舍。唯恐享乐时日不够，竟常常招迎一些黄婆老妇，朝夕在一起放肆地讲那些丑恶污秽的下流话。甚至，引来一些年轻人，让他们与宫中妇女大肆淫乱……

617年，炀帝在江都行宫温室里抱着女人不肯松手，右屯卫将军宇文化及、虎贲郎将司马德戡、元礼等，终于忍无可忍，仗剑直入将其刺死。萧皇后命尚未逃离的宫人，撤掉床板，做成棺材来埋葬炀帝，人们都慌乱地跑开了，只有宇文化及最后一个离开温室。曾经受过炀帝深恩的右御卫将军陈稜，找人抬着炀帝的灵柩至吴公台下，草草地将炀帝埋葬。

然而，事情到此并没有完。炀帝被埋葬的第三天，就发现在他的并不起眼的陵墓一侧，出现了两个坛腰大的孔洞，于是人们议论纷纷。有的说是穿山甲凿的，入棺吃炀帝的脑子；有的说是盗墓贼所为，传言说炀帝平素左、右臂串戴了一整胳膊的和田玉镯，用于随时奖赏那些让他快意绝美的女人。这些女人，一旦得到炀帝赐给的玉镯，便可以放心大胆地手握玉镯，随便出入杭州皇宫，无人敢挡。因而，盗墓贼纯为想得财而掘盗洞，搜寻炀帝的随身美玉。而之后数百年的明末学者则认为，炀帝带着满臂的玉镯入墓，是不可能的，因为在他死后，至少有三个人有机会单独待在他身边，这三个人一为

<< 寂寞的隋炀帝陵

萧皇后，一为宇文化及，一为陈稜，均有独吞玉镯的可能。从 622 年即唐高祖武德五年，降唐而任封为江都总管的陈稜迁葬炀帝于雷塘的举动看，已身死四年的炀帝，玉镯显然未被陈稜所得。那么，究竟价值连城的玉镯是落入宇文化及之手了，还是被萧皇后所占，抑或是被盗墓贼所启获，便成了千年之谜。

改葬于雷塘的炀帝，灵若尚在，断不会料到，他一生蔑视金钱，得过且过，只管及时行乐，不定丧葬规制，死之后，竟留下了一桩关于金钱的疑案。

即便如此，后世人们还是兴趣不减地打探着雷塘的具体位置，试图以此来聊慰好奇之心。其实，雷塘，并不如古刹大庙、高楼殿阁般引人瞩目，它只是汉代吴王刘濞修筑的一处钓台，而且当时并不叫雷塘，而叫"雷陂"。吴王刘濞每钓均有大鱼巨鳖，便兴致所至，扩建园林。到了南朝，这里已成为一处较著名的风景区。唐朝初年，扬州都督李袭随开"雷陂"，修塘引水灌农田，这才改名为"雷塘"。宋以后，洪水肆虐，雷塘原址周围曾一度变成一片汪洋，雷塘原址也淹毁不存，仅隋炀帝孤坟堆土犹可看见。清代，浙江巡抚阮沅在嘉庆十二年（1807 年）重新对炀帝陵加以整修，筑成高六七尺，占地二亩多的土冢，他邀来当时的扬州知府尹秉绶，请这位当时江南有名的书法家题了一通石碑，上篆"隋炀帝陵"几个沉雄劲健的

大字。这正如唐朝大诗人罗隐咏《炀帝陵》中的名句："君王忍把平陈业，只换雷塘数亩田。"

如今，文帝与炀帝的皇陵，都已成一派空寂，所有与他们有过关联的人，都远旅而去。人们大都记不住文帝的作为，只传言所说炀帝是个"多情的种子"这几个字，很可能还要流传下去，供普通百姓笑谈，凭大权在握者鉴说。

DaoMuZheShuo

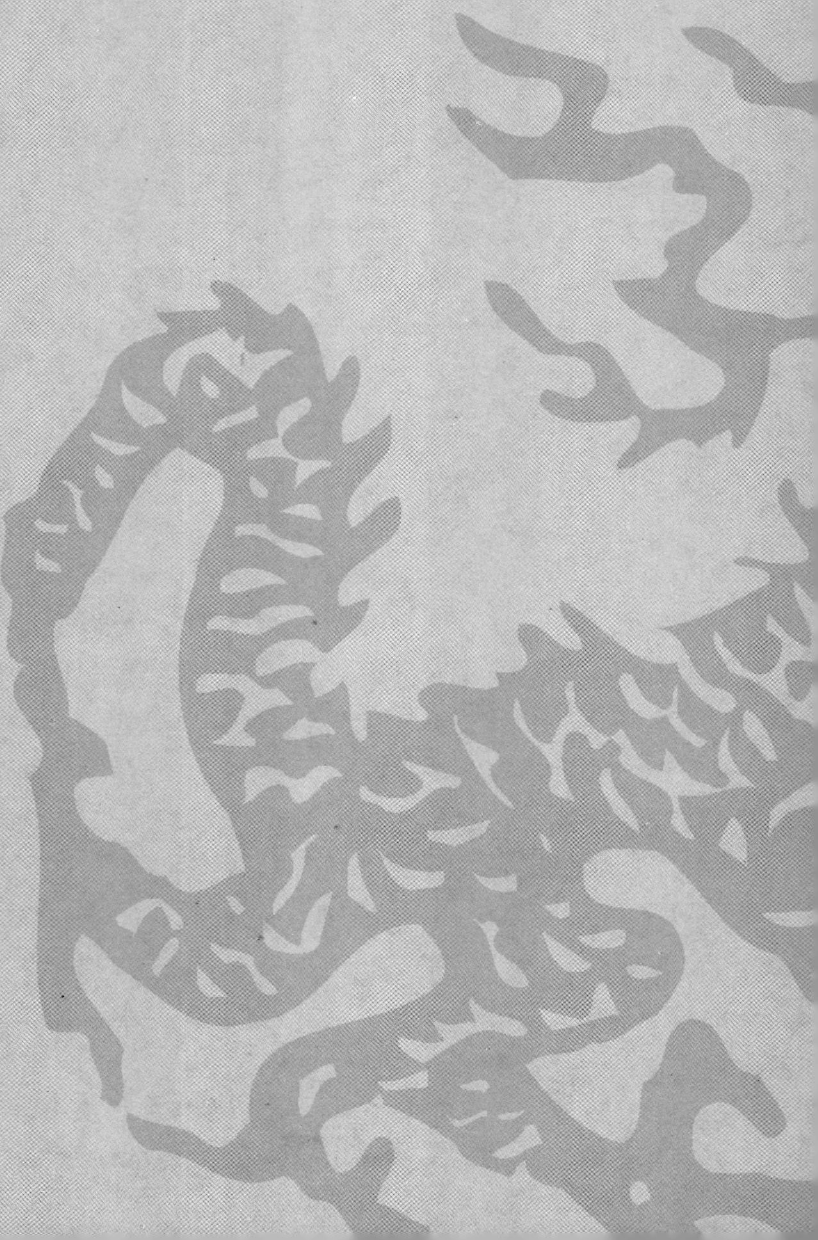

# 第七章

# 唐陵风雨

# 李世民标榜"薄葬"骗盗贼

白驹过隙，时间无情地跨入曾经令世人为之景仰的煌煌大唐。

李世民，被时局大势推到了历史舞台的中央。一场血雨腥风的玄武门夺嫡肉搏，靠昔日疆场上生死与共的众英雄豪杰拼力拥戴，杀死建成、元吉两位兄弟后，他牢牢地握国玺在手，象征国家大权的皇袍，险象环生地披于己身，真正的大唐岁月宣告开始。

就在这时，朝野之间传出了李世民强娶三国时魏国之主曹丕皇后之宫女的故事，这个颇具传奇色彩的故事被收入仿《山海经》而作的《神异录》中，其中的"邺中妇人"篇讲述隋末起义军将领窦建德盗墓偶遇美女的奇事。

<< 李世民像

当年窦建德起事时，在没有大款金钱资助，粮食极端匮乏的情况下，为了维持义军的日常开销，只好仿效曹操盗墓掘宝。不知是天意还是巧合，窦德建竟然盗到了曹操儿子魏文帝曹丕皇后的宫女墓。开棺后发现，里面有一个20来岁的女子，貌若天仙，十分漂亮，就像活着一样躺在棺材内。窦建德一看这个女子穿着的衣物和陪葬品，知道不是当时人。过了一会儿，美女开始喘气，并慢慢睁开了眼睛，望者大骇。想不到葬于300年前的宫女，竟然神奇地复活了。窦建德觉得此事甚奇，便将这位女子带回军中调养了一番。经询问，女子自称是曹丕皇后的宫女，于是窦建德便收她做了房妾。更怪的是，李世民听说了这件事后，竟然要霸占此女，要她做后宫妃子。此女说，是窦建德救了她，才让她有了今天，这再生之恩不能忘记。据说，在遭到拒绝后，李世民还觉得很伤心。原文如下：

窦建德，尝发邺中一墓，无他物。开棺，见妇人，颜色如生，姿容绝丽，可年二十余。衣物形制，非近世者。

候之，似有气息。乃收还军养之，三日而生，能言。云："我魏文帝宫人，随甄皇后在邺，死葬于此。命当更生，而我无家属可以申诉，遂至幽隔。不知今乃何时也。"说甄后见害，了了分明。建德甚宠爱之。其后建德为太宗所灭，帝将纳之。乃具以事白，且辞曰："妾幽闭黄壤，已三百年，非窦公何以得见今日，死乃妾之分也。"遂饮恨而卒，帝甚伤之。

《三国志》记载，曹丕的皇后确实姓甄，为当时上蔡令甄逸的女儿。汉献帝延康元年（公元220年）二月，曹丕称王。六月南征时将甄氏留在了邺地。黄初二年（公元221年），因为失宠于曹丕，甄氏颇有怨言，嫉妒其他嫔妃，这惹得曹丕十分生气，派人将她赐死，葬于邺。依此复活宫女所说，"随甄皇后在邺"，与史实并无二致。

对于李世民霸占此复生宫女做妃子一事，也可以从史书上找到蛛丝马迹。《新唐书》记载，窦建德就是被时为秦王的李世民所剿杀。当时李世民派秦叔宝出阵，将窦建德引了出来，结果窦建德一惊一犹豫，被打成重伤，遭生擒，后被斩于长安。窦死后，其家眷都被李世民籍没了，很可能这个宫女就是这个时候让李世民看上的，但是否是从墓里弄出来的那个宫女就难以说得清了。或许是当时人有对其发动玄武门政变心怀怨恨，而故意编造的桃色新闻吧。

不管朝野如何议论，编造的故事如何传奇骇人，随着李世民以自己的德才学识和用人的纳谏任贤，贞观之治的大好局面很快形成，国力日显强大。而连年征战厮杀，鞍马驰奔创立万世基业的高祖李渊，则成了伤心的过渡人。世民这几年励精图治的成绩，他似乎并未看到。内心深处的伤痛，缠住了性格抑郁的清瘦躯体。大业初建，儿子们沥血夺嫡，互相残杀，一夜之间，失去了曾与之东拼西杀的"上阵父子兵"大儿建成、三儿元吉，他悲痛欲绝，难以自拔；还有自己尚未过足皇帝瘾便被逼"禅让"皇位给二儿李世民的阴影，一直难以消弭……

贞观九年（635年）十月，西北风吹得正紧。永安宫内两排已碗口粗的梧桐树下，残叶卷起干涩呛人的尘土，悲凉地怪叫着，四处飘吹。刚刚挣扎着用完胡山飞龙肉加高丽参煮烹的滋补汤，万般无奈而又颇为焦虑的唐高祖，终于心力衰竭，精憔神悴，感情复杂地永远离开人世，乘鹤西去。

举京陷入悲痛之中。

一时间，围绕着为这位太上皇建造陵墓，展开了一场沸沸扬扬的争论。

君臣、臣臣之间，各执一词。

《资治通鉴》第一百九十四卷载，初遇长辈的丧葬之事，恸哭不已、乱了方寸的唐太宗李世民目光瞢然，随口向位列两边、素服白衣的文武群臣下诏："太上皇山陵依汉长陵故事，务存隆厚。"

群臣们都知道，汉长陵乃汉高祖刘邦的陵墓。刘邦手持三尺剑斩白蛇起事，号令天下夺取江山，当上西汉的开国皇帝之初，就颁布了墓葬制规。从他即帝位的第二年，便每年抽国税的三分之一，来为自己建造规模宏大的寿陵。对寿陵的建制过程，设专人监督，而且，皇帝自己也时不时亲自去察巡。

物换星移，朝代更迭，李世民为什么偏偏要以汉的墓葬制规，作为自己父皇陵墓建造的参照呢？

这主要是因为，汉陵居于五陵原，规模、形制太招人眼，五陵原位在咸阳，距长安举步之遥，抬眼便可见其貌；汉高祖刘邦的长陵为五陵之首，且刘邦与太上皇李渊有相同之处，即都为开国之君。

李世民下诏，要父亲的陵墓规模依"长陵故事"，还要"务存隆厚"，显然是要尽父子之情，好好厚葬父皇。

寂静、沉默，两班文武都低头不作声。李世民正待进一步诏令修造陵墓事宜，这时，秘书监虞世南上前一步，跪倒在地，上疏直陈自己的看法，他不赞同太宗准备厚葬太上皇的主张，他认为："圣人薄葬其亲，非不孝也，深思远虑，以厚葬适足为亲之累，故不为耳。昔张释之有言：'使其中有所欲，虽锢南山犹有隙。'……伏惟陛下圣德度越唐、虞，而厚葬其亲乃以秦汉为法，臣窃为陛下不取。虽复不藏金玉，后世但见丘垄如此其大，安知无金银耶！……伏愿依《白虎通》为三仞之坟，器物制度，率毕节损，仍刻石立之陵旁，别书一通，藏之宗庙，用为子孙永久之法。"

虞世南以充分的理由陈述了"圣人"对自己的尊亲薄葬，并不是对尊亲的不孝的道理，他说厚葬恰恰成了"亲之累"，所以不可采用。秦汉的厚葬之法更不能效仿，如大封土陵，即便里面没有随葬金银宝玉，但后世的人们见到陵墓堆土如此之大，难免会产生内有金银的议论，更别说专以盗墓为生的贼了。

虞世南在这一通连珠炮似的上疏中，还侃侃提出了自己的主张："依《白虎通》为三仞之坟，器物制度……刻石立之陵旁，别书一通，藏之宗庙，用为子孙永久之法。"可以肯定，虞世南的"主张"于浅显中，藏有很强的"批判现实主义"道理，有醒世作用。其实，无论是唐以前或唐以后的历朝历代君臣王侯的陵墓，凡是大肆铺张，举国财以随葬入土的，有哪个逃脱了王侯、军阀、地方官，乃至民间盗墓者的手掌！

对于虞世南的反对厚葬，李世民自己也不知不觉陷入沉思之中。因为虞世南说得在理，且头头是道。

李世民茫然了，登时犹豫起来，难以做出决断。允认薄葬吧，又担心落个对太上皇"不孝"的罪名，李唐后辈儿孙怎么议论？所以，平素里领兵打仗果敢非常的他，着实不好解决这一难题。

虞世南见此，跪地不起，再次上疏："汉天子即位即营山陵，远者五十余年；今以数月之间为数十年之功，恐于人力有所不逮。"

"自古及今，未有不亡之国，是无不掘之墓。变乱以来，汉氏诸陵，无不发掘，至乃烧取玉匣金缕，骸骨并尽，岂不重痛哉！"

"……"

虞世南的再次陈述，极力进谏，使得李世民有些心动，遂下令大家专题集中讨论虞世南的"意见"。

左仆射、魏国公房玄龄，右光禄大夫、宋国公萧瑀等纷纷出班，陈述主张，他们认为："汉长陵高九丈，原陵高六丈，今九丈则太崇，三仞则太卑，请以原陵之制。"

房玄龄等人的这个主张，无疑是个好办法。虞世南引经据典，以《白虎通》"三仞为坟"力陈薄葬的理由，这在李世民看来，实在也太俭朴了，他让大家讨论虞世

<< 房玄龄像

南的"意见"，言下之意，就是看有没有更好的办法。这下可好，房玄龄为首的一番话，正中他的下怀。三仞太卑，九丈太崇，那么折中一下，干脆六丈，况六丈者，原陵也。原陵，为东汉光武帝刘秀的陵墓，完全可以仿之，可谓名正言顺。这等于给了李世民一个好台阶顺顺利利而下，维护了做皇帝者的尊严。

李世民点头赞同。

尽管因李世民的"点头"而使关于建高祖陵的规模之争烟消云散，但是，毕竟李世民一度为此辗转反侧，伤透了脑筋。

这个时候，唐陵的形制尚无定式。

一年以后，长孙皇后病逝，李世民根据皇后遗言"因山为坟，器用瓦木而已"，命匠人在九嵕山建筑昭陵，从而最终确定下唐代的陵寝建制——两种情形：一是继承和发展魏晋、南朝因山为陵的制度，即在风水佳好的雄巍山峰中部开凿墓室建造大气非凡的山陵；再就是承袭秦汉陵制，在平原上封土为陵。长孙皇后的安葬，没想到成了李唐王朝反盗墓与后来盗墓风潮不断"对话"的焦点。

读者有必要了解一下长孙皇后，因为昭陵因长孙皇后而起。

长孙皇后是吏部尚书长孙无忌的女儿，是一位不可多得的德才兼备型女人。其"仁孝俭素，好读书"。作为李世民的皇后，对李世民的政绩有很大的贡献，她一方面做李世民的好妻子，另一方面，非常好学，她曾利用闲暇专门收集历代著名女性的业绩，编写《女则》三十卷。她崇尚节俭，一次，有人对她说太子宫中器物太少，显不出皇家富贵气象，请皇后开恩给增拨一些，她不但不同意，而且亲自前去教导太子："为太子，患在德不立，名不扬，何患无器用耶！"最终使太子打消了添置金银器皿的念头。

长孙皇后与李世民恩爱有加。她自己也十分注意自己的形象。在她不幸患病，弥留之际遗言："妾生无益于人不可以死害人，愿勿以丘垄劳费天下……"在她死后，唐太宗李世民诏告天下："皇后节俭，遗言薄葬。"亲命匠人筑造昭陵。他当着百官的面，对负责昭陵营建的侍臣说，昭陵的规模"足容一棺矣，务从俭约"，并在筑陵完工后令史官记载："凿石之工才百余人，数十日而毕。"

从字面看，造昭陵并没有铺张，昭陵的规模并不大。然而，李世民在此只不过是与后人，确切地说是与盗墓贼绕弯子，捉迷藏。他在按自己的意愿施放烟幕弹。

为了使天下人对他主张薄葬深信不疑，葬完长孙皇后的第二年，即贞观十一年春（637年），他又向天下发布诏书：生是天地的大德大恩，寿是或长或短的一个期限。生有七尺的身躯，寿以百岁为限度，包藏灵性、禀受天地之气的人类，无不一样。生与寿都得之于自然，是不能够分外企求的。所以《礼记》说：君主即位就制作棺木。庄周说：躯体使我劳累，死亡使我休息。这难道不是圣人的远见，通大事理的贤人的深识？……天下得到安定，这是朕平素的志向，现在已经实现。但朕仍怕死后的日子，子子孙孙习惯于流行的风俗，仍然遵循通常的礼仪，加四层的棺材，砍伐百年的巨木，骚扰百姓，增高增大陵园。现在，朕预先写下这一诏令，丧事务必遵从俭省的原则，陵园在九嵕山，地宫不过足以容纳棺木而已。岁月积累，逐渐齐备。葬具有木马泥车，瓦制的鼓，芦苇截成的笛，这样做符合古代的典章制度……从今以后，功臣近亲和德行、事业有助于当世的人，如果逝世，应当赐给坟地一处及所用的棺木，使埋葬的时候，丧事完满。有关主管部门照此筹措准备，就合朕的心意了。

这些看似凿凿的言辞，实际上是虚与委蛇。当盗墓者钻进九嵕山长孙皇后和李世民自己的地宫中的时候，后世人便知道了李世民当初不敢公开的秘密，以及他散播的、让史官公布传世的文字的弥天大谎。

事实上长孙皇后入葬昭陵后，李世民即一方面标榜自己一定开薄葬先河，一方面则加紧昭陵自己陵寝的开凿。

直到13年后，52岁的他驾崩归葬，这才真正意义上算完工封固。人们至今犹记得，李世民在昭陵完工，临死之前，还处心积虑地特意撰写一通碑文："王者以天下为家，何必物在陵中，乃为己有。今因九嵕山为陵，不藏金玉人马，器皿皆用土木形具而已，庶几奸盗息心，存没无累，当使后世子孙奉以为法。"将其竖于昭陵陵门之前。

<< 唐昭陵

等到整个大唐连同它的宿命，一同埋入土下，人们已经熟知，昭陵在"关中十八陵"中，规模最大，陪葬墓最多，达二百多座。

# 唐陵的疯狂盗掘者温韬

　　唐末，西起乾县，东到蒲城的崇山峻岭上，除昭宗李晔的"和陵"、哀帝李祝的"温陵"以外，有唐一代的其他 19 个皇帝的陵墓（武则天与高宗李治合葬一陵）以无与伦比的皇家气派，兀出在人们的眼前。这号称关中十八陵的昂昂丧葬气象，全浸着大唐劳苦百姓的血汗和智慧。但是令人痛惜的是，除了高宗李治与武则天的合葬墓乾陵以外，其他每一座皇陵都被一个人所盗，这个人趁五代天下大混乱之机，尽掘陵中的巨大财富，一夜之间，便成了人们唾骂的对象，而且，一背上骂名，也便千年难改，给一部历史添加了一段黑色章节。

　　这，就是一生为匪为患、朝秦暮楚、反复无常的温韬。

　　我们一次又一次对温韬其人进行思考，从历史、社会等一个又一个角度加以审视，均难以对其披着军队羊皮，干着豺狼勾当的所作所为产生一丝谅解。

　　我们说温韬其人有两个特点。一为屡装儿孙，谁的势力强谁便是亲爹娘，趋炎附势，反复无常到了极致；二为盗掘古墓，尤其对唐十八陵大肆袭劫盗掘，将中华民族乃至人类文明的历史珍藏侵掠破坏，成为千古大盗。

　　温韬，京北华原（今陕西耀县）人。当一代大唐王朝走向末日，即将进入坟墓的时候，温韬出生了。据传，温韬出生时，有匪星殒落在嵯峨山。嵯峨山位于昭陵所在地九嵕山之东，现泾阳县西北，其山和九嵕山西边的五峰山，呈斗拱之势将九嵕山衬夹在中间，加上南面渭水如练，北面黄土高原苍莽无限，九嵕山便具有了独特的磅礴气势。

　　温韬年纪不到 10 岁，便成了家乡有名的小蟊贼，加入土匪团伙的人当中，数他最小。起初，百姓看到这么个小娃娃耍枪弄棒，行为刁钻，传以为笑，但当他挥刀杀人不眨眼时，人们方才如梦惊醒。生逢唐末战乱，10多岁的时候，温韬就上嵯峨山拉人马，发展土匪队伍。俗语云：兔子不吃窝边草。温韬正好相反，他凭着吃窝边草起家，祸害家乡一带，使他率先在自己的家乡华原成了名。

尽管如此，此时的他，也只仅限于小打小闹，尚没有攻城略地的实力。狡猾、奸诈的温韬，一方面经营他的嵯峨山根据地，一方面坐山而看天下大势，伺机出山霸天下。

有消息不断地从最近的地方传来，唐皇室彻底土崩瓦解，"西府王"李茂贞日益强大起来。李茂贞身居凤翔节度使之职，不断扩充实力，随时觊觎天下。温韬立即以"贼帅"的身份攀附李茂贞。正在另立中央的李茂贞，看到温韬的贼众，心想正是用人之际，热情接纳了来投的温韬贼众。二者都想利用对方发展壮大自己，一拍即合。为了使自己无后顾之忧心腹之患，李茂贞意欲认温韬为干儿子，温韬自然乐意，拜李茂贞为干爹，并主动改自己的姓，要李茂贞为自己重取个名字，李茂贞赐他名字为彦韬，委任他为华原镇将。

唐昭宗天复二年（902年）十月，于军阀战乱蜂起中脱颖而出的朱温大军锐不可当，攻克长安，旌旗西来，直捣凤翔，凤翔李茂贞拼死抵抗，但难以遏制住朱温军队的攻势，情势到了最后关头，李彦韬（温韬）见李茂贞大势已去，遂倒戈投敌，降附朱温。李茂贞落荒而逃，到朔方重整旗鼓去了。

但是，对温韬不利的是，没多久，朱温东归，他成了没爹没娘的儿。无依无靠，为了不被其他军阀吃掉，温韬重又回到了他当初打家劫舍的据点——嵯峨山。在这里，他再次施展两手，一手坐观天下，静待其变，另一手则加紧聚敛财物，疯狂地掠劫长安附近的各县，重又当起了打家劫舍的土匪。而李茂贞又回到了他的凤翔，重新韬光养晦，以图东山再起，见温韬已被人丢弃，遂不计较昨日背叛自己的旧嫌，派人下书，又与温韬修复了父子关系。

天佑三年（906年），李茂贞命名华原县为耀州，命名美原县（今富平县东北美原镇）为鼎州，设置义胜军节

<< 唐高宗乾陵

度使管理这两个州，李彦韬（即温韬）领命，坐上了节度使的交椅。

随着流浪逃遁的唐朝最后一位皇帝哀帝李柷覆亡，大唐宣告结束，埋葬李唐王朝的朱温，以马上挥舞的剑戟，开辟了新的朝代——后梁，从此，战乱不堪的五代开始了。

后梁王朝开平第二年（908年），温韬便趁战乱聚敛财物，公然疯狂盗掘了北塬上大唐所有的皇陵。对此，《资治通鉴》第二百六十七卷载：

华原贼帅温韬聚众嵯峨山，糟蹋抢劫雍州各县，韬在镇七年，唐帝的陵墓在其境内者，悉发掘之，取其所藏金宝。而昭陵最固，韬从埏道下，见宫室制度宏丽，不异人间。中为正寝，东西厢列石床，床上石函中为铁匣，悉藏前世图书，钟王笔迹，纸墨如新。韬悉取之，遂传人间。惟乾陵风雨不可发……

这些史典记载，乃为权威，其中讲到的"前世图书，钟王笔迹"，原有好多故事，稍后再叙。为了保持情节连贯性，我们先讲温韬自盗墓后是如何继续他上蹿下跳、左右反复、朝秦暮楚的人生的。

开平三年（909年），后梁朝的同州（今大荔）节度使刘知俊背叛朱温，投靠时已气候不小的西府"岐帅"李茂贞，这样一来，后梁朱温在关中的军事实力便骤减，降到了低谷。精于算计、善于趋炎附势的温韬在这样的形势下，显得异常活跃，为了向干爹李茂贞邀功，他率一股乌合之众，肆无忌惮地对长安附近诸县大加骚扰。后梁皇帝朱温获知温韬的暴行，恨得咬牙切齿，肝火大动，专门发书，诏告同州、华州（华县）、雍州（长安地区）各州，悬赏要温韬的人头。

《资治通鉴》第二百六十八卷载：后梁太祖朱温乾化元年（911年），岐王李茂贞招募华原贼帅温韬，令温韬率领邠州（即彬县）、岐州的军队攻打长安，后梁太祖诏令感化节度使康怀贞、忠武节度使牛存节带领同华、河中军队前去迎战讨伐。己丑（二十五日），康怀贞等奏捷，在车度（在同州境内）将温韬打得大败。

可见，温韬并不是一位能征善战的沙场英雄。

贞明元年（915年），关中形势出现了前所未有的大变化，岐王李茂贞在梁、蜀两大敌对势力的夹击下接连损兵丧地，反复无常的温韬又一次不顾父子情义，捧出他所管辖的耀州、鼎州，再度投降后梁，此时是后梁的末帝朱友贞掌朝，朱改耀州为崇州，鼎州为裕州，义胜军为静胜军，恢复了李彦韬的本姓温，赐给他名字叫昭图，仍然让他当节度使，并加官特进检校太尉、同平章事，封河内郡开国侯。

贞明六年（920年），后梁河中节度使朱友谦依附、投奔晋王李存勖，末帝命温昭图攻打朱友谦占领的同州，结果反被李存勖的晋军打了个大败。朱友谦乘其败退，分兵进击崇州，温昭图很害怕。这时他占据耀州当镇将前后已15年有余，朝廷早就想给他换个地方，让他迁到别的地方去。于是，利用他惧怕朱友谦的进攻，命令供奉官窦维劝他移镇。他明知这是朝廷的调虎离山之计，但又害怕被晋军吃掉，也就只好请求迁徙做别的镇官。温昭图凭借他在后梁朝中的靠山、权臣赵岩鼎力相助，次年正月，温昭图迁任匡国军节度使。匡国军镇许昌，领许、陈（河南淮阳）、汝（河南临汝）三州，自中唐以来，一直是很有名的藩镇。可是，在后唐国光元年（923年），庄宗灭梁后，赵岩"恃韬与己素厚"，遂投奔许昌托身于温昭图，而温昭图却没有想着要收留他。温昭图想的是恰好借此给新主子一份见面礼，接赵岩到住所后，就杀了赵岩，把头献给了唐帝，把赵岩所送的东西则全部没收。不但如此，温昭图又通过歪门邪道，准备了大量盗墓得来的珍宝，贿赂后唐帝的刘皇后和伶宦，果然是，仕路迷时钱作马，一赂定乾坤，温昭图摇身一变，竟成了后唐庄宗李存勖的宠臣，被庄宗赐姓名为李绍冲，依旧当他的节度使官，为许州节度使。

温韬如此受宠，就连宰相郭崇韬都感到不可思议，他批评庄宗皇帝说："国家为唐雪耻，温韬盗发唐皇陵几无幸免，其罪与断送了李唐江山的朱温一样，为何还要再让他依然当官管藩镇，这样，天下的义士会说我们些什么呢？"

然而后唐庄宗却懦弱地说："在进入大梁之初，就已经赦免了他的罪行。"这般如此地敷衍了一下，最终还是派温韬去了。

还是后唐的明宗李嗣源比较清明，在天成元年（926年）刚刚入主洛阳，便将李绍冲（温韬）下入大狱，由于大臣安重诲受了温韬的贿赂，出面讲情，才使温韬免于死罪，并得以恢复原来姓名温韬，放逐回到了乡下。第二年，温韬又被下令流放山东德州。天成三年（928年），终于被判盗陵罪。接到皇帝赐死的诏书时，温韬哆嗦着端起一碗鸩酒，一口喝下，即刻归西。

他的三个儿子，后来也遭横死。

再说温韬所盗的大唐诸皇陵珍宝，去向一直是人们所关注的问题。除了为了保官保命，他在风雨飘摇的人生路上一路施赂，打点各方于己有用的"神圣"，其绝大部分后来落入他人之手。

## 昭陵墓内的《兰亭集序》之争

当时参与温韬一同盗陵的还有泾阳镇将侯莫陈威，史称其"与温韬同剽唐氏诸陵，大贮瑰异之物"。侯莫陈威的全部盗陵所得，因其被杀，被水平军（长安）节度使张筠攫取。温韬所盗的图书，在他及他的儿子们死后则归其外甥郑玄素所有。郑玄素，京兆人，荟萃有古书千卷，内有钟、王法帖，就是从他的舅舅温韬的遗留中得来的。

如前所述，"钟、王笔迹"，或钟、王法帖，其实指的就是三国时魏国的大书法家钟繇的书法作品和东晋大书法家王羲之的书法作品《兰亭集序》等。

当今的人都知道，出身于临沂世族的王羲之，他的官位也曾做得不小，任过右军将军、会稽内史，世称"王右军"，然而，他的官位似乎远不及他的书法名气大。从小爱好书法，为人坦率、不拘礼节的他，吸取魏晋书法之长，推陈出新，创造出独特的风格，楷、行、草书无一不精，终达"飘若浮云，矫若惊龙"的造化。就连梁武帝也说他作书"如龙跳天门，虎卧凤阁，故历代宝之，永以为训"，人们终于送了他一个"书圣"的号。他的文学成就也很高，能诗善赋，尤长散文，《兰亭集序》即为其代表作。

《兰亭集序》本是一篇优美的散文，背景是东晋穆帝永和九年（353年）三月三日，王羲之和当时的名流孙统、孙绰、谢安、支遁等41人，宴集于会稽山阴的兰亭（今浙江绍兴市郊）。与会的人饮酒赋诗26首，并聚诗成集。王羲之乘着酒兴，用鼠须笔在蚕茧纸上为诗集写了这篇序，记下了宴会盛况和观感。全文28行，324字，字字精妙。文章通篇着眼"死生"

二字，在一定程度上对当时盛行的"一死生"、"齐彭殇"的老庄哲学观点进行了批判，在悲伤感慨中透出对生活的热爱之情。

我们在此特予以原文全录：

永和九年，岁在癸丑，暮春之初，会于稽山阴之兰亭，修禊事也。群贤毕至，少长咸集。此地有崇山峻岭，茂林修竹，又有清流激湍，映带左右，引以为流觞曲水。列坐其次，虽无丝竹管弦之盛，一觞一咏，亦足以畅叙幽情。是日也，天朗气清，惠风和畅。仰观宇宙之大，俯察品类之盛，所以游目骋怀，足以极视听之娱，信可乐也。

<< 王羲之《兰亭集序》摹本

夫人之相与，俯仰一世，或取诸怀抱，晤言一室之内；或因寄所托，放浪形骸之外。虽取舍万殊，静躁不同，当其欣于所遇，暂得于己，快然自足，曾不知老之将至。及其所之既倦，情随事迁，感慨系之矣。向之所欣，俯仰之间，已为陈迹，犹不能不以之兴怀。况修短随化，终期于尽。古人云："死生亦大矣。"岂不痛哉！

每览昔人兴感之由，若合一契，未尝不临文嗟悼，不能喻之于怀。固知一死生为虚诞，齐彭殇为妄作。后之视今，亦犹今之视昔，悲夫！故列叙时人，录其所述。虽世殊事异，所以兴怀，其致一也。后之览者，亦将有感于斯文。

唐太宗李世民首先一定是爱上了王羲之的字了，然后才是他的文章。此文的内容，也正好透出了对生活的热爱。所以，好字加上好的内容，便让人爱不释手。李世民又是一位极喜爱书法之人，当朝之中，欧阳询为他的文章《九成宫醴泉铭》勒石撰笔，褚遂良、虞世南、冯承素等，与他常常促膝论艺。他的昭陵是在他的统治地位巩固，国家富强之后，皇权至尊、无上高贵、唯我独尊的本性的表露。所以，普天之下都是王土了，一些心爱之物，带入陵寝，与自己的魂魄为伴，又有何稀奇。

其实，读者大可不必猜一座鼎盛皇陵究竟覆埋了多少随葬品，仅围绕一件《兰亭集序》真迹，看一看关于它的一幕幕事件，就足以让我们慨叹一阵子的。

王羲之对自己的《兰亭集序》书法作品一直十分珍惜，定其为家族的传家之宝，临去世前犹念念不忘。王家到了第七代的时候，出了一个智永禅师，《兰亭集序》陪伴他老终之时，他将真迹传给了他的弟子辨才和尚。

时间已不知不觉到了唐代。辨才和尚小心翼翼地一直按师父所嘱，珍藏着这幅作品。

可世间的事，就像没有不透风的墙。马上夺取天下，举国一派强盛气象的李世民，偏偏对文化极为重视。尤其是诗、书、画，他门门涉足。在他的周围，形成了浓厚的文化气氛。他对唐以前的艺术品，尤其是书法作品推崇备至。《兰亭集序》的临摹本拿在手里，总感到不满足，于是他决心广派心腹，走遍天下，像大海里捞针一样寻找《兰亭集序》真迹。

一个叫萧绎的心腹大臣，怀揣临摹本，扮成一位赶考举子的样子，来到辨才和尚的修行地歇脚，酒喝醉了的时候，自腰间抽出一轴假《兰亭集序》，硬说这是真迹，值多少多少金银云云。可叹为人忠厚待人仁慈的辨才和尚，经不住他这一通鼓噪，竟对烂醉的萧绎说："你这幅不是真迹，真迹在我的阁楼上藏着呢。"

萧绎一直醉而不醒，似未听见。但是，第二日一大早，诚厚的辨才端来素斋到昨晚留宿的萧绎房间送饭时，发现萧绎已不辞而别。只见桌上放着一张字条和一锭 50 两银钱。纸条上墨书："谢谢赠画……"

辨才恍然大悟，为时已晚，师父交给自己的传世墨宝，就这样不翼而飞。

不多日，李世民就得到了《兰亭集序》的真迹，并终生奉为至宝。不仅如此，他还让周围的书法高手临摹了多本，分别赐给太子、诸王、近臣，《兰亭集序》的摹本从此散落人间。真本被李世民殉葬到了昭陵。

事情至此本可以说是早该结束了，但是，一场被称为世纪之争的学术争论，却于不期间硝烟弥漫。

时间推进到 20 世纪 60 年代，也即距李世民之后 1300 多年，新中国的大文学家、古文学家、著名学者郭沫若，根据南京出土的东晋王兴之夫妇、谢鲲等墓志均为隶书字体的事实，推断晋代根本没有成熟的楷书行草，特别是王兴之是王羲之的亲族，可见，《兰亭集序》应属伪作，现存王羲之的草书是否真迹摹本，也值得怀疑。

郭沫若的观点一提出，立即引起了南京著名的书法家高二适的反对，他认为现存《兰亭集序》应为王羲之真迹摹本，不仅因为当时就有楷书、行书的记载、传说和故事，而且流传至今的许多碑帖摹本也可证明楷书字体在六朝已经形成，并趋向成熟。

不幸的是，因高二适的声望远不及郭沫若，其观点不能发表，高二适情急之下，将自己写的与郭沫若商榷的文章，交给自己的老师、国学大师章士钊，章士钊又呈给了毛泽东主席。

毛泽东看到文章后，很是关注，他在百忙中专门做了批示："笔墨官司，有比无好。"

一场学术争议从此便火药味极浓地展开了，以郭、高为首各为一派，各执一词，互不相让。

最后，看看仍无结果，聪明的郭老卖了个关子，虚晃一枪，打马归阵。临却阵前，撂下一句话："还是以后等考古发现吧！"

高二适老先生也无心恋战，草草收兵。

时间在不知不觉中继续推移。

1998年初秋，南京东郊东晋名臣高崧墓葬有了重大发现，从而总算可以给郭沫若、高二适及关注30多年前那场辩论的人们一个交代了。

只可惜，郭、高二位学者没有活到这个时候。

这个重大发现中，出土了两方珍贵的楷体砖质墓志，勾起了20世纪60年代就王羲之《兰亭集序》真伪之辩的话题，也勾起了人们对当时情景的回忆。

这两方楷书作为充分的实证资料，彻底纠正了过去"晋代不可能出现楷书、草书"的说法，也为《兰亭集序》的真伪之争作了一个结语。

<< 王羲之画像

值得注意的是，东晋名臣高崧卒于 366 年，夫人谢氏卒于 355 年，而王羲之卒于 361 年，可以说，他们无疑是生活在同一时代的。而 1998 年秋发掘的高崧墓中出土的两方墓志，上书"晋诗人、建昌伯、广陵人高崧"等字，虽仍有由隶入楷的痕迹，但已与现代意义上的楷书十分相近。墓中还同时出土了铜砚、墨等书写用具，说明书法在当时已比较流行。著名学者沈国仪、陶冠群说，高崧墓志作为迄今为止发现最早的楷书实证资料，在中国书法史上意义重大。它证明了东晋早中期已经出现了楷书这一字体，同时也为《兰亭集序》系王羲之真迹摹本提供了有力的旁证，《兰亭集序》的真实性也是毋庸置疑的。

# 昭陵六骏的历史命运

除了官盗和民盗，在中国这个极富特色的国度里，近代之后又出现了一个新的盗种——洋盗。所谓洋盗，即来自境外的江洋大盗也。近百年来，中国大地上数以千万计的文物、经卷、古画等被各色洋人劫掠而去，给中华文明造成了难以愈合的巨大创伤，强盗们那幽灵般的身影在中国人民心灵深处久久不能抹去。

夜暗如墨。大地和天空成了同一种色调，如无边无底的黑洞。

黎明时分。渭河陕西礼泉县境内九嵕山下的一段。

微白色的河水，以哗哗的声音向四野喧喊，似在倾吐说不完的郁闷。

河水边，神鬼不觉地悠然出现了七条渔船。每条船上，出现了三两个人影。这些人，拈桨在手，寂然不动声色，好像在等待着什么。

这是 1918 年夏天的一个普通而特殊的黎明。

五更天不到，便有洋手电筒闪着忽明忽灭的鬼火，自九嵕山昭陵的山上跟几辆大马车下来，幽灵般地来到渭河边，18 只粗笨沉重的大木头箱子，装上了七条木船，河边成片的野芜蒿草，经镰刀一割，散堆在木头箱子之上……

哗哗的水流声转眼间吞噬掉了这一切。

七条木船开始启动，随波向下游漂去。

七条木船的后面，悄然跟上来三条渔船。

水路十多公里外，又有三条渔船尾随而来。

此时天已大亮，七条木船继续顺水而行，就在第三条船和第四条船上，四个洋人头戴草帽，身穿中国乡民百姓服装，个个焦躁不安贼眉鼠眼地看着前方和河水南北两岸，唯恐两岸深绿色的树林和高秆稼禾的庄稼地里，冲出手执棒叉的英雄好汉拦住去路。

尽管洋人刻意打扮化装，剃掉了满嘴满脸的红胡子，但他们的鹰勾鼻和蓝眼睛，难以使他们的人种变得如普通中国老百姓一样。

船队整整一天没有一点儿停歇，顺流漂划，赶在天黑前已来到咸阳桥东。这时，这个伪装了蒿草驮着大木箱的神秘船队后面，已尾随上了十多条小渔船。

忽然，自小渔船上面发出了一声长长的口哨。这口哨声响亮而深厚，穿过人的耳鼓，传到了远方。立时，便又有十多条小渔船从咸阳桥东边的那片芦苇丛中划出。船上数十个人个个手握木棒、钢叉，甚至石头，横在水中央，挡住了神秘船队的去路。

四个外国佬慌了手脚，顿时冷汗淋漓，回顾自己船队的身后面，近百米距离的尾随渔船正迅速靠近，他们被前后夹击，插翅难逃了。

"洋鬼子听着，乖乖打开船上的木箱子，接受大爷们的查看！"

"船队向岸边靠，停住！"

前后渔船上出现了激越的呐喊。

慢慢地，洋鬼子所在的船队的船上，猥琐地站起两个穿着北洋匪警制服，扎着腰带的"麻秆"来，连连双手作揖，低头哈腰，吐出满嘴花言巧语："诸位父老乡亲，大家有话好说，有话好说。""在下船队对老少爷们多有打扰，多有打扰，还请谅解，还请谅解……"

"少废话，到岸边码头去！"

"你们这些卖国求荣的狗奴才，吃里扒外，今此洋人又给了你们多少大洋，说明白！"

"赶走洋人，赶走洋人！"

"活捉败家子！"

人们的吼声中，可看出充满着一片激愤。

无奈，装着沉重的大木箱子的船队缓缓地向岸边靠去。

洋人和穿着北洋军阀制服的"败家子"很快被愤怒的群众围了起来。船上的箱子被抬了下来。

箱子当众打开，洋人与民族败类共同设计的秘密勾当终于暴露——

箱子里，尽是切割成块的石雕战马。共有四匹战马被切割成近20块规则不同的形状，极其凄惨地尸沉在木箱中，它们已没有了昨日沙场驰奔为一代秦王建立战功时的起起雄姿，它们被极其残忍地宰杀于它们曾经赖以生存的黄土地上。它们的血，已被文化盗贼的魔嘴吸干。

这是军阀混战的旧中国的一幕悲剧。但是饱受欺凌任人宰割的民族血泪史，在这时的中国，正在唤起大众的觉醒。辛亥革命的新思想，正在广大民众中传播。当美国洋人文物走私商勾结民族败类劫掠昭陵文物的时候，百姓们挺起了民族大义的胸膛，义不容辞地自发地担当起保护者的角色。

1914年，美国文物走私商串通中国北京一个姓黄的古玩奸商，勾结窃国大盗袁世凯的儿子袁克文以及外任陕西的将军陆建章，将昭陵六具石刻骏马中的二骏——飒露紫和拳毛切割打碎装箱，偷偷地运往美国。消息在西安礼泉、昭陵周围的村庄百姓中传开后，激起了极大的反响。不管是有官位的爱国志士，还是普通黎民百姓，大家都切齿痛恨，深深地诅咒洋鬼子的可恶，也深深地咒骂民族败类的可耻行径。

四年后的1918年夏天，贪婪成性的美国文物走私商，再次勾结民族败类，秘密进入昭陵，将另外四具骏马石雕也切割打碎装箱，由于他们知道自己的举动是在犯不可饶恕的罪恶，尤其是前次盗运那两具骏马时，激起了民族公愤，所以，这一次更加严密地进行了计划，为了不使恶行暴露，这伙盗贼不敢走陆道，怕被民众发现难以脱身，便选择走水道。他们选择渭河涨水的夏天雨季，将装着石雕骏马的木箱装船，沿水路而下，计划运至西安，再秘密辗转，偷运至美国。

然而，这一次，他们打错了如意算盘。激愤已极的人民群众发现了他们的诡秘行踪。他们自发地跟踪贼船，拼死加以阻截。在咸阳桥边的码头上，围住了这伙盗贼。

人越围越多，西安的爱国志士来了，咸阳四周八乡的百姓来了，他们愤怒地高喊口号，大喊着要打死卖国贼，打断洋鬼子的狗腿。

省上的军阀也赶来了，他们妄图驱散人群，救走洋鬼子，但是，人民群众是驱不散的，反而越聚越多，一定要军阀们给个说法。

最后，可恶的军阀们虽然救走了狼狈不堪的洋鬼子，却没有抢走属于祖国和人民的四匹神骏。

昭陵六骏终归没有全落入美国人之手，但教训却是深刻的。

读者可能要问，昭陵六骏到底是怎么回事？美国人为什么对此这么感兴趣，不惜冒险远涉重洋地来偷盗？

这些问题必须讲清楚。

昭陵六骏即选用青石石材雕刻的六匹战马。1300多年前，秦王李世民在战马上东闯西杀、南征北战创立李唐王朝万世基业的时候，人与战马达到了完美的结合。社稷既定，挂甲卸鞍，以文治国，李世民不由得对往日的疆场厮杀倍感怀恋。尤其是对自己骑过的战马，产生了深深的敬意，往日长期征战，他养成了酷爱战马、善认骏马的习性。每当静下心谈论自己的不凡战功时，每每提起陪自己战斗而死的六匹骏马，便禁不住感慨落泪。所以，在贞观十年，文德皇后长孙氏病故安排丧葬，最终确定营建昭陵时，他决意专辟场所雕刻战役中阵亡的战马加以纪念，宣扬自己的武功。他自己亲选了六次重大战役中阵亡的战马故事题材，亲撰赞诗，由整个昭陵的设计和营造者、著名建筑艺术家、工艺绘画家阎立德实施建造。

阎立德，名阎让，字立德，京兆万年（陕西西安）人，父亲阎毗，因擅长工艺，被选拔到隋朝宫廷任殿内少监。阎立德的同胞弟弟阎立本，是唐朝当代著名画家，兄弟两人从小受到家庭的熏陶，加上自己的刻苦研习，其工艺技术和绘画这时已闻名于世了。唐武德初年（618年），阎立德任秦王府士蒉参军，随从李世民平定东都洛阳。后升迁为尚裳御，他设计创制了皇帝和王公穿戴的六种礼服、腰舆、伞扇等。贞观初年（627年），历任将作少匠，进爵大安县令。因保护治理唐高祖李渊的陵墓有功，被封为将作大臣。文德皇后去世后，他代理司空之职，设计和营建唐太宗李世民的陵墓——昭陵。后因管理不善而被免去职务。唐太宗逝世，他又代理司空之职，主持举行安葬仪式及营护山陵等事务，事毕，以有功劳而进爵大安县令。他在世时还主持建造了翠微、玉体两座宫殿。他去世后，被追封为吏部尚书、并州（山西太原地区）都督，陪葬于昭陵。

设计完六骏的形制、式样，阎立德叫来了他的弟弟、著名画家阎立本，起草六骏图稿。阎立本很快精心起草完毕。由筑陵石工中的高手雕镌在宽约2米、高约1.5米的6块石屏上，每块石屏上角，都有李世民欣赏有加的欧阳询书李世民亲撰的马赞，安置于寝殿前九嵕山北面祭坛的白石台基上。这六匹战争之神，以其生龙活虎的英姿，生动逼真地再现了当年李世民疆场驰骋坚韧不拔、勇往直前的意志和精神。每个形象都充溢着跃动的生命力，让观者从中鲜明地感受到当时生机勃勃、威风凛凛、所向无敌的大唐风貌。

六骏的名字为：白蹄乌、特勤骠、飒露紫、青骓、什伐赤、拳毛。

李世民亲自题写的马赞为：

白蹄乌："倚天长剑，追风骏足。耸辔平陇，回鞍定蜀。"

译文为：骏足追风快如飞，倚天拔剑更生威。耸辔踏平陇中路，回鞍定蜀天下归。

特勤骠："应策腾空，承声半汉。天险摧敌，乘危济难。"

<< 昭陵六骏

译文为：身随金鞭腾空起，长啸一声入云里。入险摧敌数十阵，乘危济难赖骠骑。

飒露紫："紫燕超跃，骨腾神骏。气詟三川，威凌八阵。"

译文为：飞举起跃赛紫燕，飒爽神骏龙骨现。慑服三川豪气在，威凌八阵冲霄汉。

青骓："足轻电影，神发天机。策兹飞练，定我戎衣。"

译文为：四蹄轻捷如闪电，神采焕发天机间。驾此青骓驭飞练，定我河山功在先。

什伐赤："瀍涧未静，斧钺申威。朱汗骋足，青旌凯归。"

译文为：山河未静难入寐，斧钺高悬显神威。四蹄生风汗血马，赢得旌旗凯旋回。

拳毛："月精按辔，天驷横行。弧矢载戢，氛埃廓清。"

译文为：立马按辔月吐华，御驷行空战天涯。唯愿四海藏弓矢，玉宇澄清安万家。

由李世民亲自为六匹战马题赞可以看出，隋亡以后，为了统一群雄割据的局面，建立唐王朝，李世民骑过的战马功不可没，而战马的功勋故事，也与李世民的功业融为一体了。

白蹄乌，是一匹有四只白蹄的纯黑色战马，为李世民与薛仁果作战时的坐骑。

这是李世民在隋亡以后，为了统一割据的局面，而亲自指挥的第一次大战役。对手是薛举、薛仁果父子。时唐军初占关中，喘息未定，盘据在兰州、天水一带的薛举、薛仁果父子，便大举向东进攻，来与唐军争夺史称形胜之地的关中地区。唐军要巩固关中地区作为立业的根基，必须扫除西来劲敌这个后顾之忧。所以，双方在浅水原（即陕西长武县境）排兵布阵，激烈厮杀。战争刚刚开始，薛举、薛仁果父子的部队锐甲尖器，来势汹汹，唐军有点招架不住，吃了败仗，具有战略意义的重镇高墌（地名，今长武县北）也被薛仁果占领。618年冬天，双方集结兵力，进行决战，李世民知道薛军新近取得胜利，锐气正盛，所以据险设营，坚守不战，薛仁果虽然剽悍却求战不得，两军对垒，峙持60多天。后因薛军粮草用尽，处于进退两难之间，部下开始离心，有的投唐，有的逃亡，本来就骄横残暴的薛仁果，更像饿狼一样，狂躁不安。这时，李世民看准战机已到，密谋设计，连夜调兵遣将，先用少量兵力在浅水原诱敌，拖住薛军的精锐前锋宗罗睺部，然后出其不意，亲率劲旅直捣敌后。飞骑猛冲，薛军阵容顿时大乱，兵卒四散逃窜，唐军夺回了高墌。薛仁果来不及整收将士，慌忙向折墌城（今甘肃泾川县东北）逃去。薛军虽受此创，但其元气未伤，若使其一旦集结起来，西北地区便依然不得安宁。李世民为了不给薛仁果集结兵力的喘息机会，不让将士休息，鼓励大家连续作战，尽灭敌军。他的舅父窦轨劝他穷寇莫追，不如让将士就地休整，但李世民没有听窦轨的再三劝阻，决计一鼓作气，全歼薛仁果。于是，他擂动"白蹄乌"，身先士卒，衔尾直追一昼夜，驰奔200多里地，包围了折墌城，迫使薛仁果率残部开城投降。

战机稍纵即逝，李世民正是很好地抓住了决战战机，以神速铁旅，快速歼敌，赢得胜利。石刻白蹄乌昂首怒目，鞍鞯俱全，四蹄腾空，鬃鬣迎风，可以想象，它当年在黄土高原上的神奇之状。这匹战马身上没有被射中的箭，可能是因长途疾驰力竭而死，真不愧是唐太宗所赞的"追风骏足"。

薛仁果失败投唐，陇东地区得以安宁，关中地区终于巩固。不但如此，李唐政权还从陇东以西得到了西北的丰富资源，接济了自己的后方。这无疑加强了李唐争夺中原的力量。可见，这一战役意义的重大。

浅水原之战，唐军自己也有不小的伤亡，贞观四年，李世民特意在战址建造"昭仁寺"，并立碑来纪念死亡的将士，这和后来白蹄乌石刻立于昭陵具有同样的意义。

特勤骠，为六骏中的第二骏。马毛色黄里透白，故称为"骠"。"特勤"，是突厥族一官名，有唐史学者认为此马为突厥某"特勤"所进贡，所以叫"特勤骠"。619年，李世民在与宋金刚作战时骑此马。

宋金刚，刘武周的战将，刘武周割据马邑（山西朔县境内），受突厥的封号为"定扬可汗"，是独霸一方的"儿皇帝"。619年3月，乘唐军与薛仁果作战之机，勾结突厥向南侵扰。在太原防守的齐王李元吉，守御无方，被吓得连夜逃回长安。于是，刘武周、宋金刚轻而易举地占据了唐在山西的大片土地和军事要地太原。前部沿汾河河谷插入山西南部，威胁关中。高祖李渊也被吓慌了，打算放弃黄河以东地区，收缩兵力来守住关中。

而李世民却坚决反对，他认为失掉了河东，关中就孤立了，只有对来犯之敌，予以迎头痛击，才能扭转被动局面。他主动担任了狙击战的重任，出龙门，渡黄河，连挫敌军前锋。大军在柏壁（今山西新绛县西南）集结，与宋金刚对垒。先挫其锋，再磨其锐，又分兵掠扰其后，切断补给线，迫使宋金刚向后撤退。乘宋金刚军心动摇，给予穷追猛击，一昼夜接连战斗数十回合，追宋军在鼠雀谷（今山西介休县西南），人不解甲，马不卸鞍，连打八次硬仗。秦琼、敬德大战美良川的故事，就发生在这次战役之中，至今在民间流传，脍炙人口。这次追杀，李世民乘"特勤骠"猛插敌后，宋金刚阵营大乱，溃不成军，向北逃窜而去，唐军收复了太原及山西大片土地。

特勤骠在这次战役中"应策腾空"，载着李世民勇猛地飞入敌阵，建立了功绩。

昭陵六骏碑记载：陈列在祭坛"东第一"碑刻特勤骠踏着黄河的坚冰缓辔而行，和主人一样，在临阵之前有克敌制胜收复河东的信念。

第三匹骏马飒露紫，是李世民在战东都王世充时所乘的战马，马为纯紫色。马前，雕一牵马拔箭之人，马前胸中一箭，牵马拔箭人名丘行恭。丘行恭是稷州郡县人（稷州辖区即今扶风、武功、眉县等地），"善骑射，勇敢绝伦"，是李世民手下的一员著名战将。丘行恭的故事和飒露紫紧密关联，是李世民与王世充之战中的重要人物。

621年，李世民率唐军和王世充军在洛阳北邙山会战。李世民为了试探敌阵虚实，并想亲自试一下敌军的强弱，正当双方对峙之时，便率精骑数十，出敌不意而猛冲敌阵，杀开一条通道直出敌后。因为来势猛，冲击力太大，敌人顿时晕头转向，一片慌乱，几乎无人敢当其锋。然而李世民只顾猛冲，和其余战将失去了联系。这时，王世充的将士清醒过来，分头围追堵截。李世民抖擞精神，左突右击，展开激战，不料战马飒露紫在这时被敌箭射中，情况万分危急。忽然，一声大喝，远远地杀来一彪人马，为首的大将军丘行恭率众赶来迎救李世民，丘行恭手起刀落，与李世民大战的敌将未反应过来已身首异处。王世充的军卒见将军被杀，纷纷向后撤退。丘行恭把自己的坐骑让给李世民，自己一手牵着受伤的飒露紫，一手持刀和李世民一起大声喊杀，连斩敌数人，终于突破了王世充军队的截围，归入自己的唐军大营。

唐太宗李世民为了纪念这次战功，在贞观年间，"有诏刻石为人马以像行恭拔箭之状，立于昭陵阙前。"

钦定全唐文记载："紫燕骝，平东都时所乘，前中一箭。"

昭陵六骏碑还记载：飒露紫陈列在祭坛"西第一"。碑刻丘行恭正在拔箭，飒露紫眼神低沉，头依偎着人，臀部稍稍后坐。四肢无力，好像强忍万般灸痛，全身抖动着作临死前的最后挣扎。

太宗李世民在赞语中说其"紫燕超跃"，以"紫燕"形容骏马飞奔，如春燕一样轻捷。而"威凌八阵"，则表述其力踏敌阵之功。

丘行恭拔下射进马体的毒箭，马立即仆地而死。

飒露紫马体高大，有学者认为其是一匹"汗血马"，而传说中的汗血马，出自西域大宛，大宛，汉代国名，即撒马尔罕，在前苏联境内。

青骓，是一匹苍白色杂毛马。为李世民与窦建德在虎牢关作战时所乘。虎牢关的虎字与李世民的曾祖李虎犯讳，因而唐史称作武牢关，在今河南汜水县境内，为三国时著名的刘、关、张三英战吕布的地方。

617年，隋炀帝死于江都（杭州），隋亡。接着李渊在长安称帝，国号唐，年号武德。而与此同时，窦建德在河北东寿称帝，国号夏，年号五凤。王世充在洛阳称帝，国号郑，年号开明。这几个大的势力，各自弄了一个小朝廷。

620年，唐军发动统一战争，大军朝东，兵锋所指，洛阳被围困。王世充虽有精兵强将，但因粮草缺乏，一座孤城，危机四伏。他于是向河北的窦建德求援。而此前王与窦曾经常互相攻掠，从未有过结盟，只是今次唐大军压境，迫使王世充不得不伸手向窦建德求援。这个时候，窦建德刚刚在山东打胜并吞侵了孟海公的部队，军威正盛。他认为唐军一旦攻取洛阳，势力大涨，下一个矛头必然是指东对付他窦建德了，这样他就很危险了。所以他做出了救洛阳的王世充的决定，谋求形成三足鼎立之势，也算长久之计。

窦建德率十万大军西行，解救洛阳之围。唐军听说窦建德来救王世充，一些人便主张撤退，免得被窦军打个侧翼攻击，腹背受敌。李世民则认为，撤退洛阳之围，王世充得到河北粮草供应，如虎添翼，两军合力击唐，不但河东之地难保，而且统一大业也将付之东流。所以，他果断采纳了郭孝恪、薛收二人的建议：围洛阳而打援军。

李世民先派 3500 名骁勇将士，抢先占取武牢关，据险坚守，以逸待劳，然后选择战机，与窦建德军作战。这样一来王世充只好龟缩在洛阳城内，不能与窦军联系。窦建德孤军深入，只有速战，但却因险关难攻，十万大军一直屯留月余。唐军一面扼关坚守，一面用轻骑去骚扰窦军后方。窦军攻关遭到失败，粮道也时常被切断。

621 年 5 月，窦建德心中急躁，企图全力攻关，布阵长 20 多里，全线推进，做出了孤注一掷的举动。李世民骑青骓马，攀到山上观望，指挥狙击来犯之敌。窦军的一切弱点，被李世民看了个清清楚楚。当窦军列阵大半天以后，士卒腹空，身体疲倦，纪律松弛，李世民看得真切，认为战机已到，遂下令全力反攻。他自己亲率劲旅，冲锋上前。青骓马一声嘶鸣，昂首飞一样冲入窦军之中。李世民驱马深入敌营，四处冲突，竟在窦军的背后，竖起了唐军大旗。窦军终于大乱，士卒心中惶恐，自相践踏，全线溃退 30 里。唐军猛冲猛打，穷追不舍，活擒窦建德，十万大军顷刻间土崩瓦解，死的死，散的散。河北大片土地被唐军收入囊中。王世充得知窦建德被捉，窦军已垮，自知洛阳死守已不可能，便举旗投降了唐军。

这一战，李世民生擒两支大的割据势力首领，标志着中原已归李唐政权。

石刻青骓，作疾驰狂奔冲锋陷阵的样子，马身中五箭，前胸一箭，身后四箭，都是在奔突冲锋时被迎面射中的。令人叹服的是，既然是迎面射中的箭，却多射在马身后部，由此可见这匹战马飞奔的速度之快。李世民在赞语中对这匹战马给予极高评价，而最后一句"定我戎衣"一语，对虎牢关之战决定全局的胜利，给予了深刻概括。

第五匹神骏什伐赤，是一匹纯赤色的马。什伐也译作"叱拨"，都是波斯语"阿显婆"的缩译，意即汉语的"马"。既然用波斯语做马名，那当然是一匹波斯马了。波斯，即今伊朗，在隋唐之时，"丝绸之路"的货物多汇集于此，然后转到中东和非洲等地。波斯商人聚集在唐都长安的很多，波斯马从"丝绸之路"来到东土是情理中的事。

什伐赤是李世民在洛阳和虎牢关作战时的另一匹战马，石刻画上，此骏马做凌空飞奔之状，与青骓一样也中了五箭。只是，这箭射的方向有别。

五箭均在臀部，其中一箭是从背后射来的，可以看出当时战斗的激烈程度。李世民在这次战役中，再次经受了生死考验，好几次遭受危险，有三匹战马伤亡，终于取得战争全胜，基本完成了他们父子统一中原的大业。在赞语的第四句"青旌凯归"中，李世民流露出他的内心中的兴奋，也流露出他对战马的爱怜之情。

六骏中的最后一匹战马，叫拳毛。

这是李世民与刘黑闼作战时所骑的马。

刘黑闼，窦建德兵败被擒后重新崛起的河北军首领。

621年7月，刘黑闼与突厥相勾结，在漳南（山东恩县）起兵，半年时间，从唐军手中夺得了窦建德原有的大片土地，消灭了许多唐军。

622年年初，李世民决定歼灭刘黑闼。他亲率大军东征，与刘黑闼军相持于洺水。

在洺水县（河北曲周县境），双方曾做过激烈的搏杀。唐军勇将罗士信，就是在守洺水城时死于刘黑闼手下。双方相持两个多月，刘军粮草不济，但仍与李世民打个平手，胜负各有彼此。但就在这个节骨眼上，罗成的父亲罗艺等率幽州的军士，前来助李世民夹击刘黑闼，刘黑闼腹背受敌。

勇将如云的唐军，又施展诡谋，先阻塞洺水上游，诱使刘黑闼渡河决斗。刘黑闼军队力图死里求生，勇猛异常，拼死追赶亲做"诱饵"的李世民，李世民的坐下战马拳毛身中九箭刚上河岸，眼看就要追上的时候，处于洺水河谷谷底的刘军，没料到唐军从上游决堤放水，排山倒海的大水顶头劈下，刘军措手不及，大部分被水冲淹。唐军乘机大举掩杀，刘军死伤惨重，乱做一团。刘黑闼见局势无法收拾，只好引领200余骑，突围逃往突厥。唐军巩固了河北、山东两地。

且说这拳毛马，原名叫洛仁，是都督许洛仁送给李世民的一份礼物。所以马名以人名相称。许洛仁，原名许洛儿，是许世绪的弟弟。后来，高宗李治即位时，许洛儿又进献良马，李治曾夸奖道："此人家中恒出良马……"可见，许洛儿是一位驯马的能手。许洛儿死后，享受了与其他显贵同等的陪葬待遇，也陪葬昭陵，在他的墓志上，也清楚地记述了这些往事。志文说，在围攻洛阳的战役中，"公（许洛儿）于武牢关下进马一匹""……号曰洛仁。及天下太平思其骏服，又感洛仁诚节，命刻石图象于昭陵北门"。

拳毛的毛色特点，据记载，是黄马黑嘴头，全身为拳毛，即旋毛。据《清波杂记》记载，有马名"碧云"，即为旋毛。马有旋毛，本来是被认为贱丑的，但若是矫健善走的良马，则贵不嫌丑，丑也就不是缺点了。拳毛作马名，当是取贵而不掩旋毛之丑的意思。李世民在赞诗中说拳毛天马行空，可见其独特之处。

六骏碑刻拳毛健步徐行，展现了李世民驾驭战场、胸有成竹的大家气度。

昭陵，在唐代被视为"神灵"之地，昭陵六骏也因李世民的推崇而被其后人视为"神物"。据传，唐天宝十四年（775年），安禄山发动叛乱，出动15万大军向长安扑来。唐军在潼关一线奋力阻截，六骏便参加了战斗。《安禄山事迹》记载："潼关之战，我军既败，贼将崔乾佑领白旗军驰突，又见黄旗军数百对，与乾佑斗。后昭陵奏：是日，灵宫前石人马汗流。"两个月后，著名诗人杜甫便在《次行昭陵》诗中写道："玉衣晨自举，石马汗常趋。"李商隐在《复京》诗中也写道："天教李令心如日，可要昭陵石马来"，大诗人们，都把这个六骏参战的故事，写进了自己的诗作之中加以歌颂。

六骏浮雕作为我国雕刻艺术的辉煌篇章，已经和正在影响着世界艺术史。鲁迅先生在20世纪之初曾于西安讲学见到历代帝王陵石雕，见到神骏面貌，深情赞道："汉人墓前石兽多半是羊、虎、天禄、辟邪，而长安的昭陵上，却刻着带箭的骏马，其手法简直是前无古人。"

其实，并不是鲁迅一人对昭陵六骏做过赞评。自唐以始，多少文人墨客盛赞过六骏，已无法统计——

唐代诗人杜甫在诗中赞曰："昔日太宗拳毛，近时郭家狮子花。"宋代张耒写了《昭陵六骏》诗："天将铲隋乱，帝遣六龙来"，米芾写了"此书虽向昭陵朽，刻石犹能易万金"，明代，倪子敬写了《唐石马图诗》："后精坠地云气黑，龙媒贡自那耆国，英风飒爽生天闲，白玉鸣珂紫金勒……"刘永的《谒昭陵》，付振商的《重过昭陵》，龙膺的《发咸阳次礼泉怀古》……还有王云风的《题六骏》："秦王铁骑取天下，六骏功高画亦优"……清时的杨筠《昭陵》："草新龙碣老，苔古骏图肥"，张鹏翮的《九嵕山》："烟笼六骏鸾歌歇，云锁九嵕树影重"，宋伯鲁的《与祭昭陵》："簇簇旌旂暝色中，神骏祇今馀断石"……无不给后人留下了名篇佳章。

在咏赞和感叹昭陵六骏的同时，保护昭陵六骏的人，更让人敬仰。

北宋的游师雄，就是一位保护昭陵六骏而留下大名的人。

游师雄，字景叔，北宋京兆武功人。曾学书艺于张载，进士及第，官至顺德（今甘肃平凉）军判官，军器监丞。宋哲宗元佑年间，因战功升迁陕西转运判官。他不但有武功，而且通晓文史，很重视对文物古迹的保护。在任陕西转运判官期间，曾对关中一带的一些文物进行了维修保护，为延续人类文明史作了巨大贡献。

元佑四年（1089年），游师雄主持重修唐太宗庙时，立了《昭陵六骏碑》，1094年，又立了《昭陵图碑》。

《昭陵六骏碑》全文如下：

> 师雄旧见唐太宗六马画像，世传以为阎立本之笔，十八学士为之赞赏。始得唐陵园记，云太宗葬文德皇后于昭陵，御刻石文并六马，像赞皆立于陵后，敕欧阳询书。高宗总章二年诏殷仲容别题马赞于石座，即知赞文乃太宗自制，非夫策学士所为明矣。欧阳询书今不复见，惟仲容之字仍存，如写白蹄乌赞，云平薛仁果时乘，由此益知唐史误以果为果耳。距陵北五里，自山下往返四十里，岩径峭险，欲登者难之，因谕邑官仿其石像带箭之状，并丘行恭真塑于邑西门外，太宗庙廷高卑丰约洪纤寸尺毫毛不差，以便往来观览者，又别为绘图刻石于虎下，以广其传焉。元佑四年端午日，武功游师雄景叔题，京兆府醴泉县尉刁书，主簿蔡安时篆额，知县事吕由圣立石。

游师雄修李世民庙、修葺昭陵六骏，立石纪念，显现出一代名士的文化良知，也照耀着后来者艰难的文物保护之路。

明崇祯五年（1632年），礼泉知县范文光也整修了昭陵祭址，重修了唐太宗庙。清陕西巡抚毕沅，在自己任期，题写了昭陵碑石30多通，并于乾隆四十九年建立《防护昭陵碑》。这些有识之士，都为保护昭陵六骏作出了可贵的贡献。他们的行为，应当受到后人的敬仰，也应当使后来的那些盗掘祖宗陵寝的窃贼们汗颜。

1914 年，窃国大盗袁世凯的儿子袁克文和外任陕西的将军陆建章，与古玩商、美国文物走私商勾结盗取六骏的时候，他们没有汗颜，他们有的只是对珍贵文物的贪婪占有之心。飒露紫和拳毛被偷运到了大洋彼岸的美国，今天形容凄惨地立于美国费城宾夕法尼亚大学博物馆，而另四骏虽未盗走，但已毁割留下斑驳伤痕的神骏石雕，也可怜地残存于陕西西安碑林博物馆。

现在，已饱历厄运的六骏，身上原刻被射中的箭，已模糊不清了，原刻中唐太宗李世民所题的马赞以及马的名称也都看不到了，唯值得庆幸的是，北宋游师雄立的《昭陵六骏碑》，缩小了马的形状，记录了六骏雕细部，而且记录着六骏的名称、毛色特点、参战名称和李世民六马赞的全文。这块图碑无疑是一件极为珍贵的艺术资料，也是极为珍贵的文物见证。

笔者于 1997 年夏秋之际徘徊于昭陵博物馆，徘徊于那形似九匹骏马的九嵕山前的时候，感到了我们民族历史的厚重和文化的源远，也感到了当代尤其 20 世纪 80 年代以后，盗墓蜂起，再掀高潮而久治不力的严峻；还有，在其他残存四骏所"居"的西安碑林博物馆，那玻璃保护罩内柔美灯光下的瑰宝良驹的形象，那虽然残缺但依然闪烁着艺术光芒的绝伦之作，将笔者带进不仅仅是隋唐史的残酷战场，还有当代著名诗人张晓梅的那首解民族之气的诗作《昭陵六骏》之中——

　　　　那中箭的飒露紫，
　　　　断蹄的拳毛，
　　　　痛苦的呻吟，
　　　　伤口淌着酸楚，
　　　　染红了费城的圣经。

　　　　长安的骏马，
　　　　要追回失落的二骏。

这不是君子一言，

乃是暮鼓后的晨钟。

我们此刻所有的，只能是对美国文物走私商和民族败类的深深的仇恨！

## "太子冢"恭陵被盗记

### 泣泪筑恭陵

651年，既聪颖又具大智慧，既阴鸷又善驭弄权术的武则天，在宫闱生死争斗中，用血泪为代价，已换得紧紧握在手中的胜算，在行动上转入了对王皇后、长孙无忌、褚遂良、韩瑗、来济等保守势力阵线的战略进攻。

也就在这一年，老天成人美愿，武则天为对自己宠幸有加的高宗皇帝生下一男婴，取名弘。

五年后，待武则天登上了皇后宝座之后，亲手导演，不费吹灰之力地让高宗李治立李弘做了太子。

眼见着天资聪明、活泼可爱的太子李弘在温暖的宫廷中一天天长大，高宗和武后常常喜上眉梢。

时间过得飞快，转眼太子渐渐长到了可以分辨是非的年龄。宫闱的残酷倾轧，母后为人处世的所作所为，他看在眼里，日复一日，竟莫名地生出不满情绪来。在韩国夫人去世后，其女儿被封为魏国夫人，父皇高宗深表同情，想照顾其担任宫廷女官，还没定下来，就横遭母后嫉妒，蛇蝎般狠毒地将其毒死，又转嫁归罪于惟良、怀远等宠臣，将他们杀死，改他们姓"蝮"。这一切，使太子弘越发产生厌倦而又急于反叛的躁动。

不幸的是，他竟想急切了解并弄清楚以往宫闱斗争的情况，全面地为母后的为人处世画像。于是他深宫暗访探察，开始了对母后擢发数罪的冒

险行动。他不知道这荒唐可笑的幼稚行动，注定了会引祸上身。他只管拿着鸡蛋往石头上碰，他似乎已顾忌不到叱咤宫廷风云、玩天下于股掌之上的母后，作为他的作战对象，是多么地强大。

这一日，李弘密侦到，曾与母后争夺宠幸地位，有过生死较量，被母后大卸手足，装进坛子腌成了人肉"咸菜"而死的萧淑妃的后代的下落，他兴奋不已。

萧淑妃的女儿义阳公主、宣城公主，说起来同自己应当是同父异母的姐弟关系，而母后武则天却把她们幽禁于宫中旁舍，现已年近40岁了，还没人敢言让她们出嫁。李弘偷偷地前往看望了她们，送给她们一些食物，姐弟聚首，至动情处，竟相拥大哭。

当天傍晚，李弘难以入睡，整夜辗转反侧，满脑子都是母后无情的身影和两位公主的可怜相。经过激烈的思想斗争，他决定瞅机会把自己所见到的实情对父皇做汇报。

几天后，太子李弘终于寻得一单独汇报的机会，把自己目睹的义阳、宣城公主的凄惨状态告诉父皇。父皇震惊不已，浑身颤抖……

则天母后很快知道了太子弘的"作为"，她恨自己的亲生皇子不争气，她恨一切敢于与她作对的人。盛怒已极的她，咬牙切齿地痛下杀手，密派心腹往酒里下毒，可怜皇太子李弘，年仅24岁，便被自己的亲生母亲——时已进尊号为天后的武则天杀害。

这一年是上元二年，四月天，是武则天辅政玩权正得意的时候。天下大事，几乎到了她说了就算的地步。

算起来，李弘是屈死在母亲手中的第二个孩子了。如果说当初亲手掐死骨肉女婴，陷害王皇后，是为在宫中角斗站稳脚的话，那么今天亲手毒杀自己长大成人已立为太子多年的儿郎，便显得太残忍了。

李弘被毒杀后不几日，武则天突然心生悔意，她与高宗相拥而泣，不能自拔。也许是为了掩盖自己歹毒的本性，也许是真的"追悔莫及"，对孩子产生深切的挂念，又过了不几日，李弘被追谥为"孝敬皇帝"。

诏书下来，按埋葬天子的规格，修造李弘陵墓。

当朝著名的风水学家，为屈死的太子李弘选了个风水绝佳的陵地，是为恭陵。

恭陵位于洛阳不远处的景山之巅，其南依嵩山，北临洛河，东南群山环抱，西北岗峦叠起，山下伊、洛二水宛如彩带，这里自汉魏以来，即为登临胜地。

李弘是高宗李治的第五个儿子，武则天的长子。其陵墓恭陵俗称"太子冢"。

<< 恭陵前的石像生

昏庸无能的高宗李治，对自己的太子弘儿的死悲痛欲绝，他亲自写了一篇《睿德记》，并亲自书刻一通碑石，竖立在恭陵的一侧，表示做父辈的对儿子的悼念。时间过去了1300多年的今天，碑石仍然完好地立在恭陵边。

《旧唐书》载，恭陵建成的当年七月，洛州特地恢复了缑氏县，以便于对这个按皇帝规格埋葬的陵墓进行管理。

《新唐书》载，建造恭陵，"功费距亿"。民间传说当年修建恭陵时，沙子要从十公里外的伊河滩，由数万民工排成一行，一袋一袋传递到修陵现场；土则从今日的密县市运达，车队结成了长龙。这些说法形象地描绘了当时修陵的盛况，即使是传闻，但从李治和武则天悔恨后的史典记录表现看，这样的盛况出现，也许并不为过，所以，民间的传闻当是可信的。

恭陵呈覆斗形，东西长163米，南北宽147米，高50米。陵坐北朝南，平面呈正方形，四周原有神墙围护，神墙四角有角楼建筑，现如今门外土阙尚存。陵区面积达527亩，主神道宽52米，神道两侧依次排列有高高的望柱，威风八面的天马，肃穆的翁仲及栩栩如生的石狮、石虎等雕像，这群石雕充分展现出盛唐石雕中最具摄人心魄、气势和力量的雄浑博大。尤其石狮、石虎，身躯高大雄壮，雄姿勃发，英气十足，表情深沉、双目逼视，其全部的威猛都集中表现在凛然的神态中，使人望而生畏。这充分显示了大唐帝国不可战胜、不可侵犯的威力和尊严。它们，从另一方面也说明了盛唐时期我国的文明进入高度完善阶段，远远走在世界的前面，这些巧夺天工的石雕，与洛阳龙门奉先寺群雕如出一手，可谓洛阳古代陵墓石刻的精华和代表，文物价值弥足珍贵。

早在 1963 年，恭陵就被批准为河南省重点文物保护单位。

此外，恭陵东北 50 米处，是它的陪葬墓——哀皇后墓。俗称"娘娘冢"，它是李弘之妃哀皇后的寝墓，为恭陵区最重要的陵墓之一，呈锥形，底边长 40 多米，墓高 13 米。

时至今日，这座规模宏大的帝王陵，已经历了 1300 多年风雨及战乱。尽管地面建筑已荡然无存，但该陵墓地下文物却一直保存完好，未出现过盗洞。

然而，1300 多年后的 1998 年 2 月 15 日，让人不忍卒听的令人发指的消息从河南偃师市传出——恭陵被盗！"娘娘冢"被盗！

## 陵园现鬼影

最初的消息是偃师市缑氏镇境内唐恭陵附近的滹沱村民发现并传开的：在唐恭陵东北方向 50 米处的哀皇后墓被不法分子用爆破手段炸开墓道，盗走了不知详数的地下文物。这一天，即 2 月 15 日晚 8 时半，愤怒的群众带着对祖国地下文物珍爱的良知，敲开了偃师市文物管理委员会党支部书记樊有升的家门。

刚刚吃完晚饭不久，正看电视的樊有升一惊，手里的电视机遥控器登时掉在了地上，冷汗立即自他饱经风霜的脸上滚落下来。

"怎么，真的吗？上月 14 日，我还去恭陵周围转了一圈，没什么问题呀！"樊有升回过神来，嘴里一个劲儿地嚷嚷，"这不可能！"因为他太不愿听到这则可怕的消息了。多年文管工作的经验使他感到事情的严重性。

没有停，他披上衣服便火急火燎地一路小跑，直奔偃师市公安局刑警大队，汇报案情。侦查员马上在案情记录簿上写下了报案的时间：晚 8 时 55 分。

也就是说，从这一时间开始，一场艰辛的侦破文物被盗大案的战斗打响了。

9 时 10 分，精明干练的侦察员已神速赶到发案现场。

强光手电的照射下，一个直径约 1 米的盗洞，出现在公安侦查员的眼中。再继续照，发现深度约有 11 米的盗洞直通地下的墓道。墓道旁边的一个壁龛内，残留着一些文物碎片，有"马上人"陶俑、盆、罐等，壁龛被盗的痕迹很明显。

在现场，侦查员还发现犯罪分子作案的遗留物：空娃哈哈纯净水瓶、金钟牌 1 号电池、电雷管引线、印有"麦种"、"鸡饲料"字样的编织袋……

<<"马上人"陶俑

紧随其后而来的文物专家，连夜下盗洞清理，共捡取出近百件文物。其中有造型极美、色泽如新的骑马俑，有玲珑剔透、精妙无比、配有钥匙的鎏金锁，还有形态美观大方、造型新颖独到的陶器、丘器、铁器等。这些器物，闪烁着浓烈的盛唐艺术光华，件件都是弥足珍贵的稀世珍宝。有的在目前国内发掘出土的文物当中，尚未见过，价值更难估量。

此刻，那些逃匿的盗墓贼们，也许不知道，他们魔鬼般的黑手，玷污的是"中原皇陵之冠"，他们所干的，是一起特大盗窃国宝案！

深感案情重大的偃师市公安机关，迅速接通了专线，向上级汇报。

消息疾速传递，从偃师到洛阳，从洛阳到郑州，从郑州到北京，各级领导在最短的时间内对此案给予了最密切的关注。

公安部和省领导作出重要批示：从速破案，追回文物，挽回影响。

艰巨的任务，落在了洛阳市及所属偃师市公安干警的肩上。

2 月 19 日案情有了进展，当晚 7 时左右，连日来寝不解甲艰辛排查的民警张建朝，在与两位中年人闲聊中意外获知，山化乡汤泉村平时艰难节俭度日的刘江海、刘双兄弟两人，近日花钱很是大方，跟乡邻们玩牌小乐时，很不满意于每次一角两角的小打闹，扬言只跟敢上元的人玩。通过调查，进一步得知刘氏兄弟春节前后在府店、缑氏镇一带得着了文物。更有知情人反映，刘江海曾到村里的工厂借走了 18 个纸箱子。

消息快速传递到了专案组，专案组立即决定：先抓捕"二刘"。

20 日凌晨 4 时顺利抓捕刘江海。20 日 5 时 20 分，偃师市公安局刑警大队对刘江海进行了突审。

刘最初还想抵赖，但是在公安局强大的政治攻势下，刘江海交代了全部作案经过。其伙同洛阳市区的张少侠、许尔兴、范文，孟津县的杨武，偃师市的刘双、宋彦军等8名犯罪分子，趁春节前后人们忙于过年而放松警惕的机会，盗掘了恭陵和哀皇后墓的事初显端倪。

1998年1月21日，正是农历腊月二十三。有道是腊月二十三，过的是小年。照例，广大农村家家户户都在张罗着过大年了。

然而，这一天，偃师市山化乡汤泉村刘江海家，一帮鼠窃狗偷的乌合之众却在设计着一个日后举世震惊的阴谋。

一间阴暗的大窑洞内，从洛阳来的张少侠、许尔兴、范文，孟津县来的杨武，偃师市来的宋彦军、刘双，以一盘落满尘土的花生米下起酒来。半袋烟的工夫，这帮家伙已喝完三瓶宋河粮液。

这时，已经半醉的张少侠，酒气熏天地狂喊："兄弟们，你们看今天这场酒喝的穷酸样，几粒花生米，一口烧酒打发了吗？屁！谁跟俺张老大干，俺让他吃山珍海味，好好乐一乐，荣华富贵，秀气女子……哈哈哈哈，有种的，跟着俺，俺让你个个金银财宝流成河，花不完的幺洞洞成麻袋往家杠……哈哈哈……"

"好啊！""好啊！"

"俺们听老大的！""跟老大干没错！"

这些狐朋狗友们几近于疯狂。

为首的张少侠，36岁，是个无业者。虽家在洛阳市，却是个典型的混混儿。此前，他勾结宋彦军曾在洛阳著名古迹旅游点关林一带，盗掘古墓，得了些"货"，找人卖了后两人各分得一万元。贪婪成性的张、宋二人，初尝甜果后心里美滋滋的，窃喜不已，"要想富，挖古墓，一夜成个万元户"这句曾几何时传遍大江南北名陵大墓周围乡野间的顺口溜，在这两个狼与狈身上得到应验。他们得寸进尺，预谋着进行更大的行动。

这一回，这两个家伙盯上了缑氏镇景山上的恭陵。"太子冢"陵墓高大，封土如一座小山，虽吸引得他们垂涎三尺，却终究畏惧工程量大而放弃。大的不行盗小的。经过多日的观察，罪恶的灵魂飘在了"太子冢"旁边的"娘娘冢"上。这些家伙最后决定在"娘娘冢"上铤而走险。

1月21日前几天，张少侠已经摸黑在"娘娘冢"前先动起了手。阴险狡诈的张少侠，用"洛阳铲"探得墓道方位、墓室走向后，把动过手的地方加以伪装隐蔽。而后，阴笑着飘荡而去。这俩家伙密谋人手多一点，可以速战速决，也可以避免时间拖得太长，夜长梦多，以免落入公安机关手中。再说，如果真盗出的干货多，也好化整为零，逃过因目标大而引人注意的视线。于是，便派宋彦军前往刘江海、刘双家，拉这刘氏兄弟入伙。

刘氏兄弟和众地痞对"老大"张少侠的挑唆，已跃跃欲试，他们甚至对张少侠敬佩得五体投地。一拍即合，纷纷表示愿跟张少侠"谋出路"。

最后，张少侠宣布了一条帮规："国有国法，家有家规，这次行动，滴水不漏。要是哪个龟孙放半点风声出去，就遭他娘的满门抄斩！"这家伙临末时又咬牙切齿地吼道："半路退出，也他妈的不行！"

酒壮贼胆，说干就干。这帮家伙开上一辆小型工具车，带着洛阳铲铲头、绳子、铁锹等作案工具，向恭陵出发。

洛阳铲，本是解放前在洛阳一带的盗墓贼发明并使用。由于其有取样土、挖、捣、捅等多种功能，且使用起来灵活快捷，被北方的盗墓贼广泛使用。而南方的盗墓工具却主要是像铁锹一样的东西，但在盗墓贼手里，却成了至宝。见到古墓之后，盗墓贼便东瞧西看，挥舞此物，随手乱掘，竟也屡有所得。南方历代王侯将相之墓，均难逃其劫掠。只是北方盗墓者使用的主要工具洛阳铲，后来成了文物工作者使用的主要考古工具，也有正史功劳。这一次，它又被这些恶顽利用。

## 捉 鬼 记

话说当张少侠等盗贼行动的时候，还没有发明折叠式洛阳铲，使用的仍是传统铲头。当天夜里仅带三只洛阳铲铲头，刚走出没多远，又将车拐向顾县镇营防口村某楼板厂，找到了张少侠的叔父张全，要张全找根铲把。张全找来一根约五米长的竹竿安到铲头上。

张少侠属于那种典型的北方盗墓高手，他对多个朝代的墓葬结构非常熟悉。在他的现场指点下，这帮家伙很快确定了在"娘娘冢"土丘南10米处下手。

苍茫的夜色下，这帮家伙像一群饿极了的老鼠见到一具死尸，龇嘴有声地乱啃起来。一阵疯狂地掘土，没有什么起色，有的开始泄气，张少侠便鼓劲："兄弟们，没错的，照今天的干法，再干两晚，必能捞出大鱼！"

连续三晚上，这帮家伙来了走，走了来。每次离开的时候，都用树枝和编织袋将洞口盖住，再埋上土。

恭陵距最近的滹沱村也有2.5公里，这些盗贼固执地认为，春节临近，绝不会有人来，包括文物管理委员会的人。他们的行径一直没有被人发现，实在是侥幸至极。事实上市文物管理委员会的党支部书记樊有升，在他们下手的前一天还来巡察过。如果樊有升推后两天前来检查，那肯定就要改写这段国人击股痛恨的文物史了。

另一个事实是，盗墓贼们的挖掘成绩，也没有如首恶张少侠所放出的狂言那样，三晚上便可挖出"大鱼"！见进展并没有多少，起色也不大，张少侠又来劲了："别松劲，肯定位置没错，只是，要过年了，大家先各自回家，过罢年咱们再来！"

1月30日，农历正月初三，这帮家伙复又纠集到一起。原来所挖的洞口位置很快找到，张少侠又开双腿，故作权威地一量，于是，在洞口的东侧一米处，许尔兴举起洛阳铲，狠劲向土里凿去。凿挖了不到十下，许尔兴便气喘吁吁，歇下手，将铲交给另一个黑影，自己则口中念念有词，言说"加点油"，顺手从裤兜里摸出半截烟蒂来，扭过身划着了一根火柴。众人由于盗宝心切，注意力全集中在洛阳铲抢上抢下的声响中，没在意许尔兴划火柴吸烟。等火柴点着，首恶张少侠反应过来，忙沙哑着嗓子歇斯底里地咬牙大骂："我操你妈个×的！"只听叭的一声响，像一支小鞭炮爆炸，一个耳光打得许尔兴啊呀一声，踉跄两步，捂着脸差点栽倒在地。张少侠尚不解气，又赶上两步，踢了许尔兴一脚："混小子，这是什么地方，他妈个×的嚓起鸡屁股蛋子来了，火光被人发现了，老子捅了你！"

捂着脸的许尔兴不停地说："小的错了，小的错了，小的愿将功折罪。"边说着边抢过洛阳铲，拼力干了起来。一旁的黑影里，有人发出窃笑的声音来，还有哼鼻子的："软骨头！"

为什么不在先前挖的大洞上继续打下去，据刘江海交待，这年的正月初二，盗贼们来到恭陵前，先是用洛阳铲挖洞，后来为首的张少侠感到太慢，干脆要来个"鬼听愁"，挖一深且直的洞，比洛阳铲铲头稍大一些，直径大约十厘米，然后装上炸药，炸出一个大洞。

估摸着洞的深度可以了，张少侠便亲自指挥范文一块儿向洞内填炸药准备引爆。

<< 用洛阳铲打出的圆形盗洞

就在这时，派在周围负责望风的人慌慌张张地跑过来，上气不接下气地说："路那边过来了两个人。"众贼大惊。首恶张少侠哑着嗓子喊："快趴下！"众贼哗地倒地，大气不敢出一点儿。

两个路人过去后，众贼才战战兢兢地爬起来继续"干活"。

10多分钟后，一声沉闷的爆响，自洞内传出，但迅速即被附近农家放鞭炮的声音掩遮过去，没有引起任何人的注意。

张少侠黑暗中一咧尖的老婆嘴，眨巴眨巴一对蛇眼，得意地喊："成了！没放冲天炮肯定成了！"黑影们闪身动手将洞口简单地覆盖、伪装了一下，顿时消失在黑夜之中。

翌日晚，张少侠一伙又开车来到恭陵，一阵疯狂之后，洞内的碎土掏干净了，却意外地发现并没有炸开墓道。张少侠恼羞成怒："不中，再开一炮！"

二次炮响过后不久，宋彦军、刘双下到11米深的洞内，经过一阵日本鬼子进村式的乱捣乱摸，洞上面的张少侠突听到下面狂喜大叫的声音："太好了，摸到了！""老大，我摸到了！"上面的人凝滞的神态终于转成了"老天爷呀"，"成了"，"这下发财了"的呼喊。他们赶忙向下面的宋彦军、刘双扔编织袋。一袋袋文物被粗鲁野蛮地磕碰着提了上来，整整装了12袋。

这伙盗墓贼将装满珍贵文物的编织袋往车后厢一扔，用烂玉米秆和两件破棉大衣一盖，一路哼着小曲，逃离现场。

车开到了刘江海家，他们搬完东西，紧闭大门，在屋子里饶有兴趣地清点、把玩起来：共有"马上人"、陶器等文物64件。

再说刘江海的被抓获，给侦破工作打开了突破口。可平地里又起波折，刘江海交代，文物已出手，出手给何人，背景如何，不清楚。

他还说，事后，张少侠给了他 1.4 万元，就再没他的事了。

民警们感到了形势的急迫，从以往多年与文物犯罪分子做斗争的经验判断，珍贵文物一经落入犯罪分子手中，财欲极强，见财便贪的这些家伙，会以最快的速度进行倒卖并成交，一般流入境外的可能性大，而且时间极短。民警们也曾破获过 3 天时间便流入香港的文物案，一旦流入境外，案件往往会陷入绝境，我方所要付出的代价是巨大的。所以，必须尽快将犯罪分子捕获，坚决堵截住文物流入境外的渠道。

刚刚审完刘江海，民警们便马不停蹄地赶赴顾县镇营防口村，将参与盗墓的张全擒获。张全，张少侠的二叔，为张少侠从犯。

经过周密安排，21 日 6 时 40 分在张少侠与许尔兴约定见面的洛阳市长途汽车站顺利抓获张少侠。

之后的两天里，干警们紧锣密鼓不歇一气地继续收网。除宋彦军、刘双在逃外，其他犯罪分子纷纷落网。

虽然"2·15"案件犯罪分子的作案经过已昭显天下，绝大部分犯罪分子被缉拿归案，但是，整个案件的侦破工作可以说只进行了一半。真正的较量还在后头。

审问张少侠，张少侠最终顶不住了，便交代：2 月 5 日中午，刘江海、许尔兴、宋彦军等将文物用卫生纸包裹，装入买来的纸箱，交由张少侠用汽车运到洛阳藏匿。此后，张少侠先是通过偃师市山化乡东屯村的个体医生寇胡，将这批珍宝中的 31 件粉彩骑马俑卖给了一个持澳门回乡证，名叫陈美的人，获赃款 15 万元。其余 33 件文物，经偃师市首阳山镇龙虎滩村的张玉卖给洛阳一个叫王云的人，得赃款 8.5 万元。

根据张少侠交代，干警们抓获了陈美的朋友郑鱼，郑鱼交代陈美是假名，真名陈德。根据郑鱼的交代，侦查员驱车来到陈德租的住房处。室内，陈德正和张网一人搂着一个半裸女人，得意忘形地进行着渔猎女色、挥金如土的勾当。几十张大面值人民币和港币，插在女人的乳罩里。公安干警破门而入，这两对狗男女吓得瘫做一团，瑟瑟发抖，钞票自乳罩里"流"了出来。

原来，这陈德和张网，因得了宝物，干得顺手，便享乐纵欲无度，挥金如土，任意挥霍，到大街上勾搭来一对姿色姣好的女人，有恃无恐地美上了。

郑鱼、陈德和张网，三名文物贩子落入法网，给彻底追回国宝带来了一线生机。

陈德、张网专门从事倒卖文物的勾当。1997 年，张网到偃师市等地寻找"货源"，结识了该市山化乡东屯村的个体医生寇胡。他给寇胡留下手机号，并下了些"饵料"（饮料、烟酒之类），嘱寇胡如有"货"，立即和他联络。1998 年 2 月 4 日，寇胡果然打来电话，告诉张网，说有一批"货"待出手，很值钱，请张来看看。

两天后，陈德、张网、郑鱼来到寇胡家，与张少侠、宋彦军等人见了面。经过一番各怀鬼胎的讨价还价，陈德以 15 万元买下了 31 件文物。

回到郑州，陈德向张网和郑鱼说："我已和香港的翟老板联系好了，36 万元出手。你们现在就把货送到北京，去找一个姓余的。我还有点事要办，你们拿了钱后，赶紧回来。"说着，拿出一个笔记本，扯下两张，各写了手机号。

2 月 9 日，张网等人赶到北京。为了安全起见，他们住进了保安措施齐全的首都某大酒店。

刚放下行李，张网便迫不及待地掏出陈德留的电话号码，打了起来："是老余吗？货我们带来了，在首都 × 大酒店，请你们过来看货。"

半个小时后，老余带了两个同伙赶来。

由于双方互不相识，多存戒心，所以都讲起试探的话来。

张网："你们该不是公安吧？"

老余大笑："哈哈哈，老弟，放心好了，我们其实都是替香港翟老板办事的。"

到了这个份上，张网还是担心有闪失，不肯随便地把货交出来。正在双方僵持不下时，香港的文物贩子翟捕神秘地赶来了。翟是走私文物圈子里名气很大的一位。他与美国、英国等境外的文物贩子素有勾结，人称翟鬼。张网见翟捕来了，满心欢喜，终于一块石头落了地。于是，一手交钱，一手交货，幽暗的灯光下，罪恶的交易进行得神不知鬼不觉。

国宝一旦被犯罪分子们偷运到香港，极有可能被转手卖到世界各地。

战机稍纵即逝，情势紧急。专案组当机立断，决定派人前往北京，查它个水落石出。

2月26日晚，河南省公安厅派一位处长，随同洛阳市公安局副局长、偃师市公安局副局长一行11人驱车出发，风驰电掣般赶赴北京。

他们11人此行的目的，是向公安部汇报案情，并请公安部协调有关部门查清老余、翟捕的底细，以人找物，按图索骥，彻底查清国宝的去向。

2月27日上午8点公安部接到他们的汇报后，部领导高度重视，即刻派人去北京公安局，协调并展开调查。

经公安部和北京市公安局经侦处协查，查明了老余的手机号码，是天津的手机。

四辆警车转眼间驶上了京津塘高速公路。

当天中午，干警们赶到了天津市公安局。

该局十七处大力配合，老余原形毕露。

据余交代说，这批文物除流入香港的24件外，在北京古玩市场陈石那里，还放有7件。

当天晚上已过零点，侦查员们睡意全消，被派出的警力乘车再返北京。很顺利地从陈石处起获7件文物，专人押送回河南。

为了把文物如数追回，专案组再次决定，报请公安部，请求由公安部出面与国际刑警和香港警方取得联系，协助抓捕翟捕，追回文物。

留在天津的专案组成员则继续做老余的工作，令其敦促翟捕退还赃物。

3月3日下午，首都机场。翟捕派人乘飞机将17件文物从香港带来，与专案组顺利进行了交接。

至此，流入香港的24件文物，只剩7件尚未追回。3月3日夜，余暗被专案组人员押解着返回洛阳。

香港方面还未追回的文物，当时已被翟捕出手，流入美国、英国。要想追回，谈何容易。但如果不追回，翟捕已知道事态的严重性，迫于压力，他产生了赎回文物的设想。在这节骨眼上，偃师市公安局里，专案指挥部决定，采取措施让翟捕感到只有赎回文物才是唯一出路，他们将报纸上刊登的破案消息电传到翟捕在香港开办的某文玩拍卖行。这一招果然奏效，翟捕更加恐慌了，如热锅上的蚂蚁，坐立不安。

翟捕开始四下活动，派人乘飞机远渡重洋，将卖出的文物一件一件地赎回。

其中，一件文物是以100万港元自其拍卖行售出的，赎回时，却花了240万港元！可见翟捕的损失应当是不小的。

3月11日晚，首都国际机场。翟捕委托的中间人刘某，托运着装有7件文物的箱包，下了飞机，乘车到北京市，没有停，又复乘车转往郑州，将文物悉数交还洛阳市警方。

所不同的是，对另一批33件文物的追回，相对来说要简单得多。

在前一路层层剥茧，大力追击的同时，另一路对其他33件文物去向的外围调查取得了重大突破。

文物贩子王云，通过龙虎滩村张玉介绍，从张少侠手中非法购买文物后，转手就卖给了洛阳标准件公司的停薪留职人员张冈。

王云、张冈听说公安机关已将盗墓一事立案侦查的消息，望风逃遁。

公安机关迅速采取措施，加紧追捕。

在外东躲西藏，备尝辛酸的张冈，于3月11日打电话给家里，让其父将藏匿于郊区白马寺镇老宅厢房里的文物交出。

3.月11日下午，刚刚接完儿子的电话不久，心焦不安的张冈的老父亲就来到偃师市公安局，由老人带领，干警们从6只纸箱内起获"马上人"文物33件，与被盗文物数量完全吻合。

文物至此全部被追回。

洛阳市的著名文物专家被请来做鉴定，几位隋唐史著名专家一致认为，这批文物代表了初唐时期的最高水平，一些文物的颜色、工艺，在全国范围内都是首屈一指的。鉴定结论为：5件一级，33件二级，26件三级，无一不是难得的国宝。

恢恢法网，不容盗贼逞狂。1998年6月15日，洛阳市中级人民法院以盗掘古墓葬罪判处张少侠、宋彦军死刑，剥夺政治权利终身，并没收其财产；判处许尔兴、刘江海死刑，缓期2年执行，剥夺政治权利终身，处以2万元罚金；其他案犯也都受到了法律严惩。

# 第八章

# 宋元盗墓与反盗墓

# 北宋七帝八陵埋巩义

一场预谋已久的兵变有计划地进行着。这是 960 年正月，后周恭帝与大臣们正在深宫里欢度春节，突然有情报禀传而来：北方的大辽和北汉合兵南侵！

年仅七岁尚不懂事的周恭帝，哪知这消息是真是假，在大臣的建议下，匆忙点派殿前都点检兼归德节度使赵匡胤，率领禁军数万人马前往征讨迎敌。大队人马行至开封城郊的陈桥驿，兵变发生了，石守信等一批将领将一件事先准备好的黄袍披到了赵匡胤身上，黄袍即皇权至尊的象征，赵匡胤被部队拥戴为皇帝，可怜的后周恭帝被回师开封的赵匡胤取代了。

其实北方根本没有什么战事。

大宋朝由此建立，五代十国宣告结束。

大宋朝定都开封，赵匡胤的子孙们开始了他们 167 年的奢侈生活。前后有九个皇帝临朝，除徽宗赵佶、钦宗赵桓被金兵掳囚死于漠北以外，其他七个皇帝，加上赵匡胤的父亲赵宏殷共七帝八陵都选址于远离都城开封的河南巩县。这似乎一时间难以被人理解，但人们从赵匡胤的所做所为便可窥出一点究竟。

赵匡胤原有在洛阳定都的打算。对于开封的地理位置，他至死也有疑虑。他总感到开封地处平原，无山川之险，加上黄河常致水患，而洛阳乃历代王朝之都，山水绝佳，进可攻，退可守，颇具山河之胜。

<< 赵匡胤黄袍加身

刚坐皇位的第三年，赵匡胤便将自己父亲的棺椁迁葬巩县。朝廷主管天文历法的星相学家卜出了永安陵的具体位置，赵匡胤颇感满意。

但迁都的事，却因忙于统一全国的战争被耽搁下来，在此之时，开封的经济文化各方面大大发展，短时间内便成了当时世界上最繁华的大都市。尤其皇宫富丽，建筑速度、规模都大得惊人。赵匡胤渐渐地打消了迁都洛阳的计划。而宋陵的陵址却永远地选在了距洛阳不远的巩县。赵匡胤意在使自己的后代们死后都伴于他父亲的周围。

赵匡胤特别看重"风水"选陵，朝廷的星相学家便竭力迎合他的所好，推出了著名的"五音姓利"的说法。五音即五声，是传统的五声音阶中的"宫、商、角、徵、羽"五个音级。当时举国都把赵作为国姓，而赵属"角"音，陵址必须选择在"东南地穹、西北地垂"的地势上才算吉利。巩县地势正符合这一选陵原则，其地势好，北临黄河，南望中岳，由鹊台至乳名、上宫，愈往北地势愈低，一反中国古代建筑基址逐渐增高，而将主体置于最崇高位置的传统方法。

选巩县为宋陵，最主要的原因恐怕是宋朝僧人文莹所著《玉壶野史》中记载的。一是赵匡胤祖籍河北涿州，却出生于洛阳的夹马营；二则976年，即开宝九年，赵匡胤"西幸，还其庐驻跸，以鞭指其苍曰：'朕忆昔得一石马，儿为戏，群儿屡窃之，朕埋于此，不知在否？'掘之果得。拜安陵奠哭为别曰：'此生不得再朝于此也。'即更衣，取弧矢登阙台，望西北鸣弦发矢，以矢委处，谓之左右曰：'即此乃朕之皇堂也。以向得石马埋于下。'又曰：'朕自为陵名永昌。'是岁果晏驾"。

僧人文莹的这段记述，形象地告诉人们赵匡胤重视皇陵建设的程度，同时也说明宋陵最后定在巩县是多么的不易，而且还说明宋陵的选择方法有别于其他历代的独特之处。

尽管宋陵依规模而论，与秦、汉、唐诸陵有一定的差距，但其随陵设施、布局等，有着自己独特的规律。七帝八陵，分布在相距不足10公里的范围内，而且，帝陵周围陪葬着21位皇后陵，140多座皇族子孙墓，还有功勋卓著的将领和文臣的7座墓以及各帝宗室200多座，形成了一个大而密集并各成体系的陵区。

在后来的南宋、明、清等朝代，都继承了这一陵区集中设置的传统。

宋陵陵区每座皇陵都有一个完整的陵园，陵园分为上宫和下宫。

由于赵匡胤怕皇权有朝一日旁落，便玩了一招"杯酒释兵权"，解雇了一批大权在握的将帅、文臣，使皇权集中起来归自己独享。这给深宫内的后妃们提供了参与朝政的便利。

当北宋的第三个皇帝真宗赵恒死后，他的刘皇后就垂帘听政，任命宰相丁谓和宦官雷允恭督建真宗陵寝。墓穴好不容易选定后，主管天象的官员判司天监邢中和去看了一番，回来后声称再往山坡上挪上100步，则有一"佳穴"，风水比现在的还好。

话传到了宦官雷允恭耳朵，雷允恭马上献媚，奏禀刘皇后和宰相丁谓。

刘皇后和丁谓信以为真，准许按邢中和的说法办理。数万名工匠被征来改挖墓穴。然而，地刚刚挖下去没有几尺深，一股清泉喷涌而出，瞬间大水汇成水池，墓穴遂告泡汤。

刘皇后闻知后大怒，立即下令将雷允恭和邢中和抓来问罪。雷、邢二人被扣上了包藏祸心、擅自移动皇堂贻误工期的罪名，惨遭斩首。而权倾一时的宰相丁谓也因这场选陵风波被贬崖州，过上了瘴气浸身的流亡生活。

远离京都下葬，送葬耗费了大量的人力物力。赵匡胤下葬时仅护驾的就有3500多人，宋太宗赵光义下葬时，护驾人员增至9400多人，而到了宋仁宗赵祯时，护驾人员多达4.6万多人。

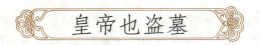

# 皇帝也盗墓

宋陵大规模被盗，始于靖康之耻。

靖康二年（即宋钦宗赵桓丙午年，1127年），北方草原民族大金军队大举南侵，兵戈所指，攻无不克，昏庸透顶的徽、钦二帝被金兵劫掠北去，宋八陵首次遭到大规模破坏。大金官兵大肆盗掘八陵。而南宋绍兴十年（1140年），抗金英雄岳飞大败金兀术于朱仙镇，这位举国敬慕的英雄，专门派人前往察看北宋皇陵，并加以整修，表现了一位爱国忠君的将领的良苦心境。

与岳飞相比，投降金国，被金兵扶持，当了"伪皇帝"（即"大齐"皇帝）的刘豫，则成了北宋皇陵的千古罪人。

刘豫，原为北宋河北提刑，金兵南侵时，这家伙十分惧怕，弃官逃往真州。在真州，得到张悫的推荐，被宋高宗赵构任命为济南知府。金兵攻城略地，大军兵临济南城下时，这家伙诱杀鼎力抗金的爱国骁将关胜，授城投敌。没多久，金人封立他为"大齐"皇帝。

刘豫迁都汴京（开封）后，进行了极不光彩的搜刮财宝活动。他为了满足自己的攫取珍宝的贪欲，假以淘沙之名，大肆毁掘开封、洛阳一带的陵墓，致使这两地的"冢墓发掘殆尽"，北宋历代帝陵惨遭盗掘。

<< 宋陵神道的石像生

有一天，刘豫从手下士兵手中得到一只水晶宝碗，便爱不释手，并顿起贼心。当得知这只水晶宝碗出自宋哲宗赵煦的永泰陵时，他便命令心腹恶棍刘从善前去掘陵取宝。为了掩人耳目，刘豫特封刘从善为"河南淘沙官"，名正言顺地发兵赴巩县对宋陵施暴。刘从善率兵掘开哲宗永泰陵后，将陵内所随葬的珍宝洗劫一空。这还不算，刘从善还让士兵剖开哲宗的棺椁，将哲宗的尸骨暴弃于陵外荒野。

绍兴十八年（1148年），南宋太常少卿方庭顼出使金国，路过北宋皇陵，见哲宗遗骸暴露于野，当即脱下自己的衣裳，为这位故国君王殓葬。他把自己的衣裳包住哲宗的尸骸，双手挖土，磨得鲜血淋漓，得一坑，将哲宗重新掩埋。后来，他回到南宋朝廷，将路上的遭遇奏报给高宗赵构，赵构大哭出声，满朝君臣悲痛，有人羞于前皇被辱，竟拔剑自刎。

南宋著名的爱国诗人陆游，听说前朝帝陵遭此浩劫，一腔男儿的血气凝于笔端，怂然写下悲怆已极的诗作，试图唤起南宋人民保家卫国的感情。诗《闻虏乱有感》中说：

近闻索虏自相残，秋风抚剑泪染澜。

洛阳八陵那忍说，玉座尘昏松柏寒。

北宋时期朝廷是严禁盗墓的。没想到在自己朝代枝衰叶凋之时，自己的皇陵被人洗劫一空。史书《墨庄漫录》中有这样一个故事。说北宋徽宗政和年间，朝廷向各地求询先秦的鼎彝器，有个叫李朝孺的时任陕西转运使，为了讨好朝廷，派人盗掘了一座据说是商朝比干墓的古墓，发掘出直径 2 尺有余的铜盘一只，上有 16 字的款识；3 寸多长的玉片 43 枚，玉片上圆而锐，下阔而方，厚半指，玉色明莹。李朝孺将铜盘献给朝廷，玉片则留秦州军资库。宋徽宗得知此事，大声喝斥："前代忠贤之墓，安得发掘！"将铜盘退了回去，还罢了李朝孺的官。后来尽管有人评论此事，说："圣德高明有如此者，不然，丘冢之厄不止此矣！"但至少可以看出昏庸的宋徽宗对禁止盗墓之事还是有贡献的。而李朝孺因盗墓而丢官，则是应得的报应罢了。

<h1 style="text-align:center">恶僧盗墓制尿壶</h1>

　　金朝灭亡之后，草原蒙元大军入主中原，北宋皇陵再次遭到了毁灭性破坏，一片浩大的陵园，全被犁为废墟了。

　　北宋的皇陵没有保住，那么南宋的皇陵怎样了呢？是否逃过了盗墓者的劫掠？

　　北宋的皇陵凄凄惨惨，南宋的皇陵命运更惨悲。

　　南宋从康王赵构称帝到最后一位皇帝赵昺投海身死，共历 9 帝 152 年。在浙江绍兴五云门外仅留下了 6 座皇陵。最后三位皇帝仅历 6 年，个个都惨死殁身。

　　恭帝赵㬎即位仅两年，就被元朝军队掳去，后剃发为僧，在甘州白塔寺做了和尚。端宗赵昰即位，也只当了两年的恓惶的流浪皇帝，于景炎三年（即 1278 年）死，葬于广州崖山。末帝赵昺于兵荒马乱中被拥立为帝，仅 8 岁，第二年便被元军追逼到了海上，在大海之中的崖山，南宋最后的根据地已朝不保夕。元军全力进攻，可怜的忠臣陆秀夫见大势已去，为了免被元人活捉受辱，他抱起年仅 9 岁的赵昺惨烈地投海而死，留下了千古长恨和万世悲叹。有当时的目击者传说，9 岁的赵昺帝与忠君大臣陆秀夫死后尸体一直不沉，被爱国者发现后偷偷掩埋。如今，在广东深圳市赤湾，传为"大宋祥庆少帝陵"旁，一副对联吸引着过往的行旅者："黄裔于今延宋祚，赤湾长此巩皇陵。"

南宋的前6位皇帝生前不思收复中原，却梦想着死后归葬祖陵。所以，在绍兴营造了临时性的陵墓。而且，这个临时性的陵墓群中，每陵都将上下宫串联在同一轴线上，极大地影响了后来明、清的帝陵轨制，成为中国古代陵墓制度的一个转折点。

可是，等到整个南宋朝气灭神息之后，绍兴县皋埠镇上皇村宝山下建造的皇陵及皇后、嫔妃的陵墓，遭到了僧人杨琏真伽的疯狂盗掘。

1277年，元世祖忽必烈委派僧人杨琏真伽为江南释教总摄，杨琏真伽与朝廷中掌管佛教事务的总制院使桑哥互相勾结，背着伟大的佛祖释迦牟尼的真传之根，飞扬跋扈，作恶多端起来。

杨琏真伽首先从南宋孝宗第二个儿子魏惠宪王赵恺的墓开刀。赵恺的墓在绍兴天衣寺后面，杨琏真伽与天衣寺奸僧福闻密谋，公然开掘墓穴，窃得一大批金玉珠宝。

之后，杨琏真伽一发不可收拾，又举起屠刀一样的盗墓器具，气势汹汹地奔南宋六陵而来。

元世祖至元二十二年（1285年），南宋六陵附近的泰宁寺恶僧宗恺、宗允等无视宋陵禁规，恣意砍伐陵区的树木，被南宋守陵人阻止。宗恺等释迦的不肖子孙竟然向官府告状，反而诬陷守陵人侵占寺院地产，要求官府保护。早已急红了眼的杨琏真伽见时机成熟，就以调解纠纷为名，带领大队人马封锁陵区。

守陵官罗保护皇陵据理力争，无奈此时朝代已经星移斗换，大宋的天下已不再。演福寺主持奸僧允泽等人将罗毒打一顿，并用刀子架在罗的脖子上，强行将罗赶走他乡。其余的守陵人员见大势已去，只有眼睁睁地看着这批横行霸道的恶徒在光天化日之下公开盗掘皇陵。

恶僧们在此扮演了不可饶恕的罪恶角色。

他们蜂拥而上，用铁钎、铁铲等，先后砸开了宁宗赵扩的永茂陵、理宗赵昀的永穆陵、度宗赵禥的永绍陵、宁宗仁烈皇后的地宫。杨琏真伽一伙进入墓室，掠取大量的奇珍异宝，这还不算，他们又劈开棺椁，攫取了棺内垫葬的金银珠玉。

其中，理宗永穆陵被盗的现场惨不忍睹。

理宗在位30年，是南宋皇帝中统治时间很长的一位。死后，金银珠宝成批随葬，另外大臣们还为保护理宗的尸体不腐，采取了很好的措施。允泽等恶僧大盗从理宗陵墓中窃得伏虎枕、穿云琴、金猫眼等宝物之后，似乎还不解馋，又用锋利的斧头劈开理宗的棺盖，瞬时，一股白气冲天而出，理宗尸首保存得很完好，面容像睡着的活人一样。理宗口中含有夜明珠，身上缀有宝玉，身下铺着好几层锦褥，褥子下垫着精细的丝罩，一名恶徒拖出尸体，拿起丝罩掷地有声，一看，原来是用金丝编成的。

盗僧们撬开理宗的牙齿，取出了理宗含在口里的夜明珠，又把理宗尸体倒悬，挂在一棵大树上，将肚子里的水银全部倒了出来。杨琏真伽残忍地用刀子割下了理宗的头颅，剔下头盖骨当作自己的夜尿壶。

初盗得手后，杨琏真伽等变本加厉起来，他们于1285年11月11日，又盗掘了徽宗赵佶的永佑陵、高宗赵构的永思陵、孝宗赵昚的永阜陵、光宗赵惇的永崇陵和昭慈皇后、显仁皇后、显肃皇后等一批帝后及大臣的陵墓，窃得珍宝不计其数，有名称的传扬开来，零零星星的有：取自永佑陵的"马乌玉笔箱"、"铜凉拨锈管"，取自永思陵的"真珠戏马鞍"、锡器、端砚，取自永阜陵的"玉瓶炉"、"古铜鬲"，取自永崇陵的"交加白齿梳"、"香骨案"等。

<< 被杨琏真伽拧下头颅做尿壶用的南宋理宗赵昀画像，赵生前是个大头。

作恶多端的杨琏真伽深恐南宋理宗等阴魂不散，过了七天，他突有所悟，派人把曝尸于荒野的诸帝后的骨殖，收集起来，集中深埋于杭州凤凰山东麓南宋故宫遗址内，上"筑一塔压之，名曰镇南"，以显示镇服南宋。可杨琏真伽哪里知道，六陵帝后遗骸并没有被他无端埋压于塔下，在此之前，义士唐珏、林景熙等人邀集附近村民，冒险潜入陵区，用牲畜骨头将帝后的遗骸偷换出来，用木匣敛之，覆盖上黄色的丝绢，上面署上帝号、陵名，秘葬于天章寺前，树冬青以为标志。

南宋六陵被疯狂盗掘后，过了六年，身为大元朝丞相的桑哥，排斥异己，贪赃枉法，祸国殃民，东窗事发，被朝廷处以死刑。杨琏真伽也被朝廷问罪抄家，共查得巨额赃物计黄金1700两，白银6800两，钞11.6万多锭，田地2.3万亩，珠玉珍宝不计其数。

恶僧允泽在盗墓时，感染上了墓中的有毒细菌，也该恶有恶报，其"双股溃烂，十指堕落"，没多久，便可耻地被疾病缠磨惨死，得到了应有的报应。

奸僧福闻为富不仁，霸占他人财产，被愤怒的农民围住杀死。

恶僧宗恺、宗允与杨琏真伽因分赃不均而起内讧，被杨琏真伽活活用棍打死。

# 一代天骄秘葬起辇谷

元朝的皇帝们没有自毁祖先的训诫，丧葬一直沿袭归葬祖茔并深埋草原的秘葬方式，因为他们有着蒙古人草原般宽广的情怀，有着崇拜祖先、追求宁静与自然的文化意识。

神秘的葬地——起辇谷，就是他们的宗族意志的直接表现。

自成吉思汗开始，蒙古大汗（即皇帝）就确定了一处专门的葬地，这个地方的汉文名称，在元代的文献中叫起辇谷。

后来众多的考古学家经过大量的考证得知，起辇谷具体的地理位置，在今蒙古国肯特省复克尔满达勒的地方。

事情还得从 1227 年夏天讲起。

这一年，成吉思汗病逝于西夏境内的清水县（即今宁夏回族自治区境内），临死前，他交代身边的文臣武将，审慎办理自己的身后事。他的下属们遵照他的遗命，秘不发丧，将他的灵柩运回漠北起辇谷。

为了绝对保密，护送灵柩的队伍见人杀人，见畜杀畜，一路上不知为此而残害了多少生灵。

灵柩运到了起辇谷后，元帝国举国为成吉思汗举行了规模极为盛大的哀悼仪式。所有的男女老幼都匍匐于地，长久地为成吉思汗祈福。

按照蒙古人的传统习俗，成吉思汗墓"不封不树"，待深埋灵柩之后，以万马踏平葬地，这就是"秘葬"。

据波斯人志费尼记载，墓中随葬品不乏金银和马匹，还有 40 多名盛装美女随葬。又据载，成古思汗的墓地后来成为一大片树林，即使是那里的老守林人，也无法找到确切的埋葬地点。

同时，这里是蒙古人极为尊崇的"大禁地"（蒙语称为"也可·忽鲁黑"），由禁卫骑兵1000户巡逻守护，在"大禁地"的外围，有用无数的箭杆插成的矮墙，严禁任何人靠近，违者要受到严厉处罚。

《 成吉思汗陵

成吉思汗以后，窝阔台汗、贵由汗、蒙哥汗及拖雷等人，也相继埋葬在起辇谷。

元世祖忽必烈及其后的元朝皇帝，死后也全部遵从旧俗，由大规模的灵车车队护送北上，归葬于起辇谷。这些皇帝的灵柩由元大都（今北京）的北门建德门运出，汉族官员及百姓等，出建德门祭奠之后，悲号恸哭，而后退回城中，蒙古官员人等护送灵柩向起辇谷而去。到了起辇谷，深葬平土之中，使皇帝与当初他赖以生存、成长的大草原融为一体。蒙古丧葬习俗，有元人叶子奇在其所著的《草末子·卷三下》中说："元朝宫里，用梡木二片，凿空其中，类人形大小合为棺。置遗体其中，加髹漆毕，则以黄金为圈，三圈定，送其直北园寝之地深埋之，则用万马蹴平，俟草青方解严，则已漫同平坡，无复考志遗迹。"

这段文字是说，皇帝死后，运到起辇谷，将一巨形梡木，锯成两半，将其中心掏空，空间与人的形体大小一样，然后，将人入殓两半木之中，用高质量的漆油刷一新，用黄金圈分3道圈紧，再深埋，万马踏平，等来日青草葱茏，与草原连为一体，周围的戒严方才解除，后来的人便不知确切地址了。

由于实行秘葬，至今考古界尚未发现蒙古帝王或贵族的墓茔，这是极为罕见的现象。

元蒙帝国的这种秘葬习俗，给一切妄想盗墓之徒无任何可乘之机。时至今日，尚未有任何关于盗墓贼盗掘元朝皇帝及贵族之墓的消息。只偶尔间有传言说，清乾隆有一桩与忽必烈皇后之墓之间的一段故事——

传言说，大清乾隆皇帝看到京西颐和园一带山明水秀，景色非常优美，且"王气"十足，便忽发奇想，思考着在那儿修筑皇陵。他派风水学家前去勘察，并调来大批工匠民夫。

在半山腰挖地基时，发现了一个大地穴。

大地穴全由神秘的大石块砌成，挖掘的工匠们还发现，有一石头大门竖在底部。

乾隆皇帝忙命令工匠们把石门撬开。但由于石门太严实，好大工夫才撬开了门前的挡门石，只见挡门石背面有一行文字，上写："你不动我，我不动你。"

乾隆皇帝大吃一惊，急忙命令工匠重新把石头砌好。并且再也没有动。

当天晚上，乾隆皇帝回到宫里，做了一个梦，梦见白天的地穴为元世祖忽必烈的皇后的陵墓，这皇后是个很有学问的才女，临死时，看中了这儿的幽雅环境，要求葬身在此，并预言："日后有天子给我看坟。"结果，真的应了这句话。

石板上的话，是用来威胁盗墓贼的，而乾隆皇帝正好是个崇尚神灵、讲究迷信的人，难怪被一句话给震住了。

DaoMuZheShuo

# 第九章

# 明朝墓葬之劫

# 大明反盗墓律法与掘金陵

明朝统治者为了预防盗墓活动的发生，在参考了前朝律例的基础上，重点突出了对皇陵及周围园林的保护，以期通过严格的律例，遏住盗墓的势头。《大明律·刑律》根据"发冢"、"盗园陵树木"等条规定，对盗墓及相关犯罪制定了如下措施：

第一，盗发他人冢墓，凡发掘坟墓未至棺椁者，杖一百，徒三年；发掘坟墓见棺椁者，杖一百，流三千里；已开棺椁见尸者，绞。半开棺见尸者，亦绞。但若是子孙发掘尊长的坟墓开棺见尸者，则要处斩；尊长发卑幼坟墓的依次递减。

第二，挖地掘到死尸不立即掩埋的，杖八十；在他人坟墓熏狐狸而烧棺椁的，杖八十，徒二年；烧毁尸体的，杖一百，徒三年，如果是尊长的坟墓或尸体则要递加一等，卑幼的坟墓或尸体则递减一等。

第三，平治他人坟墓为田园的，杖一百；若于有主坟地内盗葬的，杖八十，并勒令限期移葬。

第四，盗陵园树木。《大明律》规定：凡盗帝王陵园内树木的，皆杖一百，徒三年；盗他人坟茔内树木的，杖八十。此外，《问刑条例》对于盗毁帝王陵园树木及相关行为，另有几项特别规定：（1）凡在凤阳皇陵、泗州祖陵、南京孝陵、天寿山陵寝等皇陵内盗砍树木的，主犯比照盗大祀神御物罪，处斩，从犯发边卫充军；（2）孝陵周围二十里内开山取石，安插坟墓、建造池台的，枷号一个月，发边卫充军……

第五，盗掘皇陵。《大明律》将盗掘皇陵的行为视为"十恶"中的"谋大逆"，凡谋毁山陵的，不分首从，皆凌迟处死；祖父、父、子、孙、兄弟及同居之人，不分异姓，及伯叔父、兄弟之子，不限籍之同异，年十六以上，不论笃疾、废疾，皆斩。也就是说，凡盗掘皇陵的，除本人凌迟处死外，还要满门抄斩。

尽管明律严苛到无以复加，但总有一部分利令智昏之徒，为一己之私利，敢冒天下之大不韪，干出种种飞蛾扑火的蠢事。

据《资治新书》记载：嘉兴百姓屠犹龙谋占陆仿孟父亲的墓地，派屠养菊等五人趁陆仿孟葬事方竣，下山会食之机，于夜间偷偷将陆父的棺木掘出，将尸体盗走烧毁，将骨灰弃于海中。等陆仿孟发觉前往时，棺木已不知去向。案发后，知县黄某将屠养菊逮捕，追查尸体下落。屠养菊情急之下，又令人将亡侄的尸体掘出，假称是陆父的尸体，但被识破。在严刑逼供之下，屠养菊被迫说出了盗棺毁尸的事实经过，并供认是屠犹龙授意他们干的，但屠犹龙却以自己案发不在现场为由，矢口否认，并将责任全部推到屠养菊等人身上。屠养菊等人百口莫争，最后先后病死于狱中。因屠犹龙首犯事实未予查明，迟迟不能定案。案宗上报后，嘉兴府衙断屠犹龙谋造事实确凿，屠养菊等人口供成立，遂援引律文中"开棺见尸者绞"之规定，拟定判决，转呈杭严兵备道复审。道员黄某某认为，谋占墓地的是屠犹龙，屠养菊不过是屠家的看山人，没有屠某指使授意，屠养菊绝不敢干出掘墓焚尸的事。律文中只有开棺见尸之罪，而无焚尸灭迹之条，但焚尸之罪更重于开棺见尸，因此，应当比照谋杀罪，从重论处。并具案上呈。

根据当时的司法制度，此类案件最终须由刑部乃至三法司会审之后才能定夺，虽然此案最终处理不得而知，但地方衙门的处理意见，对案件的最后判定有着直接的联系，屠犹龙最终难逃一劫。

历代皇帝都有信奉迷信的嗜好，他们把自己登上皇帝宝座说成是"天人感应"的必然产物，是葬父风水宝地"显灵"，是"君权神授"的结果，因此他们特别看重"万年吉壤"的堪舆，以期为千秋万代造化出齐天洪福。

明成祖朱棣迁都北京，曾派人四处寻找吉壤宝地。最初选在口外屠家营。大明皇上姓朱，"朱"与"猪"同音，"猪"岂可进"屠"家？是为凶兆；再选在昌平县西南的山脚下，不料附近有个山村名叫"狼儿峪"，"猪"旁有"狼"岂不险哉？是为不祥之兆；后来又在北京西郊的燕家台找到了一块宝地，但"燕家"两字与皇帝驾崩称"晏驾"谐音，这岂不诅咒圣上？这样，以上三处均因犯忌而被弃用。后来礼部尚书赵羽工推荐了一位精通风水的江南籍风水先生廖均卿，在勘察了京都附近的所有山水地形后，选定了昌平县北面的黄土山。这里东、西、北三面群山环绕，诸峰郁峻挺拔，独具王者之气，山前地势平坦宽阔，其南一条小河流，河南两座小山恰似"青龙白虎"守陵，山间成聚气藏风之态势，又测得地下水位极低，真是一块山环水抱的吉壤宝地。由于"黄土山"之名太俗，于是降旨更名为"天寿山"。此名含有明王朝繁荣昌盛、社稷平安、与天长寿之意，因明朝一共有13个皇帝安葬于此，故称"明十三陵"。

<< 明十三陵陵园神道

如果说人的贵贱吉凶真的受益于先祖的吉壤宝地，帝王霸业受先祖洪福庇荫，那么，攻击对方最毒、最绝的一招莫过于盗挖对方祖坟，令其"王"气自漏，断绝祖上的庇护，从而令对方一蹶不振，就地死亡。

明太祖朱元璋建都南京后，即下令荡平钟山大小坟墓，抛骨扬尸，最终在钟山之南大兴土木，修建皇陵，占据了这块吉壤宝地。

明熹宗于天启二年（1622年）三月，派大队人马到京郊大房山金陵，毁陵断脉，挖掉金人祖坟的龙脉，灭其"王气"。他们把金陵的地面建筑全部砸毁，然后掘开墓道、地宫，用大石头石柱等推砸下去。他们甚至把金太祖完颜阿骨打的睿陵所依的九龙山的"文龙"龙脉（最突出的一条山脊）的"龙头"部分砍掉半截，在"咽喉"部位挖了一个洞，里面填满了鹅卵石。第二年，在金帝陵的原址上修建了武圣关公庙多处，以此来压掉金人的"王气"，现在关公庙二座，分别在睿陵主龙脉上和道陵享殿原址上；还修建牛皋坟"皋塔"一座。当年睿陵是"气死兀术，笑死牛皋"的地方。

明熹宗之所以断金人"王气"，是因为满族是女真人的后裔，国号亦称"后金"，屡次大败明军，明朝统治者就认为这是他们的祖坟所在地"王气太盛"的缘故。

明末农民起义军风起云涌之时，明王朝派总督杨鹤镇压高迎祥、李自成、张献忠等农民起义军，起义军向东突出包围圈后，直取朱元璋老家凤阳，焚毁了中都皇陵，挖了朱元璋祖坟，破坏了明朝的风水。当李自成农民起义军威震四海，节节胜利之际，崇祯皇帝派专人到陕西米脂县去平毁李自成的祖坟，以断其"王气"，企图借此把李自成起义军消灭。

无论是明统治者还是农民起义军，相互挖对方祖坟，坏对方风水，其目的只有一个，断其先祖龙脉，使其得不到先祖庇荫，从而在对方苟延残喘之际，一举灭之。

# 乾隆盗木与万娘坟之劫

　　说来令人难以置信，乾隆和此前的顺治、康熙、雍正等朝的几代帝王陵寝，其中所用的相当一部分木料和石料，是拆毁明代建筑物和明十三陵而得来的。清朝在入关后，就曾下令捣毁、劫掠过明十三陵，并焚烧过明定陵、德陵等陵寝。有实证可考的是，顺治的孝陵木材多用旧料，而旧料来源就是大肆拆毁明代建筑。其隆恩殿及神道碑亭天花板，就被后人证实是来自西苑明世宗朱厚熜嘉靖年间所建的清馥殿、锦芳亭和翠芳亭，这一殿二亭所在位置，正是明世宗作道场的地方，大殿前原建有丹馨门和锦芳、翠芳二亭。清初在兴建顺治孝陵时，将清馥殿及二亭拆除，不但将其楠木材料用来兴建孝陵，就连天花板也拿到孝陵使用了。此后，康熙、雍正、乾隆三朝的陵寝，都相继拆毁了大量明代建筑，乾隆还以修复十三陵的名义，将定陵由大改小，偷梁换柱，把上等的木料和石料拿来建造了自己在遵化的裕陵。最令人不可思议的是乾隆置皇体颜面于不顾，以天子之尊，一意孤行，给后世留下一段皇帝盗木的丑闻。

<< 明定陵鸟瞰

　　明十三陵中的永陵，是明嘉靖皇帝的陵寝，其享殿是楠木殿，香气袭人，沁人心脾，蚊蝇不近。它的木架是用昂贵的金丝楠木建成的，不刷漆而光泽油亮，不雕饰而纹路精美。乾隆皇帝在巡视时看中了这些金丝楠木，一心想拆毁楠木殿，

将这些楠木用到圆明园中去。文渊阁大学士纪晓岚援引《大清律》上奏道：律例规定挖明坟者死，皇上金口玉言，万民之尊，此举事关国体，干系重大，诚望陛下三思而后行。乾隆读此奏折后一时不敢轻举妄动。但金丝楠木一日不到手，一日不安。思前想后，终于心生一计，于是乾隆明诏下令调集天下能工巧匠，修缮永陵享殿，然后密传旨令，派亲信工匠用偷梁换柱之法，把永陵的楠木撤换下来。这样，乾隆既盗走了金丝楠木，又落了个修缮明陵的美名。

然而世上没有不透风的墙，乾隆盗木的丑闻还是被张扬出去。但皇帝毕竟是皇帝，自有应付万变的招数。于是为了掩盖自己的罪责，给天下人一个说法，乾隆自下诏书把自己"发配"到江南，算是对群臣子民的一个交代，此事从此也就不了了之。

明十三陵之劫，除了陵园建筑，还有地下墓葬。万贵妃是明朝著名的妃嫔，四岁从山东诸城被选入宫，而后充当孙太后（明成化皇帝朱见深祖母）的宫女。成人之后，被皇太子朱见深看中，二人暗中往来，有了男女私情。朱见深18岁即位时，万氏已是35岁的半老徐娘，由于生来姣艳，且驻颜有术，因此一直受到朱见深的宠爱。万氏恃专宠而飞扬跋扈，为所欲为，就连堂堂皇后也惧其三分。万氏一生喜欢玩鹰，喜欢鹰啄活物的血腥味，为讨其喜欢，皇帝下诏向全国各地摊派征鹰任务，一时万氏的深宫中处处鹰迹。由于万氏侍奉有方，皇帝竟寻找吴皇后的过错而借机将她废掉，立万氏为皇后。后因群臣竭力劝谏未遂。1466年，万氏因生子而被封为贵妃。

成化二十三年（1487年），59岁的万贵妃病死，宪宗朱见深悲痛万分，为她辍朝七日，并打破皇妃不得入葬陵区的常规。在苏山脚下，为她修建了一座规模巨大的陵墓，以慰藉爱妃的在天之灵。这座陵墓被当地群众称之为万娘坟。

由于宪宗专宠万贵妃，给捕鹰、养鹰的人们带来了诸多的痛苦和不安。所以，人们将宪宗所葬的茂陵后面的宝山讥称为"鹰嘴山"。

1923年，当地土匪侯现文领18人对德陵和东井的娘娘坟进行挖掘，由于人少墓大未能成功。事发后，侯现文被抓进监狱，终了一生。1944年秋，长陵园村的程老六拉起百余人的队伍，自称程六爷，占山为王。他重走当年侯现文的老路，在一天深夜，将队伍偷偷拉到万贵妃墓前，开始分头挖掘。经过三个昼夜的刨、挖、凿、炸，终于将墓顶打透，万贵妃的随葬品被抢劫一空。程老六找来6匹马，将金银器物连夜驮到长陵园村进行分赃。当兵的每人分到1两黄金、20颗宝珠，当官的每人分一金罐或相当于一金罐的器物，程老六自然将贵重的宝物独吞。

盗墓后的第二天，程老六便举行大婚。所用车辆浩浩荡荡，宰杀猪羊无数，其威风与排场为当地百姓所罕见。筵席之上，程老六媳妇头戴从墓中盗出的金顶凤冠，趾高气扬，俨然万贵妃再世，一派皇后气派。

可惜好景不长。半年之后，程老六和国民党警备部队发生冲突直至混战，被乱枪打死在附近工部厂村的河套里，其妻妾家产俱被国民党警备部队瓜分一空。乱世逆子，终遭天报应。

# 盗墓与流失的文明

中国文物是世界文化精髓，不仅能登世界各大国家博物馆的大堂之上，也是豪家富客掠取的目标，是象征财富的标志。于是，19世纪至20世纪在国际市场上，争买中国文物形成风潮。

1980年7月，伦敦几家拍卖行同时爆出冷门：菲利普的"大明嘉靖年制"五彩鱼缸以22万英镑出手，苏富比的"大明成化年制"的青花花卉罐以265万英镑一锤定音。

1984年4月，瑞士一女商家用42万英镑买下一尊"大明永乐年制"的青花天球瓶。女商家抱回天球瓶时，她的企业同时也宣布破产倒闭。

以后几年中，各国大小拍卖行广泛收集资金，网罗人马，刺探信息，大批大批的中国文物从国内流失，文物精品落在拍卖行手里。于是，从这时起，文物商、收藏家出没于世界各地，拍卖师挥动着小木槌，从香港敲到伦敦，从纽约敲到台北，从亚洲敲到欧洲，又从南美敲到北美。

据香港1990年5月15日《新晚报》载：

苏富比今日举行1990年5月份拍卖，其中最受瞩目的是一件明朝永

乐青花葫芦式双耳瓶，结果以 500 万港元拍出。

今天上午共拍卖了 164 件中国瓷器，该件明朝永乐青花葫芦式双耳扁瓶被认为对喜爱明初青花的收藏家来说是不可多得的珍品，因其在发色方面标志了中国青花瓷器技术的一个高峰。该件珍品原来估计港币 500 万元至 600 万元，由 350 万元开始叫价，结果以 500 万元成交。

中国文物，身价百倍。

当世界各地贪婪的古董家把目光放在中国时，中国的文物，遭受了前所未有的骚扰、破坏。地下被挖掘、寺庙遭破坏、文物馆被盗、收藏室被偷，在金钱面前，似乎人人都丧失了良知，空留一副没有灵魂的躯壳。

明朝朱元璋有两个嫡子分封在江西，册封在建昌府的名为益王，此地处闽赣要冲。自益王朱祐宾起，先后世袭了 7 代 8 个益王，共有 11 个王子王孙连同他们的妻妾厚葬在此，成为一个占地 1000 多亩的郡王墓葬区，还有石人石马护卫，整个墓葬区恢宏气派。

1978 年年底，一伙亡命之徒盯上了这块宝地，利用深夜悄悄开挖。他们选中了益王第五个儿子淳河怀喜王朱常油和他的爱妻、妾三人合葬墓。整整两夜未果，第三夜终于打开墓穴。

面对三具完整的干尸，盗贼们一下红了眼。

其内随葬珍品琳琅满目。朱常油头戴金七梁王冠，静静地躺在棺椁中。一伙人急不可耐，劈棺扬尸，将举世罕见的三鹿盘、玉带、金钻、金匾、

<< 明嘉靖年制瓷缸

金帽簪、金花、金头盖、含口金、琥珀、银盘、青瓷瓶等一一取出，拿不出尸体口里含的金子和颈部的饰物，便干脆把头砍下，把口撬开，可惜 300 多件瑰宝被盗贼一抢而空，被捣碎打烂的珍品无以计数，空荡荡的墓穴中空留三个冤魂的冥冥叹息。

1979 年，不知哪一个想发横财的家伙，在合江首开挖坟盗墓之先例，从死人口中掏出宝珠，从死人手上捋下镯子、戒指，从死人头上取下耳坠、金簪，偷偷卖给文物贩子，从而一举暴富。红了眼的乡邻自然不甘寂寞，遇坟便挖，遇墓便掘。一时间，合江县境内盗墓成风。先开挖明代官宦之墓，继之发展到新坟也挖，有的墓今天被人挖

过，明天又被人盗挖。有的怕别人挖了自己的祖坟，便先行挖之。最后合江县内无一座完整的坟墓。在这场挖坟盗墓闹剧中，不少人大发横财，有的干脆成了专业户，积累了一套丰富的"专业知识"。据说，他们不用挖去坟土，也不用开启棺木，只须用一只钻子、一根钢丝，就能轻而易举地将墓中的财宝掏得一干二净。有的专业户嫌挖坟盗墓费大力捞小钱，就学着转手倒卖，慢慢转化为文物贩子。专事挖坟盗墓的，叫作"穿山甲"，他们中的少数受雇于幕后老板，称之为雇佣型穿山甲。

正是在这种发财梦的驱使下，一个叫望仙乡蕌林村的村庄，在村长的率领下，一千多人浩浩荡荡地开进山去，专门盗墓。结果二千多座古墓被挖开，尸骨遍野、坟窟满山。一时间鬼哭狼嚎，天神共怨。这个村的一个农民，一看这阵势，索性买了鞭炮、猪肉，带着铁锨，跑到自家的祖坟前，焚香、祭祀、叩头，然后祷告说："祖宗在上！请你饶恕不肖子孙，我要是不来开挖，就得别人来掘了！肥水不流外人田，还是让咱本家人发这份财吧，若有什么金银财宝，给自己总比给外人好啊！"祭祀一阵，哭号一番，于是动手挥锨，开挖自家祖坟。刨开之后，见墓中并无几件值钱的器物，一气之下，将尸体拖出坟外，扔到地下，然后对着尸体狠踹两脚，骂道："你这个死了不烂的东西！光顾了自己生前享福，咋就不知道给后人留点好东西啊！"

1988年4月，美国华人报《世界日报》持续多天报道了纽约拍卖行拍卖中国文物古玩的消息。其间，明嘉靖年间的五彩碗独占鳌头，以天价成交。面对源源流失的中华瑰宝，侨居海外的华裔无不扼腕叹息、痛心疾首。美国华人联谊会九人联名在一家杂志撰文呼吁："一切有着炎黄皮肤、炎黄语言的国人，应该负起保护国家几千年历史文化之责任，像保护我们的老人那样，保护我们民族的优秀文化遗产，千万不要以一己之利，盗挖祖坟……每当看到我们民族的优秀珍品被拍卖，我们的心上仿佛被戳上一刀。"久居新加坡的一位83岁华裔老教授慷慨陈词："久居异乡，年事已高，心事愈重。闻大陆珍宝源源流失，漂泊海外，很是痛心。"日本留学生会组织在日本《读卖新闻》上撰文道："那些拿着中华祖先优秀文化遗产换金钱的中国人，还算得上中国人吗？爱我们的文化，如同爱我们的民族，毁我们的文化，就如同毁我们的民族。"

1929 年 5 月，明代民族英雄郑成功墓被盗。郑成功父子及妃董氏墓原在台湾，康熙二十二年（1683 年），成功孙郑克塽降清，请求迁郑成功父子墓于福建南安其五世祖乐斋公墓地。此次被盗，丢失多少遗物史无记载，郑氏家族也心中无底，遂商定开棺验查。可怜一代英雄九泉之下尚不得安宁。从打开的两具棺椁看，男棺为郑成功棺，开棺得玉带 1 条，带上嵌大小玉 18 块，朝服 1 袭已破烂，仅存绣袍 4 领，均绣蟠龙。靴一对，已失其底，靴面系黄缎制成，亦绣龙；女棺为董夫人棺，发现有发钗 2 枝，护心镜 1 个，龙袍 7 袭，均折叠整齐，但取出即成飞灰。

从验查结果看，盗贼尚有一点良知，没有将随葬之物一扫而空。也许是念及其是民族英雄？抑或是开棺后的良知突然觉醒？也许是许许多多未可知的原因。但盗贼毕竟是盗贼，既盗之，焉有不取之理？既敢英雄头上动土，何存天良地知之说？这桩无头公案，令郑氏家族大惑不解，也给后世留下了难解之谜。

# 清东陵被盗记

# 清皇陵建造始末

明崇祯十七年（1644年）初夏，位于中国东北满洲的清军将领多尔衮，在明朝驻山海关总兵吴三桂的接引下，统帅八旗劲旅走出白山黑水，跨过山海关，大败李自成农民军，迅速攻占北京。同年九月，皇太极第九子、不满6岁的福临和清皇室人员由沈阳抵达北京。十月初一，福临在臣僚的簇拥下，亲到京师南郊告祭天地，即皇帝位，正式颁诏天下，宣布清王朝对全国的统治，改年号为顺治，并从这一年起称为顺治元年。

这时的福临虽然君临天下，但毕竟年幼岁轻，在宫中自然无所作为。一切军政大事统由其叔父、被封为摄政王的多尔衮主持。

顺治七年（1650年）十二月初，多尔衮在古北口外行猎时坠马受伤，不久即死于喀喇城。已是14岁的顺治皇帝终于摆脱了羁绊，开始亲政。

一次在顺治帝带领群臣外出打猎的途中，当一行人沿长城向东来到河北遵化县所辖的马兰峪镇一带凤台山时，顺治来到一处高坡，勒住坐骑，举目四望。只见高山连绵，岗峦起伏，隆起的山脊在蓝天白云的掩映下若隐若现，犹如一条条天龙奔涌腾越，呼啸长空。在天龙盘旋飞舞的中间，一块坦荡如砥的土地，蔚然深秀，生气盎然。东西两向各有一泓碧水，波光粼粼，缓缓流淌，形似一个完美无缺的金瓯。顺治惊讶于这天造神赐的宝地后，大声说道："此山王气葱郁，可为朕寿宫！"遂命随行勘舆大臣和钦天监官员架起罗盘，按八卦方位，二十四山向，运用阴阳五行玄妙之机进行测算。所属臣僚和术士们已窥到皇帝的心事，又感到此处确是王气逼人，气度非凡。于是，在测算一阵后，添油加醋地说："皇上圣明，深得搜地之窍，今观之支法，见龙脉自太行而来，势如巨浪，重岗叠嶂，茂草郁林，实属万乘之葬也。再看那山势如五魁站班，指峰拂手，文笔三峰，惚若金盏，形若银瓶，恰似千叶莲花，真乃上上吉地也！"

顺治闻听大喜，他来到一块向阳之地，跳下坐骑，双手合十，两目微闭，

十分虔诚地向苍天高山祷告一番，而后解下随身玉佩，系于金漆箭翎之上，弯弓满石，振臂一射，那箭便穿云度日，飞落于正面凤台山的山阜之前，入地盈尺，振振有声，"箭落穴定"。臣僚、术士们赶到山前，找来木锨在地上挖出一个磨盘大的圆坑，谓之"破土"。这个圆坑便是陵寝地宫"金井"的位置。待陵寝地宫修好后，将第一锨土放入"金井"之中，标志着皇帝死后依然拥有皇天后土，并和他生前的大地永远血脉相连。待这一切结束后，顺治传谕，改凤台山为昌瑞山。臣僚们又找来一斛形木箱，盖在"破土"的位置，不再让它见到日、月、星三光，同时委派人员在此日夜守护，以待动工兴建。

尽管顺治帝选定了陵址，但由于当时清兵入关不久，基业方定，战火频仍，整个中国西部、南部、西南尚处于清兵与南明小朝廷以及各种武装势力的生死搏杀中。在这种形势下，顺治帝以国事为重，一直未建自己的陵寝，直到死后的康熙一朝，才将陵寝建成。

顺治帝入主中原之后，在短暂的一生中所经历的政治风浪和建国立业的辉煌壮举，无需去做过多的介绍。这里要叙述的，是关于他的死因和入葬的情形。顺治帝的死因和入葬情形，几百年来社会上流传着多种说法，其中广为流传和可考证的是顺治出家和死于天花两种。不同的是，前一种多了几分传奇和浪漫，后一种则增添了几分悲壮和无奈。具有传奇和浪漫色彩的关于顺治出家的说法，是由于一个女人。而关于顺治与这个女人的故事，在后世广为流传的同时，也成为清初历史上的三大悬案之一，久久地困惑着后世的人们。

——这个女人就是江南名妓董小宛。

关于董小宛入宫成为顺治皇帝宠妃的这一个颇浪漫和悲壮的故事，清史未见片言只语，倒是众多的野史和笔记小说做了这样的记述：

<< 董小宛画像

第十章

葬在清孝陵内的孝献皇后是秦淮名妓董小宛，明末清初战乱之际为江南名士冒辟疆所纳。顺治二年，被早年由明降清，后成为南下清军主帅的洪承畴所强抢。洪氏本想自己霸占独享，因董小宛誓死不从，才将她移花接木送入皇宫，成了顺治帝的爱妃。从此，顺治对董氏恩宠有加，恍若长生殿前的杨玉环与唐玄宗，爱得如醉如痴，大有连理比翼，生死同衾之势。未过多久，董小宛被封为淑妃，为六宫粉黛第一美人。

　　洪承畴恐董小宛于己不利，便乘机向太后进言道："昔睿王以荒于酒色，几至国政荒坠，赖天地祖宗神灵，使之早世殒命。今皇上亲政未几，便惑溺汉姬，致废常朝时日，老臣力劝，然皇上不听忠谏，并欲置老臣于死地。老臣命不足惜，其如大清宗庙社稷何？今能挽上意者，惟有太后。太后纵不念老臣之心，还不念太祖太宗创业之艰难乎？"

　　太后听罢，悚然动容，问皇上所宠何人。洪承畴将董小宛之事相告，只是中间隐去了自己进献一节。太后听后勃然大怒，立召顺治，在大加训斥后，疾令将董小宛遣送出宫。顺治帝一向惟母命是听，自不敢争辩，只好含泪遵命。于是，孝庄皇太后将董氏逼居西山玉泉寺。此为宫人获罪者遣谪之所，为的是让其寄寺学佛，斩断情根。

　　后董小宛自西山失踪，无复再现。顺治帝悲痛欲绝，遂动了出家之念，改了平民装束，偷偷溜出紫禁城，直奔五台山。当他到五台山后，和一癞和尚谈得颇为投机，便削发入寺修行去了。

　　顺治临出宫时，已将后事做了安排。并写了一道上谕放置在御案上，太监们找不到皇上，便将这道上谕称为遗诏。谕诏中定玄烨为皇太子，持服二十七日后即帝位，又命四大臣辅政云云。此诏一传，各王公大臣异常惊疑，言昨日早朝皇上尚康健如恒，怎一夜之间就晏驾黄泉了？且遗诏中亦未说明病源，甚奇甚怪！一时朝野议论纷纷，有谓顺治因皇太后逼迫而服药自尽者，有云因感受时疫而暴崩者，有言因董妃之故而匿迹山野者。不管群臣有千般疑惑，万种猜测，当下还得照例哭临，扶8岁新主玄烨登基，次年改元康熙。顺治朝从此成为过眼云烟。

　　几十年后，康熙大帝率部西征噶尔丹叛乱，大获全胜，志得意满之际，便想起五台山上的父皇，遂有了前去看望的打算。当年顺治遁入空门后，在五台山绝顶处修了三间草房，终日念禅打坐。皇太后思儿甚切时，便带孙子康熙出京，以上五台山清凉寺进香为名，与儿子晤面。但当她每到清凉寺，却又见不到儿子的踪影，怕百姓生疑，不敢久留，只好对门空淌几滴相思之泪。后来太后年老体衰，已不能远行，便差人每年到五台山修庙，并密探暗访顺治帝的行踪，但至死亦未寻到。

此时的康熙已到不惑之年，在胜利的喜悦中又动了父子天性，遂下旨南巡，临幸五台。待一行车马人流到五台山后，康熙将侍从留在山中，一人悄声不语地走进清凉寺，再由一老方丈领至山顶极峰处茅屋前，独自进屋面父。只见一白发老僧，静坐打禅，纹丝不动，宛若枯人朽木。康熙望了许久，断定此人必是父皇，忍不住双膝跪到老人身前，泣哭不已地说道："父皇，儿来了！"

只见那老僧双目微睁，复又闭拢，其态如初，不再理会。康熙不禁热泪横流，停了半晌，不见老僧有何表示，只好悄然退出茅屋。临走时特嘱门外的方丈不准声张此事，以后要好生看待此老僧，必有重赏，方丈合掌点头连连称是。此时正值深秋，浮云古木，冷风扑面，空中雁阵，哀鸣远去，使人倍感凄怆悲凉。康熙感慨万千，仰面目送天际浮云过雁，低头眺望深谷沟壑，深叹一声，闷头缓步下山离开五台。

康熙离开五台山后，关于顺治出家并终了五台的传闻，在社会上越传越广。而那绝色美人董小宛，红颜薄命，好端端一个如花似玉美人，竟谢却红尘，不能不令芸芸众生扼腕叹息。时国子监祭酒、江南名士吴梅村曾作《清凉山赞佛诗》，以咏顺治、董小宛之事。其诗有云："双成明靓影徘徊，玉作屏风壁作台。薤露雕残千里草，清凉山下六龙来。"后人有附会其诗者说，其中"双成"及"千里草"字句，是暗指董妃，清凉山是五台山上一峰，是暗指世祖出家。康熙帝一生巡幸五台山共计五次，暗喻顺治帝和康熙帝共来六次，即"清凉山下六龙来"一句。据传，康熙皇帝直到顺治帝老死五台山，方才不去，只是秘密派人将父皇生前使用的一把扇子、一双鞋子带回，埋入清东陵孝陵地宫，而作为顺治皇帝本人，压根就没有入葬陵寝。

这个神奇的传说，随着野史和笔记小说的广泛传播，使许多人深信不疑，并发挥了神奇效用。以至在二百多年过后，清东陵遭到一次次惨不忍睹的洗劫时，顺治皇帝的孝陵成为所有陵寝中唯一没有遭到盗掘的陵墓。

因为所有的盗掘者都知道，地宫中那把扇子和一双鞋子是不值得一盗的。这实在是顺治皇帝不幸之中的万幸！这个意外结局，也是顺治皇帝生前所料想不到的。

继顺治皇帝之后，陆续有康熙、乾隆、咸丰、同治等共四位皇帝在东陵建造陵墓地宫，作为葬身之所。自顺治开始至大清灭亡，清东陵陵区占地面积2500平方公里，陵区内有帝陵五座，后陵四座，分别葬有五位皇帝、十五位皇后、一百三十六位妃嫔、一位皇子，共计一百五十七人。

自康熙之后，雍正皇帝别出心裁，开始在北京之西125公里的易县重新选址建陵，陵区占地800多平方公里，陵区内有帝陵四座，后陵三座，以及三座妃嫔、四座公主、皇子和王爷陵。其中分别埋葬着雍正、嘉庆、道光、光绪等四位皇帝、九位皇后、五十七位妃嫔、六位公主、皇子和王爷，总计七十六人。

自从雍正打破了"子随父葬，祖辈衍继"的丧葬制度而埋骨于京西易县境内后，登基不久的乾隆也跟随其父，派臣僚在西陵区域选择万年吉地。当吉地选好后，乾隆却突然改变主意，又派臣僚到东陵选择。

乾隆七年（1742年），大学士三泰、果毅公讷亲、户部尚书海望，会同钦天监监正进爱等进入东陵区域勘察地形，数日后相得胜水峪"龙盘虎踞，星拱云联，允协万年之吉"。乾隆览过绘图后，甚是满意，并诏旨于第二年二月初十动工兴建。至此，清王朝丧葬规制的长河，在雍正朝拐弯之后，又在乾隆朝改道分岔，长河的主流从此一分为二，一条支脉流向东陵，一条流向西陵，从而形成了中国历代王朝葬丧史上的独特规制和景观。如此做法的思想脉络和内在干系，主要是乾隆考虑到，若从自己之后起，历代皇帝都葬于西陵，那么东陵必然有香火渐衰、冷清无助之感，日久定会荒废不堪。为兼顾东西两陵的盛衰，才做出了这一抉择。关于这一点，乾隆在六十一年（1796年）将皇位传于其子嘉庆时，在十二月二十日的谕旨中除说明了他将寿宫选在东陵的

<< 清东陵

原委外，还做了"兆葬之制"的硬性规定，即若父在东陵，则子在西陵；父若在西陵，则子在东陵。当这个东西二陵兼顾的设想出台后，乾隆唯恐哪位不肖子孙像他父亲那样别出心裁，东西二陵都不选，另立门户，再选出个南陵或北陵，这样他设想的"兆葬之制"势必被打破，造成无法依附、无章典可循的混乱局面。为此，他又专门做出规定，非东即西，不能再随便另选陵址，这样就断了后世不肖子孙别出心裁的念头。所有这些，在体现了乾隆顾全大局的同时，也完全可窥到他当时在处理这类事务上的良苦用心。只是令乾隆本人以及随他入葬东陵的后世子孙想不到的是，他的中途易辙和这道谕旨的下达，使他们在一百年后，共同迎来了陵寝被盗、尸骨被抛的厄运。而当这种厄运到来之后，世人不免做出种种假想，假如乾隆当年葬入西陵，他的子孙也效仿而做，是否还会有一百年后东陵被盗的凄惨景象？乾隆是否会同他的子孙如今天人们看到的清西陵的主人一样，安然无恙地就寝于地下玄宫之中？回答也许是肯定的，但历史并没有给予他任何悔过的机会，他现在所要做的，只能是将自己的寿宫修建得尽可能牢固、美观、气派、辉煌一些罢了。

乾隆朝继承了康熙、雍正朝的盛世，建陵时正值国家鼎盛、国库丰盈之际，故此整个陵园、地宫的建筑，均是遍选天下精工美料，仅其木材就分别来自四川、两广、云南、贵州及东北兴安岭地区的原始森林，而这些木材又以珍贵的楠木最多。其石料则取自北京房山和蓟县盘山的石场，砖料由山东临清、江苏专工制造，瓦料由京西琉璃厂运送，即使土料也是由数十里外精选的含沙量适当的"客土"。整个陵寝由圣德神功碑、五孔桥、石像生、牌楼门、神道碑亭、隆恩门、配殿、方城、明楼、宝顶以及地下玄宫等主体建筑组成，其神道南端与孝陵相连。整个建筑群规模宏大，布局严整，材料精致，工艺精湛。尤其是地下玄宫的建筑风格和艺术水准，是中国历代帝王陵寝中所罕见的。陵寝工程从乾隆八年（1743年）开始兴建，至乾隆十七年（1752年）主体工程基本告竣，先后经历9年的时光，共耗银203万两。

光绪三十四年十月二十一日（1908年11月14日傍晚）酉刻，年仅38岁的光绪皇帝驾崩于西苑南海中的瀛台。

关于光绪帝之死，传言很多，但不管光绪是由于自然病亡还是被谋害而死，他作为清朝历史上最具悲剧特色的皇帝却是事实。当中日甲午战争爆发，大清苦心经营的北洋水师全军覆没，日军攻占威海卫后，慈禧等当朝执政者为挽取苟安之残局，遂强行决定，与日方签订了丧权辱国的《马关条约》。而自亲政以来，逐渐怀有"励精图治"之志的光绪，有感于丧师失土的莫大耻辱，悲愤至极，禁不住声泪俱下。也正是在这场不平等战争中，光绪才沉痛而清楚地认识到"国势艰难"而"殷忧危之"。因此，当他在首次得到康有为的变法奏书后，引起了自己强烈的思想共鸣，禁不住"览而喜之"，遂下定了变法求新、以图自强的决心。晚清的历史进展到此处，标志着光绪与慈禧往日那微妙关系的正式破裂，整个朝廷中的"维新派"和"保守派"之间充满了无法调和的矛盾和危机四伏的杀机。

光绪二十四年（1898年）四月二十三日，光绪以当朝天子的威望和锐气，毅然颁布《明定国是诏》，正式宣布变法革新。许多忧国忧民的仁人志士以无比感奋的心情和对未来充满的美好憧憬，立即投入到这场变革之中。遗憾的是，历史没有让人看到这场伟大变革的成果，而是留下了一个极为悲惨的结局：即在光绪颁诏百日之后的八月初六日，正在紫禁城中和殿阅览奏文的光绪帝，被慈禧派来的一群太监和一队"荣禄之兵"，押至西苑南海瀛台囚禁起来。变革中的前卫人士康有为、谭嗣同等人，逃的逃，死的死。这场清代历史上最后一次企图通过内部变革而拯救自己于危难之中的机会又失去了。

又过了十年，光绪在囚禁之地——瀛台孤单地死去，由慈禧在最后的弥留之际亲选的年仅3岁的溥仪继位，是为大清历史上最后一个皇帝，建元宣统。

令人扼腕叹息的是，在光绪登基直至驾崩长达34

<< 慈禧像

老百姓仅有的一点救命钱财，几乎都被抢劫一空。原马兰峪有匪首马福田，本是一名多年巨匪，盘踞马兰峪一带无恶不作，于去年秋曾被奉军岳兆麟军长收编，马福田成了团长。谁料想奉军败退，马福田重又率部下四五百人归山，仍回该镇，倒行逆施，更甚往昔，烧杀淫掠，肆意横行。在将当地老百姓的钱财劫抢一空后，又窜往清东陵，捣毁殿宇，刨坟掘墓，将大量金银器具及坟中珍宝盗出，运往北京变卖，据说一笔就成交十二万元之巨……"

"什么？！"孙殿英听到这里，原来那迷迷瞪瞪的头脑如遭电击一般，跷起的二郎腿迅速收回，腾的从椅子上站起来，冲遵化县的来人急切地问道："这清东陵离本军部有多远？"

"几十里地，翻过两个山头就到了。"来人答。

"清东陵不是有军队守护吗？怎么可以让马福田之匪类任意横行？"

"别提了，清东陵的驻军早没了。现在只有几个半死不活的老头子在看护，像没主没家的孩子一样，地面上的珍贵东西几乎全被抢光了，树木也被砍伐殆尽了。"

"噢？！"孙殿英听到这里，脑子里瞬间闪过一丝念头，心中的热血加速了流动，布满麻孔的黑脸涨起一丝红润。他站起身，倒背着手异常激动地在地上来回走动着，过了好一会儿，他停住脚步，眼睛放出一种兴奋和有些神秘的光说道："保境安民是我军之首责，现在我就和诸位达成个协议，从明日起，我军即出动队伍在防区内剿灭匪患，保证一方平安，你们也要尽心尽责地为我筹集粮饷如何？"

众人见孙军长如此一说，也就不便再硬着头皮顶下去，只好苦笑着答应，各自回去。

等这帮官僚、豪绅一走，孙殿英立即向副官详细询问了东陵地区地形，并把师长谭温江召来说："你速将队伍拉到靠近东陵的马伸桥驻防，并派得力人手查清东陵的一切情况向我呈报。我有一种预感，你我弟兄发一笔横财的机会可能到来了。"

谭温江望着孙殿英那兴奋而得意的神色，沉默了片刻，似有所悟，不再追问，当即遵令，调集全师人马向离东陵不远的马伸桥赶去。一到马伸桥，谭温江让参谋长等安排驻防事宜，自己则带上副官及部下团长赵宗卿等十余人，打马飞驰清东陵。经过近一天的查访，清东陵的一切情况全部查清。当天夜里，谭温江亲自飞马向蓟县军部赶去。

清东陵自 1663 年葬入第一个皇帝顺治之后，其时共有帝、后、妃陵寝 14 座。这 14 座陵寝又分为 300 多座单体建筑，均以昌瑞山下的孝陵为中心，分布在东、西两侧，依山就势，高低有差，错落有致，主次分明。陵区外围的黄花山等地还有 10 多座园寝，那是清代王爷、皇子、公主、勋臣、保姆等人的葬地，其陵园规制与妃园寝相似，均以绿色琉璃瓦盖顶。整个陵区沿燕山余脉昌瑞山而建，着意山川形势的自然美与建筑景观人文美的和谐，达到了"陵制与山水相称"的目的。

由于清朝历代帝王都认为能够在上吉之地建陵，便可以"开福祉于隆基，绵万年之景运"，故陵寝在他们的心目中占据着十分重要的位置。为了保护陵区的安全，在陵区周围开割了火道，竖立了红、白、青三道界桩，界桩外是 20 里官山，并在前圈东、南、西三面筑起了 40 里的风水围墙。

当然，清东陵之所以未遭火灾和人为的破坏，保存完好，这与清王朝派遣的最为精锐的八旗兵丁直接守护各陵有重大关系。按清王朝规定，凡皇帝陵，设总管一员、翼长二员，骁骑校二员、章京十六员、甲兵八十名左右。这些官兵每月分成八班，每班有章京二员、甲兵十名，昼夜传筹巡逻。到光绪朝中期，驻扎在东陵的八旗兵总兵力达 1100 多名。

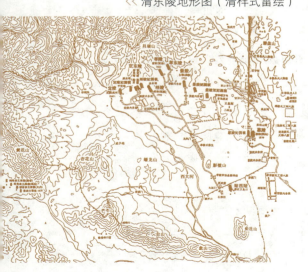

<< 清东陵地形图（清样式雷绘）

除此之外，设在马兰关的绿营是专门保护东陵陵区安全的军队。雍正元年下辖 3 个营，随着陵寝的不断增建，到嘉庆五年，马兰镇已下辖 8 个营，人数由原来的 600 名扩展到 1000 余名，到光绪九年，人数猛增至 3157 名。

当溥仪退位，清朝灭亡，1928 年 6 月，国民革命军北伐入京，奉军溃退关外，原北洋军阀建立的东陵陵寝及荒垦植局由北伐军战地政务委员会接收，但未派人负责经营，更未派一兵一卒前来保护。

随着政治时局的风云变幻，人事的不断更迭，东陵荒垦植局已变成公开毁坏土地、盗伐陵树的代理机构。在虎去狼来、你争我夺的短短十余年中，东陵陵树遭到了空前洗劫，原前圈、后龙的"仪树"和"海树"被盗伐一空。当年群松蔽日、苍翠弥望的万顷青山，到1928年已变成童山濯濯了。更为严重的是，东陵的地面建筑，也被各路军阀和当地土匪盗劫拆毁。先是各殿宇所有铜制装潢，如铜钉、铜字等全部被盗，继而各殿隔扇、槛框、窗棂被拆盗一空。尤其在奉军溃败，北伐军来到之时，东陵处于无人过问管理的真空状态。身为护陵大臣的毓彭，见时局如此混乱，也不再尽心守护，开始串通监护人员，索性将各陵隆恩殿前月台上陈设的大型鼎炉、铜鹤、铜鹿等拆运偷售，中饱私囊。当地土著见护陵大臣都监守自盗，认为陵寝宫物可自由取夺，于是纷纷涌进陵区，群起拆毁殿庭，肆意盗卖。其间有一伙盗贼趁着混乱，掘开了惠妃陵寝，进入地宫，抛棺扬尸，盗走了大量珍宝。此风一开，许多土匪、强盗都把目光盯上了陵内地宫中的珍宝。而这时奉鲁两军大举溃退，整个京津地区遍布着一股股、一撮撮亦兵亦匪、由兵变匪的队伍，许多游兵散勇因不愿随奉军退往关外，而四处流窜，清东陵正成为他们最合适的蚕食和劫掠之地。

谭温江将在东陵查访到的被破坏、劫掠情形一一向孙殿英作了汇报。

孙殿英听完，紫黑色的脸上露出怒色，恨恨地骂道："看来那些宝贝都便宜了这帮龟孙子了。俺老孙以前没想到要在死人身上发财，这会儿算碰着了，他们能做这里的买卖，俺为啥不能做。淞艇弟，据你所知，那东陵里还有什么物件可捞一把？"

"地上的几乎全部抢光了，即使剩下的一点儿，也没啥捞头，要做，就只能是地下了。"谭温江回答。

"你是说掘墓？"孙殿英欠起身子问道。

"是！"谭温江干脆利索地回答。

"如今天下纷争，兵荒马乱，这东陵早已成为无家无主的一块肥肉，此时还不动手，难道眼睁睁地看着让别人抢去不成？"谭温江不失时机地鼓动起来。

孙殿英略一思索，神色严峻地对谭温江说："淞艇，你说得有道理，看来这东陵一事，咱不下手，迟早也会成为他人的囊中之物。事关重大，形势紧急，今天晚上你立即回马伸桥驻地，明天一早派军队严守东陵所有机关要道，并密切注视东陵的一切异常动静。在我最后做出决定之前，东陵的一草一木、一砖一瓦都不能落入他人之手，听懂了吗？"

"卑职明白，一定按军座的命令去办，现在我就告辞了。"谭温江满脸兴奋，激动地回答着。

"路上多加些小心。"孙殿英说着又唤来副官说，"调拨一个警卫班护送谭师长回驻地。"

# 军匪争夺战

谭温江从军部回到马伸桥驻地的第二天，即1928年7月1日早晨，便匆匆召集部下传达孙殿英的指令，派出军队封锁东陵各交通要道，同时联系当地警察所和民团，侦察匪情，布置防务。各部得令后，迅速行动起来。谭温江坐镇马伸桥镇的师部，负责全权调遣和指挥。

谭温江通过对当地情况的调查分析，认为清东陵四周至少有三股较强的武装力量在活动。一为国民革命军第三军的白姓师团，其次是奉军残部，最后为马福田的匪帮。从探知的情报看，这三股力量都有可能对东陵形成威胁，但一二日内似乎不太可能。

当晚正当他睡得极香甜时，突然被一阵急促的敲门声惊醒。谭温江打了个冷战，一骨碌从被窝里爬起来，大声问道："谁？"

"我是李副官，报告师长，马福田率匪众突然开进东陵，正在盗掘皇陵。赵团长派人来报是不是干了他。"门外的李副官急促地作着汇报。

"奶奶的，这么快！"谭温江一边穿衣服一边下达命令："李副官，你代我命令赵团长，立即进入东陵将这帮乌合之众给我干掉，只许胜，不许败。命十五团及手枪队立即赶赴东陵援助赵团，命蓟县第二区民团堵截围剿，命西二三堡保卫团火速出动堵截围剿……"副官受令，迅速转身离去。谭温江穿好衣服，提着手枪向师部跑去。

谭温江的预感对了。此时马福田正指挥手下匪众，在东陵大肆行动着。

　　这马福田是土生土长的遵化县马兰峪人，此人自小游手好闲，长大后吃喝嫖赌、打家劫舍、拦路抢劫、绑票索财、强奸妇女，可谓无恶不作。后来在东陵一带拉杆为匪，纠集了几十人靠绑票索财为生，并和手下另一名土匪王绍义狼狈为奸。只要马福田绑了票，王绍义就扮做中间人为两头说票。这一劫一放之中，二人诈取了大量不义之财。马福田、王绍义拿了钱，便玩女人，下馆子，花天酒地，肆意挥霍。由于时局动荡不安，当地人虽对他们恨之入骨，但毫无降服的办法。如此年深日久，使马福田渐成气候，成为东陵地区杀人不眨眼的活阎王。无论是当地官府还是乡绅、百姓，听到马福田三字无不心惊肉跳，头皮发炸。如谁家的孩子哭声不止，只要一提马福田来了，便戛然而止，不再哭泣。整个东陵地区，马福田已成为近似妖怪和厉鬼的象征。到了1927年，入关的奉军第二十八军岳兆麟部进驻东陵，并在马兰峪一带收编土匪，以扩大自己的势力。马福田不失时机地拉了三四百名土匪投靠岳部，被任命为独立团团长。那个跟他狼狈为奸的王绍义也当了个亲信副官。1928年6月底，奉军在与国民革命军交战中溃败，岳兆麟部由冀中保定撤往冀东滦县。当部队行至玉田县新安镇时，马福田见奉军大势已去，遂拉着队伍趁夜叛离岳兆麟部，窜回家乡马兰峪一带自由行动。当他在马兰峪打家劫舍，抢夺钱财并火烧了十几家商铺后，又暗中派心腹潜入东陵窥测动静，看有无盗掘的可能。盗掘东陵是他一开始为匪时就经常做的一个惊险而辉煌的梦，这个梦已在他心中压了许久了。当探知东陵无一兵一卒镇守，成为真空时，他大喜过望，立即意识到这是一个千载难逢的绝好时机，此刻不干，更待何时？想到这里，他立刻率领匪众开进东陵，开始实现他那惊险而辉煌的梦了。

　　在短短的几日内，东陵地面残存的所有值钱的物件以及黄花山中的几座皇家墓葬，几乎被他率众匪洗劫一空。而就在马福田对东陵内帝后的陵寝，是盗还是不盗的问题上犹豫不定，尚未做出最后抉择时，谭温江的第五师开进马伸桥，并迅速派兵封锁了通往东陵的交通要道。

　　面对第五师的所作所为和急转直下的局势，以地头蛇自居的马福田恼火了，争强好斗的报复心理以及贪恋钱财的欲望和疯狂，把他对帝后陵的敬畏感压了下去。他不再犹豫，立即做出了盗掘帝后陵寝的决定，并于7

月 1 日深夜从山中拉出一彪精干人马，携带枪炮和盗掘工具，沿着熟悉的山道，绕开赵宗卿部的设防，悄悄进入东陵，开始行动起来。

就在马福田率众匪在陵区内大肆劫掠时，正在布防巡逻的谭温江师 13 团的士兵意外发现了他们的踪迹和企图，于是立即回去作了报告。之后，谭温江毫不犹豫地下达了围剿命令，谭温江师所属团、队纷纷向马兰峪和清东陵包剿而来。

双方在群山林立、殿宇高耸的东陵从拂晓一直战斗到天亮。马福田部渐已不支，急忙派人赶奔马兰峪老巢搬请驻守的匪军。谁知搬兵的匪卒回来报告，马兰峪老巢已被谭温江的十五团及手枪队端了窝，驻守的匪军残部正向东陵以外的深山密林逃奔。马福田知道大势已去，遂率匪军且战且退，企图退往陵区以外的山中。谁知赵宗卿部死死咬住不放。马福田无奈，只好指挥匪军与赵宗卿部决一死战。双方激战到接近中午，谭温江部的十五团和手枪队也从马兰峪向东陵合围而来，面对双方力量的巨大悬殊，马福田知道自己再也无法抵抗了。他来到匪军的背后，冲硝烟弥漫的东陵园寝长叹一口气，低声说道："娘的，老子今日先走，明天再来讨债！"然后转身带领几名亲兵杀开一条血路，在硝烟和树木草丛的掩护下，扔下正在战斗着的匪军，落荒而去。

由于马福田的逃跑，匪军群龙无首，战斗很快结束。

第二天，被俘的原马福田所属匪众被就地枪决，尸首吊在石牌楼前示众之后，孙殿英借口"防匪护陵"，把谭温江师和刘月亭两个旅的兵力，

<< 孙殿英旧宅遗址

全部开进东陵四周，控制了陵区的御路神道、砂山隘口。同时宣布整个陵区戒严，一切人等不许入内，并在陵区附近的东西沟村、大红门外及马兰峪、苇子峪一带贴出多份布告，其内容如下：

### 军部布告

为布告事，照得马兰峪股匪猖獗，劫抢烧杀，奸淫掳掠，民不聊生。本军长应地方绅董之请，特派劲旅

竭力剿除，赖官兵奋勇，将士用命，巨匪授首，元恶已除。除当场击毙不计外，生擒悍匪三十余名，已就地正法，以昭炯戒，藉寒匪胆。犹恐余孽尚在，死灰复燃，一面举办清乡，逐细查究，一面搜索山林，随处侦缉，以期一网打尽，永绝根株。尔商民人等，如有侦知匪人逃匿踪迹及潜藏处所者，应即报告，以便拿获而清妖孽。本军长束发从戎，向以保国卫民为职志，除暴安良不遗余力，其有被匪蹂躏之区，不得安居乐业者，本部但得报告，即派队剿办，职责所在，不敢告劳。仰尔各色人等，转相告诫，一体周知。切切此布。

国民革命军第十二军军长孙魁元

中华民国十七年七月三日

布告贴出后，谭温江师、刘月亭师，外加两个旅的兵力，一边在东陵内大肆劫掠建筑物中残存的金银铜铁之饰物，一边四处"清乡"，东陵周围近百个村落全部列为清查的对象，官兵们如同无王之蜂，四处乱窜，肆意横行，抢财劫宝，欺男霸女，又是一番疯狂的折腾。

但与此同时，东陵附近地区又出现一支来路不明的军队，自称革命军第八军第七旅。这支军队的意外插入，给孙殿英的第一个感觉就是不能再犹豫了，关于东陵命运的最后抉择就在今天。他急召谭温江、梁朗先、冯养田到军部议事。

孙殿英盯着谭温江的脸，开门见山地说道："淞艇弟，眼下的紧张局势已明摆着非让俺做出选择不可了，刚才俺已同两位老先生商量过，现在再问你一句话，这东陵地下的宝贝，咱们是要还是不要？"

谭温江抬头望了下同样一脸严肃的孙殿英，不假思索地当即回答："那还用说吗，事情明摆着，到口的肥肉谁愿意再吐出来？不只是要，以小弟之见，这几天必须行动，再这样拖延下去，恐怕就来不及了。到那时，任凭咱有一千个后悔也为时晚矣！"

这时，梁朗先摇头晃脑地说道："在挖掘地宫前，必须探明每座帝后陵中地宫的入口可能所在的地方，地宫中到底存放了何种宝器，而这些宝器物件，哪座陵最多、最贵重，哪座陵最少，最至关重要。这样，我们可选择几座最值得挖的陵墓下手，其他一律不许官兵私自动手。当我们以最快的速度找到地宫入口，并进入地宫将宝物取出后，要按原样封闭地宫，并迅速撤离东陵地区，不要留下点滴把柄。不但马伸桥驻地要撤，就是这个蓟县军部也要撤。当我们撤走后，必然有大量的兵匪和土著趁机涌入东陵寻找便宜，东陵地区必然一片大失控、大混乱。万一东窗事发，我们佯装不知，默不作声，罪过必然会转嫁到这些涌入东陵的兵匪和土著身上，这便是兵法上所说的'借尸还魂'，或曰'借刀杀人'之计也。"

孙殿英、谭温江、冯养田三人，显然是被梁朗先刚才的一番奇谈所打动，心中暗自佩服。孙殿英按捺不住心中的激动，问道："梁老先生奇计是好，只是这探访一事实在难办，再说这撤防一事亦不简单，没有上边的命令，咋好私自决定？"

梁朗先听罢，胸有成竹地说："以老夫之见，此事不难。这东陵一带散落着许多前清守陵遗老和当年修筑陵墓的工匠、夫役，他们一定知道这地宫的入口在何处。只要略施小计，通过现在还守在东陵之内的那几个前清遗老，不难访到知晓之人。至于撤防一事，我意派人前往北京去拜见总指挥徐源泉老头子，备些礼物呈上，谎称蓟县一带筹备粮饷实在困难，商家、百姓之财产俱被兵匪抢光，强筹粮饷恐激起大的民愤，若无粮饷又怕激起兵士哗变，如此一来，徐源泉必同意换防。为万全之计，我要亲自随同赴京，除见老头子外，还可察看京城政界和军界的动静，根据形势看是否适合咱们下手。如果京城秩序井然，我们尚要考虑，如果京城处于混乱无序状态，合该天意如此，我们当立即动手行事。这事做完之后，还要暗中查访东陵地宫的葬宝图。以我年轻时在清廷谋事所闻，凡帝后入葬的宝器，都有史典记载，内务府有些官员、太监还详尽地私自记下入葬宝器的名称、数量以及贵重程度。当年我曾和几位内宫太监交情不错，听说他们尚在京城散居，只要能找到，大事成矣！"

孙殿英和谭温江被梁朗先的一番精彩演说所打动，激动得热血沸腾，冯养田也做出了自愧不如的神态。谭温江惊喜不已地问："那我们该做何具体行动安排？"

"老夫不敢越俎代庖，这个要看军座的想法。"梁朗先知趣地答。

孙殿英压抑着激昂的情绪思索了一会儿，沉着黑黑的麻脸说道："看这样中不，淞艇弟今天就回东陵做探访地宫事，不管情形如何，后天再和梁老先生赴京拜谒总指挥徐老头子。待你们从京返回后，再做行动。"

当晚，谭温江率十几名亲兵，全部便衣打扮，骑马走出马伸桥，向东陵匆匆赶来。在陵区一处残缺斑驳的班房中，找到两位年逾古稀、孤苦无依的护陵老人。

谭温江等人迅速用脚踹开门扉，闯进屋里，压低了声音道："奉马福田团长指令，特让我们前来探访能知晓这帝后陵墓地宫入口之人，想来二位定会知道其中奥秘所在吧。"

两位守陵老人惊愕了一下，神情黯然地先后说道："好汉爷，我俩乃普通的守陵之人，在此前未曾受过皇家恩宠，这地宫入口一事实不知晓。再说那地宫中随葬的器物，只听说顺治爷的地宫是座空库，没啥子东西。康熙爷是打天下的，地宫葬物不少，乾隆爷是坐天下的，地宫的东西自然就多，慈禧老佛爷是送天下的，地宫的随葬品最多，也最贵重……"

谭温江见两个老汉边说边抖成一团，知道难以问出具体的口供，又想这地宫入口和随葬器物也绝非普通守陵人所知晓，遂从腰中摸出几块大洋放在床上，声色有些温和地说道："我相信二位老前辈说的都是实话，这是一点小意思，请二老收下。不过，我还有个要求，请二老在东陵附近给介绍一位通晓地宫入口和随葬器物之人。这样，我们也好回去交差。"

"这、这……"两位老汉望着灯下发着灿烂光亮的"袁大头"，既恐惧又激动地沉思了一会儿道，"要说知道这事的人，恐怕只有定大村的苏必脱林一人了。他曾经在定陵任过郎中，后来因祸得福，和李莲英亲近起来。慈禧老佛爷入葬时，他曾在定东陵料理过丧事，应该知道地宫的入口在何处。"

苏必脱林原任咸丰帝的定陵郎中，后巴结上李莲英，成为东陵守护大臣中举足轻重的人物。因而，当慈禧归天入葬时，他有机会参加了东陵葬礼的全过程，并深知地宫入口的具体位置。又因为慈禧陵的地宫入口和其他帝后陵的地宫入口在整个陵寝中的位置基本相同，那么，苏必脱林必能同样举一反三地找到几乎东陵所有帝后陵寝的地宫入口——这是一个毋庸置疑的关键性人物。

谭温江从两个守陵老人处探得苏必脱林的住所后，就秘密派兵监视。

## 寻找地宫入口

当梁朗先、谭温江回到蓟县军部时，已是 7 月 8 日下午。孙殿英闻听汽车的响动，早已迎将出来，拉着二人的手，亲热得像分别了几年的老朋友，说笑着向办公室走去。

梁、谭二人将进京拜谒徐源泉总指挥的经过，以及徐老头子的嘱咐和在京城军界传闻中关于蒋介石决定裁兵等种种凶险莫测的消息，向孙殿英作了详细汇报。孙殿英愤怒之余望着梁、谭二人说道："看来这东陵是非动手不可了？"

梁朗先想了想，清了清嗓子说："马福田匪众已跑数日，看来原打算把掘东陵一事嫁祸于他身上的可能已不存在。不过目下还可浑水摸鱼，事成之后，万一东窗事发，可推到他们的身上——就是溃散而来的奉军残部，他们亦有挖掘东陵之心。咱应借此机会和他们真刀真枪地干上一架，干的同时要散布他们已盗掘东陵，咱奉命围剿。如此一来，东陵盗掘的一切后果将由这帮兵匪承担。说白了，这仍是兵法所云'借刀杀人'之计。"

<< 徐源泉

当天下午三时，孙殿英在军部召开紧急会议，他要向众将官正式摊牌了。孙殿英首先介绍了梁朗先、谭温江了解到的裁军情况。众将官一听，在短暂的大惊失色之后，满腔怒火涌向心头。孙殿英提出崩皇陵解决军饷问题，并进一步说道："满清欺侮汉人近三百年之多，咱崩他的皇陵就是替汉人报仇，就是革命。孙中山搞同盟会革满清的命，冯焕章（冯玉祥）用枪杆子逼宫革宣统皇帝的命，现在满清被推翻了，咱只好崩他的皇陵，革死人的命了。这也是继承孙中山先生的遗志，为革命作出的贡献嘛。"

随后冯养田参谋长宣布了具体行动方案："谭温江

师一部负责挖慈禧陵，柴云升师一部负责挖乾隆陵，丁庭师一部负责挖康熙陵，刘月亭师负责围剿奉军残部，杨明卿旅负责在陵区警戒，颛孙子瑜工兵团负责协助挖掘三陵。各部务必于三日内完事，违者军法论处……"方案敲定后，各部开始了行动。

当谭温江、柴云升、丁庭、颛孙子瑜等师、团长，率部分别到达东陵指定位置时，杨明卿旋即严密封锁了东陵地区。周围三十里禁止一切行人通行，从山沟到树林，三步一岗、五步一哨，陵区的东、西、南、北分别由一个机枪连和迫击炮连交叉把守。在狰狞可怖的夜幕的遮掩下，一场旷世罕见的盗宝事件，在东陵拉开了序幕。

开赴东陵的三支队伍中，进展最顺利的当属谭温江师。他的顺利不只在于对地形的熟悉，更在于对人的掌握。就在他从北平回到蓟县军部，和孙殿英、梁朗先、冯养田四人开始正式的第一轮密谋时，他就做了盗挖慈禧陵的打算。促使他做出这个决定的，除已掌握了慈禧陵地宫全部葬宝的秘密外，还在于他觉得慈禧陵中的葬宝应多于其他一切帝后的陵寝，其价值也远非其他陵寝所能比。他如愿以偿地获得了这个机会。

谭温江率部来到慈禧陵前，立即让手下的亲兵换成便衣，到北沟村通知副官，声称马福田要面见苏必脱林，即行带走。副官心领神会，对其家人说道："我们马福田团长今晚要见老先生，有要事相商，明天一早再将先生护送回家，不必多虑。"说完，生拖硬拽将苏必脱林弄到一匹高头战马上，不顾其家人的哭天号地和苏必脱林的拼命挣扎，率领众人骑上战马一溜烟向东陵奔去。

来到慈禧陵前，苏必脱林被悄悄地带到陵寝的一间配殿，还没等他从惊恐中回过神来，全身的长袍马褂就被兵士们剥下，接着劈头盖脸地被穿上了上士衔的军装，戴上了军帽。惨淡的灯光下，几个兵士看到苏必脱林那身不伦不类的军装以及歪戴的军帽后边那根猪尾巴样灰白的发辫，禁不住哧哧溜溜地嘻笑起来。

笑声中，谭温江从外边走了进来，很是大方地对处于惊恐和尴尬之中的苏必脱林说："老先生，想不到你也成了革命军的一名上士班长了，哈哈……"

苏必脱林望了一眼谭温江，愣了一下，没有回话，大概他被这位少将师长的军装和军衔搞糊涂了。

谭温江好像早有所料，主动解释道："我们马福田马团长已经投靠国民革命军，现在弟兄们已经是民国政府的队伍了。今奉上边的命令，要对满清的死人革一次命。我部奉命挖掘慈禧太后的陵墓，要找到这个老妖婆算算账。今儿个请先生来，是想让你给弟兄们指明地宫的入口，免得大家劳神费力。先生，请吧！"谭温江说着，将手一挥，做了个请的姿势。

看苏必脱林沉默不语，谭温江很温和地说道："老先生，您穿着这身军装混在队伍中，给弟兄们做具体指点，只要打开地宫，里头的财宝自然也有您一份。"

苏必脱林听了这话，霜打茄子样的脸精神了许多。他抬头望了望谭温江，长叹了一声，以极不情愿又无可奈何的表情说道："其实要找到入口并不难，在明楼下的琉璃照壁前下挖便成。"

"那就请老先生给指出具体位置，以便弟兄们动手。"谭温江说着，率先退出班房，苏必脱林出于保全性命的考虑和地宫财宝的诱惑，默默地跟了出来。当来到明楼旁侧，苏必脱林指着一段极其华丽美观的琉璃照壁说："就在下面，直着挖下去，便可见地宫入口。"

"啊？！"几乎所有在场的官兵都大吃一惊，他们做梦也不会想到地宫的入口会在此处。

"先生没有记错？"谭温江半信半疑地问。

"我想没有，信与不信全在你们。"苏必脱林极其干脆地回答。

"那好，弟兄们，动手吧！"谭温江不再犹豫，非常利索地下达了命令。

几十名精选的强悍士兵冲过来，在苏必脱林所指点的琉璃照壁下，开始挖掘起来。当接近黎明时，琉璃照壁下已挖出一个直径数米的大深坑。再往下挖，镐头铁锹突然触到了一堵坚固巨大的青石砖墙，任凭兵士们怎样用尽气力，镐头铁锹所到之处，只有咚咚唧唧的响声和一串又一串爆蹦的火花，挖掘毫无进展。

眼看这时突然冒出了一堵大墙，刘副官和其他几个在现场指挥的高级军官，都摸不清底细，不得不将苏必脱林和谭温江请来看个究竟。

苏必脱林步履蹒跚地到来后，只看了一眼便说："这是封闭地宫入口的金刚墙，只要打通此墙，便可进入地宫。"

工兵团长颞孙子瑜很快到来。他察看了地下的这堵"铜墙铁壁"后，当即表示非使用炸药不能打透此墙。谭温江一听，觉得事非寻常，自古以来未闻有用炸药盗墓之事，万一炸药引爆，其声当是惊天动地，而墙壁、墓门等将一同被炸毁，这无疑要留下明显的痕迹。万一事后上边追究起来，十二军定逃脱不了干系。他思虑半天，觉得自己不好做主，一面让颞孙子瑜先让手下弟兄开凿炸洞，一面骑马飞奔马伸桥师部，向在此处坐阵指挥的孙殿英请示。

孙殿英闻听谭温江的禀报，急将梁朗先、冯养田召来密议对策。梁朗先很是干脆地表示："既然事已至此，绝无退路，好比开弓没有回头箭。要不惜任何手段，速战速决。如多拖延一天，就增加一分危险。以后的事只能以后再说。为尽量在挖掘期间不引起外人的怀疑，可在东陵四周贴些布告，言明我军试放新式地雷，一切人等不必为此惊慌，但不得踏入东陵禁区随意探视，否则，踏响地雷被炸死炸残，本军概不负责，这样便可掩人一时之耳目。"

众人听罢，觉得再无妙计可施，只好照此办理。于是，一张张试放地雷的布告，由刘月亭部很快在东陵四周的街头路口张贴了出来。

就在刘月亭部紧急张贴布告的同时，谭温江又飞马来到慈禧陵前。这时天已大亮，金刚墙的炸洞已被工兵团的弟兄们凿好，炸药及引火装置等皆已备齐。谭温江向颞孙子瑜下达了"炸"的命令，其他官兵暂时撤离陵前，由颞孙子瑜亲自指挥引爆。这工兵团的专业特长就是攻坚克垒，炸墙摧城，在军阀混战、战事频繁的岁月，多少坚墙固垒都在他们的攻击下顷刻化为废墟，如今这堵封闭地宫入口的金刚墙自然不在话下。随着颞孙子瑜的一个信号，埋在墙壁中的炸药顷刻引爆。在轰轰隆隆的爆炸声中，琉璃壁下烟尘升腾，碎石纷飞，金刚墙在炸药巨大威力的撕扯下，裂开了一道长长的豁口。颞孙子瑜指挥工兵巧妙地沿着裂缝和豁口拆除砖石，不大工夫，一个黑糊糊的洞口露了出来——地宫入口找到了。

原来这东陵帝后陵寝的格局规制大体相同，所有的宝顶与地宫都建在宝城之内。有所差异的是，皇帝的陵寝，如乾隆的裕陵，其明楼下的古洞门后边为一小院落，迎面是一堵高大的砖墙堵塞，俗称"哑巴院"，实称"月牙城"，因城内前半部呈现月牙式弧形而得名。慈禧陵寝没有"哑巴院"，在青砖墙两边各有一条扒道，拾阶而上，可达宝顶、明楼。其古洞门迎面高墙正中，修砌了一道光彩华丽的琉璃照壁。正是这道看上去极其美观的墙壁，巧妙地掩饰了地宫入口的券门。东陵地宫的秘密在此，修陵工匠们的绝顶聪明亦在此。苏必脱林所言不虚。

<< 慈禧陵明楼

颛孙子瑜找来手电，极其小心地趴在洞口旁边，侧着身子向里察看，只见洞内黑暗幽深，股股阴森的带着霉臭的气体飘荡而出。由于这种气体的阻隔，手电光的穿透力只有四五米远，能见度极低，洞内的情形几乎一无所知。

早在盗掘东陵前的蓟县军部会议上，对地宫入口打开后，由哪些官兵进入、哪些官兵监视，哪些官兵护卫及取出宝物后的处理等等，孙殿英都做了极其详尽的谋划和安排。为防止各路力量私匿财宝，孙殿英特别从十几年前在河南拉杆时就拜倒在他脚下的忠实的庙道会信徒、久经考验的流氓无产者中，挑选出二十多人，分别安插在谭、柴、丁等部，以做名义上的协助，暗中的监视。同时规定，凡陵中挖出的一切财宝，无论轻重贵贱，各支队伍都要清点封箱，全部送马伸桥临时总指挥部，除留下部分供买枪支弹药外，日后弟兄们再按功劳大小、人头多少予以分配，有私匿者，杀无赦！

此时，颛孙子瑜察看了地宫，因摸不清里面的底细，只好先让士兵们再将口子开大些，直到入口开到一米见方，才下令停下来。这时，由于地宫的霉气多已消散，手电光的穿透力明显加强，能见度也比刚才大了许多。

颛孙子瑜这才对谭温江说道："谭师长，我看可以让弟兄们进去了。"

## 地宫大门轰然洞开

地宫里漆黑一团，十几个人进来后，相互看不见对方的身影，死寂的空间隐约传出各自急促的呼吸声和皮靴踏动地砖的杂乱的回声。颛孙子瑜让士兵们排成两列纵队，沿地宫砖墙的一侧站定，然后让最前面的四队八人分别平端子弹上膛的大枪，后边的士兵手拿铁斧、镐头等盗掘工具和长筒手电，颛孙子瑜夹在中间，握紧日本制造的连发手枪，开始悄无声息地蛇行前进。地宫的入口处是几十米的斜坡，由高及低，越走越深，这是当年修陵的工匠为滑放棺椁而特设的一段甬道。由于斜坡较陡，进入者不得不半蹲着身子，小心谨慎地一点点向下滑动，而越往下滑，霉臭的气味越重，刺眼呛鼻，几乎让人窒息。好不容易滑到最底端，迎面一道高大的汉白玉石门挡住了去路。几道微弱的手电光穿过黑沉沉、湿漉漉的霉雾射过来，在大门的上下左右来回晃动，门铺上那对刻着暴睛凸目、龇牙咧嘴的古怪兽头，几乎同时进入了众人的视线。由于霉雾的遮掩和惨淡光亮的晃动，那对兽头若隐若现，朦朦胧胧，似活的一般狰狞可怖。

颛孙子瑜命令兵士们上前推门。兵士们稍稍平息了下紧张的情绪，一个个聚到门前开始合力推门。谁知那厚重的石门像一座山一样，任凭十几个兵士怎样用力，都傲然挺立，纹丝不动。

"给我砸！"颛孙子瑜改变了命令，十名持斧弄镐的兵士甩开膀子，抡圆了镐头利斧，用尽全身力气向石门砸去。只见镐头利斧所到之处，立时火星四溅，碎石横飞，整个地宫响起了铿铿喸喸的回声。近半个小时过去了，除将两扇大门的下部砸下一片碎石之外，其他一无所获。

"先给我停下。"说着，颛孙子瑜拿着手电筒在石门的上下左右来回照射了几遍，终于从石门闭合的缝隙处看出了问题的症结。由于缝隙很小，只能侧眼窥视，他隐约地看到一块巨石从里边顶住了大门。

这时的颛孙子瑜尚不知道，里边这块石头叫"自来石"。此石呈长方形，底部镶嵌在一个事先用平面石凿出的槽中，上部顶在两扇石门背面那同样是事先凿就的槽中，类似寻常百姓家顶门用的木棍。只是这里由木变石，且顶抗力较之木棍要高出千倍、万倍。这类自来石在历代帝后陵寝中多有应用。其应用方法是，当帝后棺椁安放完毕，要封闭地宫时，将石门留有一个较大的缝隙，门外的人拿一柄铁做的拐钉钥匙，将自来石成直立状套住，然后慢慢让其倾斜，直到和石门两边的凿槽接触。最后，随着石门的关闭，自来石的上部完全进入石门的凿槽之内，并呈斜势紧紧地顶住了石门。当这一切妥善后，外边的人再将拐钉钥匙移开，从门缝中抽出。

但是，这个看似极其简单的闭门方法，只有亲自参与帝后陵寝修筑的工匠和当朝的极少一部分臣僚知晓，其他人绝不知底细。即使朝廷关于帝后葬仪的秘密档案中，对这看似平常却极为重要的关键一环，也绝少记载。作为行武出身的工兵团长颛孙子瑜，面对慈禧地宫大门后边的这块自来石，当然不会知道破解的秘密。

然而，颛孙子瑜不愧是工兵出身，在这两扇石门面对人推和镐头、利斧砸劈都纹丝不动的情况下，立即以职业的敏感和惯有的经验，想出了两个办法：一个是用炸药引爆，其次是用粗重的木棍顶撞。两个方法前者先进，后者原始，但在工兵学的原理中，都有自己的优势。通过对地形地物的详细观察，颛孙子瑜觉得非到万不得已，在地宫中不适宜动用炸药引爆，而用原始的木棍顶撞法比较适合。当年曾国藩的湘军围困太平军的天京，在攻打坚固的城门的最后关头，湘军就是靠了木棍顶撞法，将门硬撞开的。这里不妨再使用一次湘军攻占天京的办法。

要找到合适的木棍非常简单，颛孙子瑜在陵寝后边的半山腰，选定了一棵茶罐般粗、高约一丈五尺长的松树，命兵士用利斧砍倒，在一番去枝拔刺之后，抬到地宫入口。为了让这棵又粗又长的树木能顺利进入地宫，谭温江亲自指挥手下的弟兄，将地宫的豁口又连拆带砸，扩大了两倍，树木未费多大力气便沿着地宫斜坡甬道，像当年滑放慈禧的棺椁一样顺利放了下去。

颛孙子瑜站在地宫大门的旁边，让十余人持手电筒站在不同的位置以作照明，然后选出四十名精壮的士兵分列两队将树干抱起，待一切安排停当后，随着颛孙子瑜一声"撞——"的叫喊，四十名士兵一齐用力，怀抱树干小跑着向石门冲来，只听得咚的一声闷响，巨大的石门像山一样晃动起来，门顶的上方噼里啪啦地落下了无数细碎的残物。仅此一下，颛孙子瑜凭着多年的经验，便觉得此法可行。

抬抱大树的兵士又退回到原来的位置，随着又一声"撞——"的叫喊，树干再次撞向石门。这次的效果比第一次显然大了许多。

"这是最后一次，争取一下给我撞开，弟兄们再加股劲，往这里撞。"颛孙子瑜说着，用手在石门的合缝处画了个他认为最宜成功的位置。又是一声叫喊，只见兵士们个个咬牙瞪眼，用尽全身力气抬抱树干再次小跑着向前猛冲过来。幽深黑暗的地宫中，一丈五尺长的大树干如同一条青黑色的巨蟒，腾云驾雾向石门的中间部位奔来，木石交撞间，先是咚的一声闷响，接着是喀嚓、咯吱吱连续的响动，巨大的冲击力将千斤重的自来石撞断，崩成数截，石门轰然洞开。由于冲击力的惯性，使树干带着四十名士兵冲进门内三四米远后，树干落下，几十人扑倒在地滚作一团。原始的撞击方法生效了。

<< 慈禧陵地宫入口

进入门洞券，没有发现任何异样的东西，再往前走不远，又出现了一道高大的汉白玉石门。颛孙子瑜再次让兵士将树干抬过来，用同样的方法又将这道石门撞开了。

静了一会儿，颛孙子瑜带几名士兵手持电筒绷紧了神经向前照射。只见面前是一个硕大的空间，空间中有一个明显高出的平台，平台上有一个巨大的黑糊糊的东西，在这东西的四周飘散着一股又一股黑白色的雾气。

在这次进入地宫之前，谭温江曾专门嘱咐："如发现棺椁，不要开启，待向我报告后，再商量具体办法。"看来这个猛虎一样伏卧的黑糊糊的东西，就是慈禧老妖婆的棺椁无疑，应该就此收兵，待向谭师长汇报后，再做开棺的打算。想到这里，颛孙子瑜令手下的兵士将大树干抬起来，人和树干一同撤出地宫。这时已是 8 月 9 日夜间。

## 慈禧"诈尸"

谭温江听说发现了慈禧的棺椁，兴奋异常，急忙召刘副官和手下的将官同颛孙子瑜一起商量开棺取宝的办法。为使各派势力有所平衡，最后谭温江决定让刘副官、颛孙子瑜各率手下官兵共同进入地宫取宝。与此同时，谭温江又命手下亲兵在地宫入口分别朝里朝外架起了四挺机枪，以应付为争夺珍宝而可能发生的不测。当这一切都安排妥当后，谭温江又命人骑马飞驰马伸桥临时指挥部，向孙殿英报告目前的情况。

当士兵和军官们穿过两道石门，进入盛放棺椁的后室时，刘副官先命持马灯和手电的士兵，在慈禧棺椁周围以及整个后室都照射了一遍，见未有异样的东西和不测之物出现，便命所有的人将平台（宝床）上那巨大的棺椁围了起来。

颛孙子瑜先围着棺椁察看了一圈，以便找到开启的部位。只见棺椁四周严丝合缝，金光闪耀中，除外部刻画着一些曲里拐弯的像虫子一样的符号外，没有一丝缝隙可供剜撬。颛孙子瑜这时尚不知道，中国封建帝后的棺木大多分为几层。战国之后，明代之前，帝后的棺椁多达六层，只是明之后才渐渐减少，一般是两层，外层为椁，里层称棺。慈禧同样沿用了这个习俗，将棺木做成了外椁里棺两层。这棺与椁分别采用云南原始森林里极为名贵的金丝楠木制成。此木材不仅质地坚硬细腻，花纹均匀秀美，同时还清香可人，沁人肺腑。棺椁制成后，外部要刷七七四十九道油漆。待慈禧入殓后，工匠们又在外层罩以金漆，在有效地填补了缝隙的同时，又呈现出金碧辉煌、华美富丽的奇特效果。

至于外部那像虫子一样恐怖的符号，则是佛教界四大天王的经咒。颛孙子瑜同样不知道，这金椁里面那具红漆填金的内棺，其棺盖之上还刻有九尊团佛及凤戏牡丹、海水江崖等图形。同时棺的内外还满布填金藏文经咒等古老的文字符号——这是清代帝后棺椁中独有的一种宗教形式，其寓意在于让死者灵魂得到佛祖与神灵的保佑。

但此时，万能的佛祖与神灵面对这荷枪实弹、持斧弄镐的兵士，再也无能为力了，一场旷世劫难就要来临。

颛孙子瑜和刘副官凑在一起简单商议了几句，立即下令工兵团的弟兄劈椁开棺。五名兵士挥斧扬镐，用足

<< 慈禧地宫第一道石门

了力气喊里喀嚓一阵连劈带砸，不多时就将那金光四射的外椁搞得千疮百孔，四处摇晃。紧接着，又是一阵力劈猛砸，厚重的外椁被劈砸成一块块破板烂片，难以成形了。颛孙子瑜指挥工兵先将椁盖撬起，几十名士兵围上来一齐动手，将盖木掀于地下，两边的椁木随之稀里哗啦崩散开来——一具红漆填金的内棺出现了。

这具内棺显然比巨大的外椁小了许多，也单薄了许多。不用问，几十年前曾经在大清王朝最高权力宝座上呼风唤雨、威震四野的慈禧太后就躺在里边了，那令官兵们朝思暮想、梦寐以求的绝世珍宝也在这具木棺中。只要劈开这层木棺，一切的梦想都将变为现实了。此时，所有的人都屏住呼吸瞪大了眼睛望着这具木棺，所有的人都忘记了地宫黑夜的恐怖，开始想入非非，摩拳擦掌，恨不得立即将这具木棺合抱抱出，独吞自享。官兵们未见珍宝，却都眼珠滴血，陷于一阵迷狂之中。

颛孙子瑜急不可待地下令手下的弟兄镐斧齐上，劈砸木棺。五名工兵自是分外卖力，冲上前挥镐抡斧劈砸开来。刘副官见铁镐利斧劈砸下去，木棺急剧地动荡摇晃起来，急忙喊道："住手！"工兵们挥起的镐斧立时在空中停住，所有的人都以惊恐不解的眼神盯着刘副官。

"这样下去会将棺内的宝贝震碎捣坏，颛孙弟，看有没有其他的办法可以开棺？"刘副官说。

颛孙子瑜思索片刻说："先用利斧在棺盖的下方劈出几个小洞，再设法撬开棺盖，其他地方不要劈砸，这样里面的东西就无大的损伤了。"

刘副官点头同意，几名工兵用利斧小心地在棺盖下方劈凿起来，很快开出了几个长方形的豁口，几把铁镐伸进豁口中撬了几下，棺盖开始松动并露出了缝隙。"快将刺刀插进来！"颛孙子瑜喊着，十几名兵士走上前来，将枪上的刺刀密排着插入缝隙之中。

"给我开！"又是一声令下，阴冷死寂的地宫中，顿时响起镐头利斧的撞击和刺刀的沙沙声响。马灯和手电忽明忽暗，忽左忽右地照射着木棺，利斧和成排的刺刀在光亮的映照下，闪着道道寒光，兵士们憋足了劲用力向上撬着。突然，木棺中传出喀嘣一声巨大响动，整个棺盖哗地蹦起一尺多高，紧接着，一阵凄冷冰凉的阴风黑雾呼的一声蹿出棺外，直向兵士们的面部扑来，每个人的脸上都像被重重地击了一把石灰，疼痛难耐又涕泪俱下，眼前一片漆黑，头脑一阵晕眩。就在这个瞬间，众人抽刀弃斧向后滚爬而去，蹦起的棺盖又咣的一声回到了原位。

望着兵士屁滚尿流的惊恐之状，颛孙子瑜和刘副官都没有叫骂，他们各自端着大张机头的手枪，站在地宫出口的地方，命令所有持枪的士兵都将枪口对准眼前的木棺，呈扇形慢慢包抄过来。同时严厉规定，一旦出现慈禧诈尸伤人的不测之象，先以刺刀相拼，奋力搏击。万一慈禧尸身刀枪不入，刺刀拼杀无效，当开枪射击，若射击无效，则且战且退，直至退出地宫，由机枪封锁地宫出口。

兵士们端枪围将上来，木棺复成死寂之状。刘副官来到兵士们的身后朝木棺详细观察了半天，觉得就此开棺仍不踏实，便派人到地宫外调来两挺机枪架在地宫后室的出口处，枪口对准木棺中心部位，并告诉机枪手，只要兵士们一退却，两挺机枪同时开火，予以射杀。感到万无一失后，他才命兵士重新开棺。

棺盖很快被刺刀和利斧撬开，慢慢移于地下。由于刚才的气体基本跑净，棺中再无阴风黑雾冲出，只有一股浓重的霉臭气味散发开来。棺中的尸骨和珍宝被一层薄薄的梓木"七星板"覆盖，上面用金线金箔勾勒成一行行的经文、墓志及菩萨真身相。掀开七星板，下面露出了一层柔和光亮的网珠被，当兵士用刺刀挑出网珠被时，棺内唰地射出无数道光芒，这光芒呈宝蓝、微紫、嫣红、嫩绿等各种颜色交替混合着射向地宫。整个地宫波光闪烁，如同秋后西天瑰丽的彩虹，耀眼夺目，灿烂辉煌。整个地宫后室如同白昼般光亮起来。只见一个面容鲜活的女人，身穿华贵富丽的寿衣，头戴九龙戏珠的凤冠，凤冠之上顶着一株翡翠青梗金肋大荷叶，足下踩着翠玉碧玺大莲花，静静地仰躺在五光十色的奇珍异宝之中。那长约二尺的玉枕放着绿色彩光，金丝九龙凤冠上一颗重约四两有余的宝珠，金光闪烁，流耀含英。整个棺内如同旭日初照中的大海，碧波荡漾，光彩流溢。那个女人如同在金光烁动的海洋之上，青丝如墨，颛额隆茸，双目微合，面庞如生，如同花间仙子蓬莱俏女般美丽动人。但这种神奇的美貌转瞬即逝，随着外部空气的突然进入，那看似鲜活的身体又如同冷水泼于沙滩一样，唰的一声收缩塌陷下去，粉红色的脸庞由红变白，由白变紫，由紫变黑，微合的双目渐渐张开，额骨突现而出，那双由于霉变而生有一寸多长白毛的手，随着整个尸体的塌陷猛地收缩起来，紧闭的嘴唇在荡动中分裂开来，两排牙齿森然露出……

"诈尸啦！"

一个兵士在神经极度紧张的巨大的心理压力下，恍惚觉得慈禧已蹦跳起来，抓住了他的头发，掐住了他的脖颈。他在情不自禁地大喊之后，先是一蹦老高猛地向后一仰，然后整个身子扑通一声倒在地上昏厥过去。

"快压棺镇邪！快架大枪！"颛孙子瑜喊道。随着噼噼啪啪的一阵响动，十几枝枪杆刺刀加叠相压，死死地架在棺木之上，使这支盗宝队伍终于又稳住了阵脚。

过了一段时间，见棺内再无动静，颛孙子瑜抹了把脸上的冷汗，令手下的弟兄将慈禧的尸体合力抬出，扔在地宫后室西北角的棺盖上，为发泄对刘副官及谭温江部下亲兵的不满和怨恨，有些疯狂的颛孙子瑜，将那个依然躺在棺木前似醒非醒，嘴里不住喊着"诈尸啦、诈尸啦"的士兵先是猛踢了两脚，然后让手下的弟兄将其连拖带拉，扔到了仰面朝天的慈禧的尸体之上。

颛孙子瑜弯腰低头，先从棺中拣出六匹神形各异、雕刻精湛的翡翠马，而后又拣出情态毕肖、栩栩如生的十八尊金罗汉，捧出一枝鲜艳瑰丽的大号珊瑚树，只见这枝珊瑚树，全身长满了一串串连理的樱桃小树，青梗、绿叶、红果，娇艳欲滴，鲜亮无比，更为奇特的是，有一棵樱桃树上还站立着一对珠玉镶成的斑翎翠鸟。颛孙子瑜转了下身子，又从左边棺中小心地取出玉藕一枝，藕上长着绿色荷叶，开放着粉红色莲花，莲花的旁边还吊着几颗黑色荸荠，如同刚从水中取出一般鲜美瑰丽。在玉藕的旁边，树立着一棵特大号的翡翠白菜，其形呈嫩芽，绿叶白心，青梗上落着一只鼓眼伸颈、振翅鸣叫的绿色蝈蝈和两只红黄相间的马蜂，整个造型美丽绝伦，妙趣横生，极富田园生活情趣和艺术魅力，让人不能不感叹它的缔造者那鬼斧神工的天才创造。颛孙子瑜将这颗翡翠白菜抱出后，又从棺中的一角，取出一个宝石西瓜。这西瓜绿皮紫瓤，中间呈切开状，黑色的瓜子散布其中，活灵活现，娇艳可人，如同一件上帝特别恩赐的活宝，为满头大汗的官兵解渴清凉而独设。所有的人望着这件诱人口胃的"活宝"，都觉得瓜香四溢，涎水奔流，难以自控。在西瓜的旁边，摆放着一个晶莹透亮的羊脂玉碗，碗中盛放着一串紫玉雕凿而成的葡萄。同那宝石西瓜一样，这串葡萄鲜活的造型，以其乱真的神奇效果，将面前的官兵带进了多少年前一代奸雄曹孟德创造的"望梅止渴"的绝妙心理境地。而旁边一个水晶盘中盛放的红宝石的枣子、黄宝石的李子，一个个晶光闪亮，润泽鲜艳，又将官兵带进了欲醉欲仙的无尽的遐想之中。

<< 翡翠玉白菜

此时，谭温江正和孙殿英、梁朗先、冯养田等人说话。看来这位军座在马伸桥临时指挥部坐不住了，在接到谭温江派人报告地宫打开并发现慈禧棺椁的信息后，连夜赶奔而来。

刘副官向孙、谭等人报告了地宫目前的最新情况。孙、谭等人一听大宗奇珍异宝已被取出，立即热血沸腾，激动不已。谭温江命令由刘副官和李德禄分别带一名亲兵，携木箱进入地宫向外取宝。所取宝物一律抬到隆恩殿，由孙、谭等人当场查验。最后，孙殿英极为谨慎而严厉地补充道："地宫内进出之人，除刘、李等四人外，其他任何人不准出入，如发现胆敢私自出入者，格杀勿论！"

刘、李二人领会，分别找来自己的一名亲兵，扛着早已备好的木箱进入地宫，将珍宝一箱又一箱地抬将出来，送到隆恩殿。

这时，梁老夫子手中正拿着那份从北京寻回的"慈禧葬宝图"，对照眼前的实物一一端详察看。

"按图所示，其他珍宝俱已取到，唯不见慈禧生前放进金井中的那串十八颗珍珠的手串。这串珍珠堪称无价之宝，为慈禧毕生之所爱，并当着许多外国大使夫人的面炫耀过，其名声之大，全世界都知道，咱岂能白白放过？"梁朗先很是懂行地说。

贪心不足的孙殿英闻听此言，大为惊讶，既为梁朗先处事谨慎细腻，更为尚未找到的那险些被自己丢弃的18颗珍珠手串而火烧火燎。

"快下去给我找，要是找不到就不要上来了。"孙殿英下达了命令。

刘副官刚向外走了几步，突然又转回身，冲梁朗先问道："您说的金井是不是存在？我们曾搜查过整个地宫后室前券，怎么就是没有发现您所说的那口金井？"

"咳，我原以为你们知道这金井的位置呢，就在棺椁底下。"梁朗先颇为老练地回答。

"是这样？！那我们明白了。"刘副官说着，同一拐一瘸的李德禄等人再度向地宫走去。

来到地宫后室，刘副官向颛孙子瑜传达了孙殿英的命令，并说了金井的位置。颛孙子瑜立即指挥众兵士合力将棺木移开，果然发现在宝床的中心部位有一个黑糊糊的窟窿，这应该就是当年慈禧亲自到地宫投下那18颗珍珠手串的所谓"金井"。官兵们发现它名为金井，其实并没有一般意义上的"井"那样深，借着其中五颜六色的宝物的光亮可以看到，最多也就有二三尺的样子。因为这"井"并不是平常所见的专为储水之用的俗物，它是整个陵寝的穴位，是帝后自以为不死的灵魂接天连地的通道。

几个兵士甩衣捋袖，趴于金井旁侧，将胳膊伸了下去。只一会儿工夫，那件被称为无价之宝的十八颗珍珠手串就被捞了出来，接着，又先后摸出了一件金枣花扁镯，一件绿玉福寿三多佩，一柄白玉灵芝天然小如意，一件白玉透雕夔龙天干地支转心璧佩，一件金镶万寿执壶，二件金镶珠石无疆执壶，二套金镶真石玉杯金盘，二套金镶珠杯盘，一对雕通玉如意，一盘珊瑚念珠，二盘珊瑚圆寿字念珠，三盘正珠念珠和金佛、玉佛、玉寿星等大宗珍宝，足足装了满满一箱。

孙殿英一时性起，对谭温江说："淞艇弟，把箱中的宝贝给俺锁好看好，咱几个也下地宫开开眼吧！"

"中。"谭温江答应着，立即让副官将亲兵卫队的弟兄们招来，叫他们携带长、短两种武器，手持灯笼火把，将隆恩殿团团围住，严守珍宝。与此同时，又招来机枪连长，在亲兵卫队的身后又架起十几挺机枪，枪口分别朝里朝外，并严厉命令，如有擅自起贼心并接近隆恩殿门窗者，无论是谁，当场予以射杀。

当这一切安排妥当后，孙殿英、梁朗先、冯养田、谭温江在刘副官、李德禄及亲兵的带领护卫下，进入地宫，向后室走去。

阴森恐怖的地宫深处，散发着阵阵潮湿霉臭的气味，孙殿英等人借着幽暗的灯光来到后室，见宝床上明光闪烁，如同天空的星星落入地宫，密密麻麻地散布四处。颛孙子瑜带领十几个弟兄在宝床的棺木四周来回转动，不时地捡取着细小明亮的碎珠。那些持枪监视的兵士，也在不住地走动，四处搜寻可能随时被发现的珍宝。灰暗的地宫里人影绰绰，声音嘈杂，一派紧张和忙碌的气象。

孙殿英不露声色地在地宫后室的出口处站了一会儿，突然压低了声音问身旁的刘副官："慈禧老妖婆的尸体在哪儿？"

"在那边。"刘副官向西北角指了指。

"过去看看。"孙殿英说着，刘副官和李德禄前头带路，引着一行人来到慈禧的尸体前。

灯光集中照射过来，只见慈禧面目狰狞地侧躺在一块樟木板上，身边一位兵士半趴着，双手抓着慈禧那尸体的胳膊，嘴里哼着谁也听不清的声音，在地上来回蠕动。

"这是咋回事？"孙殿英不解地问。

"开棺时被吓昏了，醒来后就一直这样，看来脑子出了事，疯了。"刘副官回答。

"没出息的东西！"孙殿英恨恨地从嘴里挤出几个字，走上前来抬起高筒马靴，重重地向地上的兵士踢去。只听扑的一声响动，那半趴在地上蠕动着的兵士，猛地扑到了慈禧的尸体之上。随着那木头一样硬邦邦的尸骨的翻动，一道深蓝色的光芒从慈禧的嘴里疾射而出，从西北角一直射到东南角的墙上，约三十步之外几个士兵的头发，皆被这亮光映照得一清二楚。这道蓝色光芒的突然喷射，惊得所有的人都打了个激灵，向后连退数步。

过了一会儿，刘副官和李德禄悄悄走上前来，大瞪着眼睛冲慈禧张开的嘴巴望了片刻。"是一颗夜明珠！"刘副官率先大呼起来。

"夜明珠？！"众人一听，纷纷围了上来。只见一颗硕大的圆珠在慈禧口中若隐若现，熠熠生辉。

"我曾听说世上有一圆珠形的宝物，能生寒防暑。若让死者将此珠含在嘴里，可使尸体永不腐烂，千年鲜活如新，这大概就是世间流传的那个东西，实乃旷世之宝物啊！"梁朗先像发现了一个最大秘密一样，上前插话。

"这样好的东西怎能让老妖婆占用！刘副官，给我将这个珠子抠出来。"谭温江下着命令。

"是！"刘副官答应着，来到尸体的头前，蹲下身，伸出手指插入慈禧的嘴中。刘副官本想这夜明珠会一抠即出，唾手可得，谁知这珠子光滑异常，像舍不得离开伴了二十多年的主人一样，吱的一声钻进了慈禧的咽喉，刘副官费了好大的力气，也未能抠将出来。这时，围观的众人急了，刘副官更急了，他抬头瞪着猩红的眼睛，对身边的那位亲兵说："奶奶的，你去给我找把刺刀，我捅了这个老妖婆，看她舍得不舍得！"

一把明亮的刺刀很快递了过来，刘副官握刀在手，将刀尖捅入慈禧的嘴中，然后分别向左、向右狠劲地切割。很快，慈禧嘴角两边被割开了两道伸到脖根的大口子。当这一切做完之后，刘副官又令身边的那位亲兵将慈禧尸体的上部抱起来，安放到一直躺在地上哼哼唧唧的显然是神经高度错乱的那个兵士背上。慈禧的身子半趴着，头低垂，脸朝侧下，刘副官左手踩住慈禧的头发，右手猛力在她的脖颈处捶击了几下，只听骨碌一声响动，鸡蛋大的夜明珠滚动而出，蓝绿色的光唰地映亮了每一个围观者的脸，地宫顿时明亮了许多。

孙殿英得到夜明珠后，又将颛孙子瑜叫到跟前，问了一下地宫珍宝捡取的情况，在确切地得知大件已全部取出时，就让人把所有捡取的珍宝集中放入一个木箱中，由李德禄、刘副官等人抬出地宫。当这一切很快办妥后，孙殿英望了一眼地宫中四处晃动的官兵，对颛孙子瑜小声嘀咕了几句，然后领着谭温江、梁朗先等人向地宫出口走去。这时，只听颛孙子瑜大声对兵士们宣布："弟兄们此次辛苦之极，孙军长决定从现在起，剩余的珍宝不再收取上交，谁捡着算谁的，20分钟后都要到地宫外集合，发不发财就看你们各自的造化了。到了指定的时间若还不出来，被封闭于地宫之内，算你活该倒霉！"

孙殿英等人刚走到地宫入口的第一道石门前，忽然

<< 慈禧的棺椁

听到后面传来乒乒乓乓的枪声。"怎么回事？！"孙殿英惊得身子一抖，大声问道。众人再次停住脚步扭头观望，只见地宫后室枪火闪动，人声嘈杂，枪声喊声响成一片，子弹射到地宫的墙壁上，爆出串串火花，哧哧溜溜呈蛇状狂舞乱窜。看来里面发生了火并。孙殿英吓得急忙缩身，顾不得叫骂，立即带人蹿出了地宫出口。

地宫中枪声虽息，但抢夺却仍在继续，宝床上慈禧的棺木先是被掀了几个滚翻，接着被喊里喀嚓地劈成数截，兵士们将满地的破碎木片掀来翻去，借着幽暗的光亮四处搜寻摸索。整个地宫不时响起相互之间的争吵声、叫骂声、拳打脚踢和扇动耳光的声音。众官兵个个气喘吁吁，大汗淋漓，又都精神亢奋，抢夺不息。

在一片厮打混战中，颛孙子瑜指挥手下五名弟兄抢夺了大宗财宝后，突然发现人群渐渐向西北角拥去，蓦地想起了慈禧的尸体还穿着衣服，这衣服之中肯定还有不少的珍宝，自己怎么刚才就没有想到，他在暗恨之中，率领手下弟兄向西北角冲去。

但颛孙子瑜还是晚了一步，当他挤过混乱的人群，来到尸体的跟前时，只见慈禧身穿的龙袍被扯成几块扔到了一边，凤冠被踩成饼子状横在众兵士的脚下。令他大为惊骇的是，慈禧的裤褂连同鞋袜都被扒了下来，整个身子只剩一条红色的贴身裤衩和一只吊在脚尖上的袜子。有的兵士在撕扯着被扒下的裤褂上的各色宝石、佩物，有的正将慈禧几近全裸露的尸体不住地掀动滚翻，一只只手在头发中间、嘴里和下部乱摸乱抠，似在希望再找到夜明珠那样的珍宝。

这时，只听地宫的入口处传来一声喊叫："时间已到，弟兄们赶快上来，要封闭地宫大门了！"

众官兵一听，都携带各自抢夺的宝物，呼啦一声向外冲去，深怕落在最后被闭入地宫之中。

这时，隆恩殿中的宝物已装上了孙殿英等乘坐的轿车和几辆汽车，由冯养田、梁朗先、李德禄、刘副官等官兵押送，先行向马伸桥临时指挥部奔去。孙殿英和谭温江立在地宫入口处，望着冲出来的兵士，向颛孙子瑜问道："都出来了没有？"

颛孙子瑜在人群中环视了一下，由于夜幕的笼罩，难以看清判明。"可能还有弟兄没有出来。"颛孙子瑜答。

"速派几个弟兄下去看看，不管是死是活都要给我弄出来，顺便将地宫查看一遍，一点痕迹都不能留下。"孙殿英对谭温江命令着。

十几个兵士在颛孙子瑜的带领下，再次进入地宫，果然不出所料，地宫后室还有五人没能出来，除了那位半趴在慈禧尸体身上的精神病患者，还有两位身受重伤的士兵和两位已死去的兵士倒在血泊中，这显然是在火并开枪时被打伤打死的。

<< **慈禧遗骸**

颛孙子瑜令人将这五位或病或伤或死的弟兄连拖带抬地弄了出去，又提着马灯，打着手电详细察看了地宫，将遗弃的镐头、利斧以及其他遗落的物件一一捡拾干净，才放心地率众兵士走出地宫。

谭温江令手下的弟兄找了些碎石烂碴，胡乱将地宫入口填塞了一下，然后让各部长官整顿队伍，待稍做休整后返回各自的防区驻地。谭温江本人则同孙殿英一起乘车提前向马伸桥临时指挥部飞驶而去。

就在谭温江走后，各支队伍尚在整顿的空隙，那些一直在外部警戒，并未得到半点宝物的兵士，又纷纷拥到地宫入口，扒开碎石烂碴，钻进地宫后室，抛棺扬尸，又进行了一次大规模的洗劫。在这股进入地宫的兵士中，有一个叫张岐厚的上等兵，几个月后在青岛落网，供出了谭温江部盗墓的内情，这自然是后话。

现在要说的是，就在这股兵士进入地宫的同时，一个满头白发，脑后还拖着一条猪尾巴状灰白色长辫的老军人，被五花大绑押入陵区西部、咸丰帝定陵西北侧一个早已挖出的深约丈余的坑边，随着一声沉闷的枪响，老军人的后脑盖被掀掉，血尚未流出，就咕咚一声栽入坑中。几个年轻的军人挥动铁锹，很快将土坑填平。

——这名老军人就是苏必脱林。

# 炸开乾隆地宫之门

就在谭温江部盗掘慈禧陵的时候，柴云升部也正在全力寻找乾隆裕陵的地宫入口。由于缺乏知情者的指点，柴云升本人对乾隆陵的一切又知之甚少，故他的部队一开进陵寝，便像无王的蜂一样嗡嗡叫喊着，四处搜寻，遍地盗掘。有的登明楼，有的入跨院，有的上宝顶，上上下下，蹿来蹿去，一片忙碌，一片混乱。

柴云升令自己手下最得意的旅长韩大保，率部挖掘陵墓宝顶的最前方，也就是明楼的后方，令三个团长分别率部挖掘宝顶的左、右和宝顶上端，企图以四面开花的方式打通地宫。与此同时，他还当场下令，"只要挖出地下的一块窑砖，赏一个袁大头（银元）"。所有的官兵听说挖出一块砖就能换来一块银元，于是个个争先，人人望赏，镐头铁锹又狂飞乱舞起来。

直到第二天接近中午，所有的官兵都累得大汗淋漓、气喘吁吁，躺在地上再也举不起手中的镐头、铁锹了，但依然没有什么进展。旅长韩大保在绝望中蓦地想起，要到谭温江部和丁庭部察看一下这兄弟部队的进展情况。当他带着极为沮丧的心情来到慈禧陵寝前，找到谭温江，又在谭的亲自带领下，穿过设在陵寝内外的三道防线，进入陵寝内的地宫入口时，韩大保的心猛地一震，接着两眼放光，一动不动地注视着地宫入口——这时，谭温江部不但找到了地宫入口，而且已用粗重的树干撞开了地宫中第一道石门，韩大保听了谭温江的介绍，恍然大悟，立即返回乾隆的陵寝，重新行动起来。

有了慈禧陵的前车之鉴，韩大保指挥手下官兵在明楼前的琉璃影壁下，急如星火地挖掘起来。尽管慈禧陵和乾隆陵有所不同，但毕竟是大同小异，其建筑格局基本是一致的，所以韩大保决定按照慈禧陵的办法挖下去。由于这次采取了垂直而下的短捷途径，在挖到四丈多深时就发现了金刚墙壁。

沿着墙壁，又挖下丈余，在汉白玉雕阳纹经咒的金刚墙上发现了异样的痕迹。沿着这痕迹用铁锹向里打去，终于开出了一个二尺见方的口子——地宫入口找到了。这时已是7月9日的深夜。

柴云升见找到了地宫入口，立即让其他几支队伍停止盗掘，专门负责警戒，并严令未经他的允许，无论是旅长还是团长都不许接近地宫入口，有违令者当场枪毙。开棺取宝一事由亲信旅长韩大保部全面负责。

韩大保受此重任，既兴奋又激动，但由于地宫内部情况不明，且时间紧迫，不可能也绝不允许等到天亮再进入地宫，韩大保只好硬着头皮让两名胆大的亲兵先进去察看一下情况。

这两个士兵当然不知道最先接触的是一个斜坡甬道，这条甬道有四五丈长，同慈禧地宫一样，是专门为滑放墓中主人的棺椁而特设的。当棺椁送入地宫入口后，在斜坡甬道上铺放一根根滚木，棺椁压在滚木之上，并借助其下滚的力量，轻轻滑入地宫的第一道石门处，然后再慢慢移于后室。更令这两个"傻大胆"难以想象的是，此时的乾隆地宫已渗满了四五尺深的地下水。这些水由于久积不散，在和棺木、尸体混合后，形成了一种霉变后的毒菌散布于整个地宫之中，若过量吸入这种毒菌，便会置人于死地。

当两人摸索着又向前走了十几步时，相继滑入地宫内的污水中活活淹灌而死。

一个小时后，韩大保等人发现地宫内的亲兵仍无动静，便又悄悄凑上前来商量对策。韩大保决定仿照慈禧陵的办法，动用炸药炸崩地宫入口，以让其尽可能地扩大，这样上下活动的范围也就大了许多。

主意已定，韩大保立即让一个团长带领手下弟兄运来炸药，并在地宫入口处又往下挖了一个3米深的大洞，将炸药埋了进去。由于颛孙子瑜的工兵团此时都集中在慈禧陵，且颛孙子瑜本人又在地宫中正忙得不可开交，无暇顾及乾隆陵盗掘事宜，故韩大保干脆让步兵团的弟兄实施引爆，而步兵毕竟不是工兵，在不熟悉爆炸技术的情况下，强行引爆，其结果是，炸药的威力不是向下和向左右两边攻进，而是在惊天动地的轰鸣中，地宫入口像民间燃放的"二踢脚"爆竹一样，强大的药力凝结成一道扇形的火柱，裹夹着碎石乱碴直冲天幕，崩飞的碎石在漆黑的夜幕中旋转着四处坠落。周围村庄百姓家中的门窗也被震得哗哗乱响，并有许多人被震醒后慌忙从被窝里钻出来，跑到院子中间眼望东陵惊恐万状，大骇不已——几个月后，当东陵盗案事发后，这一声炮响，成为四方百姓向官府和新闻界提供的间接证据。

待硝烟散尽后，韩大保等陆续向地宫入口围来。尽管火药的威力无比强大，但收效却不明显，整个金刚墙只炸裂了几道缝隙，并未炸出意想中的几个窟窿。韩大保不敢再行炸崩，只好命手下弟兄动用镐锹，将金刚墙的砖一一撬下、搬开，直至出现了一个足以站着进入地宫的大口子后，才停止动作。

韩大保又亲自选了两位亲兵，令他们进入地宫看个究竟。为避免重复两个"傻大胆"生死不明的悲剧，两位兵士在进入地宫前，除装备了照明手电、手枪和手雷外，重要的是在各自的腰上拴了一条长长的绳子，由外边的官兵拽住，一旦发生不测，无论是死是活都能将人拖出地宫。

一切准备就绪，两位兵士沿着斜坡甬道渐渐下滑，发现了地宫腥臭的黑水以及在黑水中漂浮着的两位"傻大胆"的尸体。两位兵士见状，在大吃一惊之后，迅速转身，呼喊着向外退去。由于外面已拽紧了绳索，他们未费多大力气就连爬带跑地蹿出了地宫。

两位兵士喘着粗气，将地宫中的情况向韩大保做了报告。韩大保听后嘴里边喊着倒霉，边向师长柴云升作了汇报。在无其他办法的情况下，最后两人决定连夜派人赴天津购买消防用抽水机，同时将情况报告孙殿英。

就在柴云升、韩大保心中暗自叫苦，并派人去天津购买抽水机时，指挥盗掘康熙陵的师长丁庭来到了乾隆的裕陵，想从中吸取点经验。

其实，在三股盗掘力量中，最幸运的当数谭温江部，最倒霉的则是丁庭部。当这支部队开到康熙的景陵后，同柴云升部一样，也是四处盗掘，八面开花。但无论前后左右，只要挖入地面不足三尺，便有泉水涌出，尤其是宝顶的前部，其泉水势如瀑布，不可遏止。尽管丁庭想了许多遏制水源的办法，但最终还是未能生效。眼看时间过了一天两夜，仍毫无办法的丁庭，才急如星火地跑到乾隆陵寝向柴云升取经。

柴云升跟丁庭颇有私交，闻后立即亲自随丁庭赶奔景陵察看。在隆恩殿的旁侧，柴云升立住身，从上衣兜里掏出一盒纸烟，抽出两支，二人分别点火抽起来。也就在柴云升掏烟的过程中，他的一张名片被无意中带出，掉到了脚下，二人均未发现。就是这张名片，在一个月后被派往东陵调查盗掘事宜的满清遗老所发现并收起，从而成为孙殿英部盗掘东陵的又一罪证。这当然是后话。

现在，柴云升在察看了景陵的一切盗掘之处后认为：既然三尺地下都有如此汹涌之水，那么地宫之内必被泉水灌满，对盗宝极其不利，不如舍景陵而改挖其他帝后之陵。

丁庭听后深以为然，但不能擅自做主，便星夜派人向马伸桥孙殿英报告景陵情况，并请求改挖他陵。

孙殿英接到报告后，立即找梁朗先、冯养田密议。鉴于时间紧迫和乾隆陵地宫发现积水，挖掘受挫，经过再三权衡，孙殿英采取了梁朗先提出的方案，让丁庭舍弃康熙帝的景陵，派出部分兵力同柴云升部共同挖掘乾隆帝的裕陵，以做到速战速决。

柴云升部的兵力挖掘裕陵已绰绰有余，丁庭部的加盟根本没有必要。但柴云升深知这是孙殿英故意让丁庭跟着自己搞点外捞，以保持各支力量的平衡。同时自己又跟丁师长关系甚密，在这种时候也就不便提出不与其合作的理由。于是便答应下来，丁庭心中自然明白军座的苦衷，很知趣地放弃了景陵，只带了一个连的兵力开到裕陵做外围的警戒，没有插手地宫的挖掘。

天亮时，五台抽水机同时从天津运到东陵。韩大保指挥官兵插管抽水，两个时辰后，地宫的积水已抽去大半。韩大保命人将两位"傻大胆"的尸体捞出来，又按照慈禧地宫开门的办法，命兵士砍来一棵大树干，让四十名弟兄抬着进入地宫，准备撞击第一道石门。

所有的灯光相继照过来，只见高大厚重的石门分成东西两扇紧紧关闭。东扇石门之上雕刻着代表大智的文殊菩萨，菩萨的右手高举一柄宝剑，据说这柄宝剑能斩断人间的一切烦恼，左手承托佛家经卷，可使众生增长智慧。西扇雕刻着代表大力的大势至菩萨，右手持降魔杵能驱散邪恶，左手执法铃可传播法音。韩大保等人当然不懂得这些，他们只看到石门上的图像挥剑弄棒异常古怪，开始以为是乾隆设下的暗道机关，但经过反复察看后，觉得没有什么稀奇，韩大保这才放心地一挥手，喊道："给我撞！"

于是，兵士们运足了力气，抬着沉重的树干，踩着黑水烂泥，呼呼啦啦地向石门撞去。只反复三次，第一道石门的自来石被撞断，大门轰然洞开。门上那两位挥剑弄杵的佛法无边的菩萨，只能眼睁睁地看着这群疯狂的官兵冲了进去而毫无办法。佛法失灵了。

官兵们越过石门，进入地宫第一道门洞券，各种灯光四处照着，抬树干的兵士们慢慢前移。灯光的照耀中，只见门洞券的东西两壁雕刻着四天王像，也称为四大金刚。据佛教传说，四大天王为佛陀释迦牟尼的外将，他们各居须弥山的一方，保护着东西南北各自所属的天下，由此又称"护世四天王"。四大天王手执的法器，谐音为吉祥之意。在南方的增长天王的宝剑舞动生"风"，东方持国天王的琵琶谐音要"调"，北方多闻天王的宝伞遮风挡"雨"，西方广目天王手握水蛇降服归"顺"。这"风调雨顺"四个字，满足了人们追求美好生活的愿望，代表着世代人们的夙愿。此时，只见四大天王身披甲胄，立眉张目，威风凛凛地站立在大门两边，沉默而又冷峻地注视着盗墓者每一个战战兢兢而又疯狂贪婪的动作。遗憾的是尽管他们法力无边，但还是不能跳下墙来为墓中的主人保驾。于是，门洞券里八个宝座上的漆金木箱被一哄而上的官兵砸了个稀烂，里边的宝玺香册被一抢而光。当这一切结束之后，韩大保指挥兵士再度向前推进。

第二道石门出现了。

同第一道石门基本相似，这两扇石门的西扇雕刻着代表大愿的地藏王菩萨，右手高执画绢，据说能满足众生无边之善愿，东扇为代表大悲的观世音菩萨，右手高擎念珠，象征佛法无量。

韩大保先围着石门转了几圈，又举起拳头朝两位菩萨的身子轻轻捅了几拳，然后传下命令，继续撞门。又是三次猛烈撞击，第二道石门被击开。

有了这两次非凡的胜利，官兵们个个精神振奋，勇气倍增，在韩大保的指挥下，顾不得脚下的臭水污泥，又嗷叫着向前冲去，并很快来到第三道石门前。

同前两道石门相似，第三道石门，西扇雕刻着代表情德虚空的虚空藏菩萨，右手托月牙儿，象征着清凉；东扇雕刻着代表除去盖障的除盖障菩萨，右手擎太阳，象征光明。在韩大保的指挥下，这道石门又被以同样的方式攻破。

第四道石门，也是最后一道石门又横阻在众官兵的眼前。想不到这乾隆爷的地宫跟慈禧的地宫不同，竟有这么多道石门。

石门的东西两面依然分别雕刻着同前三道石门基本相似的菩萨像。东面是代表大富贵的慈氏菩萨，右手托执法轮，象征勇于进取，誓不退转。西面代表大行的普贤菩萨，右手高执法杵，能降众妖魔鬼怪，成就一切善愿。

此时的官兵弄不明白，为什么这四道石门要刻上八尊菩萨，更无心和无力去观赏品评这八尊菩萨的艺术魅力。此时他们所关注的是地宫中可能出现的奇珍异宝。多少年后，当这座陵墓的地宫因这次的盗掘而被迫清理并对外开放后，观光者进入这个由四道石门和三个主要堂券组成的全长54米的"主"字形的地下宫殿时，会发现在所有券顶和四周石壁上，都满布着佛教题材的雕刻。它不仅是中国古代一座不可多得的石雕艺术宝库，同样是一座庄严肃穆的地下佛堂。那四道石门上的八尊菩萨，均采用高浮雕手法，肌体丰满，神态自若；菩萨脚下，水波涟漪，芙蓉怒放，活灵活现，观之如仙露喷洒，扑面扑来，可谓中国古代佛雕艺术的极品。

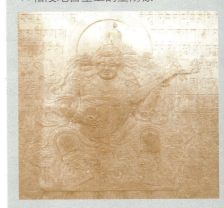

<< 裕陵地宫壁上的金刚像

韩大保正指挥手下的弟兄集中全力，准备一鼓作气攻破这最后一道石门，然后进入主墓室，好实现那个潜藏于心中已几天几夜的辉煌的梦。但是，无论手下的弟兄怎样用力，粗重的树干撞到石门上，只是发出一声又一声嘭嘭的响动，却无法使石门洞开。

韩大保甚觉意外，挥手让满头大汗的兵士们停止行动，自己来到石门前详细察看起来。令他百思不得其解的是，这道石门看上去跟前三道没有什么两样，怎么就是撞击不开？莫不是乾隆皇帝的灵魂在冥冥之中作怪？或者是门上的这两位菩萨在起作用？韩大保在门前转来转去，总是找不到要领。最后，他牙关一咬，对着石门

<< 地宫壁上雕刻的文殊菩萨像

愤愤地说道："不管是鬼还是妖，只要落到我韩某人的手中，就休想作怪脱逃！"

说到这里，他猛转身，对众官兵说："弟兄们，把这根树干给我抬出去，我要用炸药炸这狗日的！"

"是！"众兵士答应着，抬起树干，蹚着黑臭的积水，哗哗啦啦地向外走去。

由于地宫积水尚深，无法直接在门下埋放炸药，韩大保派人到慈禧陵请来了几位颛孙子瑜的工兵弟兄，这些工兵弟兄在亲到地宫察看后，决定将炸药放入铁桶之中，将桶口密封，做成铁地雷模样，放入石门旁侧，也就是能转动的石轴的部位实施引爆。

当一切准备就绪后，几位工兵实施了最后行动。只见他们将引线点燃后，迅速撤出地宫，同韩大保等人躲在地宫入口四周观察动静。

约十分钟后，地宫深处传出一声山崩地裂的爆响。几乎与此同时，每个人都明显地感到大地在急剧颤动，陵寝中的大殿、明楼、宝顶都纷纷摇晃起来。随后，一股浓烟从地宫入口喷射而出，许久才渐渐散尽——看来，这次成功了。

韩大保怀着异常兴奋的心情，亲自点了从河南老家带出的 20 名"子弟兵"，携带各种工具进入地宫，准备搜寻财宝。可当他们来到第四道石门跟前时，发现三具棺椁被压在了重达三吨的石门之下，根本无法劈砸。直到后来他们才知道，由于地宫中积水太多，原本放在后室"宝床"上的棺椁，像船一样浮了起来。当外边动用抽水机抽水时，这些漂浮在水面上的"船"，便随着水的流动和吸力离开了"宝床"滑到石门背后，并将石门紧紧挤住。由此，韩大保手下的弟兄才无法用树干撞开石门。当石门被炸倒后，自然地将这三具挤上来的棺椁压住而让盗墓者一时无从下手了。

韩大保打着手电，在门前四周蹿上爬下地转了几圈，终于想出了一个办法。他令手下的亲兵先用利斧将三具棺椁的挡头砍开，再让兵士像钻狗洞一样钻进去，把棺椁中的尸骨连同随葬的宝物一起掏出来。韩大保等只要看到是黄色的或发光的器物都纷纷抢夺，其他的全部抛入地宫的污泥烂水中。

乾隆皇帝一生风流成性,生前酷爱文艺,吟诗成集,御笔文墨举国广布。

同时本人又广收名帖名画及珍异古玩，在主持朝政的六十余年中，所收珍品无以计数。按照古代"生之同屋，死之同穴"的传统理论，这些珍品大部都被其带入了地宫。可以想象，一座隆恩殿都收藏如此之巨的稀世珍品，作为棺椁盛放安置的地下玄宫，又会是怎样的一种壮观惊人的场面！但这位活了89岁的皇帝，倾其一生搜集而来的一卷又一卷旷世罕见的名帖字画，孤本秘籍，都被当作一堆又一堆的废纸草芥扔于烂泥浊水之中。官兵们一边丢弃，一边大肆诅咒这位混蛋皇帝，为什么不在棺椁中多放些黄金珠宝，而没完没了地放些废纸烂画。据说，从乾隆的棺椁中所得的宝物，最令韩大保、柴云升以及孙殿英等满意的是一柄非同寻常的宝剑。又据后来的"小诸葛"梁朗先请行家鉴定，这把宝剑就是闻名千古、声震四方的莫邪剑。这把宝剑被盗出后，随着东陵盗案的事发，宝剑又辗转落入蒋介石之手。

且说韩大保等将压在石门下的三具棺椁中的珍宝盗抢一空后，又跃过石门，摸索着进入地宫后室。

在地宫后室那宽达12米的艾叶青石宝床上，原本停放着六具棺椁，分别安葬着乾隆皇帝与他的两个皇后孝贤、孝仪及慧贤、哲悯、淑嘉三位皇贵妃。尽管这座地宫在清代所有陵寝中是葬入人数最多的，但从乾隆一生拥有41位后妃的数量来看，依然是微不足道的。究其原因，还在于当时形成的未成文的两个条件。其一，只有死在乾隆之前的后妃，才能进入地宫随葬。因为一旦乾隆本人驾崩，金棺葬入地宫后，便关闭石门，填平墓道，再也不能打开，以免泄露龙气。这第二个条件是，随葬的后妃必须是生前被皇帝所喜爱，死后经过乾隆本人的恩准才能进入地宫随葬。否则，皇帝本人讨厌的后妃即使死得再早，也要另立陵寝，而不能享受这一特殊的"圣泽"。这位"风流天子"所宠爱和关注的只是那些在一生中都给予他欢乐和爱抚的女人。其最终的结果，是有5位幸运的女人和他同穴而眠了。

由于乾隆和另外两位后妃的棺椁已浮到石门之后，宝床上只剩三具棺椁歪斜不定地停放在那里。韩大保等一见到这三具棺椁，大喜过望，他们做梦也没想到，一个地宫会有这么多盛放宝贝的棺椁放入其中，直觉得这是上帝的特殊恩赐。于是，几十名弟兄将棺椁团团围住，并纷纷举起利刀快斧向棺木劈将过来。一顿噼里啪啦的劈砸后，三具棺椁均被劈成碎块。有人见时机已到，弯腰伸手从棺椁中将尸骨拖出扔入污泥之中。其中有一具女尸通体完好，穿戴整齐。兵士们将其拖出后，横放在棺木之上，摘冠拔发，脱衣搜身，一顿疯狂的折腾后，这具一丝不挂的女尸被推入污泥烂水中，被随之踏上来的皮靴几乎踩成了肉酱。

当这一切做完后，兵士们又开始蜂拥而上，争抢棺中的宝物。无数的商周铜鼎，汉玉浮屠，宋瓷瓶壶，金质佛像，连同大宗的玉石、象牙、珊瑚雕刻的文玩、古董、名帖字画，古书纸扇……均被抢的抢、扔的扔，整个地宫后室灯影闪闪，人影幢幢，水声哗哗，争吵打骂之声此起彼伏。持续了将近三个时辰后，韩大保见能拿得出的珍宝已全部搜尽抢光，才一声令下，带领"子弟兵"匆匆退出了被折腾得一片狼藉的地宫。

地宫之外，孙殿英派来的汽车在冯养田、梁朗先等人的监视下，早已等候多时。当最后一批珍宝被过目验收并装上汽车后，冯养田以军参谋长的名义，向柴云升部和丁庭部下达了悄悄撤出东陵，回原驻防地待命的命令。所盗珍宝全部押运到马伸桥临时指挥部，由孙殿英验收后，再召开会议予以分发。

7月10日夜，孙殿英在马伸桥临时指挥部悄悄完成了验宝和高级军官们的分宝事宜后，当即命令所属部队连夜向顺义、怀柔一带开拔，连续三天三夜的东陵盗宝随之落下了帷幕。孙殿英部以近30大车宝物的收获，宣告了东陵盗案的成果和在人类文化史上留下的千古遗恨。

# 第十一章

# 沧桑东西陵

# 再遭劫难

就在孙殿英率部向顺义、怀柔一带大举撤退之时，躲在东陵外围的土匪、歹徒以及奉军、直鲁残军的游兵散勇，闻风而动，纷纷向东陵赶来。当他们发现各座陵寝均被凿挖得千疮百孔，而慈禧、乾隆二陵地宫已被盗掘时，遂趁着混乱再次将原本就堵塞不严的入口扒开，打着灯笼火把，提着口袋和各种防身武器冲进慈禧、乾隆两陵的地宫，再次进行了洗劫，兵匪、歹徒们的行动，渐被附近土著所闻。于是，一帮又一帮的土著像刚刚从箱中放出的无主之蜂，成群结队地提着草筐、口袋向陵区拥来，并将地宫中散落下的珠宝玉器又细细搜刮了一遍。乾隆地宫由于泥水混杂，散落的宝物已很难寻觅，土著们便携来耙钩，像在田野中搂草，又像在河沟中捕捞鱼虾一样，在泥水中四处打捞、搂钩，将珠宝玉器以及乾隆和后妃们的破碎的尸骨一起装入带来的草筐、口袋，带出地宫。然后或挑或背或用车拉，将草筐、口袋弄到陵区之外的河中，用铁筛反复涮洗，以淘选出金粒与珠宝。至于那些被裹挟而来的破碎的尸骨，自然是扔入河中随水而去，可谓一场真正的洗劫。许多兵匪、歹徒及土著由此大发了一笔横财。

就在慈禧、乾隆两陵地宫再遭洗劫的同时，许多兵匪、歹徒又将先前被盗过的同治帝的惠妃陵寝地宫掘开，再次砸棺抛尸，全面搜寻劫掠。同慈禧的遭遇相同的是，那面色如生、全身完好的惠妃，被扒光衣服，赤身裸体地抛在地宫的石板上，棺木被劈成碎片，横七竖八地被胡乱抛入地宫的各个角落，所有的随葬品被劫掠殆尽。东陵再度陷入浩劫中。

东陵盗案事发后，逊位皇帝溥仪与清朝遗老遗少悲痛万分，他们齐聚张园，来到临时设立的"奉先殿"，向乾隆和慈禧的灵位祭奠叩拜，然后召开所谓"御前会议"，钦定了三项应付措施。第一，以逊位王室和全国遗老的名义，向民国政府提出对十二军军长孙殿英的控诉，要求严惩窃陵魁首；第二，通电全国遗老旧臣，募捐和征集修缮陵寝的费用，在修缮之前，

派遗老前往东陵查勘，办理一切善后事宜；第三，在张园摆设香案祭席，拈香行礼，每日三次，直到陵寝重新修复为止。

"御前会议"整整开了两天两夜，随着"御旨"的下达，前来吊慰的王公遗老，人人满面泪痕，个个切齿怒骂，溥仪更是悲不自胜。他脱掉西服革履，从头到脚换上白色的丧服，每日三次都亲率宗室遗臣，到祭房行大丧礼仪，并亲手捧杯高举，遥望北天，酹地祭奠，每进一爵都悲号不止，痛哭流涕。每次吊慰完毕，就满面泪痕地冲着先祖的灵位发一番宏誓大愿："祖先在天之灵遭此劫难，龙体不得安寝，实乃宣统无能为力，今先祖灵魂在上，我宣统指天盟誓，不报此仇，便不是爱新觉罗的子孙！"

<< 阎锡山

与此同时，平津卫戍总司令阎锡山下达紧急通缉令，对盗陵案犯、可疑人员，不需调查，先行逮捕，一体严拿。其后师长谭温江在销赃中当场被捕。孙殿英震惊之余，急召"军师"梁朗先、参谋长冯养田商量应变措施，又携重礼进京拜见总指挥徐源泉。一番努力，由徐源泉出面作保，谭温江开释。孙殿英重礼打通国府要员，国府要员不再追究。一桩惊天大案最终不了了之。溥仪小朝廷最终空留一腔遗恨，徒唤无奈……

就在孙殿英盗掘清东陵的同年 12 月，位于朱华山端慧皇太子园寝中的端慧皇太子地宫被盗掘。案发后，东陵守护官员带领士兵赶赴现场查勘，只见地宫内满是积水，东扇石门被打坏，金棺倾倒，水面上漂浮着软片，官员们捞上云缎棺套一件、绒帽一顶。因积水太深，不能进入地宫详查，查勘后如式封砌，后将案犯擒获正法。

1929 年，景妃园寝内的温僖贵妃地宫被掘挖。当时的守陵大臣乐泰闻讯，立即带领司员赶到现场查看。只见月台前的脚踏条石被掀翻，下面挖了一个大坑，因积水太深，石门未能开启，地宫幸免被盗。乐泰赶紧找来工匠，堵死洞口，砌好条石。但没过多久，3 月 27 日补砌堵死的洞口又被掘开，坑挖得比上次更深更大，因坑内充满了积水，无法确切探知挖通与否。

1929 年农历十一月，裕陵园寝中的纯惠皇贵妃地宫被盗，经实地查看，"金棺损毁、玉骨凌乱"，殉葬物品被盗一空。奏报溥仪后，拨款重殓、修理。

后民国政府抓拿盗犯四名，押入大牢。

1930年农历四月初，端慧皇太子园寝中的悼敏皇子地宫被盗。案犯用铁锤凿开地宫石门以后，因积水太深，坐着筏子划进地宫，用利斧劈开两旁的金棺（九阿哥、十阿哥），不知什么原因，中间的悼敏皇子的金棺未动。

他们用笤篱、铁钩捞出凉袋钩子两件、红珊瑚珠百余粒、金锭子八个（每个金锭子重约五两）。后来盗犯全部落网。

<< 昭西陵

1931年3月，昭西陵被盗。东陵守护官员亲赴现场查勘，只见头道石门已半开，右扇上破坏一尺有余。二道石门虽未开，但左扇上被凿一洞，长约0.7米，宽约0.27米，梓宫侧倒于石床以下。到了第二天，再行查看时，却发现梓宫底、盖已分置两处，随葬物品被劫掠一空。溥仪派往办理昭西陵被盗善后事宜的载涛、溥忻以及溥安、奕元、联垄、福隆阿与当时的东陵守护大臣毓崧，将孝庄文皇后的遗骨拣出，放在黄缎褥上，重新命工匠修补棺椁。待修好后，摆放在棺床正位上，将遗骨放入，盖好棺盖，关闭两道石门。门上被凿的洞重新用水泥填补好，除主犯外逃外，其余盗犯均被抓获。

1938年秋，一股不明身份的军人，闯进西陵，挖洞撬门，进入崇陵金券，洗劫了光绪陵寝。他们用斧头在光绪梓宫正面打开一洞，将光绪的尸体拉出来，盗走了棺内的殉葬品，又打开隆裕皇后的梓宫，盗出了随葬之物。他们还打碎了册宝箱，盗劫了玉册和宝玺。

同年11月的一天夜晚，鄂士臣、关有仁、李汉光、那保生等八人经密谋后，决定盗掘珍妃墓，发一笔死人财。

自清八旗兵躲进易县城后，这里只有一个苏姓老人守陵。一行人悄悄来到崇妃陵前，突然一只大黄狗迎面向他们扑来，几个人大吃一惊，连连后退，慌乱中不知谁扣动了扳机。一声枪响，黄狗掉头逃窜。

既然事情已暴露，八人的胆子反而更大了。他们一不做，二不休，干脆直扑守陵老头居住的东班房。那保生和苏文生用枪托敲了下门，不应声，干脆一脚踢开房门。苏姓老人听到枪声后，早在炕上筛起糠来，见二人提枪闯进屋来，更是面无人色，磕头如捣蒜，连呼饶命。这时鄂士臣走进东班房，命令老人将宫门打开，老人一看这阵势，哪敢违抗，战战兢兢走出房门，拿出钥匙把宫门打开。

　　宫门打开后，鄂士臣命李家父子一个拿着手枪，把守宫门，看住守陵老头，另一个在山坡上巡逻放哨，观察动静。其余人走进宫门，动手挖掘珍妃墓。

　　光绪十四年（1888 年），光绪皇帝的师傅翁同龢，将广州将军长叙的两个女儿选为嫔，次年二月，光绪封长叙长女为瑾妃，次女为珍妃。由于珍妃有较多的新思想，因而备受光绪宠爱。

　　戊戌变法失败后，光绪被囚瀛台，珍妃也被打入冷宫。

　　光绪二十六年（1900 年），慈禧西逃前，逼珍妃跳下宁寿宫院内八角琉璃井，宦官崔玉贵向井内投了两块大石头，珍妃遇难，死时年仅 25 岁。

　　光绪二十七年（1901 年）十一月，慈禧从西安返回北京，为掩人耳目和免遭珍妃亡灵打扰，便对外宣称，珍妃为了免遭洋人污辱而投井保节，而后又为珍妃恢复了名誉，册封为贵妃。1915 年 11 月，以贵妃葬仪，埋葬在崇陵园寝。

　　珍妃和瑾妃是并排着埋葬的，珍妃墓在东首。长方形的月台上竖起一个高高的宝顶，宝顶下面就是地宫。几个人观察了一番，决定从石阶和宝顶中间向下挖，他们用镐头刨开宝顶的砖，挖了一个洞，开始是黄土，进展很顺利，但一半过后，遇到了坚硬的拔碹砖，而砖与砖的隙缝之间，又用江米汁和白灰浇筑过，几个人轮流用铁棍、钢钎凿撬，毫无效果。这李汉光是盗墓老手，身怀绝技，他知道这样下去很难成功，于是改用铁镐先凿碎一块大砖，然后再在破绽处打洞，好容易打碎了一块砖，打透了一个眼，就把钢钎伸到砖眼里，在破绽处用力撬摇。几个人轮番努力，最终挖开了一个宽约 1.7 米、深约 3.3 米的竖洞，金券顶面露了出来。

　　此时已是三星西沉，东边天色已经发白。六个人知道再干下去不行了，况且人人都腰酸无力，于是一个个悄悄溜出陵墓，又威胁了老人一番后，离开崇陵。

　　第三天傍晚，一伙人带上炸药、药捻，磨了钢钎，准备了钢锯、斧头、蜈蚣梯子等工具又来到了珍妃墓。一切安排妥当后，苏文生来到珍妃墓被掘的洞穴，开始在花岗石上打炮眼。炮眼打成，装好炸药，接上药捻，点燃引信，随着"轰！轰！轰！"三声巨响，金券宝顶被炸开一个大洞，地宫打通了。

待了半天，见四周无任何异常动静，李汉光便手提马灯，顺着梯子慢慢爬到地宫底部。

<< 清西陵珍妃墓

地宫规模不大，约6.7米长，10米宽，呈长方形。南面一座石门，雄伟壮观。正北面放置着宝床，宝床上放着一口巨大的棺椁，在灯光的闪耀下，棺椁通体闪亮。

李汉光发信号让那文生下来，两人蹚着积水来到珍妃的棺椁前，用斧头凿穿一个小洞，又用锯条锯开一个圆窟窿。李汉光手提马灯顺着圆窟窿钻了进去。

珍妃头戴凤冠，身披霞帔，面色如生。李汉光来不及细看，立即着手搜寻宝物。他见珍妃左手上握着一块玲珑透明的白玉雕花，右手上握着一个金光闪闪的金如意，手腕上戴着一对金镯，头上插着几支碧绿的玉簪，身边还有许多陪葬物，大都是金银、宝石、珍珠、玛瑙。他急急将这些宝物一件件装进事先备好的马褡子里，从棺中钻了出来。

鄂士臣等人将盗得的宝物经过清点后，然后将宝物按质量好坏分成八份。因金扁方大贵重，不便分给一个人，于是劈成八瓣，然后抓阄将珍宝分掉。

赃物分完后，李汉光又偷偷跑到珍妃墓，取出棺角私自截留的宝物，一人独吞。

事发后，伪满洲国军队全力追查珍妃墓一案。李汉光被抓，就地正法。其余七人仓惶出逃，鄂士臣心存侥幸，悄悄从北京潜回易县。谁知刚到易县车站，就被捉拿，后就地正法示众。

 康熙棺椁突然喷出火球

1945年9月2日深夜。清东陵。

漆黑的夜幕下，乌云四合，繁星隐没。黑黝黝的昌瑞山在巨大的爆炸声浪中发出一阵阵低沉的回响，昌瑞山余脉——宝山群峦所环抱的景陵区内，人头攒动。一支由王绍义、黄金仲指挥的二三百人组成的盗陵队伍，开始了大规模盗掘清东陵的第一步——攻克景陵。

与孙殿英率正规军队盗掘清东陵所不同的是，这次盗陵的主谋是原土匪马福田手下的亲信副官王绍义和参加过八路军、在抗日战争中出生入死、功名赫赫的解放区冀东军分区敌工部部长黄金仲。在他们的蒙骗下，解放区的区长、公安助理、区小队长和大批的区、村干部及民兵、群众被发财欲望所驱使，已经在景陵的方城里苦干了两天两夜，今天是盗掘景陵的第三夜。

<< 康熙帝景陵全景图

疲劳已极的村民们，虽然都熬红了眼睛，口干舌燥，但是没有一个中途逃脱的。人们吵吵嚷嚷，拥来挤去，跳动的火把将阴森恐怖的景陵映得恍如白昼。方城、陵寝门、明楼、宝城和康熙陵墓的巨大宝顶，一片光明。

自从选取精美高大的彩釉琉璃照壁为此次盗陵的突破口以来，蜂拥而来的村民却几乎无从下手！尽管赶来盗陵窃宝的人多为村中壮汉，个个都有使不完的气力，可是面对牢固异常，几乎无懈可击的琉璃照壁，他们只能望壁兴叹，直到此时，王绍义方才醒悟，孙殿英当初盗掘东陵时，为什么出动近千兵力，最后不得不动用炸药。

但头脑精明、石匠出身的惯匪王绍义，没有采取炸药轰击这种竭泽而渔的办法。他命人用坚利的纯钢撬棍，将一块又一块的青石、青砖，纷纷从琉璃照壁的底座撬下来，经过一天的凿撬，座基上很快便出现了一个偌大的洞口。地宫通道打通了。

王绍义双手握着德牌撸子手枪，跟随在那些状若幽灵的人群后面，缓缓向地宫深处游动，突然，一道高十多米、宽约十六七米的巨大的汉白玉石门横亘在眼前。王绍义指挥手下人用钢钎、镐头狠命凿撬，但石门纹丝不动。一番努力后，见毫无成效，无奈中王绍义命令用炸药炸开石门。

经过两天的努力，第一道汉白玉石门被炸开。有了这次成功的经验，第二道、第三道石门也很快被炸开。在几枝火把的映照下，六具涂有朱漆的楠木棺椁出现在众人面前。面对这六具巨大的棺椁，王绍义喜不自禁，因为在他看来，摆在面前的不是数百年前的皇帝与皇后的遗尸遗骸，而是足以让他一生享用不尽的连城之宝！

"给我劈！"王绍义向站在一旁发呆的田广山下令。

田广山深深吸了口气，手握闪亮的利斧，嗖的一下跳到灵台上去，运足力气，对准康熙的棺椁劈了下去。霎时，木屑飞溅，棺盖裂开一条长长的缝隙。

"我也算一个。"关增会同样手握利斧，跳上灵台，二人一左一右，对准康熙的棺椁较上了劲，眨眼间，棺盖变得支离破碎。

两人围住棺椁，探下身子，欲待看个究竟，突然噗的一声炸响，棺盖下蓦然间喷射出熊熊烈火。两人猝不及防，被硝烟烈火迎面烧个正着，惨叫之声不绝于耳。

王绍义在刹那间的惊悸与恐怖过后，很快恢复了平静。他冲上前去，朝哇哇乱叫的两人发了一通无名之火后，又各赏两人一脚，然后命令继续开棺。

随着棺盖的开启，棺椁里喷射出一束令人炫目耀眼的光芒，整个地宫亮如白昼。

"天哪，这么多珍宝！"众人一齐围上来，面对一棺椁的稀世国宝，大张着嘴，心脏狂跳不止。王绍义挤上前来，瞪圆那双晶亮的小眼，一一扫视着：无数的玛瑙、珊瑚、镶金宝石、翠玉戒指、赤金鼻烟壶、珠串玉雕的帽花、亚攒、太平车、如意、花枝、坠子、耳挖、翡翠、台灯、夜光杯……

短暂的沉默过后，众人突然醒悟过来，梦寐已求的财宝近在眼前，此时不抢，更待何时？于是一个个像饿久的虎狼一样，瞪着血红的双眼，扑向棺椁，抢了起来。刚才还安静的地宫，一下子混乱起来。

土匪出身的王绍义见此情景，将两支手枪从腰间拔了出来，乌黑的枪口对准乱哄哄的人群，大声吼道："都给我住手！老子的手黑大家是知道的，无论是谁，胆敢私抢金棺里的宝物，老子一枪崩了他！"说罢，冲地宫天

棚砰砰放了两枪。

众人一下安静下来，抢到宝物的极不情愿地放回棺椁中。王绍义见地宫恢复了平静，局面被自己控制住，才将悬着的心放下，又大声说道："弟兄们，我出身土匪不假，可生平最讲义气两字，我已经说过，将来要论功行赏，现在地宫中六口棺材只劈开一口，还有五口没有劈开，待咱们把它们全部打开后，把宝贝都运到隆恩殿去，再平分如何？"

"行！"众人情知无法与王绍义相拗，又都知道王绍义心狠手毒，于是团团将孝诚仁皇后、孝昭仁皇后、孝懿仁皇后、孝恭仁皇后、敬敏皇贵妃的棺椁围住，劈棺扔尸，劫走全部随葬珍宝……

据后世研究资料透露，这六具棺椁的随葬珍品共计有：

天鹅绒鎏金朝冠1顶；金冠珠顶1座，上嵌大正珠顶、东珠各15粒；勒苏草拆经缨冠1只，嵌镶银珠20颗；各种玉及镶钻石、宝石镏子35件；镀金点翠上带红宝石的连环4对；玉镂田瓜盅1只；百褶金龙1只；金累丝镶嵌色珠石九凤钿1顶；各色玉骊条环38只；玉、镶珠挑杆8枝；金珐琅盅碟2件；镀金银奠池5件；镀金银中碗7只；镀金银爵盏10个；龙形翡翠饰物1个；黄杨木镂雕八仙过海盆景1尊；九龙玉杯1只……

这些稀世珍宝大部分被王绍义、黄金仲等人私分，只有少量分给众多盗陵的村民，17年前孙殿英未尽的"辉煌"的梦想，最终由王绍义等人续接成功。

# 乘木筏进入地宫劈棺掠宝

夜色如墨，风呼雪啸。

地处清东陵最西部的平安峪，群山环抱，松柏如屏。在平安峪的谷口，朝阳之地上，巍然雄踞着咸丰皇帝的陵寝——定陵。

黄金仲已经是两天三夜不曾合眼了，他焦灼地在隆恩殿里来回走动，想到不久前跟王绍义合伙盗掘景陵成功后，所分到的稀世珍宝，心中充盈着得意与亢奋。如果这次盗陵顺利的话，他的三股力量可以同时将咸丰、同治和慈安太后的三座陵墓打开，所得到的财宝，将是盗掘景陵的三倍。这样，他黄金仲和王绍义所领导的盗掘清东陵行动，无论是人数、规模还是陵墓中的陪葬品数量，都将远远超过中国近代史上臭名昭著的盗陵军阀孙殿英。想到此处，黄金仲禁不住自言自语："你孙殿英算个老几，我黄金仲要将清东陵所有没有被人盗开的大小皇陵，一个一个地统统掘开！"

这次黄金仲独自一人指挥盗陵。按事先的分工，由王绍义等人指挥盗掘惠陵、定东陵，由于自己不太懂皇陵的建筑结构，指挥失误，故此进度迟缓，心中焦灼。

"天哪，不好了，地宫里有毒气！"随着一声惊叫，刚打开地宫入口的人们潮水般退下，黄金仲一惊，拔枪在手，喝住退却的人潮。

霉气逐渐散尽后，人们渐渐安静下来。这时，黄金仲发话，"不惜一切代价，进入地宫，炸开石门！"说罢，独自一人回到隆恩殿。

"黄部长，黄部长。"区长介儒气喘吁吁跑来，上气不接下气地喘着，刚刚有些睡意的黄金仲被惊醒，不耐烦地问道："石门不是被炸开了么，又怎么回事？"

"水，地宫里积着好深的水呢！"介儒这时恢复了平静，将地宫里的情况一一说了一遍。

黄金仲愕然，他本以为炸开石门后，劈开棺材，就能将宝物轻而易举拿到手，谁知在地宫里又发现滔滔大水，他浓眉紧蹙，胸中再次燃起烦躁的怒火。

"真他娘的损，没想到咸丰这家伙比康熙还有韬略！"黄金仲眼见棺材的宝物无法盗取，恨恨骂了一句。

"黄部长，你对这大水有什么高招吗？"有人问。

"对，跳下水，泅渡过去！"

"不用！"黄金仲大手一挥，"这大冷的天，我怎么忍心你们跳下去？再说，这地宫里的水又冷又深，犯不上把性命搭上，当年孙殿英也遇上过地宫积水，结果派人到天津买抽水机抽水，现在想来太荒唐了，哈哈哈……去，到隆恩殿香案顶上拿下大匾，再加上两扇紫檀门板，稍一捆绑，不就是船吗？"

一个小时后，这伙亡命之徒，坐着"船"划到咸丰和萨克达氏的棺椁前，跳上棺椁，挥动利斧，劈棺扬尸，将随葬物品洗劫一空。

定陵被劫后，匪众们又来到双山峪盗掘同治惠陵，18年前的一幕悲剧再度重演。同治皇帝跟他的母后慈禧一样，被劈棺扬尸，棺椁、器物被洗劫一空。

同治帝19岁因病驾崩，虽然徒有虚名，但毕竟是咸丰和慈禧的亲生儿子，所以死后备极哀荣。王绍义清楚这点，才决定率众盗掘惠陵。

在松明火把的映照下，两具巨大的棺椁横置在众人面前。王绍义围着棺椁转了一圈，不住点头。突然，王绍义大喝一声："弟兄们，把这两口棺材给我劈了！"

众人一哄而上，扑向同治、孝哲毅皇后的棺椁。霎时，地宫里利斧闪动，响起一阵杂乱的噼里啪啦的声响。

在王绍义的指挥下，棺内所有的珍宝、玉器、金银、珠串、凤冠、玉玺等价值连城的珍品悉数被一抢而空。大批盗陵者在分到了棺中的宝贝后，迅速从惠陵撤离，嚣闹了几天几夜的惠陵顷刻间变得死一般沉寂。

从惠陵撤离后，王绍义马不停蹄地奔到位于咸丰定东陵东侧几里地的慈安陵，当他冲到地宫的深处时，见一口楠木棺材已经被人用利斧劈开。慈安的尸体被人从棺椁中拖了出来，面目狰狞地仰卧在"金井"之上，身上的黄袍、髻上的金簪银钗也被发了疯的人们一古脑掠去。此时，有两人正为一只胭脂盒而厮打着。

"混蛋，住手！"王绍义掏出手枪，大声吼道："都给我放下！如果谁他妈的再抢，当心老子崩了他！"

地宫突然静了下来。这时人们才发现那只纯金镂雕的胭脂盒，不知何时已落到王绍义手里。

见棺中的宝物已全部取出，王绍义才清了清嗓子，大声说道："大伙都听着，现在我传达黄部长的命令，要想活命的，马上给我撤出去！"

众人听了王绍义的话，立时一窝蜂般四散而去……

案发后，冀东行署高度重视，不惜一切代价抽调得力干将破获此案。行署专员李铁亚亲自坐镇马兰峪河东村指挥，很快将盗陵的主犯赵连江、李树音、刘思、贾振国、继新、穆树先在景陵大碑楼前就地正法。首犯黄金仲事发后畏罪潜逃，在国统区内被军统特务抓获，投进监狱，终了此生。主犯王绍义在 1951 年 3 月被遵化县人民政府依法处决。清东陵第二次大规模的盗陵案随着王绍义的处决终于画上了句号。

# 荒唐的『要想富，去盗墓』

# 民间盗墓的奇技淫巧

所谓狗有狗道，猫有猫道，从春秋一路走到唐代，所描述的盗墓者大多是声名显赫的人物。事实上，无论是古代还是近代，大凡盗墓者可分为两类，一为官盗，一为民盗。秦末的项羽、汉末的董卓、曹操，五代的温韬等等，都是有名的江洋大盗，这些乱世奸雄用大批士兵，明火执仗地大肆挖掘古墓葬。此种盗墓方法，被称为官盗。而官盗的显著特点，是除了打洞取宝，还要毁坏、焚烧陵墓建筑等，具有典型的我是军阀我怕谁的流氓之气。

官盗之外，便是民盗。民盗当然来自民间，分布各地草莽之间，人数众多，互不相关，以各种方式偷偷摸摸挖开墓室、棺材，从中取出随葬的财物珍宝，大发横财。其特点是只管打洞取宝，对陵墓建筑等不动分毫，且行动隐秘，像老鼠一样昼伏夜出，采取"打枪的不要，悄悄地进墓"的方式方法进行盗掘，一副做贼心虚的模样。这些布衣盗贼多集中在古墓葬较多的地方，如河南洛阳、陕西关中、湖南长沙、湖北荆州周边等地进行探寻，若发现目标，一般采取由外往里打洞的方法进入墓室直接取物。

选择了盗墓这一特殊的职业，就必须要练就不同于常人的特殊功夫，否则，便不叫盗墓，应该叫找死。

那么盗墓贼的特殊本领何在，如何能找到墓葬所在位置，并进入墓穴盗取宝物呢？按照历史流传资料和盗墓者亲身所述，不外乎以下几个方面：

一、盗墓者因共同的理想和信念走到一起，并结成看似牢不可破的同盟后，首先要做的是出外踩点，以便确定墓葬的位置、规模和盗掘的方式方法。尽管这是前期工作，但却相当重要，若在这方面走眼或失手，后面的一切努力都将付之东流，因而必须小心行事。整个途径可分为

<< 盗洞

三条：

（1）查看地面的封土形状以判断墓葬的级别年代等粗略信息，有古墓的地方由于自然的地质——五花土在埋葬过程中遭到破坏，庄稼的长势一般会比周围地区要差一些。

（2）从史书、地方文献、民间传说中寻觅古墓的踪迹。史书与文献需有文化者才能查看，一般的盗墓贼主要靠民间传说得到线索，然后到现场勘察后，根据经验做出判断。

（3）盗掘古墓一方面靠人的技术、经验，一方面靠操作工具。明代以前，盗墓贼没有专用的探测工具，只要确定位置，便设法自上往下挖掘，使用的工具一般为锤、锹、镐、铲、斧和火把、蜡烛等。明代开始使用铁锥探测，在技术上算是一个进步。民国之后开始用洛阳铲等工具凿土取样，通过土质和地下带出的残物，如陶片、木片、铜、金等金属碎片，判断墓葬的确切位置、规模、陪葬品放置情况，以便有的放矢。

二、准备工作完毕后，接下来就是如何盗掘的问题。对于那些长期以盗墓为职业的人而言，这并不是一个复杂和困难的事，只是相对辛苦一些罢了。如果是小墓，便采取速战速决的战术，只需一个晚上便可打透进坑，轻松地取出随葬品走人。具体做法是，在月黑风高之夜直接找准目标下手，或打洞或用其他方法撬挖，速战速决，几个时辰或一夜完事。一个或两个人即可完成。

明代冯梦龙编刊的《醒世恒言》第十四卷"闹樊楼多情周胜仙"中，记述了一个生动的姻缘故事，其中有一段盗墓情节可视为上述第一条范畴，故事的离奇曲折足以令人击掌叫绝。

说的是大宋徽宗年间，东京青年男女范二郎与周胜仙一见钟情，各因相思致病。后在王媒婆的撮和下，胜仙娘在老爷外出的情况下，擅自将胜仙许与范郎婚配。半年后周家老爷外出归来，对此婚事大加反对，当场将胜仙娘骂了个狗血淋头，躲在屏风后偷听的周胜仙闻之，一口气上不来，当场昏厥在地，人事不醒。父母闻知慌忙来救，终于未能苏醒。

周家老爷见女儿已死，只好找人打制棺材，抬进家中，教件作人等入了殓，即时使人吩咐管理坟园子的张一郎、张二郎道："你两个便与我砌坑子。"吩咐了毕，水陆功德也不做，停留也不停留，只就来日便出丧，胜仙娘教留几日，那里拗得过来。早出了丧，埋葬已了，各人自归。

可怜三尺无情土，盖却多情年少人。小说至此，算是一个段落，接下来曲转弦变，令人惊悚。小说叙述道：

且说当日一个后生的，年三十余岁，姓朱名真，是个暗行人，日常惯与仵作的做帮手，也会与人打坑子。那女孩儿入殓及砌坑，都用着他。这日葬了女儿回来，对着娘道："一天好事投奔我，我来日就富贵了。"娘道："我儿有甚好事？"那后生道："好笑，今日曹门里周大郎女儿死了，夫妻两个争道：'女孩儿是爷气死了。'斗气，约莫有三五千贯房奁，都安在棺材里。有恁地富贵，如何不去取之？"那作娘道："这个事，却不是耍的事。又不是八棒十三的罪过，又兼你爷有样子。二十年前时，你爷去掘一家坟园，揭开棺材盖，尸首觑着你爷笑起来。你爷吃了那一惊，归来过得四五日，你爷便死了。孩儿，切不可去，不是耍的事！"朱真道："娘，你不得劝我。"去床底下拖出一件物事来把与娘看。娘道："休把出去罢！原先你爷曾把出去，使得一番便休了。"朱真道："各人命运不同。我今年算了几次命，都说我该发财，你不要阻挡我。"

你道拖出的是甚物事？原来是一个皮袋，里面盛着些挑刀斧头，一个皮灯盏，和那盛油的罐儿，又有一领衰衣。娘都看了，道："这衰衣要他作甚？"朱真道："半夜使得着。"当日是十一月中旬，却恨雪下得大。那厮将将衰衣穿起，却又带一片，是十来条竹皮编成的，一行带在衰衣后面。原来雪里有脚迹，走一步，后面竹片扒得平，不见脚迹。当晚约莫也是二更左侧，吩咐娘道："我回来时，敲门响，你便开门。"虽则京城闹热，城外空阔去处，依然冷静。况且二更时分，雪又下得大，兀谁出来。

<<《醒世恒言》插图

朱真离了家，回身看后面时，没有脚迹。迤逦到周大郎坟边，到萧墙矮处，把脚跨过去。你道好巧，原来管坟的养只狗子。那狗子见个生人跳过墙来，从草窠里爬出来便叫。朱真日间备下一个油糕，里面藏了些药在内。见狗子来叫，便将油糕丢将去。那狗子见丢甚物过来，闻一闻，见香便吃了。只叫得一声，狗子倒了。朱真却走近坟边……抬起身来，再把斗笠戴了，着了蓑衣，捉脚步到坟边，把刀拨开雪地。俱是日间安排下脚手，下刀挑开石板下去，到侧边端正了，除下头上斗笠，脱了蓑衣在一壁厢，去皮袋里取两个长针，插在砖缝里，放上一个皮灯盏，竹筒里取出火种吹着了，油罐儿取油，点起那灯，把刀挑开命钉，把那盖天板丢在一壁，叫："小娘子莫怪，暂借你些个富贵，却与你作功德。"道罢，去女孩儿头上便除头面。有许多金珠首饰，尽皆取下了。只有女孩儿身上衣服，却难脱。那厮好会，去腰间解下手巾，去那女孩儿脖项上阁起，一头系在自脖项上，将那女孩儿衣服脱得赤条条地，小衣也不着。那厮可霎叵耐处，见那女孩儿白净身体，那厮淫心顿起，按捺不住，奸了女孩儿。你道好怪！只见女孩儿睁开眼，双手把朱真抱住。怎地出豁？正是：曾观《前定录》，万事不由人。

真不愧是盗墓世家，胆大心细，奇技淫巧令人击案。在撤离现场时同样沉着、冷静，不漏掉第一个细节。只见：

当下朱真把些衣服与女孩儿着了，收拾了金银珠翠物事衣服包了，把灯吹灭，倾那油入那油罐儿里，收了行头，揭起斗笠，送那女子上来。朱真也爬上来，把石头来盖得没缝，又捧些雪铺上。却教女孩儿上脊背来，把蓑衣着了，一手挽着皮袋，一手缩着金珠物事，把斗笠戴了，迤逦取路，到自家门前，把手去门上敲了两三下。那娘的知是儿子回来，放开了门。朱真进家中，娘的吃一惊道："我儿，如何尸首都驮回来？"朱真道："娘不要高声。"放下物件行头，将女孩儿入到自己卧房里面。

故事后来的发展，竟然又卷入了新的悲剧漩涡，使多情的周胜仙再度为情人而亡身。故小说作者发出了"若把无情有情比，无情翻似得便宜"的感叹。作者的感悟是否就是真理，此处不作讨论，需要特别注意的，当是小说中透出的盗墓者的行为方式及当时的社会百态，应当说这个故事所提供的文化信息和给予后人的思想启迪相当丰富，且具有一定意义。

冯梦龙的小说素材来源出自何处不得而知，但从另一位戏曲家汤显祖那著名的《还魂记》（又名《牡丹亭》）中可找到线索。史载，汤显祖（1550—1616年），江西临江人，万历十一年癸未进士，官礼部主事。上疏弹劾首辅申时行，谪徐闻典史，稍迁遂昌知县，二十七年大计夺官。显祖颇多牢骚。所作传奇往往托时事以刺贵要。汤氏在《还魂记》自序中云："传杜太守事者。彷佛晋武都守李仲文、广州守冯孝将儿女事。皆载于后。予稍为更而演之。杜守收考柳生。亦如睢阳王收考谈生也。然其言外或别有寄寓。"

那么，李仲文、冯孝将二宦的儿女到底发生了何种奇闻逸事呢？请看下面两则逸闻。

《法苑珠林》载：晋时武都太守李仲文。在郡丧女。年十八。权假葬郡城北。有张世之代为郡。男字子长。年二十。梦一女自言前府尹子。今当更生。心相爱乐。故来相就。如此五六夕。忽然昼现。衣服熏香殊绝。遂为夫妇。寝息。衣皆有污。如处女。后仲文遣婢视女墓。因过世之妇相问。入廨中。见此女一只履。在子长床下。取之啼泣。呼言发冢。归以示仲文。惊愕。遣问世之。君儿何由得亡女履耶。世之呼问儿。具陈本末。发棺视之。女体已生肉。颜姿如故。惟右脚有履子。长梦女曰：我此得生。今为所发。自尔之后。肉烂不得生矣。泣涕而别。

又东晋冯孝将。广州太守。儿名马子。年二十余。独宿廨中。夜梦一女子。年十八九。言我是北海太守徐元之女。不幸早亡。出入四年。为鬼所枉杀。案录当年八十余。听我更生。要当有依凭。方得活。又应为君妻。能从所委。见救活否。马子答曰。可。因与克期。至期。床前有头发。正与地平。令人扫去。愈分明。遂屏左右发视。渐见头面。已而形体皆出。马子便令坐对榻上。陈说语言。奇妙非常。遂与寝息。每戒云。我尚

<< 《还魂记》插图

虚。问何时得出。答曰。出当待本生日。遂往厩中。女计生日至。具教马子出己养之方法。马子从其言。至日。以丹雄鸡一只。黍饭一盘。清酒一升。祭讫。掘棺开视。徐徐抱出。着毡帐中。以青羊乳汁沥其两眼。始开口咽粥。积渐能语。一期之后。颜色肌肤气力悉复常。乃遣报徐氏。下礼聘为夫妇。生二男。长男元庆。嘉禾初为秘书郎。小男敬度。作太傅掾。

另据《列异传》载，谈生四十无妇。夜半读书。有女子可十五六。姿颜服饰。天下无双。来就生为夫妇。自言我与人不同。勿以火照我。三年之后方可照。生一儿。二岁。夜伺其寝照之。腰上生肉。腰下但有骨。妇觉曰：君负我。何不能忍一岁也。大义永离。暂随我去。生随入华堂。以一珠袍与之。裂取生衣裾。留之而去。后生持袍诣市。睢阳王家买之。得钱千万。王曰。是我女袍。此必发女墓。乃收拷之。生具以实对。王视女冢完如故。发视之。得衣裾。呼其儿。类王女。乃召谈生以为婿。表其儿为侍中。

由此可证，汤显祖所作《还魂记》确是根据上述传说演化并经汤氏天才的艺术加工而来。其内容正如此书刻版序文所云："柳梦梅与杜丽娘。梦中相遇于牡丹亭。本无此事。显祖作传奇四种。牡丹亭、邯郸梦、紫钗、南柯。相传谓之四梦。此记尤为人所指名。其大略见汉宫春词云。杜宝黄堂。生丽娘小姐。爱踏春阳。感梦书生折柳。竟为情伤。写真留记。葬梅花道院凄凉。三年上。有梦梅柳子。于此赋高唐。果尔回生定配。赴临安取试。寇起淮扬。正把杜公围困。小姐惊惶。教柳郎行探。反遭疑激恼平章。风流况。施刑正苦。报中状元郎。标目云。杜小姐梦写丹青记，陈教授说下梨花枪。柳秀才偷载回生女，杜平章刁打状元郎。首尾粗俱于此。其惊梦、寻梦、写真、悼殇、冥判、拾画、玩真、幽媾、冥誓、回生、折寇、闹宴、硬拷、圆驾等折，流传众口，莫不艳称。"

说完汤、冯等人记载的有关盗墓的奇闻逸事，接下来，我们继续说盗墓贼们盗墓的奇技淫巧和攻略战术。

盗墓贼若发现大中型墓葬，但因周边太空旷不宜隐蔽，便以开荒种地为名，以各种理由在墓葬周围种上玉米、高粱等高秆作物。待青纱帐起，借其掩护，用一两个月的时间悄悄打开墓室，劫取宝物。

据现代考古发现，安阳殷墟侯家庄西北冈的殷商王陵区，西区有大墓

8座，东区有大墓5座，都不止一次被盗，残留遗物极少。据参加发掘的考古人员记述："早期盗掘者对墓室位置判断极正确，他们在墓室正中开一个圆形大盗坑，坑口紧贴墓室四壁，似一内切圆。盗坑直达墓室椁顶，那时墓内椁室尚未腐朽坍塌，故盗掘者可直进椁室内，把室内之物席卷而去，像司母戊大鼎这样的铜器因太重了，未被盗走，但也被截去一耳。只有腰坑或个别墓室角隅未被盗掘者触摸到处，尚可找到一些幸存物。另外，在盗坑及扰土中还有一些未被盗掘者捡走的小件器物及碎片。第二次大盗掘的时间可能在北宋。近代盗坑大多是长方形的，大部分挖在墓道上（近代盗墓者据夯土确定墓的位置，大墓墓室早期被盗，盗坑中的土是翻动过的回填土，当地农民称此为'二坑'，故盗掘者不在其上挖坑）。"（《殷墟的发现与研究》，中国社会科学院考古研究所编，科学出版社1994年出版。）位于安阳洹水南岸的商代王陵区，在春秋时期已沦为废墟，当地百姓或在其上种庄稼，或任其荒草飘零，无论是哪一种情形，都为盗墓者创造了掩护的条件，因而才有了墓室多次被盗的命运。

盗墓贼还有一个绝招，是在墓周边地区以不同的理由盖间房子掩人耳目，然后从屋内挖地道通向墓室。因是夜间行动，外人很难发现端倪和破绽，在看似风平浪静的环境中，墓内随葬品已被洗劫一空。

在绵延几千年的盗墓历史上，采用这种方法者不乏其人。曾为乾隆进士、官至湖广总督的清代学者毕沅，在其《吕氏春秋新校正》中有这样一段记述：

有人自关中来，为言奸人掘墓，率于古贵人冢旁相距数百步外为屋以居，人即于屋中穿地道以达于葬所，故从其外观之，未见有发掘之形也，而藏已空矣。噫！孰知今人之巧，古已先有为之者。小人之求利，无所不

<< 《还魂记》插图

至，初无古今之异也。

与毕沅同一时代的学者纪晓岚在他的《阅微草堂笔记》卷九《如是我闻三》中，说到盗窃陵墓时，曾记录了这样一种隐蔽方式：

康熙中，有群盗觊觎玉鱼之藏，乃种瓜墓旁，阴于团焦中穿地道。

所谓"团焦"，即乡村原野瓜田中搭建的圆形瓜棚。这个方法与毕沅所述基本属同一类型，也是"墓冢盗"们使用最多的经典性版本。当然，不是所有的墓葬都适合在周围盖房屋和瓜棚，一旦遇到不能在周边下手者，且判断墓中必有重宝，盗墓者便不惜拼上性命搞迂回战术，在相对较远、隐蔽的地方垂直下挖，凿成一井，然后顺井斜挖，直至通入墓室。这种方法费时费力较大，为避开众人耳目，有时甚至距离墓室几公里开凿，盗墓者吃住均在洞里，工期达几个月、半年甚至更长的时间。这样漫长的工期，就需要盗墓者有吃大苦、耐大劳、甘于寂寞的特殊精神，否则很可能会因种种原因前功尽弃。而一旦成功，所得墓中财宝也就够吃喝玩乐一辈子的了。

河南三门峡地区有一个虢国墓即以这样的方法被盗劫一空。盗墓者用了4个多月的时间，先打竖井，然后斜着打了一条2公里长的地道。从一个杂货铺一直打到虢国墓的中心位置。盗墓者凿开了一个40米深的大洞，直接进到古墓的核心位置，将地下珍宝洗劫一空。不过这是近两年的事，经考古人员清理后发现，盗墓贼已经使用了最先进的军事装备——挤压式炸弹进行定向爆破，比之古老的老鼠打洞式挖掘要容易得多了。

除此之外，还有一个招数，就是在古墓边修一假坟，以便暗中掘一地道通入古墓内盗取财物。这种方法偶有为之，不太普及，因为新修的坟丘很容易引起外人的注意，从而导致事败。几年前北京西郊老山汉墓就是一个典型个案。

<< 老山汉墓示意图

1999年冬，几个贼娃子结伙盗掘北京西郊老山汉墓，起初是在白天干，后来为了掩人耳目，又改在夜里盗掘。盗墓的三个人准备了铁锹、镐头、铲子、编织袋等工具。为了挖掘方便，这些工具比平常的工具要短一些。一人挖土，一人提土，一人望风。挖出来的土没法做隐蔽处理，只好在坟丘外堆了几个小坟头，伪装成刚有人死去埋葬的

第十二章

样子。新堆成的坟包一天天变大，这个异常举动引起了晨练的老太太的怀疑和警觉，一个电话打到派出所，警察前往刨开坟堆，发现是人为的假坟。顺藤摸瓜，很快找到了盗洞。警方冒险钻入盗洞，发现通道纵向已挖了6米，横向挖了10米，已经接近墓椁，于是开始蹲守。几个贼娃子不知自己的行动已被盯上，于夜里再度潜入洞中挖掘起来，被设伏的警察当场擒获。

## 南方盗墓的门派

以上的方式、方法多适应于北方盗墓贼。与北方洛阳、关中等地不同的是，南方许多地方土薄石多水位高，无论是早年的铁锥还是后来发明的洛阳铲等探测工具，发挥的效果并不明显。当地盗墓贼经过长期的摸索和总结，"因地制宜"地形成了一套觅冢、识宝的方法和发掘技巧。如湖南长沙一带在旧社会就有一大批专以盗墓为业的"土夫子"，新中国成立后，有一批经验丰富者进入省博物馆，摇身一变成为考古工作者，著名的长沙马王堆汉墓发掘时，就有几名"土夫子"参加并发挥了特长。据这批"土夫子"向身边的考古人员透露，过去长沙周围地区盗墓贼的方法和技术，像古老的中医学把脉看病、治病一样，归纳起来可分为"望、问、闻、切、听"五字要诀。

"望"是望气看风水。老一点的盗墓贼经验丰富，又多擅长风水之术，每到一处，必先察看地势，看封土已平毁的古墓坐落何处。按照土夫子的解释，只要是真正的风水宝地，一般都会有大墓存在，且墓的规格高，陪葬宝物既多且精，许多是国之重器。以风水之术预测地面有无标志墓址，几乎百发百中。民国年间长沙一蔡姓盗墓高手极擅风水之术，他若出门选点，从者必云集左右。一次他到宁乡县走亲戚，行至一风景甚佳处，指着一块水田对同行人说，此田下必有大墓，若发之，墓中宝物可使你我骤富。同行者半信半疑，蔡夫子可能是想在众小子面前故意露一手，于是打赌：若发之，无古墓和珍宝，自己输一千美元；反之，墓中出了宝物自己独占七成。众人赌兴大发，遂暗约乡民数十人于夜间发掘，至半夜，果然掘出砖室大墓，墓壁彩绘死者生前生活图景，墓内有宝剑、宝鼎、玉璧、漆器、金饼、砚、竹简等物几百件。后来这批宝物被卖给美国一传教士，得大量美元而暴富（后蔡氏在长沙子弹库盗掘出著名的战国缯书，同样被美国传教士弄到了国外）。

"问"就是踩点。善于此道者，往往扮成风水先生或相士，游走四方，尤注意风景优美之地和出过将相高官之处。这些人一般能说会道，善于察言观色和与长者老人交谈讲古，从交谈中获取古墓信息与方位。因多年练就的功夫，加之口才又好，很容易取得对方信任。一旦探听到古墓的确切地点，便立即召集群贼在夜间盗掘。长沙的土夫子的盗墓方法，主要是根据古墓的封土和墓坑的回填土的成色、夯层、含水湿度来判断其位置和年代，随后在古墓适当的部位开挖竖井式盗洞，为了节省工时，盗洞长宽大小以容纳两个畚箕为限。盗洞笔直向下，当挖到一人高的深度，就在盗洞的两壁挖成两个马蹄形的足穴来踏足，双手将洞内装土的畚箕举上来。再向下挖时，就采用搭人梯的方式。当接近棺椁部位时，就由有经验的"师傅"亲自探索，如果棺椁保存尚完好，就用斧头砍，凿子凿，爬进棺室去摸文物。如果棺椁已经腐坏，师傅就用竹扦子在泥土中去仔细探查，就是很小的印章也能找到。

"闻"即嗅气味。有此奇术的盗墓者专练鼻子的嗅觉功能。在踩点时，若发现墓葬所在位置，便翻开墓表土层，取一撮墓土放在鼻下猛嗅，从泥土气味中辨别墓葬是否被盗过，并根据土色判断大体时代。据说功夫最好的可以用鼻子辨出汉代墓土与唐代墓土的微妙气味差别，准确程度令人惊叹。

"切"即中医学上的把脉之意。分三个步聚：

第一是发现古墓之后，如何找好打洞方位，以最短的距离进入棺椁，这种功夫不仅需要丰富的盗墓经验，而且要有体察事物的敏锐感觉。擅长此道者往往根据地势地脉的走向，如给人把脉一样很快找到病源，也就是古椁室的位置，然后从斜坡处打洞，直达墓室棺头椁尾，盗取葬品。位于长沙的清代中兴名臣曾国藩之墓曾先后五次被盗，陪葬的顶戴花翎等珍物被盗得片甲无存。据考古人员清理发现，几次被盗几乎每次都是从墓顶直接打洞进入墓室的。

第二是凿棺启盖后，摸取死者身上宝物。从头上摸起，经口至肛门，最后到脚。摸宝物如同给病人切脉，要细致冷静，讲究沉静准确，没有遗漏。古人死后，据说在尸体的各窍放入玉器等物填塞，可避免腐烂。于是，许多贪得无厌的盗墓者便连这一个细节都不肯放过。1994年荆门市郭家岗1号战国墓被盗掘出的楚国贵夫人尸体，之所以遭到劈棺抛尸，衣服被扒光，头发被撕掉，嘴被敲开，牙齿被敲碎之祸，主要是盗墓者想从这些地方找到藏匿的珍宝所致。

第三是以手摸触出土文物。凡行内高手所过手的文物不计其数，往往不需用眼审视，只要把物品慢慢抚摸一番，即知何代之物，价值几何。这个妙法主要是靠经验取得，若无长年与出土文物打交道的经验，再伟大的天才也望之不及。业内高手常以此技与人赌输赢，胜算很高。

"听"即盗墓中的综合功能，由听而观察世界万千事物的异同，从中对心中所期望的目标做出正确的判断。《清稗类钞·盗贼类》有"焦四以盗墓致富"条，其中说到"广州剧盗"焦四盗墓的方式，可作为这个"听"的注脚。文中说：

<< 盗墓工具

广州剧盗焦四，驻防也，常于白云山旁近，以盗墓为业。其徒数十人，有听雨、听风、听雷、观草色、泥痕等术，百不一失。

一日，出北郊，时方卓午，雷电交作，焦嘱众人分投四方以察之，谓虽疾雷电，暴风雨，不得稍却，有所闻见，默记以告。焦乃屹立于岭巅雷雨之中。少顷，雨霁，东方一人归，谓大雷雨时，隐隐觉脚下浮动，似闻地下有声相应者。焦喜曰："得之矣。"

翌晨，焦召集其徒，建篷厂于其地，日夜兴工，力掘之。每深一尺，必细辨其土质。及掘至丈余，陡闻崩裂声，白烟一缕，自穴口喷出，约炊许而尽。焦乃选有胆勇者数人，使手炬，坐竹筐，悬长绳以下。谓若有不虞，当振铃为号，以待救援。约尽五丈余绳，筐顿止。逾时，有铃声，引下穴诸人以上，述所见。或谓穴底有数大殿，或谓中藏十余枢，或谓正中一棺面列铜人，高可数尺。焦悉颉之。

入夜，焦乃选十余人，令持炬下穴，则见穴有三殿：中殿金棺，列铜人数具，貌狰狞；前为飨殿，鼎彝具备；后殿残破，有枢十数，盖当时殉葬人也。及启棺，则见尸之长髯绕颊，骨肉如石，叩之有声，中实金珠无算。其卧处，铺金箔盈尺，卷叠如席。巫将各物取归，渐货之，遂以致富。

焦四组织集体盗墓，其徒数十人，各有分工，计划严密细致，步骤有条不紊，可谓是盗墓门道、经验、技术和智识的集大成者，也是少有特例，非达到一定境界不能为之。只有达到了如焦四者炉火纯青的奇妙地步，才能做到百不一失。否则极有可能一无所获，枉费心机，弄不好被官府捉去，或枭首，或扒皮，或凌迟，反误了卿卿性命。

至于上述所言在勘察墓穴地点时，观草色、泥痕之术，则是利用古墓多采用夯筑技术的知识，并不足奇，远没有所谓听雨、听风、听雷等术玄妙。若加以分析，这听雷之术也不是顺口胡诌，当含有一定的科学道理。比如"大雷雨时，隐隐觉脚下浮动，似闻地下有声相应者"，是因为地下空旷遇雷雨而容易受到震动甚至下陷的缘故。中国著名的史前考古学家、古生物学家、周口店遗址"北京人"头盖骨的发现者裴文中，在为北京大学考古系学生讲课时，就曾谈到寻找遗址和古墓的方法。裴说：

寻找一个遗址，首要的先去找露头，这是地质上之名词，我借来应用。遗址经年既久，埋藏在地下，我们无法知道。这露出之一部即谓露头。

露头之成因，不外人工及天然所造成。挖掘土坑房基，可以造成露头，浮浅的遗址，可因耕种田地而露出，但最重要者，却为公路及铁路之开掘之地基，或运河之掘挖或开展……但孤零之一二史前遗址，不能谓露头，更不能谓为遗址。

再如，在沙土之中，如有埋藏之坟墓，因其地沙土曾经掘挖，后又填起，故土质自较生而未经掘挖者松散，地内所蓄之水也较原生土质之地为多。因之，雨季则见坟墓之地较湿；至旱季，则易干燥。著者曾闻甘肃之史前遗址，于春季，湿气上升，秋季地内水量充足，每一遗址，均较他处为湿潮，随葬之陶器，虽埋于二三尺深之土中，亦因湿度不同于地面可隐约见其大形。故掘者可按此而得，百无一失。此亦搜寻之一法也。（《史前考古学基础》裴文中遗著，载《史前研究》第 1、2 期，1983 年。）

裴文中不是社会上走南闯北飘荡江湖的所谓风水先生，更不是盗墓者的同行，但他能从自身在田野考察的实践中总结出一套科学的视察判断方法，而这些方法与古代文献、野史中的记载，竟有许多相合相似相通之处，可见"实践出真知"这句话还是有道理的，盗墓者在长期的工作实践中练

<< 裴文中在全国考古训练班上作学术报告

就了一套在外人看来极为神奇的方术，并非虚妄，而是符合事物发展的科学规律的。

至于墓穴掘开后烟火突现等等异兆，也并非无稽之谈，在长沙就有多次发现。中山大学教授，著名古器物学家、考古学家商承祚，为了解古物事，曾数次奔波于湖南、湖北博物馆等处，并亲自参加指导过湖北纪南城的发掘等工作，不但与当地考古人员如湖北的谭维四，湖南的侯良、高至喜、傅举有等建立了良好友谊，同时与当地不少改过自新的土夫子也建立了友谊。正是在这样的情形下，对两湖地区的古物和盗墓等事宜多有了解。商氏在他的《长沙古物闻见记》中曾说：近代盗墓团伙盗掘楚墓的行动方式，往往是"深得墓穴后于夜间篝笼盗发"，"每于深宵，穴孔而入，及见棺木，即加斧斤，折木穿窦，更翻入内摩寻，古物尽而后已。楚墓田地面至椁，深斜下入，达三四丈，必仅七八小时完成盗掘，否则为他组所知，源源加入，赃润减少，此不能不速成之一因也"。

湖南长沙近世盗墓者曾多次遇到所谓"伏火"，或称之为"火坑墓"，或称之为"火洞子"。发掘时，或有棺木"为火冲破"者，或有"火从隙内喷出"者，有人以为这是"磷火"作祟。商承祚考察后认为磷火不能燃物，白日不可见，"殆椁内无空气，一旦与外界相接触，起化学作用而起火耳。"对此，他在《跋柯克思〈中国长沙古物指南〉》一文中，就这一悬而未决的疑案做了较为详细的论述："楚墓椁墓完好未入空气者，如遇明火，其泻出之气即行燃烧，《闻见记》曾载其详，读者多有怀疑，柯君亦记及此事，皆为土夫子真实之言。余再度赴长沙时，即闻二十八年二月南门外阿弥岭木椁墓喷火伤人事，乃展转由土夫子之介，得识苏三，即被墓火烧伤之人。

苏三为人粗莽愚鲁，盗墓经验不丰，先锋工作，狡者每使令之。斯墓掘二夕（盗墓皆以夜）始见迹象，群工兴奋，子夜而抵其椁，苏三口衔纸烟，力掀盖板，轰然一声，其气与烟火相触而燃，苏三趋避不及，单衣被火，面目鳖黑，号啕悲呼，仆地不起，面部胸前几无完肤，群工惊骇，急送湘雅医学院治疗，月余始愈，创痕斑斑可见，则墓火之说，信而有征。"（商承祚《长沙古物闻见记·续记》，中华书局 1996 年出版。）

按商承祚的说法，近代长沙盗墓者之成熟技术的形成，未必世代传承，而主要因自身实践经验之积累，"因日久之经验，辨土色与山地即知其下之所有"。处理"火洞"的经验也是如此。如"木冢，土人分为两种，曰水洞、火洞"。"火洞则入葬及今仍保持原状，启之有火，殉物取出仅微润；然此种墓千百难值其一也。遇火洞，不能见明火，否则一引即燃烧，启时见青气外泄有声、发火，即此气。曩日土人或被烧伤，日久始得此经验。"

商氏所说当有一定的道理，1972 年长沙马王堆一号汉墓发现时，亦出现冒烟喷火现象，据发掘人员记述："出火的过程大致是，当某医院工程进行到露出木椁顶上的白膏泥层的时候，施工人员用铁杆向下穿了几个孔，孔里就喷出一股凉气，一接触火种即燃烧，火焰的颜色类似酒精灯，明火无烟。用水冲进出火孔，出现水花喷溅的现象……出火的原因，可能由于墓室里埋藏的有机物分解，形成一种可燃气体——沼气所引起的。沼气的主要成分是甲烷（Methane），化学分子式为 $CH_4$，是一种碳氢化合物，比重为 0.554，重量仅及空气的一半，扩散比空气快三倍，火焰呈蓝色。"（《长沙马王堆一号汉墓》，湖南省博物馆、中国科学院考古研究所编，文物出版社 1973 年出版。）

## 洛阳铲——盗墓贼的传家宝

在现代考古钻探中，考古学家们使用的洛阳铲皆为铁质，铲头刃部呈月牙形，剖面作半筒形，有大小不等的多种型号，长度一般在 20 ～ 40 厘米，直径5～20厘米。考古人员应用的铲头多为30厘米，直径6厘米。这种型号的洛阳铲装上富有韧性的木杆后，可打入地下十几米甚至几十米，提起后，铲头的内面会带出一筒土壤。通过对土壤结构、颜色和包含物的分辨，可以判断出地下有无古墓，墓内棺椁状况及陪葬品等情况。此类探铲之所以又称洛阳铲，是由于产地出于洛阳的缘故。

<< 洛阳铲

作为沿革千余年的十三朝古都，洛阳长期是中国古代的政治、文化中心。历代有权有势的帝王将相，达官贵人，连同在一旁敲边鼓的士大夫，极为重视墓穴的修建和厚葬，直弄得洛阳四周古墓遍地，多如牛毛。其中等级最高、密度最大的墓葬区便是洛阳郊外的北邙山。这片看上去并不算雄奇峻秀的山岗，被视为埋藏死人的风水宝地。自东周开始，一代代豪门显贵无不以死后葬于邙山为最高荣幸，凡有权势者生前便请风水先生赴邙山踩点探穴，抢夺地盘建造坟墓。到了唐代，整个邙山已是陵墓遍布，难有插针立锥之地了。唐代诗人王建游洛阳时，曾有一首《北邙行》的诗，道出了当时的情形："北邙山头少闲土，尽是洛阳人旧墓。旧墓人家归葬多，堆着黄金无买处。"此诗的水平并不咋地，近似蒙学馆牧竖的水平，如此拙劣的句子之所以能流传下来，完全得益于所记载的这段真切朴素的历史史实。也就是说在王建活着的那个年代，邙山墓葬之多、之盛、之拥挤程度，已到了拿着一堆黄金都买不到一块停棺之地的程度了。

很显然，地老天荒的邙山不像割掉的韭菜一样疯长，而蝗虫、老鼠、屎克郎一样活蹦乱跳，摸爬滚打的贵族士大夫，却在连绵不绝地伸腿断气，并向邙山云集而来。面对这种紧迫逼仄情形，后来者的处理方式是，或明或暗地将时代久远的墓葬挖开，索其财物，抛弃骸骨，占其地盘。将地下穴位重新装修、粉饰一遍后，即可入住。历史上还可以看到发掘前代墓葬之后，直接占用原有墓圹的实例。

《太平广记》卷三八九引《搜神记》有"王伯阳"故事，说到其因平毁古墓以葬而受到古墓墓主惩治的情形：王伯阳家在京口，宅东有一冢，传云是鲁肃墓。（王）伯阳妇，郗鉴兄女也，丧，王平墓以葬。后数日，

（王）伯阳昼坐厅上，见一贵人乘肩舆，侍人数百，人马络绎。遥来谓曰："身是鲁子敬，君何故毁吾冢？"因目左右牵下床，以刀击之数百而去。绝而复苏，被击处皆发疽溃。数日而死。这则故事就非常直接地说明了王伯阳占用了鲁肃的墓来葬他的妻子的情形。

故事说的是不同时代的空间叠压情形，即后代人毁坏前人的墓葬。

又如《南史》卷六五《陈宗室诸王列传·始兴王叔陵》记载，陈叔陵生母彭氏去世，"晋世王公贵人，多葬梅岭，及彭氏卒，（陈）叔陵启求梅岭葬之，乃发故太傅谢安旧墓，弃去安柩，以葬其母。"此处明确道出陈家之母强占了谢安的墓穴。

随着唐末战乱，豪杰并起，烽火连绵，豪门权贵纷纷上山刨坟掘墓，抢夺地盘。为了抢占一块风水宝地，时常引起家族势力的火并。每逢战乱兴起，更有军阀与恶势力为争压地盘，引兵领将，操枪弄炮，在邙山与对方血战。在这样一种纷乱局面中，蛰伏在四周山野村寨的盗墓者，如同冬眠的菜花蛇盼来了三月的春光，纷纷露出头来，活动活动筋骨，然后嗖嗖地跃出地窝，直奔邙山而来。一时间，盗墓之风兴起，整个邙山由豪门贵客死后的乐园，一变而成为盗墓贼招财进宝的风水宝地，不论是旧墓新墓，只要盗墓者感到有利可图，便想方设法予以打洞钻眼，进行盗掘。面对墓穴被凿，尸骸被抛，财宝尽失，整个邙山千疮百孔、一片狼藉的惨状，那些抢占他人墓穴，鸠占鹊巢者的后世子孙，无不痛心疾首，呼天抢地，在祖宗散乱的尸骸前徒叹曰："奈何！奈何！"

中国是传统的宗法社会，坟墓曾经是维护祖先精神权威，体现宗族凝聚力的象征。保护冢墓，久已成为一种道德准则。唐人杜荀鹤诗所谓"耕地诚侵连冢土"，表明这种道德规范对社会底层的劳动者也形成了约束。

禁止盗墓的法律，在先秦应当已经出现。如《吕氏春秋》中写道，当时对于"奸人"盗墓，已经有"以严威重罪禁之"的惩罚措施。汉代严禁盗墓的法律，我们在那个时代的相关书籍中也可以看得到。

因盗墓者扰乱了既有的社会秩序，伤害了被盗墓主后世子孙的情感，对建立和谐社会形成了危害，因而，历代朝廷对陵墓总是采取保护政策，对盗墓者采取不同程度的打压、震慑措施，罪果严重者可引来杀头之祸。历代朝廷对陵墓的保护主要包括道德宣传、立法禁止和守陵护墓。

例如，唐王朝规定，凡有大赦令，其中十恶忤逆和开发坟墓等均不得包括在赦内。《唐律疏议》中，对发冢之罪专门定有刑名条令，按照发掘破坏程度定罪刑之轻重，轻者处以徒刑，重者处以绞刑，甚至"毁人碑碣及石兽者"，也要判处一年徒刑。

明代对陵寝的保卫，采取了严密的制度和措施。《大明律》中规定，凡盗掘陵墓者，一律以谋反罪论处，不论首犯从犯，统统处以"凌迟"的极刑；凡是盗窃陵墓的祭器帷帐、玉帛牲牢馔具者，一律斩首示众；如果胆敢盗伐陵区内的树木，不仅本人要被斩首，连家属也要发配边疆充军。

为了加强陵墓的守卫力量，明代还专门设有神宫监军，负责陵寝的保卫，下面分设各类专职警卫部队巡山军、巡逻军、御马监军、御女军、朝房看料军、金钱山军和悼陵军等，共有甲士6024名。此外诸陵还各设有一卫，在陵寝附近负责警戒任务。在明嘉靖二十九年（公元1500年），还另行设立了兵力四千人的"永安营"以及三千人的"巩华官"作为机动部队，无事在州教场操练演习，如有情况，则即刻分赴各个要道路口设卡堵截，警卫十分森严。

道德宣传、立法禁止所费不少，所获无多。守陵护墓算是有效措施，尤其是对付盗墓个体户。然而明十三陵虽驻有重兵守卫，仍然被大顺军、清军破坏。

就邙山的情形而言，宋之后，除了改朝换代的大战乱和农民造反起事，邙山墓葬的破坏指数相对较低。继唐末战乱之后，真正遭到大规模、毁灭性的盗掘破坏发生在晚清政府垮台之后。

<< 北邙古墓群

1912年9月，北洋政府与比利时签订修建1800公里陇海铁路的借款合同，以汴洛铁路为基础向东西方向展筑，两段工程于1913年5月同时开工，铁路经过邙山南麓。在工程施工过程中，邙山周围一批古墓遭到毁坏，大量珍贵文物被挖出。随着文物流散于市场，引起了欧洲人极大的兴趣，趁机大肆收购。盗墓贼一看财大气粗的洋人已卷入了这个浑浊不清的圈子，且出手阔绰，闻风而动，便迅速云集邙山疯狂盗掘古墓。在时势的浸染与金钱的双重诱惑下，当地一些村民也乘虚而入，与盗墓贼合兵一处，争

相加入到刨坟掘墓的大军之中。后来北京、上海、广州等地的古董商人和洋人得到消息，也纷纷从四面八方赶来，坐地摆摊收购文物，从而引发了整个洛阳甚至中原地区的盗墓狂潮，其盗掘规模之大、出土奇珍异宝之多、之重震动世界。

邙山一带虽然古墓葬分布稠密，但并非唾手可得。由于年久日深，长期的雨水冲刷、树木砍伐、翻坑倒坑（挖出别人的尸体，另行埋葬自己的亲人），以及平地耕作播种，大多数坟丘的封土已荡然无存，地面也已无痕迹可寻，要找到一座贵族墓葬的准确位置并非易事，一方面要靠人的技术、经验，另一方面靠工具制作，据可查的资料显示，明代之前，民间盗掘工具大多为锹、镐、铲、斧和火把、蜡烛等。通常情况下，盗墓者凭着以往的经验，对可能是大型坟丘的地方用铁锹之类的工具下挖一个小坑，根据土质土色来辨别墓坑的有无、位置、大小。每一个盗墓贼都知道，墓坑内的填土一般称为熟土，也称为墓土或五花土，与未经扰动过的生土相比有着明显的区别。生土较为纯净，给人以鲜活、板结之感，没有人类生活遗存的包含物。所谓的熟土因为已经过人为的扰动，土质较杂，相对疏松一些。凡大型墓葬的填土一般都经过夯打，有夯层和夯窝，有的填土内还有人类生活的包含物。这些都成为判断是否为古墓葬的重要依据。

但是，尽管对土质、土色和墓坑位置能够分辨区别，但对墓坑的深度，此前是否有人盗掘过，盗坑在那里，盗掘的程度如何，坑内棺椁是否尚存等，皆无法提前做出判断，非用铁锹挖到一定程度甚至深入墓底不能知晓。要盗掘一座墓葬，用铁锹直接挖掘打洞，操作起来并不轻松，除了费力费时，更重要的一点是，要想在单位时间内挖到墓室极其困难。因为不能拖得太久，所以用铁锹直接打洞有很大难度。更为不利的是，当盗洞打入墓室时，却发现是个假墓。即便是真墓，但此处早已被同行提前光顾过，墓内器物洗劫一空。另外还有一个不能解决的问题是，只凭挖掘小型盗洞，无法提前预知墓葬的规模，除非来个大揭盖，深入地下几米或十几米，但这对于极端讲求时间和效率的盗墓者来又是不可能的。于是，盗墓者开始在工具上下功夫，加以改进。

自明代开始，盗墓者开始使用一种新型的探测工具——铁锥，它的出现使盗掘者仅以地面残存标志，如封土、墓碑、下陷土坑等为标志寻找目标的时代一去不复返。盗墓者利用特制的铁锥，在可能埋藏古墓的地方，向无标志的地下探索。根据锥上带上来的泥土和金属气味，判断古墓的方位，然后再用铁锹等工具挖洞盗掘。

明代科学家宋应星写了一部图文并茂的科学巨著《天工开物》，其中第五卷专门叙述手工业制盐方法与程序。对于四川的井盐的采取，他说："凡蜀中石山去河不远者，多可造井取盐。盐井周圆不过数寸，其上口一小盂覆之有余，深必十丈以外，乃得卤信，故造井功费甚难。其器冶铁锥，如碓嘴形，其尖使极刚利，向石山舂凿成孔。其身破竹缠绳，夹悬此锥。每舂深入数尺，则又以竹接其身，使引而长。初入丈许，或以足踏锥梢，如舂米形。太深则用手捧持顿下。所舂石成碎粉，随以长竹接引，悬铁盏挖之而上。大抵深者半载，浅者月余，乃得一井成就。"在多幅"作咸"图中，《蜀省井盐一》，是一幅凿井图，绘一人立于小河边，双手执"刺锥"，在地上凿小孔，那刺锥上为竹竿，下边很像现在的探铲。画的虽然是开凿四川盐井，但图中人物手持工具和洛阳铲的操作却是一模一样。井盐的生产起始很早，刺锥的发明与使用肯定早于明代。

明代万历年间，浙江海宁人王士性曾在河南等地做地方官，他周游全国，见多识广，曾有记录各省地理风俗的《广志绎》传世。在提到当时洛阳邙山盗墓情景时，曾说"洛阳水土深厚，葬者至四五丈而不及泉"。"然葬虽如许，盗者尚能以铁锥入而嗅之，有金、银、铜、铁之气（味）则发。"从中可以看出，当时盗墓者使用的铁锥可深至地下数丈，并且能带出地下器物的气味，凭气味发掘显然比先前直接用铁锹开口有了进步。但明显不足的是，只有铁锥碰到地下金属器物时才能通过磨擦产生并带出气味，这种气味自是相当微弱，若无嗅觉

<< 《天工开物》插图

灵敏和相当经验者是难以据此寻出蛛丝马迹的。倘若铁锥遇到瓷器、漆器等陪葬物品，几乎无气味可嗅。而一旦地下墓坑为泥水所浸，即便是嗅觉异常灵敏的猎犬，恐怕也只能干瞪着眼，望锥兴叹了。面对这诸多的不便与一次次半途而废或最终成为泡影的现实，盗墓者必须想方设法改进盗掘的方式、方法，寻找更为便捷有效的盗墓工具。

于是，在技术上具有革命意义的洛阳铲诞生了。

一个广为流传的说法是，最早发明洛阳铲的是一个叫李鸭子的人。此人家住邙山南麓、洛阳东郊马坡村，生于1873年，卒于1950年3月8日。自幼家贫，没有进过一天学堂，小的时候以替人放牛、割草为生，村人不知其名。及长，村人见其腿脚不甚灵便，走起路来有点蹩，看上去如同鸭子走路，乡人乃呼之曰小鸭子。随着年龄增长，因其祖辈姓李，乡人又呼曰李鸭子。从风水学上观察，这位李鸭子所住村庄乃龙凤交配之地，东边和东南边是东汉的陵墓区，西边是北魏的陵墓区。村子的周围，包括村子内和村子的西南部，是成片的西周贵族墓地。村子西边不远处，有一名为青菜冢的地方，据说是三国时司马懿的墓葬。光绪年间，乡人在村子南边农田里掘出了一个大墓，里面有青铜鼎、青铜盘等大批青铜器物，还有一辆青铜战车和青铜战马，惜所有出土器物下落不明。这样一个特定的地理环境，自是盗墓者梦中的天堂，也是盗墓行业人才辈出之地。李鸭子家境贫寒，娶妻成家后便以赶集做小生意谋生，以卖包子为主业。当然，这只是公开的职业。他还有一份不公开的地下职业是盗墓。此时，在邙山一带的村庄，盗墓者成群结队，司马迁在《史记》中所说的中山国人"起则相随椎剽，休则掘冢"，其"作巧奸冶"的勾当属于公开的秘密。但对外还是小心谨慎，不敢张扬，以免引来牢狱之灾和杀身之祸。李鸭子盗墓，使用的工具自然也是传统的铁锹、铁锥、铁斧等等，这些工具的局限性同样令李鸭子感到不满，便琢磨着如何加以改进。此辈的腿脚虽不灵便，且未进过一天学堂，但头脑灵敏，心眼活，点子多，属于当地三乡五里的能人，中原盗林中的高手。就在他反复琢磨而不得要领时，一个偶然的机会出现了。

话说1923年春天，李鸭子到孟津县赶集，正在一个小铺前喝牛肉汤，对面卖水煎包子的偃师马沟村人正在搭棚子。几个人拿了一个铁铲在地上戳一个小洞，打洞的工具引起了李鸭子的兴趣，便静心观看。只见这个东西每往地里戳一下，就能带起一些泥土。李鸭子很感兴趣，便起身上前仔细观察，发现这个铁铲是半圆形，带出的泥土仍保持着原来的地层结构。这个现象使他联想起平时看到骡马行走，铁蹄经常带起一些土来。两相对照，灵感忽闪，李鸭子当即意识到半圆形的铁器，要比平时使用的铁锥、铁锹更适合探找古墓。回到家后，李鸭子比照着那个搭棚子的工具做了个纸样，找到邻村张铁匠让其按图打制。六十多岁的张铁匠是个本分人，一生信奉的教条是老老实实做人，堂堂正正做事，流自己的汗，吃自己的饭。看到李鸭子拿来的这个结构图和对方神秘兮兮的样子，立即猜到可能是为盗墓所用。张铁匠平时对盗墓之人虽无强烈的恶感，但顾及自家铺子的名声，不太愿意与其同流合污，遂婉言谢绝。因张铁匠的手艺远近闻名，且相互熟悉，小心谨慎的李鸭子为防泄露其秘，不愿再到别处张扬，索性一咬牙，许给对方一个大洋。张铁匠见对方开价丰厚，遂勉强答应并照葫芦画瓢地打制出一把半圆形铁铲。李鸭子拿着这个新式武器回家装上一根木杆，在自家院内一试，果然效果奇妙。每向地下钻插一下，就可以进深三四寸，往上一提，就能把地下卡在半圆口内的地土原封不动地带上来，内中的土色与杂物清晰可辨。更让他得意的是，没有多久就深入地下几米，打出了一个茶碗般粗细的深洞——第一把探铲就此问世。

<< 洛阳铲的神奇功用

神奇的洛阳铲一经问世并在实践中应用，因探墓效果显著，很快在盗墓业内传开。张铁匠的生意因此而兴隆，大发一笔，据说一个月就赚了三百多块大洋。因这种铲子直径较小，主要用于打洞勘探，当地人取名"探铲"。又因此铲子是在洛阳地区问世并首先使用的，又称之为"洛阳铲"。

从明代的铁锥到民国初年的洛阳铲，是中原地区甚至整个中国北方盗墓贼使用地下探测工具的一次革命性飞跃。中国北方特别是洛阳、关中地处黄土塬区，水深土厚，盗墓贼可对提取的不同土层、土壤结构、颜色、密度和各种包含物进行分析，如果是经过后人扰动过的熟土，地下就可能有墓葬或古建筑。如果包含物中发现有陶瓷、铁、铜、金、木质物，就可以推断地下藏品的性质和布局。经验丰富的盗墓贼仅凭洛阳铲深入地下所碰撞的不同声音和手里的微妙感觉，便可判断地下的情况，如夯实的墙壁和中空的墓室、墓道自然大不一样，所传出的信息也就有所区别。一把洛阳铲，刺破阴阳界，洛阳地区四邻八乡的村民见这一神秘器具如此轻巧便捷，探找墓葬既快又准，省时省力，于是纷纷效仿，呼呼隆隆地加入到盗墓队伍之中。又据说古人的骨骸可以治疗哮喘病等，所以盗贼不但盗物，也挖骨。于是整个邙山就更加热闹起来。

民国十七年（1928年），南京古物保存所所长、考古学家卫聚贤赴洛阳考察，专门调查了邙山一带的盗墓情况，对盗墓者使用的工具做了详细的描述。在其所著《中国考古学史》一书中，卫氏说道：

盗墓者"用铁铲曲为多半圆洞形，置长木柄，在地上隔五尺凿一洞。因持铲凿地，土攒入铲中，用手将土取出，看土为活土死土。所谓死土，即天然的地层，活土是地层混乱，地层混乱由于曾掘地埋人，将土翻过所致。遇见活土，凿能容身的大洞而下，十九必得古物"。（卫聚贤《中国考古学史》，商务印书馆1937年版。）

1935年12月14日，《中央日报》报道邙山一带盗墓情形云：

俗语云，洛阳邙岭无卧牛之地，其陵墓之多，可以想见，唯是大小陵寝，皆是先民遗迹，历史上之价值，何等伟大。乃近有不逞之徒，专以盗墓为事，昏夜聚集，列炬持械，任意发掘，冀获微利，不惟残及白骨，抑且影响治安。近更变本加厉，益肆披猖，入土新柩，亦遭盗发，抛露棺椁，残毁尸骸，倘系贫户茔葬，白骨尸身，辄扬晒墓外，以泄盗墓者徒劳无获之恨……

民国二十五年（1936年），中央古物保管委员会

<<《点石斋画报》
"群贼盗骨"图

委员、地质学家袁同礼前往洛阳查勘盗墓情况，他在提交的报告中说：

洛阳为吾国旧都，古迹甚富，城北城东，古墓尤多。近十余年来出土古物，以铜器为大宗。土人以大利所在，私行盗掘者，几成一种职业，并发明一种铁锥，专作采试地层之用。沿城北邙山一带，盗掘痕迹，不计其数。……其参加工作者，共二十余人，各执铁锥，分区探试，偶有所获，则欢呼若狂。（载民国二十五年，《燕京学报》第二十一期。）

袁氏所说的铁锥，已非明代发明之物，实乃李鸭子发明的洛阳铲。事隔三年，河南大学校长王广庆已说得极为清楚。

王氏在1939年所著《洛阳访古记》中说道：

近日掘古物用器，名为瓦铲，重七八斤，铲端铁刃为筒瓦形，略如打纸钱之圆凿，围径约三寸而缺一口，后施长，用以猛刺土中，土自铲心上出，顷刻之间，凿穴深可寻丈。……先以上述长瓦铲，锥地取土，验其色质。其土层色质松散而不规则者，知为古代已动之土，古物往往出焉。其坚整而纯一者，则原始老土，决其必无所有，乃易地再掘焉。然即散土地区中，亦有为水道或农人耕垦之遗迹，不必皆有所得。（王为洛阳新安县人，近代知名学者，其考察所记尤为朴实。）

洛阳铲发明后所引起的现代化盗墓狂潮，一直持续到20世纪50年代。此后消停了几十年，而到了20世纪80年代，随着中国改革开放大潮的兴起，以及文物走私市场的繁荣，洛阳铲又伴随着形形色色的盗墓贼死尸复活，再度显示了它的神通。

另一方面，洛阳铲神奇的功用，引起了考古学家的注意，洛阳铲正式划入考古学界的行列，并在墓葬与遗址的勘探中发挥作用。随着考古学在中国的兴起，洛阳铲进一步加以改进定型，成为考古人员不可或缺的专用工具。1952年和1954年，国家文物事业管理局会同北京大学历史系考古专业、中国科学院考古研究所，在洛阳联合举办了两期全国考古钻探训练班，全面推广了这一新式探测工具，并正式命名为洛阳铲。在学习期间，请洛阳具有丰富经验的老探工们进行示范，要求每一个学员必须学会操作技术并熟练地运用这一工具。学员们结业时，每人发给三把洛阳铲，带回各地应用。如果有学员在短短几个月内并未熟练掌握，就由国家文物局出面联系，从洛阳雇一个探工师傅到当地去，继续教他们操作使用。至此，洛阳铲由本地区的一个盗墓工具，一个翻身改变了它的历史用途和地位。随着洛阳铲在考古钻探中发挥的作用越来越大，很快遍及全国各地的考古队，并且被列入了全国大专院校考古教材，明确指出考古人员在钻探时必须使用洛阳铲。小小的洛阳铲成了中国考古界最具标志性的象征物。1972年9月，著名考古学家夏鼐、王仲殊率领中国考古代表团赴阿尔巴尼亚参加第一次伊利里亚人学术研究会议时，赠送给东道主的礼物就是一把打造精致的洛阳铲。从此，洛阳铲走出国门，为世界同行广泛所知。

<< 洛阳铲作坊

不过，虽然洛阳铲已在中国各地考古界应用，但因只能手工制造，其制作工序有20多道，而最关键部位是成型时打造的弧度，没有相当功力和经验者不能为之，稍有误差，打出的铲子就带不上土，或只能带半铲土，导致土层错乱，阻碍准确判断。唯一能制造洛阳铲的地方，就是它的发源地——洛阳市东郊，此处有四五家手工作坊，常年开设红炉打造，制出的洛阳铲一批又一批销往全国各地。湖北省考古界所用的洛阳铲，无一例外地来自洛阳市东郊手工作坊。因全国各地考古界大量需用洛阳铲，洛阳东郊红炉一时无法满足需求，遂按国家文物局的意见，各省统一购买，先下发到地区一级文博部门应用。后来，随着国内需求的增大，洛阳铲的作坊也不断增加，至20世纪80年代末，已是遍布全国各地。随着时间的推移，一般的洛阳铲如今已经被淘汰，现在用的铲子是在洛阳铲的基础上改造的，分重铲和提铲（也叫泥铲）。由于洛阳铲铲头后部接的木杆太长，目标太大，所以弃置不用，改用螺纹钢管，半米上下，可层层相套，随意延长。平时看地形的时候，就拆开，背在双肩挎包里，外人很难窥知真容。

# 第十三章

反盗墓技术揭秘

既然有藏满了奇珍异宝的墓葬，就会有盗墓贼产生；既然有盗墓贼产生，就有反盗墓的手段和技术出现和实施，尽可能地阻止盗墓者进入墓室。盗墓与反盗墓，就像战场上敌我双方格斗一样，如此你来我往，两千多年的打斗博弈绵延不绝。据史籍记载和现代考古发现，古人反盗掘的手段，一般采取用巨石阻塞墓道，筑墙围沙等技术，布设刀枪暗箭者也偶有之。大体说来，有以下六大种类。

## 铁壁·石椁

　　铁壁，即以石门封闭，后设顶门石。此种方法比较普遍也比较简单，一般多用于券洞墓，特别是帝王的陵墓多用此法。据说武则天的乾陵即用此法，其技法与原理若何，因未发掘，不得而知。从已发掘的陵墓情形看，地宫石门之后挖一石槽，一长形板状石立于其上，待门封闭后，立于槽中的顶门石呈斜状插入两扇门的缝隙之间，门被顶住，外人难以开启。著名的南越王墓、明代十三陵中的定陵，皆用顶门石封堵门户。1956 年，当考古人员发掘定陵地宫，面对第一道石门后面的顶门石时，最初无计可施，经过一番调查思考，终于从一本皇宫秘籍中发现了叫作"拐钉钥匙"的开启工具。考古人员依葫芦画瓢制作了这种钥匙，插入门缝中，套住顶门石，慢慢用力推动，顶门石居然立了起来，渐渐与地面垂直呈 90° 角。众人用力推动，几十吨的大门轰然洞开，考古发掘取得了第一步成功。当然，有的陵墓不用顶门石，而是用一个现代足球大小的石球。其原理是在门后挖弯槽，槽分高低，门后有一圆洞。封闭石门后，石球从高处沿着石槽滑入低处，直至进入圆洞，大门即被封死，外力难以推动。清东陵有几座陵墓就是采用此法以封堵门户的。但著名的乾隆、慈禧等墓葬仍采用顶竖状薄板顶门石。

石椁，即石板制成的棺椁。水库式墓穴（在下文"储水"防盗中会讲到）墓主人的棺椁一般为石制，至少最外层的椁是用厚重的石板制成，然后再用上等木料制作一层或多重棺置于其内，木棺石椁的缝隙用黏性胶状物漆封其间，以阻止渗水入棺毁坏尸体与陪葬器物。若封闭得好，这类棺椁对尸体的防腐性能和防盗作用远胜于纯粹的木棺木椁。据《史记》记载，有一次，汉文帝携邯郸籍宠姬慎夫人到霸陵视察为自己修建的陵墓工程，群臣前呼后拥，好不威风。当文帝坐在霸陵上面的一侧向北眺望时，心生感慨，遂命慎夫人鼓瑟，文帝倚瑟而歌。未久，文帝惨凄悲怀，对群臣感慨地说："'嗟乎！以北山石为椁，用絮陈，漆其间，岂可动哉！'左右皆曰：'善。'"尽管由于臣僚张释之一番劝说，最后没有用石椁安葬，但当时汉文帝还是相信石椁在防盗这一点上明显优于木椁。由于霸陵"因其山，不起坟"，地面上没有封土，陵墓排水成了个重要问题。《长安志》卷十一引《关中记》记载：霸陵之上"为池，池有四出道以泻水"，这该是霸陵的部分排水设施。后因排水系统遭到堵塞，陵内地宫成为一片汪洋泽国。许多年后，决堤的渭河水冲进霸陵地宫，文帝的尸骨与随葬器物随着河水或入污泥或入了东海。假如当年文帝以石椁裹尸，若盗墓贼手下留情，或许不至于落个尸骨随水漂流的悲惨下场吧——当然，这个设想仍取决于盗墓贼进入地宫时的心境和对待墓主的态度。

汉文帝没有用石椁埋葬，但用石椁者历史上却不罕见，现有无数石棺石椁出土。其实这类葬具并没有什么稀奇，若有奇者，当奇在不为外人所知的隐秘一面。唐人牛僧孺撰著的《玄怪录》，在卷三有一个"卢公涣"的故事，说的是黄门待郎卢公涣，为明州刺史。他所治下的邑翁山县，山谷沟壑众多，常有盗墓者出没其中。有一盗墓老手在山下道路的车辙中偶然发现了一块花砖，揭起一看样色，立即意识到不远处定有大墓湮没于山野草泽之中。经

<< 霸陵

过勘察，在离道路约三四十尺的地方，确有一墓冢掩入草莽泥沼，由于年代久远，已不被世人所知。盗墓老手对此墓极感兴趣，认为墓中必有奇珍异宝。于是，乃结十余人，于县衙投状，请求在山下道路边居住，开荒种地。县令不知是计，接到贿赂的金钱后，很痛快地批准了这一请求。盗墓贼开始在墓地的周围种麻，以掩路人耳目。待麻长到齐腰高时，贼娃子便结伙挖掘起来，只两个夜晚就挖开了隧道，渐渐进入圹中。接下来，便出现了惊险悬疑并伴有神神道道的一幕：

有三石门，皆以铁封之。其盗先能诵咒，因斋戒近之。

翌日，两门开。每门中各有铜人铜马数百，持执干戈，其制精巧。盗又斋戒三日，中门一扇开，有黄衣人出，传语曰："汉征南将军刘（忘名），使来相闻，某生有征伐大勋，及死，敕令护葬，及铸铜人马等，以象存日仪卫。奉计来此，必恋财货，所居之室，实无他物。且官葬不瘗货宝，何必苦以神咒相侵？若便不已，当不免两损。"言讫却复入，门复合如初。

盗又育咒，数日不已，门开，一青衣又出传语。盗不听。两扇欻辟，大水漂荡，盗皆溺死。一盗解汹而出，自缚诣官，具说本末。黄门令覆视其墓，其中门内，有一石床，骸枕之类，水漂已半垂于下。因却为封两门，室其隧路矣。

这个故事若除去玄乎其玄的迷信与神话色彩，其实就是一个蓄水墓，用水以防盗。防盗的方法属于比较简单的一类，即在崖洞的最末头以石筑坝蓄水，坝有门洞可关闭，两旁设机关，以控制门洞之门。又以绳索系于机关与外界相连，一端拴于墓门之后。当盗墓者启动墓门之时，绳索拉动坝上机关，坝门开启，大水汹涌而出，将盗墓者溺毙。为什么从墓中开门而出的"黄衣人"要对盗墓贼说如果不听劝阻，则"不免两损"呢？这说明此墓并不完全是一个"水洞子"，只是后半部蓄水，而前半部则是干燥的，所安置的石床之类陈设，专为主人盛放尸体之用。若将蓄水放出，无疑将呈水漫金山之势，这是墓主人，确切地说是墓主在世修建此墓时不愿看到的结果。但事已至此，再无退路，门开则水出，盗墓贼被溺毙，墓主人的寝室也就成为一个小型水库了。由此也可以看出，这位汉征南将军活着的时

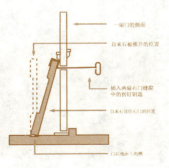

<<地宫顶门石

一扇门的侧面
用来石板推开的位置
插入两扇石门缝隙中的仿门别兆
用来石扳住石门的位置
门闭地面上的槽

候，与敌人周旋的战略战术并不咋地，可能只会在上游掘堤，来个水淹三军之类的常招，并没有其他异乎寻常的计谋，应该属于庸才将军一类。因而，机关算尽，最终自身不保也就成为一种必然。

## 储水·塞石·填沙

其一，储水藏棺、设置暗器。在通常情况下，陵墓地宫要选择干燥之地，严防地下水渗入，若有水渗入则被视为"不吉"。明代万历皇帝位于昌平十三陵区的定陵，在修建时因地宫渗水，万历帝几次前往视察，心怀恼怒，差点改换位置。而清代的道光皇帝在清东陵修建的地宫，因渗水严重，惹得这位皇帝龙颜大怒，最后下令拆毁已建好的陵寝，索性跑到北京之西的清西陵重新建造了陵墓。因帝王的陵墓地宫大多要深入地下数十米，渗水成为必然。为解决这一难题，通常的处理方法是在地宫内设排水系统，并以管道将水引出，排入陵墓周围的低矮处或河道中。这种方法，至少从秦始皇陵地宫的修建就开始应用，后来历代帝王陵寝多效法此道。如此这般，又引出了新的麻烦，正如著名考古学家商承祚在他的《长沙古物闻见记》一书中所说："（蔡）季襄（按：长沙有名的古物学家）谓汉墓之葬于山巅者，其建筑极近科学。先于地下掘大渠，约占墓地之半，实以石子，然后铺甄。于尽处，以瓦管衔接通山下。长者可达半里遥。殆用以疏水。工人每见水管，溯而上之，则墓斯得。本欲长保，反以贾祸，此岂所及料哉？"就是说，墓主本意用管道疏通渗水，结果被人发现，沿着水管直接掘进了墓室，所料未及，适得其反，悲惨的后果可想而知。

商氏所说，自然是中小型墓葬，若是帝王陵墓，其排水设施较为复杂，沿着水管盗掘要比从其他位置入手还要困难得多。当年秦始皇陵"穿三泉"，地宫渗水颇多，处理的方法就是用陶制管道，由地宫通往离陵墓几里远的

<< 秦始皇陵地下排水陶制管道

一个叫"鱼池"的大渊中释放。直到现在，"鱼池"仍可见水。据说当年秦二世关闭墓门后，数百工匠被困在地宫活活憋死，只有一个青年石匠，设法钻入管道内向外挣脱，居然爬到了"鱼池"中，成为数百工匠中唯一的幸存者。

为了杜绝盗墓者沿着管道进得墓室，又无其他办法将水排出，有人索性不再顾及，任其自然。这样一来的后果是用不了多久，墓坑内就会积满渗水，深度可达几米。若是空间宽敞高大，水的浮力足以将棺椁漂起。从已知的情况看，湖北擂鼓墩战国时期的曾侯乙墓，墓室水深达 3 米余。考古人员发掘时，陪葬棺全部被水浮起，或侧翻，或倒扣，无一完整者。而清东陵中的康熙、乾隆、咸丰、慈禧等陵墓被兵匪打开时，地宫内水深皆在 2 米以上。三位皇帝的棺椁俱被浮起且已游走别处。或许正是鉴于这样一种无可奈何的原因，有的墓主索性来个反其道而行之，直接将棺椁浸入水中，并设置暗器，以防盗墓者入侵。于是，一种隐蔽的轮式飞刀应运而生了。

通常的方法是在依山之地或高坡下挖墓坑，有的为崖式竖穴，有的为券洞样式，形式不限，大小不限，有的券洞墓只有一层石门，有的多达三四重石门，这与墓主的财力、地位有关，与所运用的方式、方法无关。但所有这类墓葬一个明显的特点是当地下涌出水流或渗出清水时，不像秦始皇陵地宫和其他帝王陵地宫一样以塞石和白膏泥等黏性物予以堵塞（最明显的是明十三陵万历皇帝的定陵地宫因渗水而填塞大量塞石），而是任其自流，直到水位达到平衡为止。外观看上去，与水库没有什么两样，只是中间用石或木墙隔开，四面置厚重石墙，上有平式或券式封顶而已。就是这样一个蓄满水的墓坑，若设置暗器，比其他反盗墓方式要厉害得多。

在历史上，真正有计划蓄水隐藏暗器的陵墓，远要比那位汉征南将军的设计巧妙得多。如上所说，蓄水墓的棺椁为石料所制，密封放于石床之上渐渐被地下水浸没。当陵墓建成后，便在甬道和墓室的地面铺设铁木合成的地板，地板之上斜插尖状刀片，刀片有规则地成排成行遍布墓内的各个角落。在刀片之间，每隔几尺安装一部由叶片刀组成的转轮。转轮如同北方常用的链式水车，或如南方的龙骨水车。每三部转轮为一组，相互贯通相连，下设翘板，板与轮上的链条相接。翘板之上又有翘棍，每棍约三尺多长，暗藏刀锋，不规则立于翘板之间，上有链与轮相连。也就是说，整个墓内遍布水车样的带刀转轮与丛林状的翘棍刀，一旦盗墓者涉水而入，必踏动翘板，或擦动棍刀，板、棍一动，转轮即动，飞刀在水中旋转开来，将入侵者的身子骨一刀刀划开，在鲜血涌动与惊恐的哀号声中，进入者非死即伤，再也难有作为。为了诱敌深入，还根据盗墓者贪婪的本性，专门设置明器以吸引对方眼球，即故意把一件或数件器物放于明处，以绳索拴之，或吊于顶，或放于壁上。绳的另一端则与带刀的转轮和暗藏锋刃的翘棍相连。盗墓者一看有宝物在前，便忘乎所以，上前抢夺，结果是绳断板翘，转轮滚动，飞刀旋转，翘棍摇晃，贼难有逃生之机，必死无疑。

1933年4月10日的北平《晨报》有一则报道，颇像上述蓄水设置暗器的做法。报道说："彰德城西北三十五里东灰营村现正发古墓二座，一为袁天罡墓，一为赵简王墓。袁墓在该村后岗岭最高处，周约五十九尺，墓垣以砖砌成，……内为清水一池，深无底，水内有锋利钢锥。相传有李家坡李某将墓掘开，由其中取出金冠金剑，并金具二十余件，更有一剑悬于墓顶，有二人因以利刃击砍剑之绳，落水而死，后将尸捞出，尸身均被锥尖穿烂。从此虽人皆知墓中有宝物，然无敢往取者。"

其二，墓道塞石，即在墓道口填塞巨石，以铁水浇灌。这个方法最典型的是唐高宗李治与武则天夫妇两位皇帝合葬的乾陵。乾陵与一般帝陵不同，它是以山为陵，就是说从半山腰开凿墓道、甬道，在山肚里修建前、中、后墓室（或称玄宫、地宫）。《旧唐书·严善思传》载："乾陵玄阙，其门以石闭塞，其石缝隙，铸铁以固其中。"1960年，当地农民在山上炸石，误将乾陵墓道炸开了一个大口子，但没有接近墓门。陕西考古人员闻讯后，进行了清理并对周边进行了钻探勘察。勘察的结果是乾陵墓道、

《古代塞门刀车，陵墓中布置的尖刀与其部分相同

甬道的确用条石封砌，石条之间用拐状的铁栓拴牢，前后、左右加固，隙缝灌铸铁水。连续几十米长的甬道都是如此，可谓固若金汤。

从公元705年到1960年间1255年的漫长岁月中，乾陵所在的梁山顶上，从未断过盗墓者的身影。五代耀州刺史温韬，是个有官衔的大盗墓贼。他率领兵丁一古脑掘开了十几座唐陵，发了一笔横财。但当这一干人马来到乾陵盗掘时，史书上记载是"风雨不可发"，归结到天象异兆的出现才阻止了盗行。事实上作为一个军阀哪里怕什么天象异兆？真正的原因是墓道中的石块与铁汁连在一起，形成了一个没有空隙的整体。在没有现代爆破设施与技术的情况下，仅凭手中的铁凿铁斧，要砍开一座坚硬岩石铸就的大山，钻到其肚子里去，谈何容易？撼山不易，撼武则天陵墓更难。温韬盗掘未能成功，唐末造反闹事的黄巢攻破长安后，又率领一干人马欲掘乾陵发一笔横财，号称四十万众连劈带凿地折腾了一个月，最后还是未能成功，只好弃之不顾，灰头土脸地撤出陵区。民国时期国民党将领孙连仲率一团人马，在乾陵周边埋锅造饭安下营寨，也曾想学著名盗陵将军孙殿英率部盗掘清代乾隆、慈禧陵而发了大财的把戏，以军事演习作幌子，动用烈性炸药炸开了乾陵墓道上方的三层坚石。但孙连仲却没有孙殿英的运气好，随着一阵爆炸声，一团黑烟腾空而起，呈直立状在空中扭结。一阵

<< 乾陵

大风袭来，霎时天昏地暗，日月无光。接着一阵龙卷风呼啸而来，最先发难于现场的 7 个山西籍与 12 名河南籍官兵，他们在巨大的风浪中被卷入天空，于风卷浪滚中在天空转了几个大圈，然后被重重地抛到 20 里外的荒野中，一个个口吐鲜血，绝气而亡。孙连仲见此情景，大惊失色，忙找当地一个阴阳先生卜了一卦，卜辞是"主大凶"。孙的谋士又说当年温韬尽发关中唐陵而唯乾陵"风雨不可发"的典故，认为是武则天的幽灵在冥冥中作怪。面对这个一代美女加烈女的突然发威显圣，孙氏尽管身披戎装，手提盒子炮，但也不敢霸王硬上弓，直逼则天皇帝的龙床，只好令手下买来水果和几个肉夹馍，在陵前祭奠一番后宣布收兵。因而，乾陵成为大唐王朝关中十八座帝陵中唯一没有被盗掘的陵寝。这是中国历史上极其罕见的防盗成功的个案，是一件了不起的旷古烁今的大事。

与其形成鲜明对比的是，徐州小龟山汉墓 2 号墓、北洞山西汉楚王陵，使用的也是这类手段，将数量重多的巨石从山下采下，运到陵区封堵墓道，但却未能摆脱被盗的命运。

1982 年，考古工作者在徐州市西北约 7 公里的九里区拾屯镇，于一座石灰岩质的山丘——小龟山南侧，发现一座巨大的墓穴。因此前在小龟山北侧已发现过一座汉墓，因而编为 2 号墓。经过两年的发掘清理，得知这座地宫几乎挖空了整个山体。墓内分前、中、后三室，这是仿照生前的居室建造而成。三室的两侧，又有耳室和侧室，以作储物之用，总面积达 500 平方米以上。墓的顶部凿成双拱顶和两面坡顶，并有完整的排水系统。此墓雕凿精细、工程浩大、气势雄伟，是徐州迄今发现同类型墓葬中较大的一座。可惜的是，尽管墓道填塞了数块巨型石条，但还是被盗墓贼破解并进入了墓室。据考古人员勘查，此墓被盗不止一次，应在三次以上，墓内器物几乎被盗掘一空，因而没有出土足以说明墓主人身份的文字，仅清理出几件残陶器、陶俑、小件残玉器及八枚早期的五铢钱。根据其宏伟巨大的墓葬规模，出土的残存遗物，及其近旁出土物丰富的陪葬墓，尤其是出有"文后家官"、"丙长翁主"的铜器分析，推定此墓是汉代楚国的诸侯王墓，很可能就是西汉楚王第六代襄王刘注的陵墓。

据考古发掘报告称，北洞山西汉楚王陵墓的墓门宽 2.46 米，高 1.98 米，南向。门楣石呈梯形，由两块梯形条石拼砌而成，两端与山体相连。"门框上部东西两端和相对应的地面各有一对门臼，清理时伴出残朽木块，说明建墓时曾安装两扇木门。门框下方中部地面安装一铜质双齿封门器。墓门内南北全长 21.3 米。"如此宏大豪华的陵墓，想不到竟用木门来装置，就防盗方面来说，近似玩笑。其结果可想而知，当盗墓者进入后，根本用不着费尽心机去寻找封门器和思考打开的方法，一顿镐头就可以将木门劈个粉身碎骨。因而，从第一道木门被劈开的那一刻，就注定了墓内一切在劫难逃了。

但是，修陵者并没有傻到让盗墓贼轻而易举进入的程度。在 20 多米长的墓道内，填塞巨石，石块大小不一，但皆超过一平方米，最重者可达7.8 吨。遗憾的是仍未能阻止盗墓贼的进入。据发掘人员勘查推断，盗墓的贼娃子见有巨石充塞，想方设法将塞石击断，乘空隙钻入其内，或将不能击断的巨石拖出，最后终于成功地进入了墓室，将随葬品洗劫一空。考古人员清理时，发现后甬道一块塞石已被盗墓者拖运到前室，塞石的前端有盗墓者为便于拖拽而凿出的牛鼻扣。据推测，盗墓贼借助凿出的牛鼻扣，拴上绳索，石下垫滚木，用一头或数头牛向外拉动。如此这般，巨石就被一一拖出室外，或拖于前室的较大空间，盗墓贼便轻而易举地进入墓室，打开棺椁，盗取宝物了。在塞石的缝隙中，清理人员发现了玉衣片，这证明墓主曾穿戴金缕或丝缕玉衣，盗墓贼把价值连城的玉衣和其他珍贵陪葬器物一并劫走了。与北洞山相同的是，徐州狮子山在发掘时，考古人员同样遇到了塞门石，并有被盗墓贼拖离原位的迹象。据发掘报告称：狮子山楚王陵的墓门是用四组塞石填堵的，每组四块。要进入陵墓，最少要拉出一组四块塞石。在墓门前的内墓道中，考古人员发现了四块塞石，断定是墓门右上角那一组。塞石大小相仿，长 2.5 米，宽、厚各 0.95 米，六面光洁。每块塞石重约 5~6 吨，塞石前端都凿出牛鼻扣，可以系绳。与北洞山楚墓不同的是，盗墓者的活动范围不足 20 平方米，且在漆黑的盗洞内，不可能用牛来拉，盗墓者是如何把这么厚重的巨石拉出来的，直到现在仍是一个谜。据考古人员说，这座墓之所以费尽心机填塞了巨石，但仍未能阻止盗墓者的脚步，轻而易举地被破解了，最根本的原因是缺少了在巨石之间镶嵌拐铁并浇灌铁水。假如能做到这一点，盗墓者要想进入墓道和墓室，难度就大多了。至于当初修建陵墓者为何没有这样做，就不得而知了。或许限于财力，或许认为如此大的巨石，几个贼娃子无论如何也弄不出来的，结果仍被其算，弄了个被劈棺抛尸的悲惨结局。真可谓世事莫测，令人唏嘘不已。

其三，填沙防盗，即在墓道和墓室周边填塞细沙。这个方法很简单，却是中国人独到的发明创造。盗墓者之所以在一夜或几夜之内就顺利进入墓室，一个重要的原因是打洞。唐代之前打圆式洞，唐之后打四方洞，这一规律已经成为鉴定盗墓年代的分水岭和试金石。何以有如此之分法？这是因为唐之前多为竖穴墓，也就是长沙马王堆那种类型，在山包或平地直接向下挖个大坑，然后在坑中放上棺椁，用

徐州狮子山楚王陵

木板封顶，上面覆土。因这类墓葬土质较厚，根据物理学原理，挖的时候必须是圆形洞才不易塌陷，方洞易塌。唐之后一般多为券洞墓，除了像武则天那样以山为陵外，多是砖石结构，覆土没有唐之前那样深厚，中途塌陷的概率较小，因而可挖方洞，毕竟方洞活动起来更方便些。但无论是圆洞还是方洞，都是建立在泥石堆积结构的基础之上的，只有在这样的条件下才能打洞挖坑。若周围不是土石而是一片沙漠，此事就难了。

发明者恰恰抓住这个特点，在墓道或墓周边填沙，少则几吨，多则几十吨、上百吨。盗墓者若想进入墓室，就必须与填沙打交道，或者说只能一点点地向外掏沙。沙呈软性，掏出一点，周围之沙立即拥将出来补充，如此循环往复，沙拥不绝，除非将所填之沙全部掏尽，否则不能进入墓道与墓室。而当盗墓贼见流沙不止，无有穷尽时，因情势所迫，只得停止挖掘另觅他处。据说，民国时候，山西省主席阎锡山下令盖了一座庞大的监狱，专门关押与他在政治上作对的敌对分子，狱内分成若干不大的房间，墙壁和屋顶采取古为今用的方法，用细沙填塞。若有穿墙越狱者，只要拆掉一块石头，细沙纷纷涌出，很快就会被看守者发现。因而这座监狱历二十年风云变幻，无一越狱成功者。宋人程大昌所撰《考古编》卷九有一条就涉及到这类情形。书云：

史载温韬概发唐陵，独乾陵不可近，近之辄有风雨。此不可晓然。尝记唐人有一书，备载乾陵之役，每凿地得土一车，即载致十里外，换受沙砾，以回实之方中，故方中不复本土，而皆积沙壅之。此防盗者之巧思也。土受润则相著，穴之数尺，隧道可径入矣。沙砾散燥，不相粘著，非尽徙而它之，虽欲取径阙隧，无由而可。凡盗之至于发陵者，类皆乘乱承间，暂至亟去，无能持久徐运，以虚其积也。

乾陵是否填沙尚有待考证，但这填沙的方法以及盗墓贼遭遇的尴尬，皆清晰明了地道了出来。

2007 年 6 月，《瞭望·新闻周刊》发表了记者桂娟撰写的《千年楚墓独特流沙暗石防盗》文章，对河南郭庄楚墓的防盗之术作了披露。文章说：

河南省上蔡县的郭庄楚墓以其奇特的防盗术和防盗效果独具一格，两千多年来盗墓贼至少 17 次盗掘，但仍留下了大量文物，一个重要原因就是该墓的防盗技术奇特实用。

上蔡故城以西是一条南北长约 45 华里、东西宽约 8 华里的高大土岗，因为现代砖瓦窑厂的取土活动，岗上多次发现楚国贵族墓葬。经过文物部门数次发掘和调查，确定这是一处东周时期面积广大的楚国墓地。2005 年春节前，位于大路李乡郭庄村东岗地上的一处土冢墓，被盗墓分子多次爆炸盗掘，严重威胁了墓葬的安全，墓葬周围的遗址也多次被震裂滑塌。为避免墓葬和遗址再遭破坏，2005 年 5 月，经国家文物局批准，河南省文物考古研究所正式开始考古发掘。初到现场，时任考古队领队的马俊才等人就发现墓上封土被挖严重，墓口以下也被挖掉，形成了 4～7 米高的断崖，断崖外有 3 个明显的大型现代盗洞和一大堆纯净黄沙，可能是被盗出的积沙。当地窑工指着高达 7 米的一段断崖说，早年曾在这里挖出过马骨和铜马嚼子，根据经验，马俊才推想，这里应该是一个车马坑，可惜被挖掉了。

≪ 郭庄楚墓发掘现场

随着发掘工作的展开，封土被一层层揭去，一清点，发现了大大小小共 17 个盗洞，其中年代最早的一个是战国盗洞，位于墓室北口外约 3 米处，这是一个阶梯式的斜向洞，向下发现积沙后停止。这表明，墓葬建成后不久便被盗墓贼光顾。东汉时期的盗洞有 7 个，其中一个盗洞巨大，盗墓者对墓室东部采取了揭顶盗，并严重破坏了墓室结构，这是墓穴被盗最厉害的一次。

现代盗洞最多，有9个，大多采用了定向爆破的方式，其中最远的一个盗洞是横向引洞，有27米长，进入墓室后采用了架设竹木巷道的方式盗掘。为了防止流沙塌方，借鉴了煤矿巷道的顶木方式，一边靠着墓壁，一边用竹木板遮挡流沙，竹木板不够长，还用了合页连接，这个方法使盗洞穿透椁板，直逼棺的附近。

马俊才判断，这个盗洞发生在最近几年，因为洞中发现了矿泉水瓶和当地生产的一种面粉袋。现代盗墓已演变为集团化、智能化、现代化的犯罪，光搭建这个"巷道"就需要很多竹木板和时间，所幸的是，盗墓时上面的石头倒塌了，把盗洞的竹木板砸烂，盗墓贼才没有进去。盗墓不成，他们恼羞成怒，最后用炸药把盗洞炸了，附近几个村子的老百姓都听到了巨大的爆炸声。从发掘现场看，墓葬中的随葬品保存较多，而东部和西部只有零星的器物，显然是经历了盗墓贼的"光顾"。可能有哪些珍贵文物被盗呢？

我国著名青铜器研究专家、河南省文物考古研究所原所长郝本性说，早期盗墓者认为青铜器不吉利，只盗玉器、金银器，该墓此类物品几乎被盗一空。宋代以后随着金石学的兴盛，以发财为目的的盗墓者才开始对青铜器感兴趣。根据墓中空出的位置推断，该墓中应该有7件升鼎，现在只有4件鼎和一只鼎脚，说明随葬时至少5件升鼎，极有可能是7件。从出土的13个编磬的情况推测，编钟最少也是13件，现在只发现了3件甬钟。

"既然主棺曾被盗，为何墓坑东部还会存留着升鼎、石磬等大量珍贵文物呢？"记者问道。

马俊才说，这归功于该墓构思巧妙的防盗设施，它的防盗理念体现在选址、封土、填土、墓葬结构、设置木箱类疑棺、积沙积石等多方面。特别是它所采用的积沙积石的防盗方法，使盗墓者没有足够的时间在墓内停留，后来棺椁倒塌以后，大量沙石堆积在棺内，有效地防止了被盗。

谈到积石积沙的防盗原理，马俊才说，积沙主要是防盗，盗墓者挖洞挖到积沙层，沙子会流到洞里，沙子流动会带动石头塌方，从而击打盗墓者，因此，盗墓贼不可能在大范围内施盗。

这个墓的填土下面有厚近11米的积沙，估计原有积沙在3000立方米以上。沙层中精心埋藏积石、木箱室、椁室。积沙为黄色细沙，非常纯净，流动性很强。考古人员在积沙层中发现了1000余块积石，最小的仅3公斤，最大的165公斤。这些石块石质石色多样、形状不一，但边角都十分锋利，应当是特意开采并经过有意拣选的具有杀伤力的石块。

马俊才说，石块放置的位置也是精心设计的，大致可分为乱石层、蒙顶石层、贴顶石层、拦腰石层和卧底石层，可以防止盗贼从不同的部位进入。散乱分布在积沙上层的乱石层，残存50余块，其中既有9公斤左右的小石块，又有100公斤以上的巨石，位置大小均无规律，起到了冷石"暗器"的作用。

<< 郭庄楚墓墓坑底部

除了积石积沙，椁室上方的沙层中还埋有两具木箱室，周围暗藏冷石，这是专门迷惑盗墓贼的疑棺。造墓人采取了如此严密的防盗措施，足见其良苦用心。

郝本性对记者说，该墓严密的防盗措施表明，造墓之初就有了明确的防盗意识，也说明战国时期盗墓风盛，社会秩序失去控制。防盗还有可能是为了防止政治报复，当时蔡国被楚军打败被迫迁都，百姓背井离乡，临行时，蔡人到老祖宗坟前哭坟，认为对不起老祖宗，同时对楚人怀有深刻的仇恨。为了防止掘墓鞭尸等报复行为的发生，楚人在修墓时费尽苦心。

## 刀枪暗箭·兵器偶人

其一，墓内设刀枪暗箭。这一防置措施见诸史书记载的当从秦始皇陵为始，但要设置此类暗器需有个先决条件，即墓室必须宽大敞亮，有一个刀出箭发的空间。唐之后以山为陵，或人工开凿地下玄宫的石室墓为多。秦始皇陵地宫属于翻斗式的竖穴墓，据考古钻探，内中情形与已发掘的长沙马王堆汉墓的形制基本相似，只是比马王堆墓葬更加宏大、复杂些罢了。因而像这种刀枪劲弩类的暗器，马王堆这样的大型墓室还无法施展，只有秦始皇陵这种超大型地宫才能摆开，并起到射杀的作用。具体设置和实施方法是：先在墓室两壁安装强弓劲弩，呈张弓搭箭状，每件弓弩搭载一箭或数箭，箭头皆用毒药浸泡，达到人类触之即伤、伤之即死的程度。然后以具有高强度承载能力的绳索固定，弓弩后部再于壁上固定一钩状物，以让绳索穿过，绳索的另一端固定于门上隐蔽处。若是左壁，绳索的一头则接于墓道的右门；若是右壁，绳索则接于左门。当盗墓者开门时，若开右门，则左壁上的弩绳索被拉断，绷紧的弓弩之弦急速驰之，利箭即出，射杀的方向正好是门道右侧；若开左门，以同样的原理给予射杀；若两门齐开，则两壁弓弩一齐封闭门道，射杀进入者，从而形成了第一道阻击防线。

若墓门打开，由门的转动而牵引的弓弩之箭全部射出，而盗墓者没有全部被射杀身亡，或侥幸躲过了一劫，第二道防线则继续发挥作用。具体方法基本与前同，只是在墓门之后铺设多块翘板，并进行掩盖伪装，使盗墓者无法辨别与其他地方的异同。镶在墓道两壁的弓弩牵引绳索以隐蔽的方式接于翘板之下，或高于翘板，成为绊索。当盗墓者破门而入踏入墓道时，翘板自然上下启动，绳索因外力压迫而断裂，弓弩之弦瞬间松开，利箭自动发出，直射墓门方向，一时箭如雨下状，盗墓者非死即伤。若遇绊索，以相同的道理予以射杀。因箭头用毒药泡过，只要轻轻划伤或擦过一点皮毛，盗墓者也难有活下去的希望，很快就会一命呜呼。当第一块被踏过的翘板或绊索所引弓箭发完之后，若还有幸存的盗墓者继续前行，则无疑会踏到第二块、第三块以及更多的翘板。如此这般，固定在墓道两壁的弓弩便可形成多波次发射，势如连弩，张而复发，直至将暗藏在墓道内所有的利箭射出，将盗墓者全部射杀。

秦始皇陵内安装的弓弩到底是怎样的一种情形，现在尚无确切的定论。但就秦俑坑出土的弓弩来看，其弓干和弩臂均较长，材质可能是南山之"柘"（山桑），当是性能良好的劲弩。据学者们估计，这种弓弩的射程当大于六百步（合今831.6米），张力也当超过十二石（合今738斤）。如此具有远射程、大张力的劲弩，单靠人的臂力拉开恐怕是困难的，只有采用"蹶张"才能奏效。如果把装有箭矢的弩一个个连接起来，通过机发使之丛射或是连发，就可达到无人操作、自行警戒的目的。这种"机弩矢"实际上就是"暗弩"。因为秦始皇陵内藏有大量珍奇异宝，为了防盗，就在墓门内、通道口等处安置上这种触发性的武器，一旦有盗墓者进入墓穴，就会碰上连接弩弓扳机的绊索，遭到猛烈的射击。这一做法，被以后汉唐陵墓所继承，并发展到在棺椁内安装轮机，以射杀盗墓者。

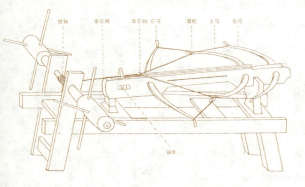

<< 在所有反盗墓手段中最为神秘的机弩（宋代）

所谓轮机，就是在棺椁内壁安装数个像现代滑轮一样的工具，滑轮一边置弓弩毒箭，绳索通过滑轮连接弓弩与棺椁盖板。一旦盗墓贼进入地下宫殿揭椁开棺，绳索将通过轮机引发弓弩数箭齐发，射杀染指棺椁者。由于盗墓者揭椁开棺之力远远大于脚踏翘板的能量，绳索又通过轮机的旋转产生一种新的爆发力，二者结合，将产生一种比在战场上靠士兵双臂张弓还要威猛几倍甚至数十倍的力量，箭发之后可射穿人的身体，凡触及者难有活命的希望。晚清学者俞樾在其所著的《茶香室四钞》中，于"高柴墓"条下曾说过这样一个故事："元吾衍《闲居录》云：陈州古墓，俗云高柴墓，为冯马儿所发。初得石刻，曰'逢马而破'，遂发之不疑。毒烟飞箭，皆随轮机而出，困断其机，得金铸禽鸟及玉甲片若龙鳞状，其他异物不可数记。"

其二，在墓道内安置持兵器偶人，以砍杀盗墓者。偶人的形体或用木雕或用其他材质做成，呈鬼怪状，手中各持刀剑，周身绘彩，显得狰狞恐怖，令人望而生畏。若有盗墓者进入，则持刀挥剑予以砍杀。具体实施方法仍然依靠绳索的一张一弛作为推力，绳索或系于门上，或系于地下的翘板之上，原理同弓弩射杀法。但毕竟木人与手中的刀剑运作起来更加复杂不便，因而总体效果没有弓弩杀伤力大，主要起威慑恐吓作用。假如不用绳索而改用现代高强度的弹簧构件，根据拉伸蓄能以及作用力与反作用力的原理，突然释放一种巨大的弹力，让木人从原地弹出，手中的利剑或许能发挥更大效用。可惜铜铁结构的弹簧是近现代产物，古代并无弹簧应用技术的先例。1978 年，湖北考古人员在随县发掘战国时期的大墓——擂鼓墩曾侯乙墓，从墓室中发现了 20 个木陀金弹簧器，经鉴定，弹簧分为黄金与铅锡合金两种制成，但质地都很软，仅具弹簧外形，并无弹性，此器到底用途何在，尚不清楚。显然，这样的弹簧是无法用于反盗墓技术之中的。

## 连环翻板·铁索吊石

其一，连环翻板，即在墓道中挖掘深约 3 米以上的陷坑，长短与宽度视墓道具体情形而定，坑下分布约 10 厘米左右的刀锥利器。坑上层平覆数块木板，木板中间有轴，下缀一小型相同重量的物体，呈天平秤状，板上有掩盖物。若盗墓者踏上木板，板的一端随之下陷，人必掉入坑内的刀锥之上，锋利的尖刀利刃将穿透盗墓者的胸膛及五脏六腑，活着爬出来的可能性几乎为零。当人体落坑后，由于木板两端各有相同重量的物体相缀木板很快复归原状，并保持平衡状态，静静等待下一个来者。如此往复循环，盗墓者也只能前赴后继地赴坑绝命。民国年间，山东青州一带农民在垦田时，于云门山发现一大冢，墓道之中有带轴的翻板，板下有坑，坑中密布利刃。当时坑中积水甚多，待把水抽干，发现有两个人骨架一仰一趴倒毙于利刃之中，身边有铁锹、锤子、绳索等工具，显然是盗墓者所携。但此墓还是遭到盗掘，室内器物所剩无几。清理人员发现，在连环翻板之上有两架木梯相接，木梯已朽，但仍能见出形状，这无疑是后来的盗墓者想出的破解之法。只要将木梯放入墓道，盗墓者沿梯而入，如履平地，一切翻板与陷坑、利刃都枉费心机，无济于事了。盗墓者与反盗墓者的智慧较量，令人惊叹。

其二，铁索吊石。石板一般约 3 尺见方，厚约 3 寸，周身穿多个小洞，以金属索链穿洞而过，呈捆扎式系牢，石板平放安置于墓道顶部。在墓道顶和墙壁隐蔽处固定若干金属滑轮，利用滑轮将巨石吊起，悬于顶端。墓道地下铺木质跷板，索链由石板而下，通过滑轮以隐蔽的方式连

<< 出土的铁索

接跷板，中间有挂钩和脱钩相接，遇外力压迫可自动脱落。跷板呈条状，长宽根据墓道具体情况而定。吊起之石可在墓道顶部悬挂三层，各层互不相依，索链通过石上孔洞收缩进出。一切完毕后，施以伪装，外人不知其诈。若有盗墓者进得门来，踏入跷板条，板条一端必下沉。外力作用迫使绷紧的索链某处挂钩脱落，如同打井的轱辘突然放松，悬空的巨石急速落下，将躲闪不及的盗墓者拍成肉饼。因跷板呈细窄的长条状，只有被踏后才能导致悬石落地，而相邻的其他跷板则安然无恙，仍静静地伏在原处等待下一伙盗墓者的进入。一旦盗贼的脚步踏上，与之相连的悬石相继落下，再次对胆大妄为者给予致命袭击。如此往复，直至三层悬石尽坠于地，杀伤数人为止。

## 迷宫、虚墓与疑冢

像武则天的乾陵那样倾一国之力和集当时最优秀的专家、工匠建造陵墓，并殚精竭虑，出谋划策设置防盗措施的毕竟是少数。武则天的陵墓之所以历千年而没有被盗，除了墓道封闭严实之外，还有一个重要原因就是它的进深远远超过其他陵墓。盗墓贼若遇到墓道中铁水浇巨石的情况，通常的破解之法是：大体估算墓道的长度和宽度，然后越过墓道，在接近墓室的山体上斜着向下打洞，将岩石一块块取出，不出半月或一月，即穿透山石，进入墓室。武则天之乾陵因进深大，墓道长，塞石多，若越过墓道在墓室上方的山体一侧打洞凿眼，势同凿一座大山，所耗费的人力、物力则非同小可。而像徐州北洞山西汉楚王墓这类的中型墓葬，即使当年在墓道之中填塞巨石并以铁水浇铸，聪明的盗墓者

<< 乾陵六十一蕃臣

在不能用牛向外拉的情况下，就会在墓道的尽头上方斜着开山凿石，用不了一个月便可凿透岩层，结局仍然是一样的。因而，有人面对这种状况，便绞尽脑汁，另谋高招，以阻止盗墓者进入。于是，制造迷宫的方式、方法便诞生了。

建陵的工匠大多来自民间，制造一个迷宫对他们来说并不是特别费劲和费周折的事。许多工匠从田野里的老鼠打洞中吸取了灵感，对陵墓迷宫进行设计建造。中国北方的田鼠为了防止人类和其他动物侵害，同时也为了防止水害，在打洞时一般都设几个洞口，洞中曲折回环，分上下数层，有的门洞平时用泥巴堵塞，以防雨水和蛇类的动物进入，同时也起到迷惑外部入侵者的作用。一旦遇到危险，则以最快的速度开启封堵之门，进行隐蔽或夺路逃生。其灵活多变、巧妙机智的程度，绝不亚于 20 世纪 60 年代拍摄的电影《地道战》，甚至有过之而无不及。

事实上，在陵墓建造中，即使是设置迷宫，也远没有鼠洞复杂。一般的情况是在已经建成的墓室下部再造一个隐蔽的墓室，如同二层楼房。将假的棺椁和并不珍贵的随葬品放于上层，尤多注重放置坛坛罐罐，以迷惑盗墓者。真正墓主的棺椁和珍品则放于下层，也称为暗室。另一种方法就是在主室之外另辟侧室，侧室可以与主室直接相邻，也可以通过一个长短不一的暗洞在别处另行开辟，一切要看具体地形地势和可能给盗墓者造成的错觉程度而定。盗墓者行盗的规律是从一个明显陵丘顶部或侧部，由上往下，或斜着向下打洞。有例外者则先打竖井，再于竖井底中打横洞，平着进入墓室。但无论如何，不太可能从墓室的底部往上打洞，除非在打竖井和横洞时，水平高度已超过了墓室的深度，那么只有再从下往上钻。这样的情况偶尔有之，但毕竟属于极少的例外。如果发生了类似例外，盗墓贼斜穿打洞正好打到了暗室中，或真的是由下往上钻将出来，正好碰上下层的暗室，那么鬼神也没有办法加以保护，墓主只能自认倒霉了。

据说武则天的乾陵地宫就是以迷宫构成，当年的设计者颇费了一番心思，盗掘起来极其不易。盗陵者即便找见了乾陵墓道入口，从墓道进甬道、前室，也只能盗走很少一部分宝物。因为大量的陪葬品被放在后室，而后室则是另辟一通道与甬道相连，入口处又做了伪装，与通常的构造大不相同，极不易被发现。当 1960 年农民炸开一道裂口，考古人员清理并进行试掘时，发现位于主峰南面半山坡偏东处的堑壕隧道口，就是修陵者做的一个假地宫，其目的在于误导，将盗陵者引入歧途。后来因国家文物部门闻知此情，不同意继续试掘，隧道口回填，这个假地宫与真正的地宫有没有关联，内部结构如何，世人也就无从知晓了。不过从已发现的这类迷宫墓葬看，不外乎在下层和旁侧另修暗室的模式。

盗墓者在打洞盗掘时，首先遇到的必是上层墓室。当人进入后，自然是收拾外部的随葬品，然后劈椁抛尸折腾一番。若入葬的年代与被盗的年代相隔久远，盗墓者的疑心不会太大；若相隔年代较短，这就牵涉棺内的尸体问题了。假如盗墓者在死者入葬后不久进入墓室，于烛光灯影里好不容易劈开棺椁，准备发一笔横财，却发现棺内只有几个破瓶烂罐，或几件不值钱的破铜烂铁，并无尸体存在，聪明的盗墓者立即就会明白，这是个假冢、假室、假棺，真正的墓主人一定藏在别处。这个时候，盗墓贼很有可能是怀揣一种被愚弄的愤怒，与得不到珍宝不甘心的双重心理，开始在上下左右用盗墓工具四处挖掘敲击，以找到真正的藏宝之所。

为了防止这种凶险的情况发生，作为墓主的家属，通常的做法是：一旦墓主死去，在停尸的几天内，火速派人四处打探谁家近期有人死去，埋葬何处。等一切侦察清楚，则于夜深人静之时，找亲近之人悄悄掘开死者坟墓，将尸体拖出装入麻袋，先行放置于墓主陵墓上层的棺椁中。待真正的墓主入葬之时，由一线的内情人专门给这个替身换上衣服，做一番伪装，然后盖棺走人，封闭墓门，此事就算万事大吉了。当盗墓者进入墓室并劈棺抛尸后，虽见陪葬器物较少，与自己的预测出入较大，但因一时并无明显破绽暴露，很可能借此被蒙混过关，墓主得以长久地在地下安息。1959

<< 安丘董家庄墓葬下层墓室

年，山东安丘县在兴修牟山水库时，发现一大冢，墓室早已被盗一空，尸骨被抛出棺外，地上满是砸碎的陶器与瓷器，还有一些零碎的器物散落于墓室各处。众人见状，认为不过是一个通常被盗的大墓而已，并未引起特别注意。想不到几天后，一个娶不到老婆的光棍青年，因整天憋得心慌意乱无处发泄，用手中的镐头在墓室内乱撞一气，突然感觉脚下不对劲儿，静下心来重重敲去，地下发出咚咚的声音。众人闻知围拢上来，出于好奇，一顿乱刨硬撬，

竟出现了奇迹。当一块大石板被撬开时，下面埋藏着一个完整的墓室。此室比上层略小，但建造得却比上层华丽，室内高台上放有两具棺椁，棺椁旁有几个大小不一的随葬箱，这显然是一个暗室。众人见状，纷纷跳将下去，举起镐头将棺椁和随葬箱劈开，开始抢夺器物。棺内尸体保存尚好，被抢夺者拖出抛至一边，随葬器物很快被抢夺一空。极为有趣的是，那位光棍青年在陪葬箱中抢得了两个坛子，打开盖一看，坛子里盛着满满的酒水，芳香四溢。有一平时嗜酒者走上前来要亲自品尝几口以示鉴定，喝了几口后大声叫好。其他的人一看墓中竟有如此好酒，皆纷纷拥上前来品尝。一阵混乱过后，两坛美酒尽空。几天后，安丘县文化馆文物干部闻知其事，专程前来调查，将部分被哄抢的文物收缴，但两坛酒已进入了众人的肚子，无法吐出，只得作罢。后来据研究，此墓为一处明代早期墓葬，两坛美酒也自然属于明代，很可能就是著名的安丘景芝"白干酒"的前身，对研究山东最古老的酒作坊和最好的酒——景芝酒的来源具有十分重要的意义。可惜的是两坛酒点滴未剩，徒唤奈何了。

这种以迷宫式埋葬来反盗墓的方式，冯素弗墓是一个典型的案例。1965年，辽宁省博物馆考古人员在北票县西官营子村将军山东麓冯氏陵园"长谷陵"所在地，发掘了一座十六国时期北燕贵族冯素弗夫妇墓。据《晋书》记载，冯素弗为北燕天王冯跋之弟，北燕国的缔造者之一，死于太平七年（公元415年）。该墓是关于十六国时期考古的重要发现之一，对了解当时中原和北方民族的文化关系有重要价值。

据发掘简报说，冯素弗墓分两座，同冢异穴，都是长方形石椁结构，东西向。椁顶盖以极厚的石板，椁内绘壁画，有星象、人物、建筑等内容。冯妻墓室早年被盗。椁内有一犬，棺内有几块碎骨。冯素弗墓土圹的西壁有小龛，内放陶罐、牛股、肋骨等物。木棺彩画羽人、建筑等图像，棺环、棺钉铁质而饰金，说明当时沿用汉制，皇族勋臣葬用"画棺"。令考古人员奇怪的是，当打开内棺时，"人骨无存，只见到三枚中空如牙套的臼齿齿冠，但形体很小，当是儿童乳齿。"也就是说，这个棺内躺着的不是冯素弗，而是一个小孩。经现场勘查，冯素弗的骨骸自然朽毁和被盗墓贼拖出坑外抛弃毁坏的可能性几乎不存在。唯一合理的解释就是此墓为迷宫式墓葬，冯的棺内由一个小孩来替代，而冯本人的尸骨埋在何处，无从知晓。

或许就是墓底的下屋，或许就在旁侧，但考古人员始终没有找到这座迷宫中暗室的所在位置。因而也有学者如曹永年推测，认为是一座"虚墓"，也就是潜埋虚葬的方式、方法。这类墓葬的特点是一主二墓或多墓，有公开的虚葬墓和秘密的实际葬处。十六国北朝时期，在各族上层统治集团中，曾普遍实行潜埋虚葬。而冯素弗墓则无疑是"经过科学清理的第一个'潜埋虚葬'的实例"。（《说"潜埋虚葬"》）

所谓"虚墓"，就是空墓，与迷宫和疑冢相似但有区别。虚墓是针对实墓而言的，一般情况下，凡有虚墓的地方，相邻处或不远处就是真正主人的墓葬。若没有这个真正的墓葬，也就不存在"虚"的问题了。晚清学者俞樾在其所撰的《茶香室三钞》"孔子虚墓"条下，曾提到过此事。书云：

宋孔传《东家杂记》云：先圣坟西有虚墓五间，皆石为之。世传先圣没，戒门弟子为虚墓。后果遭秦始皇发冢，有白兔出于墓中，始皇逐之，至曲阜西北十八里沟而没，鲁人因名其沟曰"白兔沟"。按：发冢有白兔之异，必是古来神秘圣遗迹，乃以为孔子之虚墓，则魏武之疑冢，孔子先矣。此妄说也。

俞氏之述，先是说有书记载孔子死后，他的弟子怕别人前来盗墓，就在真正的坟西边建造了一个虚墓。后秦始皇东巡至此，果然下令发掘孔子墓冢。因虚墓比真墓要显眼高大得多，秦始皇手下就对着虚墓挖掘起来，正挖掘间，突然从墓中跑出一只白兔，秦始皇也顾不得九五之尊的架子了，撒腿便追，一直追到曲阜以北一条沟里没了踪影为止。对这个故事，受过儒学熏陶颇重的俞樾老夫子断为"妄说"。其理由是类似这种生前欺人、死后欺天的把戏，不是圣人孔子能做出来的，只有乱世奸雄如曹操者才能想得出、做得来，故斥为妄说。

不过，历史上确有以虚墓伪装，掩人耳目的事实。著名史家司马光在《资治通鉴》中的《梁纪一六·武帝太清元年》条下记载："虚葬齐献武王于漳水之西，潜凿成安鼓山石窟佛寺之旁为穴，纳其柩而塞之，杀其群匠。及齐之亡，一匠之子知之，发石取金而逃。"从记载看，尽管用了虚葬的方式，且仿效秦二世胡亥残杀修建秦始皇陵地宫工匠的方法，以防机密外泄，但还是没有逃脱被盗掘的命运。

既然设置虚墓仍不能阻止盗贼前进的脚步，有聪明狡诈者干脆就来个疑冢式，以观后效。所谓疑冢，就是比迷宫和虚墓发展前进了一步，或者说方式、方法更加极端。其特点是秘密建墓和秘密埋葬，让世人弄不清，辨不明真正埋在了哪里。当年楚平王葬入湖中即疑冢的先例之一。在中国民间名气最大、流传最广的疑冢的设计者，当数三国时的曹操。他所设置的"七十二疑冢"，堪称古往今来疑冢之最，因而也被历代文人墨客所重视，并以此编出了许多离奇的故事。这些在本书第五章已有介绍，就不再重复了。

<< 西汉南越王博物馆

　　且说在秦末农民造反引发军阀混战而借机割据岭南之地的南越王赵佗，在人生的晚年，出于对国家前途未卜的忧虑，以及对盗墓者的恐惧，让自己的心腹重臣、丞相吕嘉，挑选一批得力的人马，在南越国都城番禺郊外的禺山、鸡笼岗、天井等连岗接岭的广袤地带，秘密开凿疑冢数十处，作为自己百年之后的藏身之所，以让后人难辨真伪而不遭盗掘。赵佗魂归西天后，其孙赵眜与吕嘉以及几位心腹臣僚做了周密严谨的布置后，于国葬之日，派出重兵将整个城郊的连岗接岭处包围得密不透风。稍后，无论是规制，还是规模都极为相似的灵柩，同时从都城番禺的四门运出，行进的送葬队伍在灵幡的导引下，忽左忽右，忽进忽退，左右盘旋，神秘莫测。当运出的灵柩全部被安葬完毕后，除赵眜和身边的几个重要亲近大臣外，世人无一知晓盛放赵佗遗体的灵柩以及陪葬的无数瑰宝珍玩到底秘藏于何处。

　　黄武四年（公元 225 年）春，称帝不久的吴主孙权，在得知赵佗死后曾葬有大量奇珍异宝并一直未被后人盗掘时，立即命将军吕瑜亲率 5000 名精兵，翻越雾瘴弥漫的五岭，抵达南越国故地，大张旗鼓地搜寻、盗掘南越王家族，特别是南越王赵佗的墓冢。由于南越王赵佗及其后世子孙的墓冢极其隐秘，吕瑜和手下兵将于番禺城外的山岗接岭处伐木毁林，凿山破石，四方钻探，在折腾了半年后，总算找到了赵佗曾孙、南越国的第三代王赵婴齐的墓葬，并从这座墓穴深处盗掘出"珍襦玉匣三具，金印三十，一皇帝信玺，一皇帝行玺，三钮铜镜"等大批珍宝，令孙权大帝感到遗憾的是，直到吕瑜的精兵不得不撤出岭南返回东吴腹地时，始终未能获取有关赵佗和其次孙赵眜的墓葬秘所，哪怕是点滴的线索。

孙权兵发岭南掘冢觅宝的行动，再度引发了当地掘冢刨墓的风潮。当吕瑜的大军撤出后，整个岭南大地盗贼蜂起，无数双贪婪的眼睛盯上了番禺城外那连绵的山岗野岭，并绞尽脑汁四处访凿，希图搜寻到连孙权大军都无从探访到的赵佗以及赵佗家族的墓葬，但让盗贼们恼恨和失望的是，任凭他们怎样地踏破铁鞋也无处寻觅，发财梦想无不一个个变成泡沫化为乌有。

1983年6月9日，一伙民工在广州郊外号称象岗的山上刨土炸石，无意中炸出了越佗之孙赵眜的墓葬。这座呈崖墓洞穴多室墓葬保存完好，墓道填塞巨石，以石制顶门石封闭厚重的石门。可能当年赵眜与他那老谋深算的爷爷一样，在死前设了疑冢，墓葬一直不为外人所知，从而躲过了继孙权之后千余年来盗贼的搜寻与探试。而关于第一代南越王赵佗墓在何处的问题，广东方面的考古学家借用先进的探测技术，已在广州城内城外可能想到的地方连续不断地寻找、钻探了50多年，仍未找到一点蛛丝马迹，可见这位南越王是历史上最为成功的设疑冢人之一。

## 多兵种联合防盗术

传统的反盗墓手段，除了石椁铁壁以求坚固，储水、塞石、积沙以防盗凿，以及各种杀伤性方法外，随着盗墓者与反盗墓者的博弈，结构和技术最为复杂，杀伤力最大、集一切传统防盗术之大成的多兵种联合防御体系诞生了。这一防盗体系，从古代记载的几个案例中即可见一二。

唐人段成式有一部《酉阳杂俎》，专门搜集当时社会上流传的异闻趣事以记载。在前集《尸穸》篇中叙述了这样一个故事："贝丘县东北有齐景公墓，近世有人开之，下入三丈，石函中得一鹅，鹅回转翅以拨石。复下入一丈，便有青气上腾，望之如陶烟，飞鸟过之辄堕死，遂不敢入。"

这是典型的毒气防盗术，与秦始皇地宫的水银相同，但比水银的爆发力强得多，杀伤力也大得多，弱点就是逞凶一时，不能持久。相反，以水银为毒气要长久得多。《史记·齐太公世家》张守节《正义》引《括地志》曾有这样一段记述：

齐桓公墓在临淄县南二十一里牛山上，亦名鼎足山，一名牛首岗，一所二坟。晋永嘉末，人发之，初得板，次得水银池，有气不得入，经数日，乃牵犬入中，得金蚕数十薄，珠、玉匣、缯彩、军器不可胜数。又以人殉葬，骸骨狼藉也。

尽管水银的毒性持续时间长，但若散发开来，蓄存于墓内飘浮于空间中的水银浓度越来越稀，数日之后，对人的毒害就微乎其微了。处于安全考虑，盗墓者让一只狗先行进入墓内试探，不失为一个保全的方法。这一方法到了1956年，现代考古人员发掘十三陵中的定陵时被采用。考古人员打开地下玄宫大门后，恐内部有弓箭伏毒，不敢入内，只好找来一条狗和一只鸡放入墓中，经试探无险情和毒气放出后，方进入墓道开启第一道石门，最后进入玄宫后殿，找到了万历帝后的梓宫。

段成式在《酉阳杂俎》中，还曾引《水经》言："越王勾践都琅琊，欲移允常冢，冢中风生，飞沙射人，人不得近，遂止。按《汉旧仪》，将作营陵地，内方石，外沙演，户交横莫邪，设伏弩、伏火、弓矢与沙。盖古制有其机也。"这个故事已有点多兵种联合的味道了。而最有代表性的事件是段氏在同一部书中所讲的另一个故事。这可谓是一个多兵种联合作战，集团军式的典型案例。书中卷一三《尸厥》条下说：有一个叫李邈的判官，老家在汉高祖陵附近，后李氏罢官归家住居，遇一

<< 升炼水银图

盗贼，贼自称为盗三十年，咸阳之北，岐山之东，陵城之外，古冢皆发。近来在李判官的老家约十里地左右开一古冢，"冢极高大，入松林二百步，方至墓。墓侧有碑，断倒草中，字磨灭不可读。初，旁掘数十丈，遇一石门，锢以铁汁，累日羊粪沃之，方开。"

按照盗贼的说法，墓中石门缝隙用铁汁浇铸，以防盗墓者打开。这个防盗招数并无奇特之处，奇则奇在盗墓贼竟用羊屎浸泡，以汤浇之，数日之后，门竟被打开了。何以用羊屎来浇灌就能打开铁水铸就的石门？道理很简单，现代化学分析证明，羊屎的酸性强度很高，对铁质具有很大的腐蚀溶化作用。可谓一物降一物，卤水点豆腐，铁汁遇到了羊屎，形同豆腐遇到了卤水，只有被凝固或被溶解的份儿。因而数日之后铁汁被腐蚀溶化，石门洞开，只待盗墓者进而取宝了。意想不到的是，一件令人惊心动魄的事情随即发生了。书中接着说道："开时，箭出如雨，射杀数人。众惧欲出，某审无他，必机关耳。乃令投石其中，每投，箭辄出。投十余石，箭不复发。因列炬而入。至开第二重门，有木人数十，张目运剑，又伤数人。众以棒击之，兵杖悉落。四壁各画兵卫之像。南壁有大漆棺，悬以铁索，其下金玉珠玑堆积。众惧，未即掠之。棺两角忽飒飒风起，有沙迸扑人面。须臾，风甚，沙出如注，遂没至膝。众惊恐走，比出，门已塞矣。一人复为沙埋死。"

由这段记载可以看出，这个盗墓贼在经历了一番惊心动魄的险情危难之后，可谓是死里逃生，捡回了一条小命。无怪乎他对李判官说：从此金盆洗手，今生"誓不发冢"了。

　　文物，作为人类自然和社会活动的实物遗存，从不同的侧面和领域揭示了亘古以来人类绵延不绝的生存、繁衍、斗争、发展的历史，以及历代先驱的思想道德和科学文化水平。因而，它的价值和对人类的启迪作用是永恒的。人们可以对历史长河中的某一段历程和某些人物做出不同的评价，但是，反映这段历史的文物的价值并不受人们对历史评价的影响和限制，它们都是全民族乃至全人类保护、研究和利用的珍贵历史宝藏。

　　由于战乱、兵燹以及自然力的破坏，中华民族在漫长的历史进程中所创造的文化遗存，大多湮没在风烟尘土之中，流传于后世的就越发显得珍贵。朴素生动的陶瓷，刚健恢宏的青铜器，盖世无双的冶金技术，非凡卓绝的纺织工艺——这一切，都从各个不同的侧面展现中华民族的精神风采，填补着历史研究的空白。每一件出土的文物都标志着古代先民们伟大的智慧与非凡的创造力，是中华民族源远流长的历史见证，是列祖列宗昭示后人远航的明灯，是融多个民族、多种文化、立体而完整的文明的象征。这些文明成果，直到今天，在维护民族团结和国家统一中仍蕴含着巨大的感召力和凝聚力，发挥着其他精神和物质无法替代的纽带作用。同时，出土文物那丰富多彩的内涵和神秘莫测的玄机妙法，也将成为其他民族、国家借鉴和观赏的文化财富。

　　对此，自中华人民共和国成立以来，从中央到地方各级政府都十分重视历代帝陵、古墓群和文化遗址的保护，不但将古墓群作为文物保护的重要方面，而且通过立法的形式，将其保护措施纳入了法制轨道。1961 年 3 月 4 日，国务院公布了《文物管理条例》，明确规定对于破坏、损毁、盗窃文物和盗运文物的犯罪分子，依照情节的轻重给予处分。

但是，总有不少见利忘义之徒，置国家、民族尊严于不顾，视人类文明成果为牟取暴利的对象，不惜以生命为代价铤而走险，将视线转入密布于荒山野地的古墓群，或以镐头、铁锹等原始工具，或以雷管炸药等现代爆破手段，将一个又一个墓葬掘开、炸翻，以窃取文物，获取暴利。令人不可思议和扼腕叹息的是，这种盗掘古墓的狂潮愈演愈烈，古墓葬甚至文化遗址的破坏数量也越来越多，景况越来越惨不忍睹。全国每年被盗的古墓高达数万座，流失文物以及损坏文物的价值无法估量。在众多的盗墓大军中，有工人、农民、知识分子，还有专业考古队员和文物管理人员。盗墓之风的盛行，几乎使每个人都知道"要致富，去掘墓，一夜一个万元户"的口号。有的不法不义之徒为了获取暴利，不惜将自己祖宗的坟墓掘开，以达到目的。

随着盗墓之风的盛行，盗墓者的设备也发展到了惊人的程度。1990 年7 月，古城长安的沣镐遗址大量陶器被盗，而盗墓者有相当一部分曾在考古队工作过，具有一定的探墓经验和发掘水平。从现场发现的214 个探眼看，其技术之精，速度之快，设备之良，即使是声名赫赫的秦始皇陵钻探小分队的专业考古人员也叹为观止。

刨坟掘墓，盗窃、走私文物的狂潮，蔓延到整个中华大地，古老的文明在愚昧和野蛮的践踏蹂躏中已是鲜血淋漓，令人惨不忍睹。

经过上百年的奋斗后，中国人民虽然推翻了自己头上的"三座大山"，但在新中国 50 多年的成长历程中，却未完全剪断几千年封建思想的脐带。类似于盗墓这样的愚昧、无知、野蛮、落后的锁链仍在紧紧地捆缚着我们的身心、我们的手脚，吮吸着我们的精血，摧残着我们意在构筑的文明大厦，使东方这条巨龙虽已唤醒并有腾飞之志，但始终未能呼啸长空，傲视苍穹。

我们在困惑中驻足，我们回首沉思，我们蓦然发现造成当今困境的不再是外国帝国主义的压迫，而是我们自己。

"我们应该努力去认识，看我们所接受的传统中，哪些是损害我们命运和尊严的，从而相应地塑造我们的生活。"重温科学巨人爱因斯坦的忠告，对于我们今天的炎黄子孙似乎尤为重要。20 世纪已经成为过去，历史开始了人类新的纪元。中华民族能否实现伟大复兴，依然在于我们自己。

重新认识历史、反省自身吧。只有当我们清醒地认识了历史和自身，勇敢地拿起匕首，以完全不同于荆轲刺秦王式的慷慨悲歌之气，理智地刺破自己的肌肤，排除血液中一切野蛮和愚昧的毒汁，义无反顾地斩断缠绕我们身心的脐带，中华巨龙才能得以真正的腾飞。

　　逝者已逝，生者尚在，愿九泉之下的魂灵安息！

后记

　　本书自 1999 年完成一稿后，作者又不断搜集材料，查考历史史实，到一些陵墓现场进行探察，同时到相关的文物、公安等部门进行采访，对原稿多次补充修改，直到修订成现在的样子。

　　由于本书作者各有研究课题和沉重的事务，只能采取分工分段的合作方式来完成此作品。具体分工是：先秦与秦汉部分，由许志龙先生承担；隋唐宋元部分，由商成勇先生承担；明清与盗墓技巧等部分由岳南先生承担；全稿由岳南统筹并修订。尽管作者为此著的完成，竭尽心力，奔波数载，精诚合作，但因水平和学识等方面的局限，缺点和错误仍不能避免，请读者与各位方家指正。

商成勇　许志龙　岳南

2007 年 9 月 8 日